薪火学刊

第六卷

薪火学刊编辑部 编

复旦大學 出版社

《友道仪刑》一文插图

图1

图2

图3

图4

图5

谨以此卷纪念章培恒先生八十五冥寿
暨逝世八周年

目　录

讲学篇

风范篇

切磋篇

名师荐稿

讲学篇

明代文学与哲学(二之下)[①]

章培恒 讲授　曾庆雨 整理

3. 诗文。明代后期诗文思想与李卓吾最接近的，就是袁宏道的"性灵说"。这有一个理论问题，"性灵"或被解读为讲老实话，心中怎么想就怎么说。据此，就讲袁宏道的诗文主张是针对前、后七子的复古理论，这是不确切的。理解"性灵说"，是要看到它与"童心说"的关系。"童心说"被误解，以为是写真情实感，其实不仅如此，而且要求符合人性的真情实感，反对由外而入的道理。袁宏道的"性灵说"也如此，他认为当时的诗是不能传了，能传下去的是民歌，即《擘破玉》《打枣竿》之类。因为这样的民歌是"无闻无识，真人所作，故多真声"。由此可知，他指的"真声"不是心中作何想就作何说，而是"真人所作"才是"真声"。要注意的是"无闻无识"，也就是外界的"闻见道理"，李卓吾认为"闻见道理"是要去掉的，袁宏道与李卓吾同见。袁宏道在《叙小修传》中讲了这一道理。另外，在《叙陈正甫·会心集》中，他提出"趣"，以之为文学中最重要的东西，文学中无"趣"就无价值。"趣"从何来呢？最好的是"童子之趣"，人生最快乐是孩提时代，人完全按照自己的本性活动，这是最高的"趣"。其次是"山林之人"的"趣"，这是指真正的山林之人，不是假隐士。这种山林之人无拘无束，可自在度日，也有一种"趣"。还有些人也有一些

---

① 这一部分由郑利华教授订正。

“趣”,这些人是愚蠢不肖的,因为其“无品”,追求的东西都很卑拙,所以大家都讥笑他们,他们也不理会。人如果官渐大,地位渐高,“毛孔骨节俱为闻见知识所缚,入理愈深,然其去趣愈远矣”。其中可进一步看出“趣”与“理”“闻见”是相对立的。因“趣”是文学的灵魂,因而“趣”也是“性灵”,是同一种东西,两者只是不同称谓。“性灵”与“趣”是一个事物的两种说法,就算有别,也是相互依存的。“闻见”“理”和“趣”相对立,也就与“性灵”对立。“童趣”与“童心”联系紧密,山林之人的“趣”是因为社会束缚少,这种“趣”恰显示出自然本性因受束缚少而有更多表现力。愚趣则是因保留着人的本能追求,品格低下,不怕社会打击、迫害。由此可见,“性灵”是与社会强加于人的“闻见知识”相反的东西,而与李卓吾的观点一致。袁宏道“性灵说”与汤显祖相一致的地方,是汤显祖强调“情”,否定理,袁宏道也将“趣”与理对立。不论袁宏道还是汤显祖,都是以李卓吾为代表的思想在文学上的体现。

袁宏道的“性灵说”存在前后期的区别,袁宏道的批判矛头指向是不强的,甚至批判意味也不强,当时确有趋向后七子的倾向。李梦阳及前七子提倡真情,重视文学独特美,但对如何做到这一点有不准确的看法。李梦阳提出要表现文学独特美,以前的作家掌握了方法,因而要细心研究前人规律,掌握这种美的规律,并按此来写自己的作品,这不是模仿。这种说法本也有困难之处:如何掌握他们的规律又不模仿呢?文学与社会是不断发展的,要求有新的表达方法,遵照前人是无法满足现实要求的。而后来受其影响的人对于李梦阳不模仿的观点没有充分重视,故确实存在着模拟倾向。然后七子之间也没有淹没写真实情感的主张。关于真情,李梦阳并没有充分展开,而后七子中的真情,如李卓吾要求的“童心”较少,故后七子的弱点:第一,注意写真情,但对社会冲击力较少,说明受社会束缚力强;第二,存在模拟倾向。袁宏道则是在后七子基础上大大提高一步,提倡表现人的自然本性的真情,矛头指向是当时社会的保守势力,号召作家写人的本性,当然对模拟也有所批判。要求写人与自然相处中的种种喜怒哀乐,否则是不符合他的“性灵说”的。由“性灵说”出发写的作品并不都好,诗尤其这样。因为诗的感情是近乎凝结的感情,而“性灵说”有着对当时创作倾向的一种反抗性,他对诗的艺术形式的特点和规律,有着自己的倾向特点。袁宏道就注重写自己胸中的事情,而不考虑艺术性。这本身也有合理性,但是读起来无诗味,虽有一些独到的看法,但更应该用来写散文、论说文。就这种并不好的诗中也可看出一种倾向,要求诗摆脱旧有形式束缚,追求一种新的形式,这是有益的。唐诗形式是好的,但随着人的思想感情的不断发展、复杂化,人的心理活动方式、心理构成的变化,诗也应有新形式。袁宏道诗的白话倾向是没有经过凝结的形式,从这点看是应该肯定的。袁宏道诗与李梦阳诗、杨维桢的古乐府诗有相通之处,相似成分,那就是摆脱诗歌格律束缚,搞新形式。尽管不被人注意,但是仍在进行。到了“五四”终于出了新形式,甚至有了艾青这样的新诗人(当然,是不是艾青等新诗人的诗歌形式就是新形式,要在今后诗歌创作的发展中看。这主要看是否能像旧体诗,如唐诗一样取得巨大成就),但在“五四”前,新形式仍没有出现。我们虽有诗的辉煌时代,但衰落了。我们原有的适合表现的形式曾获得成功,而后则再没出现,原因值得探讨。袁宏道还有一些写得好的诗,并没有显示出新形式探求的努力,与传统形式无多大差别,显示出的只是有新的情绪,这对袁宏道而言是一个悲哀。袁宏道的好诗突破了原来的题材范围(思想感情方面),与人的情感变化相适应,有一种新的情绪,如《卢沟道中》写寂寞孤独之情,这种情绪之强烈,在古诗中是较少看到的,诗中的景色与心情是一致的。传统是情景交融,这种写法在过去诗词中经常出现,但实际上传统少有以景引情,往往是以情选景,即我的感情如何,景色便如何。如秦观的词,因情苦而春景也就凄涩,情景关系并不是水乳交融的。而袁宏道的诗则是景情有机构成,诗中所写的“卢沟道中”,是北方自然景色,与南方不一样。南方对北方景色的荒凉感觉明显,一般南方人并不认为美好。这种景色处理,往往写不值得留念。而袁宏道诗中写景不美好,但同样使人感到有诗意。因荒凉与寂寞痛苦之心已融为一体。由此,景色在诗中成为不能缺少的元素。诗中的寂寞痛苦,一是因本身寂寞而产生了要求有物来补充;二是这种要求并没有得到满足,反而景致寂寞更进一步打击了他。这是一种情景相互生发,情景相互加深的情绪,是人与自然的对比,与传统不一样,不是人痛苦景痛苦,而不都是一致的。他希望摆脱寂寞,追求新意时,自然则进一步打击他,反映人与自然的对立。这种对立是当时社会的新东西,一般古代人的自我意识少,人在自然中感到渺小,而自然则伟大。人所希望的是与自然的结合,崇拜自然,其结果是依附。"攀龙附凤"这个成语在开始并不是贬义的,因而古代诗歌中的自然景色都是以人与自然和谐为主要特点,人的寂寞痛苦在自然界找到寄托。而袁宏道诗中则是对立,人所有的是一种烦躁,无出路的感觉。这种感情写得如此强烈,在过去的诗中是少见的。过去也有写得生动、深刻的痛苦,而袁宏道诗中是一种烦躁情绪,是一种新的情绪。当人对于很多事情有希望时,烦躁很少出现,当人在现实中不仅绝望,而且无出路时,人就出现烦躁情绪,追求麻醉。在人与自然对立中出现的烦躁情绪是与现代人接近的,而杜甫的情绪与现代人则有相当距离。《卢沟道中》的荒凉景色有诗意,是景为情的有机构成,在当时是一篇值得重视的诗,但形式上并不是新的,也不是他所追求的(这或许是袁宏道的一种悲哀,最能表现他的思想情绪的仍是旧形式的诗)。

袁宏道的散文成就比诗高。他的散文,明显的特点是显示性灵与童心。它们由本性出发,与社会接触,而喜、怒、哀、乐的感情随之产生,且反映充分,说出了一般人不敢说的话。如《兰亭记》讲的是人的生死问题;《龚惟长先生》《徐汉明》是袁宏道写给亲友的信,其中肯定了适世之人,贾宝玉便是这样的人。袁宏道对人生已出现了一种崇高无意义,不如吃喝算了的人生观。《红楼梦》时就出现了这类代表人物。袁宏道还是要做官的,到贾宝玉则是真正的不做官了。袁宏道的散文能把自己内心的真实思想表现出来,有着相当多离经叛道的东西,新的人生态度,是社会发展到新阶段必然出现的。其中有一种玩世不恭的态度,这不是社会发展的正常途径,如正常是不会出现玩世不恭的。《十日谈》等也鄙视传统,但有对生活的追求。而袁宏道既看不起传统的有追求,又玩世不恭,这是社会发展出现毛病的关系,其中可看出他内心的一种痛苦。他的"五快活"显得可笑,而内心则有着相当深的痛苦。他把"恬不知耻"作为快活是痛苦的反映,用痛苦侮辱自己,侮辱别人,是因社会对他压迫太强烈,他内心的愤怒无处发泄,又不完全甘心,就出现了侮辱自己来侮辱别人。后来路翎小说中出现了《罗大斗底一生》,罗大斗就是一直想出头而终不达,类似阿 Q 这样的人物。当时国民党拉壮丁拉走罗大斗,走前他向母亲跪下叩头,他心里高兴(他高兴的是他侮辱了母亲,侮辱了自己,侮辱了别人),他对母亲感情复杂。袁宏道的痛苦与个人奋斗不一样,这种痛苦不引向反抗,而是一种消极的超然物外。他的散文能用清新的笔调、诙谐的味道写新思想、新感情。因此,他的散文具有一种新鲜感和感染力。以前散文中从未出现过诙谐、清新而又痛苦的情绪。唐宋八大家,除苏轼还活泼外,其余都是板着脸面。袁宏道的散文是散文的新成分,虽然抒情味不浓,但也能抒情写景结合,有感染人之处。如《灵岩》一文,写景时与黄庭坚诗有相似之处。袁宏道写来是平铺直叙,不事雕琢。他的散文好在整体,而不在一词一句。对景的描写是不经意、客观,而不是要写美景的写法。这样使人看到一方面是太湖,一方面是松涛声,作者并由此想到美人西施住这儿的情形,表面是与和尚开玩笑,而实际是他自己由松声想到了西施。写十几岁的"小奚"(小书僮)看到西施履迹也感动了,虽然只是石上有一块凹迹,可作者似乎看见着了鞋袜的西施足。就这样一面写景,一面写自己的感情,用短文把情、景结合起来,写真实感受,故引起读者共鸣,成就高于诗歌。

这是明代后期由于思想上新的成分引来文学上新的成分的状况,但是明后期也分两个阶段,后一阶段这种势头夭折了。其过程是,随着李卓吾以及新倾向文学家的影响越来越大,统治者上层越来越不安,进行了镇压,因为统治者对此有不安情绪。这在《明实录》中可反映,举简单的例证,如冯琦,袁宏道是他的学生。袁宏道考科举时,冯琦是考官,故算是袁宏道的老师。冯琦在李卓吾被捕、被迫害时任礼部尚书,他的前任是余继登。继登死,冯琦写过一篇行状,由"公见士习薄名行、喜浮说,离经叛言"之类的话可知,余继登对思想学术界的风气感到忧心,对当时意识形态或思想界的总结是准确、全面的。主要是有人认为儒家经书是不对的,因而有所反对,一切从自己的心出发,结果传统的界限都超越,如于慎行为余继登撰墓志铭所谓“惟一了此心,则逾闲荡检”。一切从自己的本性出发,这些青年知识分子不仅如此做,还写文章宣传。由此,余继登上奏皇帝,不要让他们晋升,这是完全针对当时思想界的。冯琦赞同这一意见,并认为是余继登的贡献,故写进行状里。因为行状与墓志一样,都是好的才写,这不仅表现冯琦对余继登的肯定,也表现在冯琦的行动上。后来冯琦主持科举,凡卷面上有新说者一概不取。当然,他还是错误地取了袁宏道。同时,李卓吾被捕,冯琦向皇帝上《为崇经术祛异说以正人心以励人才疏》,收在他的文集《北海集》中,不仅赞成对李贽法办,还提出具体建议,并对当时思想界进行批判,立场与余继登一样严厉。新建议就是要禁书,我们历史上有趣的是,每当新思想一出来,就有一大批禁书。《明实录》中没有全引冯琦“疏”的具体内容,但记载了他上书皇帝一事。皇帝肯定了冯琦,估计当时有一批禁书,可惜不知名目。李卓吾的书是都禁了,但后来禁书不成功,过了一些时候,李卓吾的书又流行,比李卓吾活着时还厉害,以至于出现冒名者。

通过迫害李卓吾和禁书,思想界出现了变化。尽管李卓吾的思想还在艰苦地继承,可失掉了汹涌澎湃的劲头。另外一批人很快起来,占领思想界,这就是东林党。这个党是复杂的,政治上敢于坚持己见,不怕牺牲,操行较好,不是贪官污吏,对当权派敢于表达不满。东林党形成于万历后期,紧接着李贽被迫害,顾宪成等人在东林讲学。李贽被害第二年,东林党崛起,其主张与冯琦完全一样。李卓吾是从王阳明发展而来,东林党则是反王阳明,提倡程朱理学的。他们从根本上批判了王阳明的“心学”。

王阳明认为任何事都要用“心”来衡量,这种精神从注重“心”开始,有强调理性精神的意味。虽然“心”与理性有差别,但要求用自己的眼光来衡量事物,是重主体性的观点。顾宪成在《复李见罗》一书中是批判王阳明的,东林党提倡践行孔孟学说,欲将明后期出现的要求自由的思潮束缚并击退。王阳明提倡“无善无恶心之体”，认为“心”本是空灵的(此观点导致出李卓吾“童心说”)，“心”之本体无善恶，仁义道德不是人心所有，进一步要求按“心”的要求生活，而导致注重个性、欲望等这样的思潮。东林党对此进行批判，认为此观点与佛教的“空”的主张相通，这确是禅宗的教义，所以，东林党联系到王阳明的观点上去。他们认为“空灵”是错误的，并进一步揭露“空”的危害性，这种批判是因他们以孔孟之道为标准。与冯琦理论对照，东林党批判的着眼点和文章语气是一致的。东林党的兴起不仅在时间上与冯琦批李卓吾相衔接，与朝廷杀害李卓吾相衔接，他们在思想上也是一致的，与统治阶层的要求取向一致。统治阶层中亦相当复杂，东林党人在万历年间并不得志，与上层产生矛盾的根本地方，是对传统伦理观念是否坚持。东林党反对上层，是因为他们认为上层违背了传统伦理道德，而对新思潮也因此要反对。东林党尽管在政治方面与上层有分歧，但在思想成因上是一致的。东林党和新派对上层的不满情绪是一致的，而两者在思想上是不一致的。东林党与冯琦的一致思想是明显的，魏忠贤曾公布了一张东林党名单，冯琦等都上了名单。及李卓吾被害后，上层开始了思想整肃运动，并得到了士大夫阶层中一批人的拥护。这些拥护支持者确有一些真诚的、不怕死、不为钱的人，使这种整肃更有气势。而新思潮转入低潮，这从袁宏道的后期观念中便可知。袁宏道后期的“性灵说”变了形，他在一篇文章《叙呙氏家绳集》中说：东坡非常喜欢陶渊明的诗，因陶诗“淡而适”。故袁宏道对“淡”加以肯定，认为甘味、苦味都不符合“真性灵”，只有“淡”是不能造作的，是文学的“真性灵”，所谓“唯淡也不可造”，“是文之真性灵也”。表面上此与袁宏道前期有联系，提倡“不可造”，不能造作，似乎还提倡自然，他仍认为“淡”才不可造。这个“淡”从字面说是“平淡”，这也可说是感情起伏少，是并不强烈的感情。与陶渊明相联系，是陶诗的“淡”。鲁迅认为，诗在陶渊明笔下也有“金刚怒目”的一面。但袁宏道强调陶诗中“淡”的一面，感情平静，“性灵”已经去掉了袁宏道前期对生活的欲望和反抗性，以及对生活的热烈追求和积极性。因为，在追求中有甘苦，不能只是“淡”，所以“淡”对封建社会来说是不必排除的。陶渊明的心灵与林逋的心灵,统治者不仅不害怕,而且还赞美。袁宏道后期作品中如有反抗,也是不真实的。陶渊明的文学地位在南朝不高,昭明太子则乐于收他的诗。到唐、宋,陶渊明的文学地位才高起来。李白并不欣赏他,杜甫则很欣赏。林逋在宋代极有名。后期袁宏道“性灵说”中的战斗性已无,统治阶层已能接受。

钟惺、谭元春之“竟陵派”,他们也讲“性灵”,有很多人都把竟陵与公安看成一个流派。他们的一致性在于公安派后期与竟陵派有相通之处,不同的是竟陵派在讲“性灵”时加上了束缚,与前期公安派不一致。竟陵派认为“性灵”要多读书,使自己的心灵变“厚”,才是“性灵”的真实。所谓“厚”,指的是敦厚,要多读传统的书才能敦厚。这就算是读李卓吾的书也是不对的,因为李卓吾认为“心”要排除由外而来的学问污染,“多读书识义理而反障之也”。竟陵派自敦厚出发的“性灵”是经过改造的、儒学思想的性灵。竟陵派是把后期袁宏道的思想加以发展,对“人的本性”否定。袁宏道还能强调不可造的“淡”的性灵,而竟陵派则要读书,这把“不可造”也改掉了,出现了思想的倒退。

戏曲创作上,汤显祖也出现倒退。《牡丹亭》是他创作的高峰,以后走下坡路,到《邯郸记》,下坡路走到另一个顶点。《牡丹亭》中歌颂对爱情的热烈追求,到《邯郸记》则用虚无否定了这种追求。尽管其中还有好的段落,表现了追求的过程,但追求到了还是虚无,结局还是否定了这种追求。尽管这个好的段落有吸引力,等看到虚无的结局,人更加强烈地悲哀起来,也更有力地把人推向虚无。汤显祖之后,有名的戏曲就是阮大铖和吴炳的作品。阮大铖的作品写得漂亮,构思、情节有特点,作为消遣是不错的,对于消遣文学应有正确的看法,应肯定它。但汤显祖的不顾一切的反抗精神看不到了。吴炳与汤显祖有相通处,如《西园记》,写的是一个女孩姓赵,从小由父亲订婚,但丈夫不好,她心情忧郁。赵女有一个姓王的好朋友,一个书生看见这个姓王的女孩子,有好感,但误以为姓赵。赵女死后,书生以为是他爱的那个,常来看望。赵女死后还是撮合了姓王的女孩子与书生的爱情,其中有许多有趣的写法。吴炳的剧本与《牡丹亭》相通,就在于写赵姓女孩内心的痛苦。赵女死前很高兴,因为可以不用与那个不喜欢的人结婚。这是说明,人被压迫的痛苦超过肉体的消灭。这些情节还可以看出《牡丹亭》的传统,但也有不同。赵女与书生恋爱,尽管情感很深,但她总想到自己是鬼魂而选择了退让。这种品德至今还是提倡的,与汤显祖的不顾一切是有差距的。剧本中,王氏女子是主角,赵姓女子是配角。按角色来看,赵姓女子是贴旦(相当于《牡丹亭》中的春香),王氏女子是旦角扮演,因而看出吴炳的本子仍以消遣为主,把王氏女子与书生之间产生的误会,那种很好玩的东西作为主要的内容,而把赵姓女子有意义的事件作为次要的,这也反映了汤显祖《牡丹亭》中精神的一种衰退。

从小说来讲,衰退的情况比较晚,这可能是小说的文学地位较低的缘故。在明清之际,戏曲与白话小说的地位不一样。像汤显祖这样的著名文人,他们都不写白话小说。小说都不是名人写的,小说不受重视,所受的束缚就少。这与后来是一样的,越受重视的文体就越被束缚。“二拍”刊刻以后,小说的衰退出现。《二刻拍案惊奇》中封建说教的味道明显,如《石点头》。曾经出现在《西游记》《金瓶梅》中的那种精神没有了,多是才子佳人的题材,而这些才子佳人最后都符合了封建道德,反抗也就没有了意义。以皇上命亲的方式解决了矛盾冲突的写法,带来了副作用。这种副作用也说明了这种才子佳人小说结局的可笑,而且情节描写在恋爱时也注重道德。晚明不顾一切的追求精神看不到了,都是规规矩矩的生活,有小错误也不影响大品质。另一种是秽亵小说,如《如意君传》等,开始还有一定的好处,观念中还是有新的成分。到晚明和清初,这类小说则完全是一种追求商品价值的小说了。晚明和清初的这类小说的观念是《如意君传》的观念,但除了性之外,看不到与传统观念不一致之处,指导思想上或许与前人相通,但大量的性描写掩盖了思想意义,不能使人感动。明后期是程朱理学抬头,新思潮衰退以至失败的阶段,其失败过程延续颇为长远,清代三大思想家对李卓吾是讨厌的。在思想上,他们与李卓吾有相当大的距离,黄宗羲还好一点。清代小说除了《聊斋志异》保持一点追求精神外,再就是如脂砚斋评《红楼梦》——“得《金瓶》之壸奥”，说明《红楼梦》与《金瓶梅》的继承关系。戏曲《桃花扇》《长生殿》与《牡丹亭》中的爱情不完全一样了。历史中唐明皇与杨贵妃的爱情不符合传统道德，不符合要求爱情的专一，后来的作者进行了批判，对李、杨真实关系的处理上掩盖了乱伦的大缺陷。洪昇就更不承认杨贵妃是唐明皇的儿媳，改变了生活原来的事实。这些改变都是为了不与礼教冲突。《桃花扇》中写李、侯爱情是次要的，写政治斗争、国家兴亡是主要的。观念还是传统的褒忠贬奸，也没有了《牡丹亭》的追求精神。

清代散文是桐城派的天下。就诗而言，吴梅村、王渔洋的诗中还有感慨，但王渔洋的感慨表现得较为隐约。吴梅村有家国兴亡的感慨，但也没有热烈、前进的取向。清诗在衰落。文学理论上有个别人能有所继承，如金圣叹，但还是被杀了。整个清代文坛走入了一片肃杀的境地。直到乾隆时，戴震出来，肯定人欲，反对以礼杀人。这个观点是在他看似为学术著作的《孟子字义疏证》中提出来的，远远没有引起像李卓吾那样的轰动。戴震没有专文谈此问题，也只是隐约透出罢了，可视作是晚明精神恢复的迹象，但还没有恢复到晚明时期的深度和广度。袁枚在诗文上提出“性灵说”，继承了袁宏道等人的思想，同样显示晚明之风在恢复，但那种气势并没有恢复，直至“五四”。

晚明后期新思想与新文学夭折的原因是什么？自元末明初可以看出，当时在文学上有一种新精神的作家是在江、浙一带。这一代的工商业发展较快，经济发达与思想是联系的，明后期出现的情况也一样。王阳明是浙江人，汤显祖虽是江西人，但长期在南京为官，李卓吾是福建人，福建本是通商口岸，后又在南京长期为官。江、浙地区形成的文化中心，是有着离经叛道色彩的文化中心。明后期，非江、浙地区作家已成为与江、浙地区相联系的新潮人物。这说明，如果当时以江、浙地区为新文化中心的话，这也是一个很狭小的中心，反映的是这个工商业发达地区的意识形态，由此而影响了其他地方。我们现在所学西方的东西，在中国还不能扎根。当时的江、浙两地的文化也如同今天西方的东西，看起来气势大，但基础脆弱，不易真正为人所接受。从当时政治人物看,非江、浙人超过了江、浙人。明代政府代表了中国广大地区的政治经济力量,当新文化发展到一定程度,招致镇压是十分容易的事。袁宏道、汤显祖的转变正说明了这一问题。汤显祖一再遭到打击,袁宏道的恐惧感日益明显,这都反映了一是虚无,一是怕受到迫害。在袁宏道写给李卓吾的信中(《致李龙湖》),劝李卓吾不要坚持原来的观点,这说明他开始变了。袁宏道的改变是纯粹思想转变还是因外界压迫?在李卓吾死后,他有一封《答黄无净祠部》,其中说道,他常与其兄敲警钟:“今时做官遭横口横事者甚多,安知独不到我等也?”横口,指污蔑;横事,指意想不到的灾难。袁宏道的这些话可看出,在万历二十七、二十八年中,他生活在恐惧的心理阴影里边。两年后,李卓吾被杀,那时正是冯琦等人提出要整肃的时期。袁宏道这些人,除束手就擒,接受迫害外,坚强的死了,软弱的被迫在恐惧中生存,新思想无任何抵抗力。因为,新思想的武器是陈旧而脆弱的。中国传统是儒家思想,要反对就要有新的思想武器。他们不能借用佛、道思想,虽说这似乎也能有一定的作用可发挥,因佛、道学说是一把双刃的剑,从这边引导,可视作一切出于本性的“童心”;从那边也可引导出虚无。既可向前,亦可后退。因而,后退是可以预见的,这是外界经济与文化发展不平衡出现的特异现象,新思潮不过是孤立的新思想。另外,由于没有新的思想武器的出现,主、客观的作用一起,使新文化运动夭折。为什么没有新的理论出现?这也是有客观原因的。接着是清兵入关、骇人听闻的文字狱等等一系列的变化,造成了中国文人的心态趋于奴化,影响直到现在。

小记:

本资料是为纪念复旦大学章培恒先生辞世5周年,据本人1989年9月在复旦大学古籍所举办的“元明清文学助教进修班”学习时的听课笔记整理而成。

对“明代文学与哲学”课程笔记的整理始于2006年,当时为了给我校第一届古代文学专业硕士研究生备课,在查阅资料时,有感于这一课程所受到的启发,便开始了对听课笔记的整理。因我的随性且又慵懒,故整理工作也是断断续续的。直至2015年8月,在北京参加“明代文学思想与文学文献学术研讨会暨中国明代文学学会(筹)第十届年会”时,遇到了陈广宏、郑利华二位好友,他们是章培恒先生的得意门生,话题很自然提及章先生生前的一些往事,我在不经意间聊到要整理笔记的事情。没想到立刻得到广宏教授的鼓励,并嘱尽快整理完成,尽快把电子版发给他,在《薪火学刊》上予以刊载。从北京返回昆明,再次开始了录入整理的后续工作。虽然两月后全部笔记的录入完成,但发现之前整理的内容多有错讹,资料也有不少遗漏和错误。不得不按下一份如释重负的轻松心情,再次从头校对原笔记,增补材料,纠错订讹。

时值2016年1月23日,整理校勘的工作终于全部完成,昆明也迎接了最冷的寒潮日。尽管之前世界各地被一片寒潮包围,可是昆明的阳光依然温暖,直到我的工作完成,我的城市才终于被寒冷遮蔽。这样的巧合真是上天的眷顾,又或者是先生英灵的庇佑,可以让我在没有取暖设施的南方蜗居里,不用一边给手指哈热气取暖,一边敲打冰冷的键盘。当我再次拉动着滚动条,看着屏显上下翻动的页面,先生当年上课时的音容又浮现眼前。带着浓重绍兴口音的普通话授课,曾让我刚听课时十分的晕菜。我这个来自云南的学生,为了听懂江南语音,真不知有过多少种听力方法运用的纠结。一开始,先生十分理解,常常用板书让我们这群来自东西南北各地的学生,不致因他的口音缘故而有所失误。先生的板书书写是我十几年的读书经历中,第一次看到依然使用繁体字,且竖排,并从右向左写的板书。如今想起,依然还记得当时自己眼珠外凸状的新奇感。后来我们适应了,先生的板书也少了。而今自己也有多年教学,方知那样的板书量有多累人,更体会到先生爱重学生之心的细腻,便是润物细无声啊。随着一页页文字的滚动,心里缓缓泛出温暖,眼眶不时会有些热胀。竟然联想起英国伊丽莎白二世曾写过的一句碑文,译文的大意:眼泪是为所有的爱付出的代价。据当年班主任黄毅老师说,我们这个班是古籍所的第一个,也是章先生用心出力最多的一个班。这个班与当时很多大学同类的办班相较,不仅仅是推荐报名,要想进入还要经过考试,只是没有外语科目考试。且当时办这个班的生源选择,主要是边贫地区的高校和普通地区高校的青年教师。据说,这也是章先生做的决定。

看着终结的文稿,更觉得应该写写当年随先生学习的那些时光。回想起先生过往的那些寻常又萌态的举止,生动且有趣的闲谈也变得越来越清晰而动人。公元1989年,这是一个中国历史不能带过的纪年,这一年在中国发生了很多大大小小的事件,这一年也改变了许许多多人的命运,这一年给中国留下了至深至远的历史性影响。而这一年,我有幸考入复旦大学古籍所,成为章先生讲坛下的一名学生。公元2016年,希望这个纪年不要成为多事之年。窗外冬雨敲打着书房的窗,噼里啪啦的声音有些聒噪。距离2月8日的猴年春节尚有16天,借着如释重负的心绪,向我所有的亲朋好友说一句,提前祝各位猴年好运,健康快乐!也祈愿先生的在天之灵徜徉于无垢天堂的花园之中!

二〇一六年腊月初七午后于昆明

风范篇

友道仪刑

——安平秋、杨忠、曹亦冰三位先生赴章培恒先生墓地扫墓

边　者

安平秋先生、杨忠先生、曹亦冰先生[①]一行在复旦大学古籍所陈广宏、谈蓓芳、钱振民等三位教授陪同下，于 2019 年 4 月 26 日上午，赴位于杭州湾畔滨海古园中的章培恒先生墓地祭拜。

章先生生前兼任教育部全国高等院校古籍整理研究工作委员会副主任。在近三十年的工作和日常往来中，与三位先生相知相交，结下了深厚情谊。[②]

2011 年 6 月 6 日夜，章先生病危。三位先生与廖可斌先生知悉后[③]，立即乘机飞沪。章先生艰难地喘息着，欲去还留，似乎在等待着与情重如山的友人见上最后一面。零点过后，四位先生匆匆赶到。

---

① 安平秋先生，北京大学中文系教授、博士生导师，著名文史学家。兼任教育部全国高等院校古籍整理研究工作委员会主任、国家古籍整理出版规划领导小组副组长等职。

杨忠先生，北京大学中文系教授、博士生导师，文史研究名家。兼任教育部全国高等院校古籍整理研究工作委员会秘书长等职。

曹亦冰先生，北京大学中文系教授，中国古代小说研究名家。兼任教育部全国高等院校古籍整理研究工作委员会副秘书长。

② 安平秋先生撰《二十八年交亲的追忆》，《薪火学刊》第一卷，复旦大学出版社，2014 年。

③ 廖可斌先生，北京大学中文系教授、博士生导师，中国古文献研究中心主任。曾任浙江大学人文学院院长。兼任中国俗文学学会会长、中国古代戏曲学会副会长、中国明代文学研究会（筹）副会长、国家社科基金学科评审组专家等职。

安先生趴在章先生耳边,含泪连声呼唤着“培公”。就在这最令人伤别的时刻,章先生停止了呼吸。

此次三位先生来沪,安先生为章先生带了1瓶特意托友人从酒厂购买的茅台酒,并与杨、曹等先生一起置办了花篮、水果、糕点等祭品。

在章先生墓前,安先生亲自擦拭墓碑,摆放祭品,斟酒(书前插图1),与杨、曹等先生,一一向逝者祭拜,之后又共同举杯敬酒(书前插图2)。安先生长时间地蹲在墓前,动情地一次次为逝者斟酒、敬酒(书前插图3)。杨先生举杯敬酒(书前插图4)。曹先生泣诉着对章先生的感念之情(书前插图5)。

愿远在天国的章先生,能够感知挚友们的高情厚谊。有友如斯,夫复何求!

高山流水谱新曲,友道仪刑几人及!

2019年5月

(作者:本刊编辑部)

切磋篇

戊戌变法与世界革命风云

——康有为与今文经学“革命”的困境

陈建华

引　言

关于康有为与百日维新，学术界已有大量研究，但大多关注他在哲学、政治实践和文化方面的重要影响；而在戊戌变法的研究资料方面，学者们也对康有为向光绪帝进呈的奏议及其《我史》、梁启超《戊戌变法记》等的可靠性提出质疑，为康有为与维新运动的研究开辟了新维度，但其中“革命”一词的使用问题仍需讨论。与此相关，学者们还强调戊戌变法的激进特征。如旷兆江指出，为使精神上能抵御外侮，康有为试图以儒学为“国教”且不无自我呈现为“教主”之嫌，因此成为思想风暴的焦点，这种“初步的激进主义”可追溯到19世纪90年代康氏的“长兴学记”时期；[①]沙培德也从思想、政治、文化方面分析，认为戊戌变法标志着“儒家激进主义的兴起”。[②] 其实，在百日维新后，康、梁

① Luke S. K. Kwong, *A Mosaic of the Hundred Days: Personalities, Politics, and Ideas of 1898*, (Cambridge, MA: Harvard University Press, 1984), 105-127.

② Peter Zarrow, *After Empire: The Conceptual Transformation of the Chinese State, 1885-1924* (Stanford: Stanford University Press, 2012), 12-29.

逃亡至日本与朝野人士接触谋求援助时，就受到“激进”的诘难。[①]光绪二十四年九月十二、十三日(1898 年 10 月 26、27 日)梁启超在日本与大隈重信的代表志贺重昂笔谈时解释道：

> 敝邦之内情，可得为足下一言之。彼满洲党老臣党，毫无政策，徒偷生贪禄者，不必言矣。至草莽有志之士，多主革命之说，其势甚盛。仆等前者亦主张斯义，因朝局无可为，不得不倡之于下也。及今年四月以来，皇上稍有政柄，觐见小臣，于是有志之士，始知皇上乃大有为之君，从前十余年腐溃之政策，皆绝非皇上之意，于是同志乃翻然变计，专务扶翼主权，以行新政。[②]

所谓“至草莽有志之士，多主革命之说，其势甚盛。仆等前者亦主张斯义”，涉及梁启超在长沙时务学堂时与诸生“所言皆当时一派之民权论，又多言清代故实，胪举失政，盛倡革命”；戊戌政变后，“启超既亡居日本，其弟子李、林、蔡等弃家从之者十有一人，才常亦数数往来，共图革命”。[③] 时务学堂学生在梁启超的周围形成一股激进力量，在日本受孙中山、陈少白的影响倾向反清革命，遂有“康门十三太保”劝康有为“息影林泉，自娱晚景”的说法。[④] 唐才常武装运动失败后，“启超复专以宣传为业，为《新民丛报》《新小说》等诸杂志，畅其义旨，国人竞喜读之；清廷虽严禁，不能遏；每一册出，内地翻刻本辄十数。二十年来学子之思想，颇蒙其影响”[⑤]。所谓“畅其义旨”，即恣肆散布“革命”“破坏”的论调，这也是梁氏的言论最为发皇且深刻影响近代中国思想界的时期。但须注意的是，他所说的“盛倡革命”

---

① [日]狭间直树：《梁启超对“国家”认知的心路历程》，《南国学术》，2016 年第 3 期，页 435。

② 吴天任：《民国梁任公先生启超年谱》(台北：台湾商务印书馆，1977)，第 1 册，页 309。

③ 梁启超：《清代学术概论》，《梁启超论清学史二种》(上海：复旦大学出版社，1985)，页 69—70。

④ 冯自由：《康门十三太保与革命党》，《革命逸史》(台北：台湾商务印书馆，1965)，第 2 集，页 31—35。

⑤ 梁启超：《清代学术概论》，《梁启超论清学史二种》，页 70。

与“共图革命”中的“革命”，看似民国之后与辛亥革命对应的通用语，其中所蕴涵改良派的历史经验则远为丰富复杂。不光作为今文学派对于“革命”具有一种先天的使命感，事实上康梁一向置身于时代潮流中，其思想即为世界革命潮流所形塑，在戊戌变法之前已从中外翻译渠道获知“法国革命”与“明治革命”的多种信息，因此在他们的改良事业中夹杂着暴力与和平的不同革命意涵，且在语词、观念与实践的不同层面上体现出来。

1906 年，康有为在《新民丛报》上发表《法国革命史论》一文，引发被称为“革命与改良之争”的一系列论战。① 结果是，反清革命派占上风，改良派在理论上失势。佐藤慎一准确指出了康有为对法国大革命的矛盾观点：一方面谴责法国大革命是人类历史上最为血腥残忍的事件，另一方面又称赞其为世界上最高的政治成就——建立了一个民主制的民族国家。② 法国大革命的历史在 19 世纪末的中国广为传播，如王韬在《重订法国志略》中沿袭了日人冈本监辅《万国史记》中有关“法国革命”的表述，反映了明治时代对法国大革命的吊诡态度：在世界革命的语境中认同其博爱、自由的普遍价值，同时将民众暴力运动视作对“万世一系”皇权的威胁而加以排斥。康有为既以君主立宪作为戊戌变法的最终目标，也分享了这种矛盾态度。然而，当他将法国革命的反对态度转移到以孙中山为首的反清运动时，否定中却已认同于业已成形的“革命”意识形态，且在传统儒家“春秋大义”上赋予其合法性。这里值得探究的问题是：康有为以今文经学作为变法的理论依据，“革命”概念在今文学中向来具核心地位，为何康有为轻易放弃“革命”且将之让渡于反清革命派？这对于今文经学意味着什么？这牵涉到他一系列奏议中的话语与修辞策略，更关乎他在全力推进其改良议程时带有一种世界革命的视野，因

① 明夷：《法国革命史论》，《新民丛报》第 85 期（1906 年 8 月），页 9—26；第 87 期（1906 年 9 月），页 1—36。

② ［日］佐藤慎一：《近代中国の知识人と文明》（东京：东京大学出版会，1996），页 249—252。不过，他认为康有为《法国革命史论》写于 1898 年，可见他尚未受到学术界关于康有为奏议真实性问题研究的影响。

此问题就变得更为复杂。

陈柱在《公羊家哲学》一书开宗明义曰:"《公羊传》之说《春秋》,甚富于革命思想。……革命之义,是否为《春秋》条例,亦当别论,而孔子之富于革命思想,则亦显而易明,非可厚诬也。"[①]说孔子和《春秋》是"革命",属后设诠释,本身即具今文学派对待历史文本的特色;然而,"汤武革命"在"春秋书法"中居核心地位,因此今文学派无不重视"革命"议题,也无不讲究"革命"修辞。康有为在《孔子改制考》等著作中传承今文家法,把孔子作为代表"进化""公法"的价值载体,其中必然发生传统学术话语的现代转换问题。中国史学向来以《春秋》作为评判基准,他早年在长兴讲学,"大业求仁之义,而讲中外之故,救中国之法"[②],即以各国历史作为教材,探究中国的借鉴之道。他是怎样讲述世界历史的?新旧观念与价值是如何转换的?在唐才常《交涉甄微》一文中:"或曰:子以公法通《春秋》,毋乃僭欤?"此提问正触及传统史学价值系统与"人类公理"接轨的要害问题。唐才常回答道:"《春秋》为素王改制之书,上本天道,中用王法,下理人情,治通三统,礼存四代。""素王改制垂世之公心,经权互用,不以古今中外而有阂也。"[③]这显然受了康有为的影响。唐氏对于史学话语的现代转换抱乐观态度,然而尽管他坚信《春秋》原则,这种今文学取向在当时被视作离经叛道,事实上在变法过程中旧派对康有为横加阻挠,如张之洞等人的"干名犯义"的指控大约是更为致命的。

梁启超在《戊戌政变记》中强调指出,康有为向光绪帝进呈了"欧洲列国变革"的书籍,其中包括《明治变法考》《俄大彼得变法致强考》《突厥守旧削弱记》《波兰分灭记》以及计划进呈的《法国革命记》等,所谓"康有为所以启沃圣心,毗赞维新者,则尤在著书进呈之一事"。这些书籍体现了改良派对于世界革命的认识,因此本文着重解读他在奏议中诸如"变法""维新""变政"与"革命"语词或隐或显

① 陈柱:《公羊家哲学》(台北:台湾中华书局,1980),页1。

② 《康南海自订年谱》(台北:文海出版社,1972),页23。

③ 湖南省哲学社会科学研究所编:《唐才常集》(北京:中华书局,1980),页45。

的意涵交织，跨越学术谱系、知识转型、互文验证、心理结构等层面。一方面，作为他的改革理论纲领的"三世说"受到代表历史进化的法国革命观的影响，在戊戌奏议中也以世界近代史作为重要内容，试图以世界革命的普遍法则强加于清王朝；另一方面，他从今文经学出发，以《春秋》"大一统"、孔子"素王"与"教化文义、礼乐典章"为原则立场，在维护清王朝"正统"合法性的前提下希图通过改革转化为君主立宪政体。因此，变法过程中的康有为，身处东西方革命风云的十字路口，激进与保守形成尖锐冲突，在目标与策略之间作艰难的抉择，尤其在"革命"一词使用上背离了今文学家法。这一理论上的"阿喀琉斯之踵"，反映了改良派的内在困境；不仅预示了戊戌变法的失败，也可看到20世纪之交"革命"意识形态形成的复杂性及改良派所起的历史作用。

一、"革命"山雨欲来

从语义和文化角度来看"革命"的传统与现代的关系，在20世纪初出现了戏剧性变化，一种新的革命意识形态迅速形成，不仅对辛亥革命，也对现代中国带来深刻影响。据陈少白记述，1895年，孙中山在广州起义失败后逃往日本神户，看到当地报纸称他为"革命党"而惊讶不已，同伴陈少白说："我们从前的心理以为要做皇帝才叫'革命'，我们的行动只算造反而已。"[①]孙中山对陈少白说："'革命'二字出于《易经》'汤武革命，顺乎天而应乎人'一语，日人称吾党为革命党，意义甚佳，吾党以后即称革命党可也。"[②]这段叙事有误记之处，但孙中山确实是通过某个日本报纸接受了"革命"一词来作为其反清

① 陈少白：《兴中会革命史要》（台北：文物供应社，1956），页3—4。

② 冯自由：《革命二字之由来》，《革命逸史》（台北：台湾商务印书馆，1939），第1集，页1—2。

斗争口号的。[①] 这一孙、陈插曲,反映了"革命"话语的某种中国性:充满改朝换代的历史贯穿着成王败寇的铁律。儒家通过"春秋书法"给胜利者冠以"革命"的美名,并为之建构代表天意民心的"正统"合法性神话,而对失败者则无不施以"造反""叛乱"的恶名。陈少白的"造反"的自白并非个例,另如反清团体龙华会的陶成章说:"皇帝不是老百姓做的,造反是大逆不道的。"[②]

如果说自19世纪90年代初王韬以来通过跨国跨语言翻译意味着中国与世界革命接轨,那么上述孙、陈这一幕则是在实践方面给中国"革命"话语带来了转折。这也是一个"传统的创新"范例,在现代国际语境里,原来属于禁忌的"革命"话语被唤醒,在各种世界革命经验的流通中产生新的意义,同时也遵循普世规则而继续展开。所谓"世界革命经验",按照霍布斯鲍姆(E. Hobsbawm,1917—2012)的说法,自18世纪以来"双轮革命"——法国政治革命与英国工业革命——成为世界革命的普遍标杆。当然,这是一种以西方为中心的表述,为其所忽视的如日本的"明治维新"或"明治革命"对中国发生影响,而且在传统创新过程中也必定会形成中国革命自身的新范式。

由于一系列理论与实践的结果,中国"革命"进入了现代民族国家之林的视野,王朝轮替的观念被现代化了,含一种用普遍革命价值来创造进步历史的新意识;而在民族革命席卷全球之时,群众成为创造历史的主人,因此"造反"之类的"春秋笔法"属于区域性文化而失去意义,像孙中山、陈少白自称的"革命"含有一种新的群众意识,其所从事自我合法化的革命无须结果的验证,在运动过程中作为一种政治主权而行动。值得注意的是,在传统更新的过程中"汤武革命"并未消失,与之相连的"天命"被转变成一种积极的权威,大众对古代中国王朝更替的集体记忆被唤醒,且有效地发生作用。

在1903年邹容的《革命军》中,中国革命"传统的创新"得到一

---

① 陈建华:《孙中山何时自称"革命党"?——早期思想地图"革命"指涉的勘探》,《第七届孙中山与现代中国学术研讨会论文集》(台北:孙中山纪念馆,2004),页13—32。

② 陶成章:《龙华会章程》,《辛亥革命》(上海:上海人民出版社,1956),页535。

种经典的表述:"革命者,天演之公例也;革命者,世界之公理也;革命者,争存争亡过渡时代之要义也;革命者,顺乎天而应乎人也;革命者,去腐败而存良善者也;革命者,由野蛮而进文明者也;革命者,除奴隶而为主人者也。"[①]在历史进化的"公例""公理"的观照下,"革命"被重新定义,以"种族革命"为纲领,"除奴隶而为主人"意谓"造反有理",人人都有权革命;所谓"顺乎天而应乎人"指汤武式的武装革命,正显出在地特殊语境。钱基博分析了晚清革命思想的传播:"启超避地日本,既作《清议报》,丑诋慈禧太后;复作《新民丛报》,痛诋专制,导扬革命。章炳麟《訄书》、邹容《革命军》先后出书,海内风动,人人有革命思想矣!而其机则自启超导之也。"[②]的确,《革命军》具有强烈的战斗性,把革命宣传推向高潮,虽然所凸现的是反清革命那一条线,但整个过程更为错综复杂。即以梁启超为例,也有着他所宣扬的和平革命的一条线。而且,钱氏认为"其机则自启超导之也",指的是戊戌之后,其实对于改良派而言,在戊戌之前就已经接触到世界革命思潮,并作出复杂的回应。

甲午战败,国族危机加深,康有为"公车上书"之后与他的同人们全力推动改良运动,兴办学会和报纸一时成风。1896 年,孙中山在伦敦被捕受审,结果被释放,变成一桩国际事件,中外媒体纷纷报导,而在改良派报纸上的孙中山形象耐人寻味。1897 年 9 月,《实学报》主编王仁俊从香港报纸得来消息,惊呼道:"孙文者,乱臣贼子也。"说他"悍然创议改立民主,一欲将中土开辟自沿海以达卫藏,俾得通商,一欲各省都会设电线,建铁路,天下同轨,俾无阻隘,甚至谓中国人心携贰,以本朝非中国血脉"。虽然痛骂孙氏,却勾勒出一个具"民主"思想和宏大改革计划的雄杰形象。王仁俊极力主张"仍以经制之学为断,必核乎君为臣纲之实,则民主万不可设,民权万不可重,议院万不可变通,不然者,罗马结死党,立私会,法党叛新君,南美洲民起而

① 周永林编:《邹容文集》(重庆:重庆出版社,1983),页 41。
② 钱基博:《现代中国文学史》(香港:龙门书店,增订本,1965),页 33。

争权,不十年而二十三行省变为盗贼渊薮矣"[①]。如此表述充满惊恐,感受到代表"民主""民权""议会"的世界革命潮流的压力。同样,《时务报》上麦孟华的《论中国会匪宜设法安置》一文在惊呼反清"会党"势力蔓延时,把孙中山建立的"兴中会"看作"援希腊自立之例,倡美洲合众之义"的新型会党,与那些仇视洋人、谋图财物的亡命之徒大不相同,所谓"今日之会匪,其势之大,其人之智,更非发逆所能望其肩背者",比"发逆"洪秀全之流要高明厉害得多,"试问秦汉以来二千余年,所谓盗贼者,有若是陈义之高,托体之尊,知识之达者乎?其去欧美政变之党,日本尊攘之徒几何哉?"[②]麦孟华未提孙文的名字,但与王仁俊一样,他也把孙中山与欧美等国"政变之党"相联系,已非寻常草寇流匪可比。其实,他们提到"法党叛新君""民权""倡美洲合众之义"等,已与法国革命或美国革命有关,但是王、麦都属于改良派中的保守分子,称孙中山"乱臣贼子",仍是沿用传统的"革命"话语。

晚清知识分子以读报为日课,紧追西学和国际动向。力主改良的多为通识之士,对世界潮流尤其敏感,但不同的政治与学术背景呈现不同的观点与立场。章炳麟在《时务报》上发表《论学会有大益于黄人,亟宜保护》一文,对于蓬勃兴起的学会,他认为应当发扬中国儒、墨之学,借以抵制西方文化。文章最后转变话题,说在中国"革命""系一国一姓之兴亡而已",但如今"不逞之党,假称革命以图乘衅者,蔓延于泰西矣",所谓"民智愈开,转相仿效。自兹以往,中国四百兆人,将不可端拱而治矣";因此,认为当今急务乃是"以革政挽革命",否则后果不堪设想。[③] 当时章氏尚主张改良,但不讳言"革命",

① 王仁俊:《民主驳议二》,《实学报》第 5 册(1897 年 9 月)(北京:中华书局,影印本,1991),页 281。另载苏舆编:《翼教丛编》(台北:台联国风出版社,影印本,1970),页 137。

② 麦孟华:《论中国会匪宜设法安置》,《时务报》第 40 册(1897 年 9 月)。另见《时务报》(北京:中华书局,影印本,1991),页 2701。

③ 章炳麟:《论学会有大益于黄人,亟宜保护》,《时务报》第 19 期(1897 年 3 月),页 1252—1258。

说泰西“不逞之党”假借“革命”的名义，已涉及法国革命甚或孙中山之类，但不像王、麦斥之为“乱臣贼子”，其实把“革命”看作家族轮替，已含祛魅性质，与今文学派理解不同。另外，与梁启超接近的谭嗣同则具愤青激进倾向，在《仁学》中呼吁：“国与教与种偕亡矣！唯变法可以救之。”然而，他引“汤武革命”之语并表示：“吾华人慎无言华盛顿、拿破仑矣，志士仁人求为陈涉、杨玄感，以供圣人之驱除，死无憾矣。”这里几乎模糊了“革命”与“造反”的界限，隐含对清廷合法性的怀疑。这也体现在他对法国革命的价值认同：“法人之改民主也，其言曰：‘誓杀尽天下君主，使流血满地球，以泄万民之恨。’……夫法人之学问，冠绝地球，故能唱民主之义，未为奇也。”[1]

从这些言论来看，改良派深感危机，更感受到世界革命大势所趋，大有面临山雨欲来的情状。事实上，像《申报》那样价值“中立”的商报，也在传播一种新的“革命”舆论。例如，1898 年 1 月 29 日的《防内患说》一文叙述“粤东逆犯孙文”从美洲回香港开业行医，又到处纠集党徒，购买军火，举兵谋反，简直“狂妄悖逆，罪不容诛”；然而同时直接称他为“革命党”，说“每在海外创为革命之说”，“一时信从者众，竟有缙绅士类，附会其言”。在这篇报道中，《申报》已不自觉认同孙氏的“革命党”立场，代表了新的公共空间的价值取向。

此时康有为也得到“革命”信息，却比较微妙。1898 年初，他出版了《日本书目志》[2]，收录了超过七千条书目，绝大多数是日本明治时期关于西方社会科学与人文科学的翻译或著作。据康有为说，他是在通晓日语的女儿康同薇的帮助下辑录这些书的。他相信，中国应当追随明治日本的模式，这是成为一个强大的民族国家的捷径。同时，由于语言和文化的相近，中国知识分子通过日文翻译来学习西方知识会更为容易。值得注意的是，目录中包含两本关于法国大革

---

① 蔡尚思、方行编：《谭嗣同全集》（北京：中华书局，增订本，1981），下册，页 342—344。

② 康有为：《日本书目志》（上海：大同译书局，1898）。见姜义华、张荣华主编：《康有为全集》（北京：中国人民大学出版社，2007），第 3 卷，页 261。

命的书，即《佛兰西革命史》与《佛国革命史》，另一本书名为《宗教革命论》。[1] 前两种即“法国革命史”，而“法国革命”的译法已为国人所知，但是“宗教革命”中的“革命”即指世间事物的和平变革，在当时是个新概念。后来梁启超在日本提倡“诗界革命”已在此意义上使用的。这说明，康有为已经通过日语媒介接触到“革命”的复杂用法。

二、经今文学的话语实践

梁启超在《清代学术概论》中说：“今文学运动之中心，曰南海康有为。”书中概述康氏受廖平的启发而深究公羊学，先后发表《新学伪经考》和《孔子改制考》。所谓“立‘孔子改制’说，谓六经皆孔子所作，尧舜皆孔子依托，而先秦诸子，亦罔不‘托古改制’。实极大胆之论，对于数千年经籍谋一突飞的大解放，以开自由研究之门”。[2] 又说：

> 近人祖述何休以治《公羊》者，若刘逢禄、龚自珍、陈立辈，皆言改制，而有为之说，实与彼异。有为所谓改制者，则一种政治革命，社会改造的意味也，故喜言“通三统”。“三统”者，谓夏、商、周三代不同，当随时因革也。喜言“张三世”。“三世”者，谓据乱世、升平世、太平世，愈改而愈进也。有为政治上“变法维新”之主张，实本于此。有为谓孔子之改制，上掩百世，下掩百世，故尊之为教主；误认欧洲之尊景教为治强之本，故恒欲挤孔子于基督，乃杂引谶纬之言以实之；于是有为心目中孔子，又带有“神秘性”矣。[3]

《清代学术概论》写于1920年，其《自序》曰：“本篇纯以超然客

---

① 姜义华、张荣华主编：《康有为全集》，第3卷，页311、294。

② 梁启超：《清代学术概论》，《梁启超论清学史二种》，页5。

③ 同上书，页65。

观之精神论列之，即以现在执笔之另一梁启超，批评三十年来史料上之梁启超也。”此时梁氏思想上颇与胡适同调，学理上以“汉学”与“宋学”互为参综，不消说对康有为与他自己浸润的清末今文学已持一种批评立场。他指出，一方面，康有为的“改制”具有“一种政治革命，社会改造的意味”，充分肯定康氏今文学的现代价值，当然其中包括对他自己所起激进推导作用的肯定；另一方面，此时虽然他与康有为在政治上南辕北辙，如说到“有为、启超皆抱启蒙期‘致用’的观念，借经术以文饰其政论，颇失‘为经学而经学’之本意，故其业不昌，而转成为欧西思想输入之导引”。“借经术以文饰其政论”，道出今文学派“通经致用”的特征；而“转成为欧西思想输入之导引”，也点出其现代价值取向。但说康有为“误认欧洲之尊景教为治强之本，故恒欲挤孔子于基督”，把康氏尊孔子为“教主”说成谬误，已脱离当时语境而持一种批判态度，至于“乃杂引谶纬之言以实之”，更涉及今文学与“五德终始”之类的历史渊源，在20世纪20年代初的思想氛围中含有荒诞不经之意。

对今文学的批评含糊带过，涉及其政治性却讳莫如深。回到二十年前，1899年6—7月，梁启超在《清议报》上连续发表《论支那宗教改革》，阐述康有为的宗教哲学：“关于支那者，以宗教革命谓第一着手；关于世界者，以宗教合统谓第一着手”，论证以孔子“大同之教”“建立国民之信仰”的必要性，并从“进化主义”“平等主义”等六个方面说明孔教的普世价值。当梁氏解释这一切都是康有为以《春秋》为依据时，俨然显出其今文经派家法。古文学派把“六经”看作孔子整理的古代文献，因此取一种历史研究的态度；而梁启超说“六经”的真正精髓“不在于《诗》《书》《礼》《乐》。孔子之意则全在《易》与《春秋》”，就完全是公羊一派的说辞，“若《春秋》者，孔子经世之大法，立教之微言，皆在焉。《春秋》之精要在口说，而其口说之传授，在于公羊学”。西汉初期，由于秦朝焚书的缘故，古代经典残缺不全，当时治经者凭口头相传，由是后来今文学派探究《春秋》的“微言大义”而建构出一套为现实政治服务的理论。该文阐述康有为的“三世说”：“《春秋》之立法也，有三世：一曰据乱世，二曰升平世，三曰太平世。其意言世界初起,必起于据乱,渐进而为升平,又渐进而为太平。今胜于古,后胜于今,此西人打捞乌盈、士啤生氏等所倡进化之说也。""三世说"源自《春秋公羊传》,经过汉代董仲舒、何休到近代刘逢禄、龚自珍等演绎发挥,成为一种强调变易的历史观,今文学派用作实践政治变革的理论武器。在康有为那里,"三世说"受到进化论的影响而提出"今胜于古,后胜于今",于是摆脱了董仲舒以来"天不变道亦不变"的历史循环论。[①] 此时梁氏至日本不久,把达尔文(C. R. Darwin,1809—1882)写成"打捞乌盈",不过他很快通过日本翻译典籍了解西学,以卢梭(J-J. Rousseau,1712—1778)、孟德斯鸠(B. D. Montesquieu,1689—1755)自命,大力宣传达尔文进化论等"欧洲思想精神",遂在思想上语言上脱离了康有为的今文学藩篱。

如果说梁启超的《论支那宗教改革》是学理上的今文学表述,那么1902年9月康有为在《新民丛报》发表《南海先生辨革命书》则体现了今文学的"政治哲学"。此文俯瞰当日世界大势,认为中国处于"帝国主义"压迫面临瓜分之时:"吾中国本为极大国,而革命诸人号称救国者,乃必欲分现成之大国,而为数十小国,以力追印度,求至弱亡。"康氏指斥道:"革命者日言公理,何至并现成之国种而分别之,是岂不悖谬哉!"他提出真正救国之途应当以普鲁士"铁血宰相"为楷模:"毕士麻克(俾斯麦)生当欧洲盛言革命之后,近对法国盛行革命之事,岂不知民主独立之义哉? 而在普国独伸王权,开尊王会,卒能合日尔曼二十五邦而挫法,合为德国,称霸大地。"文章主要为清王朝的合法性作辩护,大致这么几点:二百年来,清朝比许多汉人建立的王朝更为理性清明而富于成就——科举制度因袭汉制,封疆大吏等皆为汉人,"满汉于今日无可别言者也,实为一家者也";而且,历史上的中国本来就是多民族不断混同的国家,"计今四万万人中,各种几

---

① 关于康有为的"三世"理论,参见 Kung-chuan Hsiao, *A Modern China and a New World: K'ang Yu-wei, Reformer and Utopian, 1858-1927* (Seattle and London: University of Washington Press, 1975), 41-96. 其与清代今文学派关系的简要论述,参见麻天祥:《中国近代学术史》(武汉:武汉大学出版社,2007),页130—135。

半,姓同中土,孰能辨其真为夷裔夏裔乎?"但文章的关键,在于《春秋》"大一统"论点:

> 夫夷夏之别,出于《春秋》。然孔子《春秋》之义,中国而为夷狄则夷之,夷而有礼义则中国之。故晋伐鲜虞,恶其伐同姓,则夷晋矣。……然则孔子所谓中国夷狄之别,犹今所谓文明野蛮耳,故中国夷狄无常辞,从变而移。当其有德,则夷狄谓之中国;当其无道,则中国亦谓之夷狄。将为进化计,非为人种计也。……盖据乱之世,内其国而外诸夏;升平之世,内诸夏而外夷狄;至于太平之世,内外大小若一。故曰王者爱及四夷,又曰王者无外,又曰远方之夷,内而不外也。

康有为仍寄希望于清廷"以戊戌推翻新政,而辛丑已复行之,近且有满、汉通婚之谕,然则大势所趋,即顽錮权强,亦不能不俯首而移变,然则吾四万万人之必有政权自由,必可不待革命而得之,可断言也"。像戊戌变法一样,他仍然阐述公羊学的"微言大义",但不同的是这回是指斥"革命"的荒谬而论证清廷的合法性。始自《公羊传》中"君子大居正""王者大一统"的论述,何休、董仲舒乃至近代刘逢禄、龚自珍等无不把"大一统"视为政治目标与王者象征,而康氏也从历史上的"正统论"获得理论资源。"正统论"属史学史范畴,自欧阳修之后,史家对于历朝"正统""变统""篡伪""霸统"等的评判汗牛充栋,但源头还是从《春秋》的褒贬"书法"而来,构成儒家政治文化的重要部分。饶宗颐在《中国史学上之正统论》一书中指出,正统论有两个源头,一为"五德运转说","另一为依据《公羊传》加以推衍,皇甫湜揭'大一统所以正天下之位,一天下公心',欧公继之,标'居正''一统'二义。由是统之意义,由时间转为空间,渐离公羊之本旨。然对后来影响至大。温公谓:'苟不能使九州合为一统,皆有天子之名而无其实也。"[①]照这么说,康有为说清王朝"开辟蒙古、新疆、西藏、东三省之大中国",造成史无前例的"大一统";即使涉及中国、

---

① 饶宗颐:《中国史学上之正统论》(上海:远东出版社,1996),页74—75。

夷狄之别，其实在"正统论"中也不成问题。有人把外族入主称为"变统"，但元末杨维祯的《正统辨》说："论正统之论，出于天命人心之公，必以《春秋》为宗，不得以割据僭伪当之。论元之大一统，在平宋之后，故元统乃当承宋。又以道统立论，道统为治统所系，道统不在辽金而在宋。总之，主张元之正统，应上接宋。"[1]与此相对照，既然杨维祯说元朝是"正统"，那么康有为说清朝"其教化文义皆从周公、孔子，其礼乐典章，皆用汉、唐、宋、明，与元时不用中国之教化文字迥异"，其正统性似更理直气壮。

《南海先生辨革命书》发表后，章炳麟即撰《驳南海先生革命书》，指斥康氏效忠清廷乃"瞑瞒于富贵利禄"。的确，康有为对光绪帝感恩戴德，但这份辨革命书不能不说是一次出色的今文学话语实践，有其学理的内在连贯性。问题是，尽管在论证清王朝"正统""大一统"方面理据十足，却与现实脱节。在世界革命与民族运动兴起的语境里，他的"春秋书法"已属于区域性文化而失去作用。章太炎骂光绪帝"载湉小丑，不辨菽麦"[2]，等于把士人对清王朝的最后一点同情都击碎了。另一方面，革命舆论如火如荼。这一年对于孙中山尤其关键，章士钊的《孙中山》、宫崎滔天的《三十三年落花梦》相继出版，不仅改变了孙中山"江洋大盗"的形象，也似乎为"革命"完成了现代的自我加冕仪式。其实，从上述戊戌年间改良派对孙氏的描述来看，这一形象转变并不那么困难。

康有为仍在大讲"正统""大一统"的《春秋》家法，同时的梁启超与三年前发表《论支那宗教改革》的时候大不一样，却在摆脱今文学而走向西化，以代表普世价值自任。1902 年初《新民丛报》创刊，梁氏就开始连载其《新史学》，旨在重建从王朝转向民族国家立场的中国史学，声称史学不是为一家一姓服务，而是为民族服务，实际上对于清廷的合法性已含某种否定，与邹容说的"进化之公例"有重合之

---

① 饶宗颐：《中国史学上之正统论》，页 54。

② 章炳麟：《驳康有为论革命书》，《章太炎全集》（上海：上海人民出版社，1985），第 4 册，页 173—184。

处。梁启超大肆攻击“正统论”:“中国史家之谬,未有过于言正统者也。言正统者,以为天下不可一日无君也,于是乎有统;又以为天无二日、民无二王也,于是乎有正统。统之云者,殆谓天所立而民所宗也,正之云者,殆谓一为真而余为伪也。千余年来,陋儒断断于此事,攘臂张目,笔斗舌战,支离蔓衍,不可穷诘,一言蔽之曰:自为奴隶根性所束缚,而复以煽后人之奴隶根性而已。”这时梁启超的激进言论臻至巅峰,其史学上批判“正统”和“奴隶根性”无异于宣扬“造反有理”,与革命派同调。而且,就在《南海先生辨革命书》同一期,梁启超发表《新史学五》,副题为《论书法》,进一步批判正统论得以建立的“春秋书法”:“史家之言曰,书法者本《春秋》之义,所以明正邪,别善恶,操斧钺柄,褒贬百代者也。”“吾不知泗上之亭长,何以异乎渔阳之戍卒……乃一则夷三族而复被憝之名,一则履九五而遂享神圣之号,天下岂有正义哉,惟权力是视而已。”这等于对康有为的说法帮倒忙,也说明康的反对革命立场未能在改良派内部获得支持。

如标题所示,《南海先生辨革命书》要辨明“革命”之非,但对于讲究“春秋笔法”的康有为来说,问题却出在“革命”的使用上。所谓“谈革命者,开口必攻满洲,此为大怪不可解之事。……夫革命之义,出于孔子之称汤、武,而孟子以诛纣为诛贼,不谓之弑君,此法之杀路易,英之杀查理士,号称国之公敌者也。故君无道虐民,虽在汉人乎?”在《孟子·梁惠王下》中,就“武王伐纣”这件事齐宣王问孟子:“臣弑君可乎?”孟子回答说,纣王残害了仁义,不再是一位王,“闻诛一夫纣矣,未闻弑君也”,意谓武王诛杀了一个独夫,而非“弑君”。“诛”与“弑”一字之差,体现了春秋书法。这里康有为举例包括被巴黎市民送上断头台的法王“路易十六”(Louis XVI,1754—1793),说他是“国之公敌者”,就把“法国革命”等同于“汤武革命”,处死路易十六代表了天心民意,因此不是“弑”而是“杀”。尤其在孟子的语境里,同样一字之差,却造成春秋书法的内在颠覆。的确,康氏对法国革命的理解本来就是两歧的,既肯定其代表民主自由的历史进步,又否定其暴力政治,也正是在此意义上他对“谈革命者”持反对态度。但是,把“谈革命者”与法国革命与汤武革命并置,已意含其反清的正义性,原来“造反”“叛逆”之类的“春秋书法”全不起效用。换言之,康有为在对待反清“革命”问题上自相矛盾,至少其今文学内在逻辑出现某种错乱,对于他所坚持的清廷的合法性起消解作用。事实上,这错乱发生在一种新的政党政治的语境里。从党派斗争的意义上,他与“革命者”是同等的。当“春秋书法”不再起作用时产生了双重标准,“革命者”与天心民意无关,成为一个代表暴力手段的运动的符号。

《南海先生辨革命书》是在《饮冰室师友论学笺》的栏目中发表的,具师友同党之间论学性质,因此康、梁看似分道扬镳,其实梁启超并未完全脱离今文学,某种程度上仍受到学统伦理的约束。如在《论正统·新史学三》中说:“讵知《春秋》所谓大一统者,对于三统而言,《春秋》之大义非一,而通三统实为其要端。通三统者正以明天下为天下人之天下,而非一姓之所得私有,与后儒所谓统者,其本义既适相反对矣。”以公羊学的“通三统”来解释“大一统”,当然打破了王朝史观,与时代的民主潮流相呼应。同样,康有为竭力维护清王朝“大一统”与“正统”,但根本目标是“虚君共和”,也即“保中国不保大清”之意,因此两人思想上也有交合之处。同样,梁启超也不完全反对“春秋书法”,所谓“有春秋之志者可以言书法,无春秋之志,不可以言书法”。对于康有为来说,他早已用进化论来讲《春秋》,可说是“《春秋》之志”的体现,而且康有为在鼓吹满汉一家时,更以“太平世”的“大同之爱”立论,这在当时十分超前,尽管没发生实际作用。

三、世界革命叩击天朝之门

戊戌变法无异于一场政治风暴,本身在帝国的严重危机中展开。甲午战败,朝野惊恐,所谓“三千年未有之变局”意味着更为深刻的心理危机,即危及国本的信心,不仅是政治的,也是文化的。康有为在京城参加进士考试时传来了中国战败于日本的消息,他起草了一份一千三百余举人签名的请愿书,进呈朝廷,呼吁即刻推行改革。两年之后,他被光绪帝任命为"总理衙门章京上行走",允其奏议直达御前,于是他连续呈上数十疏,改革建议多被采纳推行,涉及政治、经济、军事、文教等领域,史称"百日新政"。身处风暴中心的康有为乃一介布衣,缺乏权力基础,改革理论来自儒家另类的公羊学,这些已造成戊戌变法在思想和程序上的脆弱性。更具挑战的是康氏借孔子"托古改制"的内容,如颁布宪法和成立议会等旨在改变现行政治体制。根据今文经学的理论,孔子之所以是"素王",是因为他建立起了政治与道德的规范,所有世俗统治者都将其作为国家事务的准则。在康有为的描绘中,孔子变成了一个"人类公理"的代言人、新时代的预言者。因此,称孔子为"素王"则凌越王权,实质上将危及清朝的统治基础及其合法性,无怪乎他的政敌们察觉到其改革议程中的颠覆倾向,因而控诉其变法目的乃是"保中国不保大清"。

百日新政中不仅各种势力激烈冲突,也是语词之战的漩涡。首先,与"戊戌"连在一起的"变法"是在康有为的奏折中出现最为频繁的术语,令人联想到战国时期的商鞅(前395—前338)和北宋的王安石(1021—1086)。在中国历史上,"变法"总是与政治危机、大规模改革、杰出的治国之术与政治领袖的非凡道德力量以及个人生涯的风险联系在一起的。他们为增强王朝实力与君主统治,推行一系列政治与制度的改革。虽然他们的个人命运都充满了悲剧,尤其是商鞅为秦国的富国强兵做出了巨大贡献,却被他的敌人处以车裂分尸的极刑。康有为宣称孔子乃"变法之圣"①,遂赋予孔子以"卡里斯马"(charisma)式的超凡力量,因为"变法"意谓在系统内部进行政治与制度上的改革,是最具中性而能被广泛接受的。因为这一缘故,当政治改革的社会氛围持续发酵之时,"变法"一词会在晚清知识分子当中广为流传。

商鞅是法家,王安石则把《春秋》讥为"断烂朝报"而为儒家不齿。从今文学学理上来说,更具参照性的是西汉的董仲舒。他给武

---

① 孔祥吉:《救亡图存的蓝图——康有为变法奏议辑证》(台北:联经出版社,1998),页218。

帝的奏疏曰:"《春秋》大一统者,天地之常经,古今之通谊也。今师异道,人异论,百家殊方,指意不同,是以上亡以持一统;法制数变,下不知所守。臣愚以为诸不在六艺之科、孔子之术者,皆绝其道,勿使并进。邪辟之说灭息,然后统纪可一而法度可明,民知所从矣。"[①]正逢盛世强主,董仲舒"独尊儒术"的建议迎合了帝国集权的需要,也体现了公羊学的经世成效。但戊戌变法的境遇完全不同,面对弱主光绪及满朝保守势力,康有为小心谨慎地讲究修辞表述,变法固然是为了加强——更确切地说——挽救正走向衰败的王朝。在引述《易经》"穷则变,变则通"时,康有为发挥了孔子的变革哲学,尤其强调了"通"的丰富含义。[②] 如他所建议,皇帝应当"通古今""通达下情",采用"通商"政策,以及破格任命"通才"来为朝廷效命。[③] 事实上,清王朝的政治结构已经僵化,积重难返,因此"通"意味着开放、放权。

在康有为的奏议中,除了"变法"外,"变政""维新"也是反复出现的关键词,各自蕴涵今文经典的"微言大义"而富于全球信息。奏议中提供了大量有关世界各国的政治史知识,对于康氏来说也是实行变法的重要策略。例如,他向光绪帝进呈的书籍有《日本变政考》《波兰分灭记》《列国政要比较表》《俄彼得变政记》《泰西新史揽要》等,似乎在给年轻的皇帝作一种世界历史的启蒙;然而,在分析评价俄国彼得大帝及其改革、明治维新、波兰的厄运以及英国与德国的政治改革时,则带着一种迫切的口吻,要求皇帝认清帝国的现状及其在世界中的位置,并从各国兴衰存亡的历史获得教训,从而刻不容缓地实行改革。

这些精心提供的世界历史渗透着经今文学的改革哲学。根据康有为的演绎,孔子所预言的"三世说"与世界各国的政治体制相对应,

---

① 班固:《汉书·董仲舒传》(北京:中华书局,1962),页2523。

② 旷兆江指出,梁启超使用的术语"通",意思是"对运动与活力的比喻",它被有趣地翻译为"dynamism"(Luke S. K. Kwong, *A Mosaic of the Hundred Days: Personalities, Politics, and Ideas of 1898*, 126).

③ 孔祥吉注意到,康有为在其奏议中几乎是将"通才"作为一个特殊的术语在使用(孔祥吉:《救亡图存的蓝图——康有为变法奏议辑证》,页243)。

为人类社会指出了进化阶序:"君主"制的俄国和土耳其属于"据乱世","君民共主"制的日本和英国属于"升平世",而"民主"制的法国和美国则属于"太平世"。康有为认为,对于中国而言,法国或美国的民主理想过于遥远,难以一蹴而就,更为切实可行的是经由"据乱世"过渡到"升平世",也即由君主专制转向君主立宪制。康有为的预期是,通过展示不同国家的政治经验,光绪帝将会采纳他的建议,首先效仿彼得大帝而坚决地推行改革,并在制度革新和具体措施上以明治维新为模本。

"变政"一词在用于俄国或日本的历史时,似乎只是一个技术性术语,其目标仅限于改革政策和管理体制方面。实际上,"变政"最终指向的是帝制政体实质性变革。康有为意图通过这些书籍来敦促光绪帝尽快施行改革。他承诺说,中国若变政,三年之内将会发生翻天覆地的变化,并将足以与世界列强相抗衡;否则,便会像那些已然从世界版图中消失的国家那样坠入无底深渊。他鼓励光绪帝以明治维新作为其改革模板,并在《日本变政考》中提出具体的制度改革措施,如提议建立议会——这是由君主专制向君主立宪转变的关键一步——在保守派眼中尤其无法容忍。[①] 所谓"不变则已,一变则当全变之,急变之"[②]。然而,施行全盘改革后,大清皇帝将只是一个名义上的存在。

"维新"一词也不时与"变法"联系在一起,有时是"变法维新",有时是"维新变法"。与"变政"并用时,"维新"凸显的特质是"新"。根据今文学说,孔子是受命于天来开创新时代的"新王"。康有为将"新"特别描述为与传统的断裂。在他的术语中,孔子"开新"意味着告别过去。对康有为的改革方案来说,改变应是历史性的,这一点已由世界历史所证明:

---

① Kung-chuan Hsiao, *A Modern China and a New World: K'ang Yu-wei, Reformer and Utopian, 1858-1927*, 200-207.关于康有为提议建立议会的详细评论,参见孔祥吉:《救亡图存的蓝图——康有为变法奏议辑证》,页 vii—xiii。

② 孔祥吉:《救亡图存的蓝图——康有为变法奏议辑证》,页 222。

> 百余年来,为地球今古万岁转轴之枢,凡有三大端焉:一,自倍根创新学而民智大开,易守旧而日新;一,自哥伦布辟新地而地球尽辟,开草昧而文明;一,自巴力门倡民权而君民共治,拨乱世而升平。[①]

"维新"这一术语带有激进的倾向,改革运动以一场语词的战争展开。康有为在奏议中谨慎且策略性地使用"变法""变政""维新"等术语来构建起其劝说的修辞。有时在"革旧维新""革尽旧习"等表达中,单个的"革"字被使用,表示一种剧烈的改变。[②] 尽管这些关键词已尽其可能地温和,它们还是负载着康有为雄心勃勃的计划和激进的意图。事实上,当康有为以恳切之声描述着清王朝所面临的危机情形而敦促光绪帝采取行动时,他的奏议中以典故和隐喻的方式弥漫着革命的话语。1898 年 3 月 12 日,康有为上呈一份奏议并附了一本《俄彼得变政记》一书。在该书序言中,他写道:

> 泰西之国,一姓累败而累兴,盖善变以应天也。中国一姓不再兴者,不变而逆天也。夫新朝必变前朝之法,与民更始,盖应三百年之运。顺天者兴,兴其变而顺天,非兴其一姓也;逆天者亡,亡其不变而逆天,非亡其一姓也。一姓不自变,人将顺天代变之,而一姓亡矣。一姓能顺天,时时自变,则一姓虽万世存可也。[③]

凭借着"变"这一习用语产生出的可变的哲学能量,康有为几乎以一种威胁的方式在劝说年轻皇帝。重复"天意""民意"的段落与"汤武革命"的卦辞交织在一起,却带着郑重的警告,所谓三百年王朝更替的宿命也是今文学派的基本信条。更重要的,当它与"泰西之国"联系到一起时,这样的变革话语便隐含着一种世界革命的视野。

---

① 康有为:《日本书目志》,《康有为全集》,第 3 卷,页 311。

② 康有为:《请大誓臣工,开制度新政局摺》,转引自《救亡图存的蓝图——康有为变法奏议辑证》,页 6、8。

③ 康有为:《进呈俄彼得变政记序》,转引自《救亡图存的蓝图——康有为变法奏议辑证》,页 269。

四、欲言又止的"革命"困境

关于戊戌变法,梁启超《清代学术概论》已指出康有为的"改制"是"一种政治革命",更说到他在长沙时务学堂时,"以《公羊》《孟子》教,课以札记","每日在讲堂四小时,夜则批答诸生札记,每条或至千言,往往彻夜不寐。所言皆当时一派之民权论,又多言清代故实,胪举失政,盛倡革命。……堂内空气日日激变,外间莫或知之"。① 这些就内容性质而言,并非当时在使用"革命"之词。在这里,须考察康有为与"革命"一词的关系,像《俄彼得变政记》的序言中"人将顺天代变之,而一姓亡矣"等语,汤武式"革命"呼之欲出。因此,康有为在戊戌变法中必定涉及"革命"一词的考量及其使用,所涉及的不仅有关他的变法思想与实践,对于理解今文学的理论局限与戊戌变法的成败得失也至关重要。

长期以来,康有为的《戊戌奏稿》是研究戊戌变法的重要资料②;书中收入他在百日维新期间向皇帝进呈的奏议和书序,1911 年 5 月由其女婿麦仲华编辑出版。20 世纪 70 年代,黄彰健发现该书与故宫现存戊戌变法档案史料在文字上多有不合,由是指出《戊戌奏稿》是在宣统期间为了君主立宪的政治需要而改撰的"伪摺"。③ 关于奏议的真伪问题,学者做了不少讨论,这里仅聚焦与"革命"有关的问题。在《戊戌奏稿》的五篇书序中有四篇被认为是伪作,但是一个有趣现象是,其中《进呈法国革命史序》《进呈日本明治变政考序》《进呈突

---

① 梁启超:《清代学术概论》,《梁启超论清学史二种》,页 69。

② 康有为:《戊戌奏稿》(台北:文海出版社,1985)。20 世纪 50 年代初,翦伯赞、段昌同主编了《中国近代史资料丛刊》,其中第 8 种《戊戌变法》收录了《戊戌奏稿》中的全部奏议。1958 年,国家档案局明清档案馆编印出版了《戊戌变法档案史料》,收录了许多康有为在戊戌期间的奏议真件,由是凸现了《戊戌奏稿》的真伪问题,见孔祥吉:《序言》,《救亡图存的蓝图——康有为变法奏议辑证》,页 i—viii。

③ 黄彰健:《康有为戊戌真奏议》(台北:历史语言研究所,1974)。

厥削弱记序》这三篇皆含“革命”一词。[①] 迄今能确定康氏在戊戌变法中进呈的奏议与书序约为八十余件,[②]而其中未见“革命”一语,因此这些序文极具价值。由康氏自己明确了“革命”与戊戌变法的联系,遂与“变法”“变政”“维新”构成更为复杂的关键词网络。为何“革命”缺席?这埋藏何种玄机?值得探讨,且对于深入理解戊戌前后康氏与“革命”——特别与“法国革命”的吊诡关系,提供了重要线索。

首先须面对这几篇序文的真伪问题。“伪造”“革命”含什么目的?是为了反对反清革命?还是为了支持立宪政治?如果“革命”本来就是今文学题中之义且早就出现在康氏思想中,而其意涵更合乎戊戌变法的历史脉络,那就不一定是“伪造”。笔者一再指出“革命”使用中存在种种见与不见的微妙关系,历来“讳言革命”与“春秋书法”息息相关,如梁启超在长沙时务学堂讲学时鼓吹“民权”思想,批改诸生作业时说“二十四朝其足当孔子王者,无人焉。间有数霸者生于其间,其余者皆民贼也”,指斥“民贼”与“汤武革命”有关;他后来自言“盛倡革命”,[③]也因为这类言论。这属于讳言革命与后设诠释的情况。对于康有为,需作两方面考察,首先确定他何时开始使用“革命”,其次考察三篇序文中“革命”的具体意涵,方可确定与之相关的历史语境及主观意图。

孙中山因见到日本报纸称其谓“革命党”之后才以“革命”自命,康有为的情况不同。他在百日新政前数月出版了《日本书目志》,其中包括《佛兰西革命史》《佛国革命史》《宗教革命论》三书,当时像“法国革命”这一译名已不算新奇,而“宗教革命”的“革命”意谓所有事物的和平变革,乃日本自创之词,大约还是首次进入中土。然而,《日本书目志》仅是个书目著录,且数量庞大,康有为究竟读了多少?他对各种人文与社会科学的新术语了解到何种程度?沈国威认为,

---

① 康有为:《戊戌奏稿》,页163—179。

② 孔祥吉:《救亡图存的蓝图——康有为变法奏议辑证》,页xvii。

③ 苏翼编:《翼教丛编》(台北:台联国风出版社,1970),页357。

许多书名来自日本出版商的目录,康有为不可能全部读过,也不可能正确理解所有内容;且通过康有为的目录,一大批产生于明治日本的新术语进入中国,对当时知识界的影响有限。[①] 黄兴涛却认为,《日本书目志》中有将近四百个明治时代产生的新术语,沈国威或许低估了康有为引入这些新术语的影响力;在康有为的戊戌奏议中,许多新术语在当时广为传播,意味着一种新的知识类型正在形成,并激起了保守派的严厉批评。[②]

就"革命"用语而言,如上文已言及梁启超在《论支那宗教改革》一文中有"关于支那者,以宗教革命谓第一着手"之语,"宗教革命"的日本式表述首次出现在他的论述中。虽然至 1902 年年底梁氏在《释革》一文中才言及他如何接触到以"革命"作各种名词后缀的日本用法[③],事实上可能不会那么晚。须注意的是《论支那宗教改革》发表于 1899 年 6 月,这时他在日本半年余,正加紧学习日文并开始熟悉西学,至这一年年底在《汗漫录》中发明了"诗界革命"一词,由是发展为一个文学运动。不过从"宗教革命"与康有为直接有关这一点看,则应当联系到《日本书目志》,既代表康有为的宗教哲学,当然合乎其意,因此与日人《宗教革命论》的密切关系不可轻视。再举一例可看出康有为对于"革命"的日本用法的熟悉程度。戊戌政变后他初至日本时与大限重信、犬养毅等政界名流结交,前内务大臣品川弥二郎以其师吉田松阴之《幽室文稿》及其墨迹相赠,[④]康有为遂作《读日本松阴先生幽室文稿题其上》一诗,诗中有"首创尊攘义,誓心扫武门。武门何赫赫,政柄八百春。天王实守府,生杀惟收军。急激发义唱,岂不惮祸艰?救国心既苦,殉道勇所熏。遂使群处士,愤起掴血

---

① 沈国威:《康有为及其〈日本书目志〉》,《或问》5(2003):51—68。

② 黄兴涛:《康有为戊戌时期使用和传播日本新名词之研究》,见郑大华、黄兴涛、邹小站主编:《戊戌变法与晚清思想文化转型》(北京:社会科学文献出版社,2010),页 190—217。

③ 中国之新民:《释革》,《新民丛报》第 22 号(1902 年 11 月):页 1—8。文中谓:"庆应、明治之交,无不指为革命时代;语及尊王讨幕废藩置县诸举动,无不指为革命事业。"

④ 吴天任:《康有为先生年谱》(台北:艺文印书馆,1994),页 255。

痕。前复后轨继，大狱惨酸辛。终能覆霸图，版籍奉元君。千年大革命，礌硠壮乾坤……”[1]“千年大革命”之意即如梁启超《释革》一文所说：“日人今语及庆应、明治之交，无不指为革命时代；语及尊王讨幕废藩置县诸举动，无不指为革命事业；语及藤田东湖、吉田松阴、西乡南洲诸先辈，无不指为革命人物。”“讨幕”诉诸武力，但目的是“尊王”，与表示改朝换代的“汤武革命”不同，因此这一“革命”是日人用法。梁氏《释革》一文发表于 1902 年 12 月，言及他到日本后才知道这种“革命”意义，而含“千年大革命”之诗发表于 1899 年 3 月的《清议报》上，这也足以证明康氏在戊戌或之前已明白日本“明治革命”之义。可资印证的是，1898 年梁启超刚到日本时致品川弥一郎书：“启超昔在震旦，游于康南海先生之门，南海之为教也，凡入塾者皆授以《幽室文稿》曰：‘苟志气稍偶衰落，辄读此书。’因日与松阴先生相晤对，而并与阁下相晤对者，数年于前矣。”[2]因此，康氏在万木草堂期间已了解到吉田松阴与明治史，且在“革命”的使用上也比梁启超更为前卫。

康有为在百日维新期间曾连同“序言”一起两度进呈《明治变政考》一书，二者都存在于档案当中。而《戊戌奏稿》中的《进呈日本明治变政考序》一文曰：

> 尝考日本变法之始至难矣，与欧美语文迥殊，则欲译书而得欧美之全状难。帝者守府，而武门执权，列侯拱之，其孝明天皇欲作诗而无纸，则收权难。及倒幕维新，而革命四起，则靖人心难。新政初变，百度需支，频仍变乱，兵饷交困，而国库乏绝；初创国家银行，资本仅得二十九万，全国岁入，仅逾千二百万，直至前岁，胜我之后，岁入亦仅八千万，则筹款难。然二十年间，遂能政法大备，尽撮欧美之文学艺术而熔之于国民，岁养数十万之兵，与其十数之舰，而胜吾大国，以蕞尔三岛之地，治定功成，豹

---

① 更生：《读日本松阴先生幽室文稿题其上》，《清议报》第 9 册（1899 年 3 月），页 569。

② 吴天任：《康有为先生年谱》，页 261。

变龙腾,化为霸国。

所谓"倒幕维新,而革命四起",与上引《读日本松阴先生幽室文稿题其上》中"千年大革命"一段对读,表达同一意思。黄彰健对此文评论曰:"真的日本变政考进呈序已见《日本变政考》书首,与此序文句完全不同。"①的确,将两序相对照,文字完全不同,相应的一段曰:

> 日本外有英美之祸,内为将军柄政,封建遍国,人主仅以虚名守府,欲举国而变之,其势至难也。然一朝桓拨,誓群臣而雪国耻,聘万国而采良法,征拔草茅俊伟之士,以升庸议政,开参议局、对策所、元老院以论道经邦,大派卿士游学泰西,而召西人为顾问,尽译泰西之书,广开大小之学,于是气象维新,举国奋跃矣……然守旧之党犹多,泰西情意未狎,阻挠之议亦甚,则易衣服,去拜跪,改正朔以率之。犹患众情未一,民情未洽,章程未立也,则开社会以合人才,立议院以尽舆论。大隈重信、伊藤博文实为会党之魁首,草定议院之宪法。宪法既定,然后治具毕张,与万国流通合化矣。

把两篇序文置于戊戌与宣统的语境里,有两点须讨论。一是与"立宪""民主"等议程有关。《戊戌奏稿》的序文约为一千八百余字,进呈序文约一千二百余字,篇幅减去三分之一。前文多为描述日本历史及自己对日本的研究经过,而后文则列出具体变政措施。换言之,后文更为简练而紧贴变法议程。据康有为《自编年谱》,自1886年就开始了《日本变政考》的写作,十年方始完成。② 因此,《戊戌奏稿》所收的不似在宣统间的"伪作",而有可能是一份早已写就的文稿,而进呈的序文是后来重写的。对于这篇《进呈日本明治变政考序》,黄彰健因为"书名不对"及其与进呈序文"文句完全不同"而视

① 黄彰健:《康有为戊戌真奏议》,页500。

② 朱忆天:《康有为的改革思想与明治日本》(上海:上海人民出版社,2011),页36。

之为“伪作”。[①] 更主要的是,黄彰健认为康有为在戊戌四月得到光绪帝召见之后竭力主张“以君权雷厉风行”推行改革,而《日本变政考》即具代表性,且不复提“设议会”“开国会”或“立宪法”等,因此判定《戊戌奏稿》皆为“伪摺”。[②] 对于这一点,孔祥吉认为虽然不无灼见,但把《戊戌奏稿》一概看作“伪摺”则“缺乏具体之分析”,“完全低估了康有为的胆识及其民主思想”。孔祥吉指出,“康有为的策略十分灵活,其政治主张往往是随机应变”,并多方举证说明康有为在戊戌四月之后奏议中仍有设议会、开国会或立宪法之类的主张。[③] 将两篇序文对照,会发现,在进呈序文中充斥着“易衣服,去拜跪,改正朔”“立议院”“草定议院之宪法”的话语,而《戊戌变法》的序文却毫无这类表述,这跟黄彰健的逻辑恰恰相反,可见其论断缺乏说服力。

另一点有关“革命”。《戊戌奏稿》之序文连举“译书”“收权”“人心”“筹款”几方面强调日本变法的“难”处,而进呈序文则简约为政治上“其势至难也”。所谓“将军柄政,封建遍国,人主仅以虚名守府”,略去了“倒幕维新,而革命四起”等语,显然出于忌讳。当日“倒幕维新,而革命四起”,遂使天皇克服“收权”之“难”,收明治维新之功,其实对于光绪帝来说,正处于相似境遇,但是在中国“革命”不是指暴力颠覆,就是与和平禅让有关,都对政权合法性含有威胁,而“革命四起”更有针对阻碍变法的守旧派之嫌,这样的表述决然不能出现在奏议中。另外,像这样称赞日本明治“革命”的序文对于康有为在宣统年间的政治目标实在看不出有什么作用,而在他早年熟悉日本“千年大革命”的脉络里来看,却是顺理成章的表述。

再来看《进呈法国革命记序》,从现存档案记录来看并未进呈,黄彰健因文中有“立宪”之语断言“此序亦康在宣统时伪作”[④],已不足为据。序文标示为戊戌“六月”,虽然对法国革命的严厉指斥与1906

---

① 黄彰健:《康有为戊戌真奏议》,页499—500。

② 同上书,页96。

③ 孔祥吉:《救亡图存的蓝图——康有为变法奏议辑证》,页vi—xiii。

④ 黄彰健:《康有为戊戌真奏议》,页505。

年的《法国革命史论》如出一辙，但是它在戊戌前后康梁的文本中一再被提到，如康有为在 1898 年 4 月 10 日的《进呈〈日本变政考〉等书，乞采鉴变法以御侮图存摺》中提到，除了《日本变政考》他还编译了另外五本历史书，其中一本是《法国变政考》。[①] 另据孔祥吉考证，《戊戌奏稿》辑有 1898 年 5 月《请尊孔圣为国教，立教部教会以孔子纪年，而废淫祀摺》是根据同月进呈的《请商定教案法律，厘正科举文体，听天下乡邑增设文庙，并呈〈孔子改制考〉》一摺"补缀，窜改严重"，摺中有"经昼夜写黄，将臣所编《明治变法考》《俄大彼得变法致强考》《突厥守旧削弱记》《波兰分灭记》《法国革命记》，进呈御览，聊备法戒"等语，孔祥吉指出"后三种书均未进呈"。[②] 从这两条材料可知，康有为确实有编辑并打算进呈《法国变政考》一书，但最终并未进呈，而《戊戌奏议》题为《法国革命记》显然与事实不符，但不能说是空穴来风，它联系到《日本书目志》中的《佛兰西革命记》，为这一点作旁证的是 1898 年 12 月《清议报》创刊号上梁启超《续变法通义》一文："今试言满人他日之后患，抑压之政，行之既久，激力所发，遂生大动，全国志士，必将有米利坚独立之事，有法兰西西班牙革命之举，彼时满人噬脐无及，固无论矣。"[③]文中"法兰西""革命"应当是康梁在戊戌期间习惯使用的名词，这几句话与《进呈法国革命记序》的内容也有相通之处。从 1900 年 4 月梁启超致康有为书中"先生屡引法国大革命为鉴。法国革命之惨，弟子深知之，日本人忌之恶之尤甚"的话语[④]，可见他们对于法国革命的关切程度及某种共识。另外，梁氏在 1899 年的《戊戌政变记》中说康氏向光绪进呈多种关于"欧洲列国变革"的书籍，"其言深切，皇上深纳之。既乃辑《法兰西革命记》《波兰灭亡记》等书，极言守旧不变，压制其民，必至亡国，其言哀痛迫切，上大为感动，故改革之行加勇决焉"。[⑤] 书名异同或是否进呈另当别

---

① 孔祥吉：《救亡图存的蓝图——康有为变法奏议辑证》，页 59。

② 同上书，页 123—129。

③ 任公：《续变法通义》，《清议报》第 1 册（1898 年 12 月），页 11。

④ 丁文江、赵丰田编：《梁启超年谱长编》（上海：上海人民出版社，1983），页 235。

⑤ 梁启超：《戊戌政变记》（台北：文华出版社，1964），页 39—40。

论,可确定的是"法国革命"在戊戌变法的议程中,康有为撰写并打算进呈该书。

《戊戌政变记》强调这些"欧洲列国变革"书籍的特别作用,《法国革命史》是进呈书目之一。与康氏用俄国、日本的历史来体现"变法之条理次序"不同,《法国革命史》是作为反面教材,《戊戌奏稿》中的序言曰:

> 臣读各国史,至法国革命之际,君民争祸之剧,未尝不掩卷而流涕也。流血遍全国,巴黎百日而伏尸百二十九万,变革三次,君主再复,而绵祸八十年,十万之贵族,百万之富家,千万之中人,暴骨如莽,莽走流离,散逃异国,城市为墟,而变革频仍,迄无安息,旋入洄渊,不知所极。至夫路易十六,君后同囚,并上断头之台,空洒国民之泪,凄恻千古,感痛全球。自是万国惊心,君民交战,革命之祸,遍于全欧,波及大地矣。①

在王韬《重订法国志略》、麦肯齐《泰西新史揽要》等书中,对法国革命的描写已极为残酷,皆远不能与康氏相较。法国革命在康有为的"三世"进化历史观中具有轴心作用,如序言中"普大地杀戮变乱之惨,未有若近世革命之祸酷者矣,盖皆自法肇之也","臣窃观近世万国行立宪之政,盖皆由法国革命由来。迹其乱祸,虽无道已甚,而时势所趋,民风所动,大波翻澜,回易大地,深可畏也。盖大地万千年之政变,未有宏巨若兹者,亦可鉴也"。这些表述强调了民主与进化的世界潮流势不可当,并把清王朝置于这一进程中,大有危如累卵,成败在此一役之慨,因此除了"立宪之政"别无选择。康有为对法国革命残酷性的极端修辞,也凸现了法国革命在整个变法议程中的特殊功能,所谓"且夫寡不敌众,私不敌公,人理之公则也。安有以一人而能敌亿兆国民者哉? 则莫若立行干断,不待民之请求迫胁,而与民公之"。以天意民心的名义来"请求迫胁"清廷变法,其中似可听到"汤武革命"的潜台词。

---

① 黄彰健:《康有为戊戌真奏议》,页503。

《进呈法国革命史序》未在“六月”进呈，但它合乎当时语境，当由康同薇“搜辑”而得。在四月的奏议中题为《法国变政考》，并表示计划撰写此书或正在撰写中。对康有为来说，“法国革命”在其变法理论与实践中极其重要，集中体现了他对进化历史的认知，以“变政”的名义要求皇帝学彼得大帝，以日本为师，都属技术上的，而法国革命一书具应顺世界民主大潮的性质，因此或者“六月”是计划进呈《法国革命史》的时间，有可能康有为试图以此作为狠招来促使清廷实行“立宪”，但事实上六月里在设立“制度局”“勤懋殿”等问题上新旧两派进入白热化斗争阶段，最终没有进呈《法国革命史》，大约因为这类说辞已经失去效用之故。

另一方面，“革命”既是犯忌之语，在进呈语含“革命”的奏议时必定踌躇再三，如《进呈突厥削弱记序》一文有三处“革命”[①]，皆具正面意义，通过突厥的兴衰变化而鼓吹一种进化史观，语句激烈极具胁迫感。自哥伦布发现美洲、意大利文艺复兴之后，欧洲的新思想与科学技术日益发达，“突人得大炮火药于蒙古，而输之欧，于是破封建万千之侯垒，而王权成，腾扬滥天之革命波，而立宪遍于各国矣”；而后“废宪法，复守旧”，突厥走向衰败，在描述其落后情状时处处与中国连接：“其国地芜茀，与我国同；……英、俄、德、法、奥、意六国大使，外揽收其财，内干预其政，日迫压取其利权，国民愁怨谘嗟，与我国同；于是革命四起，于是人人思易朝逐君矣”。像这样一连使用了十个“与我国同”的句式把清朝完全比作突厥，与《进呈法国革命史序》中几乎把光绪帝比附成路易十六，如不改革必将落到上断头台的命运；甚至如“突厥不亡国，则革命殆不远矣，无可救药矣。岂止削弱而已哉”之类的修辞，对于清廷来说显然难以接受。

关于康有为奏议真实性的讨论，或许还存在伪造或修改书序之外的可能性。康有为有可能根据不同的进呈情况而准备了不止一稿的书序，并且格外关注标题。他没有让“革命”出现在奏议中，恰恰是因为在汉语语境里这个词语神秘地包含着天意与民意，并被理解为

---

① 黄彰健：《康有为戊戌真奏议》，第500—502页。

对王朝命运的一种诅咒。这对于光绪帝脆弱的神经而言已过于尖锐,更不用说对于满族统治阶层与汉族臣子们之间的紧张关系了。有一次,康有为在奏议中引用了明代崇祯皇帝在煤山上自尽的典故,并说"冒犯圣听,不胜战栗屏营之至",光绪帝慨叹说:"非忠肝义胆不顾死生之人,安敢以此直言陈于朕前乎?"[①]光绪帝固然显得大度,但涉及"革命"的措辞当然有"冒犯"的风险。

康有为自1895年向清帝上书之后,几成奏议书写专业户,至今能见到八十余篇尚非全部,有的代人书写,有的由他人代呈,奏议所含的变法思想与修辞策略随时变化,在传播过程中有的见诸报纸,有的私下流传,情况殊为复杂,即便如《康南海自编年谱》所载,在日期、篇名、内容上问题多多。对于《戊戌奏稿》应当考虑到各种因素,不当遽下"伪作"的结论。这三篇序文含有经由中外翻译的丰富意涵,表明康有为"革命"思想的某种连续性,与他在戊戌中运用世界史作为变法内容相一致,更凸现了"革命"的现代立场,对于理解其变法理念与策略都十分重要。"革命"与"立宪"皆系涉及清廷合法性的重药,两者密切相连;对照康氏在宣统年间反对革命的政治议程,三序中有关"革命"表述不同程度含有应顺民主和历史进化的意涵,反而对反清革命有利,因此说这些序言一概造假是说不通的。

五、改良与激进的今文学逻辑

康有为、梁启超都是晚清思想界的弄潮儿,因此,《清代学术概论》开篇以这样的话来表述真切体认:

> 今之恒言,曰"时代思潮"。此其语最妙于形容。凡文化发展之国,其国民于一时期中,因环境之变迁,与夫心理之感召,不期而思想之进路,同趋于一方向,于是相与呼应汹涌,如潮然。

---

① 梁启超:《戊戌政变记》,第20—21页。

> 始焉其势甚微，几莫之觉；寖假而涨—涨—涨，而达于满度；过时焉则落，以渐至于衰熄。凡"思"非皆能成"潮"；能成"潮"者，则其"思"必有相当之价值，而又适合于其时代之要求者也……凡时代思潮，无不由"继续的群众运动"而成……于同一运动之下，往往分无数小支派，甚且相嫉视相排击。虽然，其中必有一种或数种之共通观念焉，同根据之为思想之出发点。此种观念之势力，初时本甚微弱，愈运动则愈扩大，久之则成为一种权威。此"观念"者，在其时代中，俨然现"宗教之色彩"。

梁氏笔下的"时代思潮"在"五四"新文化运动之时势头正盛，所有"观念"中能挟持"群众运动"的"权威"而具"宗教之色彩"的，非"革命"莫属。康、梁在晚清以经今文学作为理论资源与政治武器，或可以列文森(J. R. Levenson，1920—1969)"儒家的现代命运"来加以概括。从戊戌变法及后来的理论与实践来看，师徒俩有分有合，分道扬镳或殊途同归，在学术与政治、传统与现代之间激扬无数思想的火花，为建构"时代思潮"做出了不同程度的贡献，而"革命"意识形态在20世纪初迅速形成过程中，所谓"同一运动之下，往往分无数小支派，甚且相嫉视相排击"，当然其中少不了康梁的"革命"话语实践，犹如巨大的灰色地带，编织着保守与激进的丰富经纬。

作为一个今文学者，康有为在长兴讲学时就对法国、日本的近代史做过深入研究，尤其是法国革命对其进化"三世说"的形成起了关键作用，以此为契机使今文学激发出现代活力，遂狂飙突起，能引领一时思想潮流也正在于其激进性。然而，这使今文学传统与世界革命遭遇时出现断裂，尤其在体制内从事变法运动并面临"革命"群众运动时，意识到"法国革命"威胁与颠覆清廷的合法性及"春秋书法"的有效性，康氏极力诅咒，却难以摆脱"革命"的语言牢笼，遂陷于自相矛盾的困境之中。在他对"法国革命"的认同中促成其现代身份的转换，却在语言上缺乏一种"正名"的敏感。其实在他看来，法国革命与汤武革命一样，代表天心民意，即使在大加叱责时，如《康南海辨革命书》中称路易十六为“公敌”,《法国革命史论》中历数旧王朝的种种暴政说明革命发生的根源,[①]并未改变他对于法国革命所代表的“民主”价值的赞赏态度。另外须注意的,康有为反对法国革命还基于两种考量:一是在被世界列强“瓜分”的情势下,和平变革比暴力革命对中国更有利;一是从“三世”观的“大同”理想出发,鼓吹普天之下同享仁爱,因此他认为“种族革命”并不符合历史“进化”的原则。

在戊戌变法中,上述三篇书序显出康氏多元的革命思想图谱,但唯一能借鉴的是日本式“革命”。康有为在长兴讲学时就让梁启超等学习吉田松阴的《幽室文稿》,因此刚到日本盛赞明治维新“千年大革命”,说明他充分懂得“革命”与其所发挥的“大义名分”的威力,在《日本变政记序》中以“革命四起”形容日本尊王讨幕,似乎有意将“革命”切入变法运动,但结果未能付诸实践。且不论在汉语语境里“革命”一向被理解为对王朝命运的一种诅咒,实际上也不具备客观条件。在日本“万世一系”天皇制度的前提下,从 10 世纪初“辛酉革命”到德川时代对“汤武革命”的清算,方形成“明治革命”的混杂意涵。还有一批具武士道精神的“义士”前仆后继遂造成明治之局,也是长期“神道”意识与民间力量酝酿的结果。不能忽视的是日本方面不断以各种方式向中国输出“革命”,如犬养毅或日本报纸称孙中山为“革命党”,就含有双重标准。1909 年,大隈重信编纂《开国五十年史》一书,总结明治以来各方面所取得的成就,扉页有作者题签,是赠送清朝大臣的,意在提供明治维新的经验,其中有“革命与改革之差”一节:“革命与改革语本异,而日本人恒混同之……。明治之初,将军奉还政权,新政府改革庶政,有觖望者一时亦尝用兵,人或误谓之革命,然决非有革命之实也。”[②]对于此时已经宣布“预备立宪”的清廷

① 康有为:《南海先生辨革命书》,《新民丛报》16(1902):59—69。明夷:《法国革命史论》,《新民丛报》85(1906):9—34;87(1906):1—36。

② 大隈重信编纂:《开国五十年史》(东京:开国五十年史发行所,1909),页 7。感谢吕宗力兄惠示此书,扉页有作者赠送清朝大臣的题签。

来说,这样的“革命”理论不会显得生硬。

1898年10月26日,梁启超抵达东京第五日,给首相兼外相大隈重信的信中将戊戌变法与明治维新作比较:“敝邦今日情形,实与贵邦安政、庆应之时大略相似,皇上即贵邦之孝明天皇也,西后即贵邦之大将军也。”但日本的“尊王讨幕”很难在中国发生,梁启超举出戊戌与明治之间有三点不同:(1)皇室与幕府是“君臣之分”,而西太后与皇帝却是“母子之名”。(2)天皇在京都,将军在江户,不同处一地;而皇帝与西太后在同一宫殿,皇帝无法自由活动。(3)“萨长土佐诸藩”拥有兵权,而“敝邦之长门”“湖南”却在“政变数日……一切权柄悉归守旧之徒,无不可用矣”。[①] 康有为以明治维新作为变法的楷模,是指改革内容而言,梁启超的这番比较则关乎权力结构及其机制运作,也决定了他们的行动方略,结论是“尊王讨幕”的模式不适于中国,换言之,中国不可能产生“明治革命”的翻版。因此,“革命”的精神资源既不可能为清廷所接受,客观条件也难以得到运用。再从深一层康梁的主观方面看,多种“革命”——来自《春秋》传统与世界“双轮革命”观念时时处于混杂状态,当然也做不到纯粹。事实上,他们在激进与保守之间的策略选择过程中有很多不确定性,如丁酉冬梁启超赴长沙时务学堂前与同人讨论运动方针时决定采用“彻底改革,洞开民智,以种族革命的本位”的“急进法”,康有为并不反对。[②] 也即上述梁氏向志贺重昂解释的,戊戌四月受光绪召见之后“翻然变计,专务扶翼主权,以行新政”,不再鼓吹“革命”。尽管如此,他们的“民权”倾向还是影响到他们对清政权的忠诚。像康有为那样,且不说对“法国革命”的吊诡认同,他在发表《法国革命史论》时使用了“明夷”的笔名,源自黄宗羲的《明夷待访录》。该书以大胆批判封建君权而著名,所谓“为天下之大害者,君而已矣”[③],将一切社会弊病

① 狭间直树:《梁启超对“国家”认知的新路历程》,《南国学术》3(2016):433—434。

② 丁文江、赵丰田编:《梁启超年谱长编》,页87—88。

③ Wm. Theodore de Bary, Wing—tsit Chan, and Burton Watson, eds. *Sources of Chinese Tradition* (New York: Columbia University Press, 1966), 586-588.

归因于君主制度。康氏《万木草堂讲义》曰："梨洲大发《明夷待访录》，本朝一人而已。"又曰："杀人如麻，黄梨洲之心学不敢传。"①康有为对黄宗羲大加赞誉，不光在民主思想上，在特立独行人格上也心有灵犀；而"杀人如麻"语焉不详，如清初屡兴"文字狱"之类人所皆知，或者清兵入关的大肆屠杀，这一点见于梁启超在长沙时务学堂给学生作业的批语中："屠城屠邑皆后世民贼之所为，读《扬州十日记》，尤令人发指眦裂。故如此杀戮世界，非急以公法维之，人类或几乎息矣。"②在"民贼"与"公法"的措词中，交织着《春秋》传统与普世价值的"革命"意涵；而在这样残酷的历史记忆中，埋藏着满汉之间的深刻隔阂。③

"革命"不能转化为戊戌变法的精神动力，这是清王朝的悲剧，也是康梁的悲剧。在改良主义运动中，梁启超所扮演的"激进"角色至关重要，也须从今文经学脉络中来观照。尽管他在长沙时务学堂期间"传播革命思想"，但在体制内从事改良，对清廷仍抱希望而取合作态度，这方面更多受到日本"义士"精神的激励，如梁启超的助教韩文举说："日本所以二千余年不易姓者，由君位若守府，而政在大将军，凡欲篡位者，篡大将军之位而已。日本所以能自强者，其始皆由一二藩士，慷慨解囊以义愤号召于天下，天下应之，皆侠者之力也。中国无此等人，奈何奈何！"④同样是谭嗣同，一面"求为陈涉、杨玄感"，一面也在呼唤"若机无可乘，则莫若为任侠（暗杀），亦足以伸民气，倡勇敢之气"，⑤也是一种仿效日本武士精神的表示。

明知革命的模式不合适，但不无吊诡的是，当变法陷于瓶颈，康有为铤而走险，指使谭嗣同动员袁世凯发动军事政变，心中不无"尊

---

① 康有为：《万木草堂讲义》，《康有为全集》（上海：上海古籍出版社，1990），第2集，页587—588。

② 苏舆编：《翼教丛编》，页355。

③ 黄彰健：《论光绪丁酉戊戌湖南新旧党争》，《戊戌变法史研究》（台北：历史语言研究所，1970），页309—409。

④ 苏舆编：《翼教丛编》，页358—359。

⑤ 《谭嗣同全集》（北京：中华书局，1981），下册，页344。

王讨幕”的幻影；而戊戌政变清算康有为的头条理由是离间母子关系“大逆不道”，因此袁世凯选择后党出卖了康梁，说他是老谋深算，在遵循“大义名分”上则天经地义。知道对日人来说是个忌讳，康有为讳言其武力颠覆后党的企图。尽管如此，康梁仍以“尊王”为号召，唐才常在汉口举兵试图拯救光绪帝，却以失败告终。[①] 梁启超说与“才常亦数数往来，共图革命”，的确唐才常联络会党，似是仿效孙中山的做法，但公开的旗号是“勤王军”或“自立军”，也自视为日本式“义士”。这场勤王运动在目的与手段方面始终不甚清晰，而康梁所扮演的角色也说不清楚。梁启超说“共谋革命”不是没有道理，但对他而言“革命”已有了复合的意涵，就像他在《汗漫录》中隐约把勤王之师称之为“革命军”，同时也萌发了“诗界革命”的念头。[②] 一种代表和平变革的前景，激起他巨大的热情。

康、梁之间渐行渐远，《清代学术概论》说：“启超自三十以后，已绝口不谈‘伪经’，亦不甚谈‘改制’。”这是实情，在尊孔等问题上，梁启超公然向康有为叫板，但诸如“诗界革命”“小说界革命”等，遂转向思想启蒙而竭力传播和平改良“革命”主张，为思想史、文学史开启了一个新的革命时代。即使因痛恨后党而鼓吹“破坏”，仍与反清“革命党”之间有区别，如在热情颂扬“法国大革命开前古以来未有之伟业”时，实际上呼唤的是“拿破仑旷代英雄”，[③]依然含有帝党勤王的议程。梁启超又说：“启超既日倡革命排满共和之论，而其师康有为深不谓然，屡责备之，继以婉劝，两年间函札数万言。启超亦不慊于当时革命家之所为，惩羹而吹齑，持论稍变矣。然其保守性与进取性常交战于胸中，随感情而发，所执往往前后相矛盾，尝自言曰：不惜以今日之我，难昔日之我。”与“革命家”之间的分歧，不光政治

---

① 桑兵：《庚子勤王与晚清政局》（北京：北京大学出版社，2004），页 390—395。

② 1899 年末，梁启超倡导“诗界革命”，他所呼吁的“诗界革命军”与正在进行的武力恢复光绪权力的谋划有着若隐若现的联系，同时他受到日语中“革命”（即用和平的方式进行改变）的启发，参陈建华：《“革命”的现代性——中国革命话语考论》（上海：上海古籍出版社，2000），页 183—201。

③ 《清议报》，第 95 册（1901 年 10 月）。

上的反清与保皇，还在于对待群众运动的态度上。这些方面梁启超仍与康有为保持一致，不仅受到儒家伦理的制约，根本上基于一种人类大同仁爱而反对暴力革命的立场。

所谓“不惜以今日之我，难昔日之我”，梁启超善变，也因此有反思，他接收了康有为的劝告，意识到其“革命”言论客观上在为革命党输送精神弹药，如《释革》一文所示，从语言翻译方面作反思，这里也显示梁启超较其师高出一筹，甚至认为日本人用“かくめい”来翻译英国“光荣革命”并不恰当，而后者在他看来应当翻译成“がいかく”（改革），这样就与意含暴力推翻旧政权的“かくめい”相区别。对“革命”问题郑重思考之后，1904 年他在《中国历史上革命之研究》一文中从广义和狭义两方面来界定“革命”。就广义而言，革命指的是社会、政治以及所有领域的剧烈的和结构性的变化；狭义指的是通过武装力量推翻中央政府，而中国历史上反复发生的正属于狭义的革命。[①] 经过一番摇摆之后，梁启超重新确定了他的改良派立场，将孙中山的革命归入狭义革命之列。

该文列举了中国历史上无数革命，无论成败，皆缺少崇高的理念，给国家造成灾难。对于陈涉的评介是个有意味的节点。把他与刘邦相提并论时，传统的“春秋书法”被抛弃，革命与造反的界限被模糊而承认了群众的革命性；但另一方面，仍以世界革命与历史进步为基点，似在更高层次的人性立场上竭力将反清革命与政权轮替的传统连在一起，并使之地方化，将它们当作毫无价值、应受谴责的暴力事件。梁启超对“革命”的这番现代定义某种意义上与康有为的“太平世”“大同之爱”的论述相呼应，实即一种“春秋之志”的体现。可注意的是，《中国历史上革命之研究》一文中未提及汤、武，作为中国革命的起源被疏忽，很难说出于无意，而康有为在《南海先生辨革命书》中以孔孟关于“汤武革命”的论述来论证法国杀路易十六、英国杀查理一世的合法性，汤、武革命已具历史进化的普世意义。如果这么来看梁启超的疏忽，那么其中“春秋书法”仍在起作用。

---

① 梁启超：《中国历史上革命之研究》，《新民丛报》第 46—48 号（1904）：1—17。

改良派缺乏群众基础，这与反清革命派有别，而如何看待群众这一点也是他们"革命"理论的关键之点。康有为在《法国革命史论》中说："惜吾国民智未开，人格未至也，以吾谓无真人而假托革命，谬谈自由，其为不可，不待言也。"又说："拨乱之举，事势至难，名分正而力足，犹未易定乱，况于革命之举，必假借暴民乱人之力，天下岂有与暴人乱民共事而能完成者乎？"梁启超在《跋》中说："鄙人所以兢兢焉，不敢附和激烈派之破坏论者，亦正以此故。"[①]那些反清革命者并非"真人"而是"假托革命"者，当然不能与代表真正革命的汤武相提并论，同时指斥群众为"暴人乱民"，正是"春秋书法"的现代翻版。在这一点上，至少在辛亥之前，梁启超并未完全背离康有为。

结 语

戊戌变法充满英雄和悲剧色彩。与其说它失败，毋宁须充分估量梁启超所谓的"政治革命、社会改造"之意。康有为在回答日人指责变法"过于急剧，致激起旧党反对而失败"时说："事虽失败，而废八股，开民智一事，实已成功。现虽复八股，而民智已开，将难遏塞，其源既通，可成江河。"[②]当然，"废八股，开民智"之外，还包括兴办学会和报刊等，标志着知识阶层的自我觉醒与社会动员，而那种从中央到地方上下两头一齐发动改革的构想与实践，尤为深刻。这些变革看似点滴，但中国的"铁屋子"从此被掀开，再也关不住。这些改良主义者怀揣理想主义的激情和勇气，甚至不惜捐弃生命，正是由于"其源既通，可成江河"的愿景。他们以一种世界革命的新视野，从事"社会与文化"的制度性变革，同时在思想与学术方面通过"革命"传统的充满艰难吊诡的自我扬弃与更新，遂使中国进入雷蒙·威廉斯（R.

---

① 明夷：《法国革命史论》，《新民丛报》第85号（1906）：17、23。

② 吴天任：《康南海先生年谱》，页257。

H. Williams, 1921—1988)所说的“长程革命”(a long revolution)[1]之途,此即戊戌变法的“激进”历史意义之所在。

(作者:香港科技大学荣誉教授、复旦大学讲座教授)

① Raymond Williams, *The Long Revolution*, New York: Harper Torchbooks, 1961.

明清使臣视野中的琉日关系

邵毅平

一

以1609年“岛津侵入事件”为界，此前的琉日关系虽有不和谐音，但尚属对等关系。“自古以来，与萨州为邻交，时通聘问，纹船（外交船）往来。”[①]“原是，本国与萨州为邻交，纹船往来者，至今百有余年。”[②]此后则为不对等关系，琉球各方面均受制于日本。[③] 但具有讽刺意味的是，在1609年以前的明人使琉球录中，经常可以看到日人的身影，但在1609年以后的明清使琉球录中，却反而难以看到日人的影子了。

在“岛津侵入事件”之前，日人在琉球已甚为嚣张，明代各种使琉球录中，多少透露了其中的消息。如1534年出使的陈侃云：“俗畏神……闻昔倭寇有欲谋害中山王者，神即禁锢其舟，易而水为盐，易而米为沙，寻就戮矣。为其守护斯土，是以国王敬之，而国人畏之也。”[④]又云：“（八月）二十三日，王使至馆相访，令长史致词曰：‘清欲谒左右久矣，因日本

① 郑秉哲《中山世谱附卷序》，载《中山世谱》（袁家冬校注，北京：中国文史出版社，2016年）附卷卷首。

② 《中山世谱》附卷一《尚宁王》“万历三十七年己酉”条。

③ 《中山世谱》记录琉日关系的附卷，1609年以前只有寥寥数条，主要是关于派遣纹船之事，其余全都是1609年以后的。

④ 陈侃《使琉球录》（黄润华、薛英编《国家图书馆藏琉球资料汇编》，北京：北京图书馆出版社，2000年，上册，第60页）。

人寓兹，狡焉不可测其衷，候其出境而后行，非敢慢也。'"[1]可惜对于琉球国王的致词，陈侃等人的反应却有点想当然："予等但应曰：'已知之矣。'海外之国，唯彼独尊，深居简出，乃其习也。井底之蛙，岂可语以天日之高明也！"[2]错过了了解琉球处境的良机。后来1579年出使的谢杰，似较能理解琉球国王的处境："封舟抵浒，国相以下跪迎，王时为世子，不迎，以倭舶在近，不免戒心故尔。"[3]

不过值得注意的是，明时为害中国东南沿海及朝鲜半岛南部甚烈的倭患，却并未波及琉球。琉球的严加防范可能是一个原因。《明史·外国四·琉球传》云："倭寇自浙江败还，抵琉球境，世子尚元遣兵邀击，大歼之。"又云："礼官以日本方侵噬邻境，琉球不可无王，乞令世子速请袭封，用资镇压。"但也有可能琉球国小民贫，对倭寇来说利益诱惑不大。

谢杰似看出了琉球的受制于倭："夷与倭为邻，而民贫国小，有所不足，辄假贷于倭。每遇封使远临，在他国或至或不至，倭无不至者，名称往贺，实则索逋于其国也。"[4]"教书教武艺，师皆倭人，聪警雄俊则不逮倭，器械亦钝朽，具数而已。苟非恃险与中朝之神灵，为倭所图久矣。"[5]所谓"中朝之神灵"，若理解为中琉封贡关系，则其说似也不无道理。

每次明朝册封使来，倭人都会围观，有时气氛还颇紧张。"先是辛酉(1561)之使，前导驱倭不退，以鞭鞭之。倭怒，操利刃削其鞭，立断。"[6]谢杰还记录了手下与倭人的一场争斗。琉球人甚至还利用了

---

① 陈侃《使琉球录》(《国家图书馆藏琉球资料汇编》，上册，第44页)。

② 陈侃《使琉球录》(《国家图书馆藏琉球资料汇编》，上册，第44—45页)。

③ 谢杰《琉球录撮要补遗·使礼》，夏子阳、王士桢《使琉球录》附(《国家图书馆藏琉球资料汇编》，上册，第557页)。

④ 谢杰《琉球录撮要补遗·御倭》，夏子阳、王士桢《使琉球录》附(《国家图书馆藏琉球资料汇编》，上册，第574页)。

⑤ 谢杰《琉球录撮要补遗·国俗》，夏子阳、王士桢《使琉球录》附(《国家图书馆藏琉球资料汇编》，上册，第573页)。

⑥ 谢杰《琉球录撮要补遗·御倭》，夏子阳、王士桢《使琉球录》附(《国家图书馆藏琉球资料汇编》，上册，第575页)。

这一点:“(倭人)所居舍馆,去天使馆不二里而近。夷虑我众之不善于倭,又虑倭众之不利于我,每为危言以相恐,欲迁我众于营中。”①“倭故尝入寇,为中国患,夷知,辄举以相恐,仍请迁群役入营避之。营去署甚远,且非故事。予辈公出,倭或夹道纵观,又辄斥曰:‘疾去,毋令华人惊!’盖其意欲锢我众,以便己私,姑假倭为词。”②其实就是为了垄断贸易,不让使臣与倭商直接接触。③

1606年出使的夏子阳、王士桢,对琉球大势看得比较清楚:“琉球一单弱国也,去闽万里,悬立海东,地无城池,人不习战。即所属诸岛,浮影波末,如晨星错落河汉,其不能为常山蛇势明矣。日本素称强狡,与之为邻,数数要胁,眼中若无之。”“余观载记及旧录,言人人殊,皆称琉球强。意其孤立海岛,必有所为强者,比至观之,则殊未然。询其所以守,曰恃险与神。夫险安足恃,神亦岂必能据我。然则所恃为安,毋亦效顺天朝,而山川神灵实助其顺欤?”④日本的虎视眈

---

① 谢杰《琉球录撮要补遗·御倭》,夏子阳、王士桢《使琉球录》附(《国家图书馆藏琉球资料汇编》,上册,第574页)。

② 谢杰《琉球录撮要补遗》附《日东交市记》,夏子阳、王士桢《使琉球录》附(《国家图书馆藏琉球资料汇编》,上册,第575页)。

③ 琉球的海外贸易为国营垄断事业,中国册封使团成员所带私人货物,皆由琉球官方作价后全数收购(参见高良仓吉《琉球王国》,东京:岩波书店,“岩波新书”新赤版261,1993年,第95页);而倭商则往往会出具更有竞争力的价格,对琉球官方的作价构成挑战。如1633年随使的胡靖,在其《琉球记》中提到:“八月初旬,日本萨师马(毅平按:即萨摩)人至市,利三倍矣。”(《国家图书馆藏琉球资料汇编》,上册,第270页)便是其例。

④ 夏子阳、王士桢《使琉球录》卷下《群书质异》(《国家图书馆藏琉球资料汇编》,上册,第495页,第503—504页)。有意思的是,“询其所以守,曰恃险与神。夫险安足恃,神亦岂必能据我”这段对话,后来还引出了一段公案:“其后,倭忽大至,杀掠甚惨,执王及王相以去,久之始释。王曰:‘神之灵遂为天使一言败之乎?’嗣是不复以办戈天为言,所过寺院亦未见有祀之者。”(汪楫《使琉球杂录》卷三《俗尚》,《国家图书馆藏琉球资料汇编》,上册,第773—774页)毅平按:“办戈天”一作“辨戈天”,为古琉球所祀手持日月之六臂女神。然周煌《琉球国志略》卷十六《志余》认为:“使馆后善兴寺右有天满神,云即祀天孙氏女处。圆鉴池天女堂称辨才天女。‘戈’字疑‘才’字之误,‘天’字下当加‘女’字,于义为顺。”(《国家图书馆藏琉球资料汇编》,下册,第114页)可备一说。“神灵为天使一言败之”,一百多年后,琉球人还在这么传说。李鼎元 (转下页)

眈,琉球对中国的倚重,他都看得很透彻了。又,夏子阳《使琉球录序》云:“畴昔关酋(丰臣秀吉)犯顺,蹂躏我朝鲜……琉球距日本咫尺尔,朝鲜失则琉球亦难独存,我东南之地且与夷逼。”[①]对东亚形势的判断亦甚为准确。后来19世纪末就上演了这一幕,日本先吞琉球而后并朝鲜,接着又占台湾。至今琉球群岛仍为“第一岛链”,封锁、威胁我东南之地。但即使夏子阳也不会想到,仅仅三年以后,就会有“岛津侵入事件”。

二

“岛津侵入事件”的起因,在琉球对中日立场的不同,以亲中拒日为基本国策。“当是时,日本方强,有吞并之志。琉球外御强邻,内修贡不绝。”[②]在1592年日本侵朝战争爆发前夕,琉球部分拒绝了丰臣秀吉调集兵粮的要求,[③]反而将日本的动向通报给了明朝;[④]德川家

(接上页)《使琉球记》“九月二十九日戊申”条云:“往游辨才庙。庙荒落,供辨才天女。通事云:‘神昔灵异特著,号辨戈天,能易水为盐,化米为沙,以御外患。经某天使一言败之,遂不灵。后改称辨才天女,然国人至今尤崇祀惟谨。’”(殷梦霞、贾贵荣、王冠编《国家图书馆藏琉球资料续编》,北京:北京图书馆出版社,2002年,上册,第793页)又,黄景福《中山见闻辨异》云:“该国自平定山南山北后,久臻宁谧,倭人不侵,岛人不叛,是以兵甲不起,非恃险不设备者比。群书谓恃铁板沙之险,又国中有三首六臂神,邻寇来侵,能易水为盐,化米为沙,诞异不经。《志略》驳之,极允。”(《国家图书馆藏琉球资料续编》,上册,第715—716页)

① 夏子阳、王士桢《使琉球录》卷首(《国家图书馆藏琉球资料汇编》,上册,第309页)。

② 《明史·外国四·琉球传》。

③ 丰臣秀吉要求琉球派兵七千人,提供十个月份的兵粮米,分担名护屋城(位于九州福冈附近,是出兵朝鲜半岛的前沿基地)的筑城费用等,琉球只象征性地答应了一小部分(高良仓吉《琉球王国》,第69页)。日本方面的说法是:“及丰臣秀吉征朝鲜,令尚宁供军粮,尚宁输其半;又借金于岛津氏,以偿其不足,而不还。”(姚文栋译中根淑《琉球立国始末》,《国家图书馆藏琉球资料续编》,上册,第664页)

④ 《明史·外国三·日本传》云:“(丰臣秀吉)并欲侵中国,灭朝鲜而有之……虑琉球泄其情,使毋入贡。同安人陈甲者,商于琉球,惧为中国害,与琉球长史郑迥谋,因进贡请封之使,具以其情来告。甲又旋故乡,陈其事于巡抚赵参鲁。参鲁以闻,下兵(转下页)

康上台后,为修复与明朝的关系,要求琉球居中斡旋,琉球也王顾左右而言他;[①]这些都成为萨摩入侵琉球的借口。1609年,在征得德川幕府同意后,萨摩初代藩主岛津家久"果以劲兵三千入其国,掳其王,迁其宗器,大掠而去"[②]。"春,日本以大兵入国,执王至萨州。"[③]"桦山权左卫门(久高)、平田太郎左卫门(增宗)等,奉命来伐。小大难敌,投诚而降。"[④]这就是改变琉球历史走向的"岛津侵入事件"。

萨摩入侵琉球,押解尚宁王到萨摩。翌年(1610),由岛津家久押解至江户幕府。两年后(1611)始放还,放还条件极为苛刻。[⑤]

一是割岛:"万历三十九年辛亥(1611),家久公出赐琉球一纸目录,此时,鬼界、大岛、德岛、永良部、与论始属萨州。"[⑥]也就是割让奄

(接上页)部,部移咨朝鲜王。王但深辨向导之诬(毅平按:指丰臣秀吉打算入侵中国时用朝鲜人为向导之事),亦不知其谋已也。"按《中山世谱》卷七《尚宁王》"万历十八年庚寅"条,本年(1590)春,遣长史郑迥等奉表入贡,则在战争爆发的两年前,琉球已将情报透露给了明朝,难怪日本恨琉球入骨,致有1609年之入侵,且把透露情报的郑迥羁押至死。又,明朝兵部也把此情报透露给了朝鲜国王,可惜其误以为日本只打算入侵中国,而与朝鲜无关,以致没有引起足够的重视。

① 参见高良仓吉《琉球王国》,第71页。日本方面的说法是:"及德川家康定天下,岛津家久奉其意招之,不来。"(姚文栋译中根淑《琉球立国始末》,《国家图书馆藏琉球资料续编》,上册,第664页)

② 《明史·外国四·琉球传》。此事误系于万历四十年,据《明史·神宗本纪》,应系于万历三十七年。

③ 《中山世谱》卷七《尚宁王》"万历三十七年己酉"条。日本方面的说法是:"乃遣桦山久高将而伐之。先取大岛、德之岛,进兵至运天港,海陆并进,诸城皆溃,尚宁降。久高虏之至,家久乃引尚宁谒德川氏,德川氏礼尚宁。归国,永隶岛津氏。"(姚文栋译中根淑《琉球立国始末》,《国家图书馆藏琉球资料续编》,上册,第664页)

④ 《中山世谱》附卷一《尚宁王》"万历三十七年己酉"条。

⑤ 据传有所谓"掟十五条",亦即王韬《琉球向归日本辨》所说"定律十有五条"(王菡选编《国家图书馆藏琉球资料三编》,北京:北京图书馆出版社,2006年,上册,第814页)。

⑥ 《中山世谱》附卷一《尚宁王》"万历三十九年辛亥"条。其实奄美诸岛不止这五岛,大岛与德之岛间还有几个小岛,以上五岛盖就其中大者而言。19世纪末日本吞并琉球前后,其文部省刊行的小学地理课本中,是这么介绍奄美诸岛的:"(琉球)北部诸岛,今虽属日本鹿儿岛县,其初亦琉球之地也……庆长年中,其(舜天)数世孙尚宁举国降于岛津氏,岛津氏乃还中部、南部,独收北部,自是属于鹿儿岛县。风土物产,率与中部、南部相同。"(姚文栋译《琉球说略》,《国家图书馆藏琉球资料续编》,上册,(转下页)

美诸岛(至今仍属鹿儿岛县),成为琉球人心头永远的痛。“然彼五岛原系吾国管辖之地,故容貌衣服迄今留,与吾国无以相异。”[①]尤其是其中的大岛,“其岛无孔庙,有四书五经唐诗等书,自称‘小琉球’”[②],开化程度最高,应是琉球人最心痛的。

二是赋税:割地后余下的冲绳诸岛、先岛诸岛,每年须缴纳六千余石的租税,从此成为琉球人沉重的负担。“本年(1610),萨州太守遣本田伊贺守等,都鄙有章,上下有分。又遣阿多氏等,均井地,正经界,而始为赋税。从此每年纳贡于萨州,永著为例。”“每年凑补六千余石之赋税以纳萨州。”[③]以致琉球为了派遣进贡使,或接待中国册封使,不得不频频向萨摩举债。[④] 另外,自1637年起,课宫古、八重山

(接上页)第690页)另一日本文献亦云:“大岛……庆长十四年(1609),岛津家久伐琉球,取之,与喜界等四岛,皆永归萨摩之所管。王政革新(明治维新),隶于鹿儿岛县,置治所于大岛名濑,以管诸岛之事。”(姚文栋译《琉球小志补遗》,《国家图书馆藏琉球资料续编》,上册,第679—680页)此事日本国内一般人也未必清楚,如1785年刊行的仙台藩林子平的《琉球三省三十六岛之图》,在奇界(鬼界、喜界)岛下注云“由此琉球地”(参见比嘉政夫《冲绳からアジアが见える》,东京:岩波书店,“岩波ジュニア新书”327,1999年,第13页)。又,琉球内部公文书“辞令书”,在1609年前的“古琉球辞令书”阶段,有大量发给奄美诸岛的,此后就消失不见了(参见高良仓吉《琉球王国》,第131页),也说明1609年后琉球已失去对奄美诸岛的控制。

① 《中山世谱》附卷一《尚宁王》“万历三十九年辛亥”条。琉球自有文献记载以来,其领土范围即为琉球群岛南部的奄美诸岛、冲绳诸岛、先岛诸岛,而并不包括北部的大隅诸岛、吐噶喇列岛(古属萨摩藩,今属鹿儿岛县),《国家图书馆藏琉球资料汇编》之《出版说明》云:“琉球,古国名。即今琉球群岛。在我国台湾省东北,日本国南面海上,处于九州岛与中国台湾岛之间,包括大隅、吐噶喇、奄美、冲绳和先岛五组群岛。”实则误将琉球国版图等同于琉球群岛。1953年,美国将二战后所占琉球群岛北部的大隅、吐噶喇、奄美诸岛先期归还日本,盖也是依据1609年琉球割让奄美诸岛给萨摩藩以后鹿儿岛县的版图而定的。

② 徐葆光《中山传信录》卷四《琉球三十六岛》(《国家图书馆藏琉球资料汇编》,中册,第319页)。

③ 《中山世谱》附卷一《尚宁王》“万历三十八年庚戌”条、“崇祯二年己巳”条。

④ 参见《中山世谱》附卷一《尚贤王》“顺治二年乙酉”条、“顺治三年丙戌”条,《尚质王》“顺治七年庚寅”条、“顺治八年辛卯”条,附卷三《尚敬王》“康熙五十五年丙申”条、“康熙五十九年庚子”条、“康熙六十年辛丑”条,附卷五《尚温王》“嘉庆四年己未”条、“嘉庆十二年丁卯”条,附卷六《尚育王》“道光二十二年壬寅”条,附卷七(转下页)

诸岛以“人头税”。

三是国质：琉球须将王子等送往萨摩为人质（此项至1868年始废除[1]，离琉球失国已不足十一年）。

四是干涉内政：1614年，萨摩下令琉球严密监视出入船舶。自1631年起，萨摩在那霸常驻“在番奉行”，严密监视琉球的内政外交，甚至干涉高级官员的任免；琉球事事须向萨摩禀报，尤其是有关中国的情报。[2] 据《中山世谱》附卷记载，每次中国册封使来琉球，或琉球进贡使返回琉球，都要派人赴萨摩报告（此项至1872年始废除[3]，离琉球失国已不足七年）。

五是垄断商贸：“我国土瘠产少，国用不足，故与朝鲜、日本、暹罗、爪哇等国尝行通交之礼，互相往来，以备国用。万历年间，王受兵警，出在萨州。时王言：‘吾事中朝，义当有终。’日本深嘉其志，卒被纵回。自尔而后，朝鲜、日本、暹罗、爪哇等国互不相通，本国孤立，国用复缺。幸有日本属岛度佳喇商民至国贸易，往来不绝，本国亦得赖度佳喇以备国用，而国复安然，故国人称度佳喇曰宝岛。”[4]

（接上页）《尚泰王》“道光二十九年己酉”条等。有时为了借债，甚至须以领土抵押：“闵指挥偶临本国，时无备接待之资，无奈之何，寄书萨州，押当宫古、八重山，而借得银九千两，要期六年，以为偿还。”（《中山世谱》附卷一《尚质王》“顺治七年庚寅”条）

① 《中山世谱》附卷七《尚泰王》“同治七年戊辰”条：“本年，叨蒙萨州永免本国储君入朝萨州。”

② 如自1642年起，萨摩要求琉球轮派三司官一员，留在萨摩三年（“三年诘”），意在听其“述职”，以套取情报。后经琉球方面一再恳求，而于1646年取消（参见《中山世谱》附卷一《尚贤王》“崇祯十五年壬午”条、“顺治三年丙戌”条）。又如明清鼎革之际，琉球多次派遣使节赴江户，向幕府禀报中国鼎革情报（参见《中山世谱》附卷一《尚质王》“顺治六年己丑”条）。

③ 《中山世谱》附卷七《尚泰王》“同治十一年壬申”条：“本年，停止遣使萨州、详报华事之举。”

④ 《中山世谱》卷七《尚宁王》“附论”。不过具体情况要复杂得多，似乎不能全怪萨摩或日本。琉球国际贸易中介地位的丧失，尤其是与东南亚贸易的中断，主要是受以下几方面因素的影响：葡萄牙商船东来，1511年灭满剌加，控制马六甲海峡，垄断了东南亚贸易；1567年明朝撤销“禁海令”，华商大举进出东南亚；从16世纪下半叶起，日本直接开展对东南亚的贸易。琉球派往北大年的贸易船，1543年是最后一艘，此后琉球与东南亚贸易衰退，1570年琉球派往暹罗的贸易船，成为琉球与东南亚贸易 （转下页）

于是,此前百余年琉球"与萨州为邻交,时通聘问,纹船往来"的平等关系,一变而为"纳贡于萨州,至今数百年,不敢稍懈"[①]的强权高压下的受制关系。[②] 琉球在继续保持与中国的封贡关系的同时,也处处受制于日本的幕藩体制,从 1634 年到 1850 年的二百余年间,派往江户幕府(包括京都二条城)的"谢恩使"(琉球国王更替时)、"庆

(接上页)的绝响(参见高良仓吉《琉球王国》,第 105—106 页,书后附《琉球·冲绳年表》,第 8 页)。而琉球与朝鲜、日本的贸易,则为日本尤其是萨摩所控制,仅限与度佳喇(今称"吐噶喇")列岛的贸易。这几方面的因素交织在一起,遂使琉球的国际贸易中介地位("万国津梁")风光不再。而仅剩的对中国的朝贡贸易,遂成为其恃赖的一线生机。1579 年出使的谢杰,在《琉球录撮要补遗》所附"琐言二条"中提到:"甲午(1534)之使,番舶转贩于夷者无虑十余国……辛酉(1561)之使,番舶转贩于夷者仅三四国……己卯(1579)之使,通番禁弛,漳人自往贩,番一舶不至。"(夏子阳、王士桢《使琉球录》附,《国家图书馆藏琉球资料汇编》,上册,第 583 页)反映琉球国际贸易的衰落过程甚为清晰。1606 年出使的夏子阳,其《使琉球录》卷下《群书质异》云:"海岛之国,惟琉球最称贫瘠。盖地无物产,人鲜精能,商贾又复裹足不入其境。"(《国家图书馆藏琉球资料汇编》,上册,第 513 页)所说的就是琉球当时的情况,以前应该还不是这样的。东南亚的商船绝迹不来了,在明清册封使的使琉球录里,仅可见的是来自日本的商船。谢杰《琉球录撮要补遗》所附《日东交市记》云:"使节抵夷,适倭舶通市者先期至。"(夏子阳、王士桢《使琉球录》附,《国家图书馆藏琉球资料汇编》,上册,第 576 页)1633 年随使的胡靖,在其《琉球记》中也提到:"八月初旬,日本萨师马(毅平按:即萨摩)人至市,利三倍矣。"(《国家图书馆藏琉球资料汇编》,上册,第 270 页)其中的日本船应主要来自萨摩,尤其是吐噶喇列岛中的宝岛(吐噶喇列岛中之最大岛)。"(琉球)国中金银珠玉、丝货铜瓷以及鲍鱼海参诸宝,皆从彼岛来,因以得名。"(李鼎元《使琉球记》"九月二十九日戊申"条,《国家图书馆藏琉球资料续编》,上册,第 793 页)至清初,琉球的贸易对象仍只有吐噶喇、萨摩:"今康熙二十二年癸亥(1683)之役,是时海禁方严,中国货物,外邦争欲购致,琉球相近诸岛,如萨摩洲、吐噶喇、七岛等处,皆闻风来集……升平日久,琉球岁来贸易,中国货物,外邦多有,此番(1719)封舟到后,吐噶喇等番船无一至者。"(徐葆光《中山传信录》卷一《封舟》,《国家图书馆藏琉球资料汇编》,中册,第 30 页)

① 郑秉哲《中山世谱附卷序》,载《中山世谱》附卷卷首。

② 但哪怕被羁押两年,尚宁王仍心向中国,不仅在羁押期间说,"吾事中朝,义当有终",而且不久以后,1616 年,"日本有取鸡笼山之谋,其地名台湾,密迩福建,尚宁遣使以闻,诏海上警备"(《明史·外国四·琉球传》)。"(尚宁)王遣通事蔡廛来言,迩闻倭寇造战船五百余只,欲协取鸡笼山,恐其驰突中国,为害闽海,故特移咨奏报。福建巡抚黄承立以闻。"(周煌《琉球国志略》卷三《封贡》,《国家图书馆藏琉球资料汇编》,中册,第 779 页)四年以后,1620 年,尚宁王在忧患中去世。

贺使”(德川将军更替时)达十八次之多;从“岛津侵入事件”至琉球失国,琉球每年派往萨摩的“年头使”等使节则更是不计其数。而对琉球的“一仆二主”困境,明清两朝却都蒙在鼓里。

萨摩做贼心虚,深恐此事被中国知道,会派兵前来抗倭援琉——就在仅仅十余年前,明朝曾出兵抗倭援朝,帮助朝鲜抵抗丰臣秀吉的入侵,萨摩对此应该还记忆犹新,所以希望尽量不露痕迹。此外,萨摩还顾虑,“中国若闻中山为我附庸,嗣后不可以为进贡”[①],也就是说,会影响琉球的朝贡贸易,从而损害萨摩从中捞取的好处(萨摩一向重视对明贸易,德川幕府建立以后,曾先后委托明朝商人,或通过琉球、朝鲜传话,反复要求恢复对明贸易,但因为日本并非朝贡国,所以不可能有朝贡贸易;而德川幕府颁布锁国令后,从 1635 年起,只限长崎一港开放外贸,使得萨摩只有通过琉球,才能与明清开展间接贸易[②]),所以也不希望刺激中国。“萨摩藩也因考虑到需要通过琉球来与中国展开贸易,因此在中国的册封使逗留在琉球期间,将派驻的藩吏临时撤离首里、那霸地区,并且隐藏一切有日本痕迹的东西,避

① 《中山世谱》附卷一《尚宁王》“万历三十九年辛亥”条。

② “萨摩通过琉球间接和明朝进行贸易一事也不容忽视。如庆长十八年(1613),对琉球发布了几条法令(《琉球藩评定所书类》),其中规定从琉球开往明朝的遣明船的期限;或者给银十贯、铜一万斤,作为通商资金;琉球按照十年一贡的成例,和明朝进行贸易,而把由此所得到的一部分中国物品贡给萨摩。”(木宫泰彦《日中文化交流史》,胡锡年译,北京:商务印书馆,1980 年,第 623 页)典型的例子,如 1633 年,明朝遣册封使杜三策、杨抡至琉球,而早在那三年前,琉球即向萨摩“禀报敕使将临本国并贡船货物,请乞明春遣和船二只而搬运”(《中山世谱》附卷一《尚丰王》“崇祯三年庚午”条)。又如 1636 年,琉球人朝寿受命入闽贸易,“大和公银十万两,琉球公银二万两,共计十二万两,令买丝绸等物。朝寿预知近来贸易至难,而今以白银十二万两令买货物,此非其力之所能及,再三固辞,而不被许”。因是非法贸易,结果银两被骗,索讨两年不果,1638 年回国报告。琉球派他去萨摩说明情况,萨摩把他流放至向岛,四年后死于流放地(《中山世谱》附卷一《尚丰王》“崇祯十一年戊寅”条)。也不知道琉球后来是怎么偿还萨摩那十万两公银的?就在同一年,琉球还专门遣使萨摩,“禀明中国贸易甚难事”(《中山世谱》附卷一《尚丰王》“崇祯十一年戊寅”条)。1803 年,“上届庚申年(1800)册使临国之时,其带来评价物件,依照先例,搬运萨州”(《中山世谱》附卷五《尚成王》“嘉庆八年癸亥”条),即指赵文楷、李鼎元出使琉球时带去物品。

免其落入中国人的耳目。”[①]其实萨摩藩吏也没有走多远，就躲在紧邻首里、那霸的浦添城间村。

琉球方面，既迫于萨摩的高压淫威，也怕中国取消其朝贡资格，进而损害其从朝贡贸易中获取的利益，故也不敢对中国吐露实情。[②]而且在琉球史家看来，琉球保持与中国的封贡关系，也有助于其抗衡萨摩的控制，获得发挥自身主体性的空间。[③] 正如尚真王上奏明宪宗所云：“然臣祖宗所以殷勤效贡者，实欲依中华眷顾之恩，杜他国窥伺之患。”[④]又如汪楫《册封礼成即事》所云：“强邻一任夸多宝，敢把珍奇斗御书！”[⑤]故每次清朝册封使来到琉球，他们都会事先让日本人

---

① 佐藤三郎《对处理琉球藩问题的考察》，收入其《近代日中交涉史研究》，徐静波、李建云译，上海：上海人民出版社，2013 年，第 80 页。

② 《中山世谱》卷六《尚真王》“成化十七年辛丑秋”条云：“礼部又奏：‘琉球其意，实假进贡以规市贩之利。’”《明史・外国四・琉球传》云：“礼官言，其国连章奏请（毅平按：指琉球奏请比年一贡事），不过欲图市易……专贸中国之货，以擅外藩之利。”《清史稿・属国一・琉球传》云：“琉球国小而贫，逼近日本，惟恃中国为声援。又贡舟许鬻贩各货，免征关税，举国恃以为生。其赀本多贷诸日本，国中行使皆日本宽永钱，所贩各货运日本者十常八九。其数数贡中国，非惟恭顺，亦其国势然也。”王韬《琉球向归日本辨》云：“其贡舟三年一至，许其贩鬻中土之货，免其关税，举国赖此为生。资本皆贷于日本，贩回各货，运日本者十之八九，其国人贫甚，不能买也。”（《国家图书馆藏琉球资料续编》，上册，第 813 页）都把朝贡及朝贡贸易的好处说得很透彻。严从简《殊域周咨录》卷六《安南》云：“况贡乃彼之利，一则奉正朔保境而威其邻，一则兼贸易薄来而厚其往。”（北京：中华书局，1993 年，第 219 页）虽然说的是安南的情况，但对琉球来说也是一样的。

③ 参见高良仓吉《琉球王国》，第 73 页。这也就是如周煌所说的：“其旁近岛夷，皆知琉球之于中国，如滇王之见宠于汉世，不敢少萌觊觎。”（周煌《琉球国志略》卷十二《兵刑》，《国家图书馆藏琉球资料汇编》，中册，第 1100 页）——对萨摩来说虽言过其实，但至少会有所忌惮。又如王韬《琉球向归日本辨》所云：“琉球贫弱特甚，世受役于日本……日本虽雄视东瀛，要不能使之隶入版图，则以累世效职贡受正朔，籍中朝之威灵，作东海之藩服，以迄于今。”（《国家图书馆藏琉球资料续编》，上册，第 813 页）所以后来日本吞并琉球时，琉球拼死抗争的理由之一，就是它也同时从属于中国（参见佐藤三郎《对处理琉球藩问题的考察》，收入其《近代日中交涉史研究》，徐静波、李建云译，第 82—107 页）。

④ 《中山世谱》卷六《尚真王》“成化十五年己亥秋”条。

⑤ 汪楫《观海集》（《国家图书馆藏琉球资料三编》，上册，第 63 页）。

回避，对本国当事者发布禁口令，并让清使活动局限于首里、那霸地区。“盖国有厉禁，一切不得轻泄也。”[①]“盖其国禁素严，事无巨细，皆噤不语客。自有明通贡三百余年，嘉靖以后奉使者人人有录，而皆不免于略且误者，职是故也。”[②]清朝使臣虽也知道琉球有国史，如《中山世鉴》《中山世谱》等，却很难入手。尤其是类似《中山世谱》记载与幕府、萨摩往来的“附卷”，琉球方面肯定会秘不示人，清朝使臣应绝无机会读到，故对琉日关系一无所知；反之，可以认为幕府、萨摩方面则正附卷都能读到，故对琉中关系了如指掌（琉球国史之所以会分为正附卷，除以此显示中日地位之高下外，想必也是为了方便应付中国吧；而堂堂国史竟须分为正附卷，也正反映了琉球“一仆二主”的尴尬处境）。[③]

中国方面对此自然也不是没有耳闻。如“岛津侵入事件”后不久，琉球即曾遣使报告此事：“（万历）三十七年己酉（1609）春，日本以大兵入国，执王至萨州。本年冬，王遣王舅毛凤仪、长史金应魁等驰报兵警，致缓贡期。福建巡抚陈子贞以闻。”[④]翌年（1610），琉球使

---

① 汪楫《中山沿革志序》（《国家图书馆藏琉球资料汇编》，上册，第929页）。赵文楷《中山王赠刀》诗题注云：“刀购自日本，球人讳言与倭通，则曰出宝岛。其实宝岛、恶石岛、吐噶剌皆倭属也。”诗云：“此刀本出吐噶剌，夷人讳倭不肯说。恶石之岛出精铁，中有清泉流出穴。”（《石柏山房诗存》卷五，《国家图书馆藏琉球资料三编》，下册，第70—72页）李鼎元《中山土物诗五首・刀》云：“中山不产铁，曷为有宝刀？炉锻自日本，铁则来中朝。”又《中山土物诗五首・纸》云：“硾法来朝鲜，花样出倭市。”（《师竹斋集》卷十四，《国家图书馆藏琉球资料三编》，下册，第243页，第245页）皆说明琉球经济有赖于对日贸易，但琉球方面对此讳莫如深，连一把日本刀也要撇清关系。讳言久了，连琉球史家自己也疑惑不解了，《中山世谱》卷一《历代总记》云：“我国不产镔铁之属，何以得有兵器耶？疑是当时有与他国相通者也欤？”

② 翁长祚《中山传信录后序》（《国家图书馆藏琉球资料汇编》，中册，第567页）。其实琉球受制于萨摩主要是在1609年以后，而翁长祚吹捧的《中山传信录》也存在同样问题。

③ 那霸市立博物馆藏有一份琉球汉文文书《御禁止文字》（避讳字）。“据博物馆的藏品解说，其中所列的避讳字，包括中国的皇帝、日本的将军及萨摩藩主、琉球的国王三方名字。即此一斑，已可见当年的琉球王国，在中日两国的夹缝中生存，颇为不易。”（陈正宏《琉球故地访书记》，收入其《东亚汉籍版本学初探》，上海：中西书局，2014年，第277页）

④ 《中山世谱》卷七《尚宁王》“万历三十七年己酉”条。

节到达福州。遭囚禁两年后(1611),尚宁王始获放归,翌年(1612),即又遣使修贡,为明朝所婉拒。"(万历)四十年(1612),浙江总兵官杨崇业奏报倭情,言:'探得日本以三千人入琉球国,执中山王,迁其宗器。宜敕海上严加训练。'而兵部疏言倭入琉球获中山王,则三十七年(1609)三月事也(时福建巡抚丁继嗣奏:'琉球国使柏寿、陈华等执本国咨本,言王已归国,特遣修贡。臣窃见琉球列在藩属,固已有年,但尔来奄奄不振,被拘日本,即令纵归,其不足为国明矣。况在人股掌之上,保无阴阳其间……')"①丁继嗣的分析实极有见地,可惜事情真相到底如何,中国方面始终云里雾里。对于此次琉球的遣使,明神宗体恤琉球道:"琉球新经残破,财匮人乏,何必间关远来?还当厚自缮聚,俟十年之后,物力稍完,然后复修职贡,未为晚也。"②遂定十年一贡为例,事情也就到此为止了。对于"岛津侵入事件",明朝明显不感兴趣,从而失去了了解的机会。

三

明清使臣的态度也是这样。1633 年随使的胡靖,正逢"岛津侵入事件"后不久,但他只顾陶醉于琉球的美丽风光流连忘返,浑未觉察已受制于萨摩的琉球有何异样:"余从诸公驻匝于那霸五阅月,候东南风作,始挂帆言归。虽夷犹日久,殊觉倏忽易迈,复消故国之怀者,赖有诸景寓目而怡情也。"③

1683 年出使琉球的汪楫,也只是满足于传达风闻:"相传琉球去日本不远,时通有无,而国人甚讳之,若绝不知有是国者,惟云与七岛

---

① 周煌《琉球国志略》卷三《封贡》(《国家图书馆藏琉球资料汇编》,中册,第 777—778 页)。

② 《中山世谱》卷七《尚宁王》"万历四十年壬子"条。

③ 胡靖《琉球记》(《国家图书馆藏琉球资料汇编》,上册,第 287 页)。

人相往来。""万历间萨州岛倭猝至,王被执去。"[①]但当他在石笋崖上的波上寺(又名海山寺、护国寺),没看到"旧录"所记三尊佛像,而只看到一挂铜片旛,"旛凿'奉寄御币'四字,余皆番字,背凿'元和二年壬戌'六字",仅说了一句"不解何义",便轻轻放过了这条重要线索。[②] 实则"元和"正是其前不久的日本年号(元和二年应是丙辰,即1616年;壬戌应是元和八年,即1622年;年份或干支必有一误[③]);而"番字"不一定是琉球文,也有可能是日文。这说明日人已来过这里,并且挂上了日本的铜片旛,甚至有可能掠走了三尊佛像。[④] 退一步说,即使"番字"是琉球文(琉球文混用汉字和假名,本来就与日文很难分辨),但琉球文中使用日本年号,透露的消息也是非比寻常。汪楫还困惑于另一种说法:"北山寂无人来。或云:倭常执王,割地,乃得返。即北山云。"[⑤]但他并无好奇去了解此事。

1756年出使的周煌,可能风闻琉球割过岛,却误以为所割者为七岛,与夏子阳、王士桢同误:"一说七岛本国属,尚宁王被袭,割地与

---

① 汪楫《使琉球杂录》卷二《疆域》(《国家图书馆藏琉球资料汇编》,上册,第723页,第728页)。"七岛"指吐噶喇列岛的口之岛、中之岛、诹访之濑岛、恶石岛、卧蛇岛、平岛、宝岛等。"人不满万,惟宝岛较强,(琉球)国人皆以吐噶喇呼之……书手版曰'琉球国属地',然其状狞劣,绝不类中山人……或曰即倭也。"(《国家图书馆藏琉球资料汇编》,上册,第724—725页)其实七岛本来属于萨摩,盖其倭人为与中国人做生意,而故意冒充琉球人也。又,夏子阳、王士桢《使琉球录》卷下《群书质异》介绍冲绳诸岛后云:"过则七岛,半属日本矣。"(《国家图书馆藏琉球资料汇编》,上册,第493页)其实七岛本来即属于日本,半属日本的是奄美诸岛。他们都搞错了。

② 汪楫《使琉球杂录》卷二《疆域》(《国家图书馆藏琉球资料汇编》,上册,第741页)。

③ 周煌倒是知道此"元和"乃系日本年号,且认为"二年"应是"八年"之误,见《琉球国志略》卷七《祠庙·寺院附》(《国家图书馆藏琉球资料汇编》,中册,第1011页)。李鼎元《使琉球记》"八月二十五日乙亥"条亦云:"国中既行宽永钱,证以'元和'日本僭号,知琉球旧曾臣属日本,今讳言之矣。"(《国家图书馆藏琉球资料续编》,上册,第784页)然则他有所不知,琉球臣属日本,并非"旧",而是"今","讳言之"则是一贯的。

④ 实则波上寺本来即日僧创建,故与日僧具有密切的联系。《中山世谱》卷三《察度王》"明洪武十七年甲子(1384)"条云:"护国寺开山住僧赖重法印入灭。盖赖重,乃日本人也,何年至国,以建寺于波上山,今不可考。"

⑤ 汪楫《使琉球杂录》卷二《疆域》(《国家图书馆藏琉球资料汇编》,上册,第727页)。

之,王乃归,即七岛也。今非所属,故不详。”[①]实则七岛历来属于萨摩,琉球所割者乃奄美诸岛。他还认为汪楫所见之七岛人,并非倭人冒充琉球人,而是谎称七岛仍属于琉球,嘲笑汪楫上了七岛人的当,实则其琉球知识还不如汪楫。他还夸耀琉球雄踞东溟,形势险要,“宜乎倭酋不敢侵,大岛不复贰,长为天家之屏翰,世守瀛峤之金瓯欤”[②],明明上文自己刚说过倭人入侵之事,转眼就健忘至此。他又说萨摩入侵琉球的起因是:“迨尚宁王之世,恃其险阻,傲睨强邻,倭人入执其王,久乃释归。”[③]前后自相矛盾,简直不知所云。

这样看起来,对于琉日关系,当时的中国使臣,乃至朝野上下,就没有人真正能够弄清楚,甚至想要弄清楚的。其实久米村出身的人,留学过中国的人,在琉球政经界占据了要位,经常出使中国,或接待册封使,不可能不了解琉日关系的内情;而往来琉球经商的中国商人,如曾带回丰臣秀吉侵朝阴谋之重要情报的陈甲之辈,也应该了解琉日关系的最新动向;要从他们中间获得必要的情报,哪怕采取非常规手段,本来也应该不是什么难事。

所以只能说,中国使臣不仅并不真正了解内情,其实也根本不想了解内情。比如 1719 年出使的徐葆光一行,在琉球滞留时间甚久,其随行者中,尚有两个测量官平安、丰盛额,受康熙皇帝之命测量琉球土地道里。“今遣海东量日使,浮槎共探汤池边。”[④]但他们始终只在琉球本岛的中南部活动,从未提出过去北部考察或测量的要求。“琉球旧无地图[⑤]……葆光咨访五六月,又与大夫蔡温遍游中山、山

---

① 周煌《琉球国志略》卷四上《舆地 · 疆域》(《国家图书馆藏琉球资料汇编》,中册,第 841 页)。

② 周煌《琉球国志略》卷四上《舆地 · 形胜》(《国家图书馆藏琉球资料汇编》,中册,第 846 页)。

③ 周煌《琉球国志略》卷十二《兵刑》(《国家图书馆藏琉球资料汇编》,中册,第 1099 页)。

④ 徐葆光《海门歌》,收入《海舶三集 · 舶前集》(《国家图书馆藏琉球资料三编》,上册,第 148 页)。康熙皇帝当时刚命人绘制成《皇舆全览图》(1718—1719),派两个测量官随册封使去琉球,应是为了进一步核实有关琉球的信息。

⑤ 《中山世谱》附卷一《尚贤王》“顺治三年丙戌”条:“本年,为呈览本国地图事,遣……到萨州。”可见琉球是有地图的,只是日本人能要到,中国使臣却看不到。

南诸胜，登高四眺，东西皆见海……再三讨论，始定此图。”[①]可见徐葆光一行根本就没有到过山北。[②] 说白了，也就是清朝册封使、测量官失职无能，根本就是在糊弄康熙皇帝的要求。[③] 不仅如此，徐葆光《中山传信录》所载《琉球三十六岛图》，乃是根据程顺则现画的地图制作的："三十六岛，前录未见……今从国王所请示地图，王命紫金大夫程顺则为图，径丈有奇，东西南北方位略定，然但注三十六岛土名而已。”[④]该图照例画出了“东北八岛”（奄美诸岛）。[⑤] 盖对于百年前割岛之事，琉球方面既讳莫如深，又有难言之隐之痛，故不可能告知“天使”，徐葆光们也就浑然不知了。其《中山传信录序》却自吹：“封宴之暇，先致语国王，求示《中山世鉴》及山川图籍；又时与其大夫之通文字译词者遍游山海间，远近形势，皆在目中。”[⑥]实则徐葆光根本不懂琉球语文，即使读也未必能懂，何况他其实并未能读到全书；[⑦]其

---

① 徐葆光《中山传信录》卷四《琉球地图》（《国家图书馆藏琉球资料汇编》，中册，第347页）。

② 徐葆光《留别蔡大夫温》诗云：“共曳登山屐，联吟刻石诗。兴狂犹未遍，遗恨识君迟。”收入《海舶三集·舶中集》（《国家图书馆藏琉球资料三编》，上册，第261页）不知有否遗憾未至山北之意？可此次册封使滞留琉球时间最久，他们真要想去的话早去了。但估计即使去了也看不到什么。

③ 潘相《琉球入学见闻录》卷二《星土》云：“康熙五十八年（1719），圣祖仁皇帝初遣精习理数之内廷八品官平安、监生丰盛额偕册使海宝、徐葆光同往测量，定其分度次舍。葆光更留心记览，考其疆域，观其形胜，去疑存信，绘图以献，附于禁廷新刊朝鲜、哈密、拉藏属国等图之后。”（《国家图书馆藏琉球资料汇编》，下册，第328—329页）看来还真是糊弄过去了。

④ 徐葆光《中山传信录》卷四《琉球三十六岛》（《国家图书馆藏琉球资料汇编》，中册，第324—325页）。

⑤ 徐葆光《琉球三十六岛图歌》云：“其北大岛号爷马，境邻倭国分东洋。”收入《海舶三集·舶中集》（《国家图书馆藏琉球资料三编》，上册，第223—225页），又收入周煌《琉球国志略》卷十五《艺文》（《国家图书馆藏琉球资料汇编》，下册，第92—94页），并不知大岛早已划归萨摩。故该诗最后所云：“天下全图成一览，朱书墨界穷毫芒。琉球弹丸缀闽海，得此可补东南荒。”便也不过是自欺欺人了。

⑥ 《国家图书馆藏琉球资料汇编》，中册，第11页。

⑦ 徐葆光《中山传信录》卷三《中山世系》云：“惟抄撮尚宣威以前事，名《中山世鉴》……其书必详尽事理，惜未及见其全书。”（《国家图书馆藏琉球资料汇编》，中册，（转下页）

所游均局限于首里、那霸附近，最远也不过到山南的丝满村白金岩；而即使这次最远的山南之行，也未见有两位测量官随行。徐葆光《游山南记》记载："己亥(1719)十一月二十一日，偕紫金大夫蔡温，都通事红士显，从客翁长祚、黄士龙、吴份，弟尊光等，上下骑从百余人，渡江截山而南。"[①]连从客、弟弟都写到了，如两位测量官也随行，当不至于漏提。参合此记及其《山南纪游》八诗来看，此行与其说是为了测量，毋宁说是远足采风更合适。此记又吹嘘："是游也，去涉海，归度岭，往来六十里。译者曰：中国人向无问途者，兹行殆凿空云。"[②]可见此前出使琉球的历次中国册封使，甚至连近在咫尺的山南都没有去过。[③] 在了解琉日关系方面，清朝使臣甚至还不如明朝使臣，后者至少还曾帮助过琉球"抗倭"。[④]

(接上页)第191—192页)堪作对照的是，就在日本正式吞并琉球(1879年4月4日)前夕，1879年3月6日，日本外务省书记官致函内务省大丞松田道之，说需要使用《中山世鉴》，如内务省有收藏，则请求借阅，如没有收藏，则委托他去琉球出差(即处理吞并琉球事宜)时，代为购买或借阅。后来松田道之在琉球抄写了一本，于7月9日送给了外务省(抄本《中山世鉴》卷首载日本外务省与内务省往来文书，《国家图书馆藏琉球资料续编》，上册，第825—829页)，而这是清朝使臣从未能做到的。

① 《海船三集》附文(《国家图书馆藏琉球资料三编》，上册，第322—323页)。

② 《海船三集》附文(《国家图书馆藏琉球资料三编》，上册，第325页)。

③ 汪楫《使琉球杂录》卷二《疆域》云："臣常以九日由那霸涉水而南，策骑东行乱山中，见废城一丘，规模甚隘，而基址宛然。通事曰：'故王城也，而不知所自。'岂即山南王之遗迹耶？"(《国家图书馆藏琉球资料汇编》，上册，第723页)这可能是此前唯一到过山南的册封使了，当然他们没有徐葆光一行走得远。

④ 1606年出使琉球的夏子阳，便处理过一个类似事件，虽然结果是虚惊一场："九月间，忽夷属有报倭将来寇者，地方甚自危。余辈招法司等官问计，惟云恃险与神而已。予等乃喻之曰：'若国虽小弱，岂可无备御计？幸吾等在此，当为尔画策共守。'因命其选兵砺器，据守要害。更饬吾众，兼为增械设防。夷国君臣，乃令王舅毛继祖率夷众千余，守于国北之地曰米牙矶仁，盖倭船所经过处也。无何，倭船舶至，则贺国王及来贸易者也……倭闻先声，且知吾有备，亦惴惴敛戢不敢动。"(夏子阳、王士桢《使琉球录》卷上《使事纪》，《国家图书馆藏琉球资料汇编》，上册，第427页)后来琉球国王还上奏表示感谢："当倭舶之来，风传汹汹。二使臣教臣以治兵、修器、守险、戒严。倭至贸易，亦惮天使先声，遵守约束，不敢如往年狂跳。"(夏子阳、王士桢《使琉球录》卷首，《国家图书馆藏琉球资料汇编》，上册，第407页)顺便说一句，如果毛继祖守卫的就是今归仁一带，则就是三年后岛津氏侵入的登陆地(运天港)。

简言之，明清与琉球的封贡关系，更像是一种“面子工程”，[1]说得好听点，是不干涉其内政外交，说得难听点，是对其实情木知木觉。在这种心态下，对琉日关系不求甚解，或者眼开眼闭，也就是顺理成章的事了。“尽管琉球竭力掩饰与日本的关系，中国方面还是慢慢察知到了其与日本间的密切关联，但它满足于琉球乃是自己藩属国这样一种大国的矜持，对于琉球还有日本这层关系也并不加以追究，只装作不知道。”[2]其实这么说还是抬举中国使臣与朝野上下了。反观日本方面，萨摩入侵琉球之次年（1610），“萨州太守……又遣阿多氏等，均井地，正经界，而始为赋税”[3]，把琉球的土地出产调查得一清二楚，以此为基础课以沉重的赋税；关于琉中关系的一举一动，也通过琉球的事必禀报制度，以及派驻那霸的琉球在番奉行，全都打探得一清二楚。而清代使臣的各种使琉球录，详载琉球各种事情，甚至遍及花花草草，可惜就没有一种能弄清琉日关系的真相，以及琉球各岛的形势及经济民生的。[4] 徐葆光《中山传信录序》自吹：“虽未敢自谓一无舛漏，以云传信，或庶几焉。”[5]其实恰恰遗漏了最致命的琉日关系。以致后来日本吞并琉球时，清政府始终处于被动境地，也就是顺

---

① 日本方面的说法是：“又夙贡方物于我日本及清国，得以自存。故旧王薨，则嗣王受清国册封而立，又命其王子大臣聘我以告，其国如两属然。然其贡献使聘我取其实，而清国取其名。”（姚文栋译中根淑《冲绳岛总论》，《国家图书馆藏琉球资料续编》，上册，第669页）虽不免强词夺理，仍可谓一针见血。

② 佐藤三郎《对处理琉球藩问题的考察》，收入其《近代日中交涉史研究》，徐静波、李建云译，第80—81页。

③ 《中山世谱》附卷一《尚宁王》“万历三十八年庚戌”条。

④ 比如琉球的赋役岁入等，明清使臣就从不在意，使琉球录中大都语焉不详，仅周煌《琉球国志略》卷十《赋役》略有涉及，但也仅寥寥数百字，以“求之闻见，未悉其详”笼统带过，相比萨摩的“均井地，正经界，而始为赋税”有云泥之别。这正如黄遵宪《日本国志叙》所云：“昔契丹主有言：我于宋国之事纤悉皆知，而宋人视我国事如隔十重云雾。”又如黄庆澄《东游日记》（1893）所云：“庆澄谓中国之政治条教，彼国之人了如指掌；而彼国之政治条教，我国之人尚属茫如。”（收入罗森等《早期日本游记五种》，长沙：湖南人民出版社，1983年，第250页）

⑤ 《国家图书馆藏琉球资料汇编》，中册，第11页。

理成章的事情了。①

说来讽刺的是，当日本在各个方面加紧控制琉球时，来自中国的使臣们在琉球最关心的，也是做得最有"成绩"的工作，却是发现风景，题咏殆遍（诸如琉球八景、中山八景、圆觉寺八景、同乐苑八景、东苑八景之类）。正如周煌所言："胜迹者，地以人传，人以事传。穷海之滨，足迹罕至，虽有奇岩幽壑极瑰尤诡异之观，孰从而传之？琉球之有胜迹，则自得通中国始也。其地环山萦海，波涛之所荡激，清淑之所钟毓，自宜高高下下，时出胜概，譬犹披沙拣金，岂曰无得而况？"②一付很有成就感的样子。于是，在明清的各种使琉球录里，留下了许多流连胜迹的诗文。

明清使琉球录的此种弊端，对比日本吞并琉球前后，所编撰的各种琉球资料，详载各方面的实用信息，尤其是军事上的重要数据，更是形成了鲜明的对照。正如清首任住长崎理事余隽《琉球说略序》（1883）所痛陈的：

> 昔在己卯（1879），余既住崎之明年，有日本陆军医曰渡边重纲者归自琉球，因其国人小曾根荣遗余以所著《琉球漫录》。其书仅一小册子，余受而览之，虽于倭文字义未尽了了，然该岛地理形势及其川岳称名，与夫户口租税、风俗物产，亦已悉其梗概……或可补吾邦记载所未备……近得姚君子樑自江户来书，并寄示《琉球说略》……余览毕，慨然叹曰：琉球之幅员广狭，尽在此中矣！古者皇华之选，周爰咨询，以求实用君子，多乎哉，不多也。中国素称稽古右文之邦，曩时策遣使臣至其国者，非翰詹科道，则必门下中书，翩翩羽仪，不乏贤哲；而记载所及，求如此篇之条分缕析，以考其山川形状，绝不可得。无他，驰虚声，不求

① 如日本吞并琉球以后，经清政府抗议及美前总统排解，始有"割岛分隶"之说，即日有北岛（奄美诸岛）、中岛（冲绳诸岛），清有南岛（先岛诸岛，即宫古列岛、八重山列岛）。而清政府"此时尚未知南岛之枯瘠也"，一旦得知"南岛贫瘠僻隘，不能自立"，遂犹豫不决，"暂从缓议"，痛失占有先岛诸岛这个稍纵即逝的良机。详见下文引李鸿章上奏。

② 周煌《琉球国志略》卷八《胜迹》（《国家图书馆藏琉球资料汇编》，中册，第1017页）。

实事，虽多，亦奚以为。余观日本，人文亚于中国，然自维新后，发奋有为，凡地理海程，尤为加意，无论国内国外，探讨不遗余力，非独琉球诸岛为然也。朝野上下之间，方孜孜焉，群材以是为驱策，小学亦以此为津梁，虽云式法泰西，或讥其急功近利，以视因循苟安者，其相去为何如哉！①

只是到了近代，尤其是日本紧锣密鼓吞并琉球时，才有国人意识到琉日关系的重要性，开始对这方面的文献赋予更多的关注。如中日建交以后，派驻日本的首任外交使团（何如璋、张斯桂、黄遵宪等）中，有一随员姚文栋，②可能懂得日文，在滞日期间，花了许多功夫研读日本文献，搜集了不少有关琉球的日文资料，择要编译成中文，这就是光绪九年（1883）刊刻的《琉球地理小志并补遗附说略》。③ 其中计有照日本明治八年（1875）官撰地书译出之《琉球地理小志》，译日本人中根淑稿《琉球立国始末》《琉球形势大略》《冲绳岛总论》，录日本人大槻文彦稿《琉球新志自序》，录日本人重野安绎稿《冲绳志后序》《琉球小志补遗》，编译日本文部省小学地理课本《琉球说略》等八种。在该书中，姚文栋还随处驳斥了日人的诞妄。如在该书《跋》中，一针见血地指出："近时日人好事者穿凿附会……多方牵合，思掩其灭琉之罪……予译《琉球小志》既成，附录彼中人士论著，而析其诞妄如右。""至于文为制度，琉日间有相同，乃皆是沿袭中华古制。"批中根淑《冲绳岛总论》云："日人灭琉球，假借台役以为口舌，亦其风气诞妄之一端。"批大槻文彦《琉球新志自序》云："日本旧时悉效唐

---

① 姚文栋译日本明治八年官撰地书《琉球地理小志》（《国家图书馆藏琉球资料续编》，上册，第637—638页）。

② 在目前所见使团随员名单中虽未能找到姚文栋其名，然其译《琉球地理小志》跋落款为"光绪壬午（1882）夏四月出使日本随员上海姚文栋谨识"，翌年清首任住长崎理事余隽序其译《琉球说略》亦云："近得姚君子樑自江户来书，并寄示《琉球说略》。"均可证其确为首任使团随员，驻扎东京。

③ 收入《国家图书馆藏琉球资料续编》上册。此项工作实不容易，姚文栋译日本文部省刊行小学地理课本《琉球说略》附识云："近时日本文士记载琉球事实者甚多，然秘不示外人，故未得见也。"（《国家图书馆藏琉球资料续编》，上册，第689页）

制，近时悉效西制，然未尝因此为吾与西洋之属邦也，何独文致琉球乎？”批重野安绎《冲绳志后序》云：“《冲绳志》第三卷述古史多附会不足信，明眼人一见能辨之。”①其译《琉球小志补遗》附识又指出，原属琉球的奄美诸岛早已被割让与日本，以后中日谈判琉球问题时当一并予以追究：“此卷记琉球北岛，明万历三十七年（1609）入于日本，当时不遣一介责问，彼始公然以琉球为附庸。中山之不祀忽诸，实嚆矢于此。他日如议球案，要当并问此岛也。”②表现出很高的认知水准，远超此前的明清使臣。

同一时期，王韬也撰有《琉球朝贡考》《琉球向归日本辨》③等，对日人的诞妄予以条分缕析的批驳，但又无可奈何于“不数年，日本竟灭琉球，改为冲绳县”④。

可惜，琉球史上曾经“两属”的事实，琉日关系“又贡日本”的真相，迟至琉球被日本吞并时，始为中国士大夫所知晓，为时实已晚矣！

又可惜，姚文栋、王韬为罕见的识先机者，而当时一般中国士大夫的认识，则仍停留在“琉球微不足道”上，所涉议论殆类痴人说梦。如张焕纶《琉球地理志序》（1883）云：“日人往者之役（毅平按：指四年前日本吞并琉球之举），所得小而所失巨矣……琉球蕞尔岛国耳，试取是编按之，疆域几何耶？物产几何耶？取其地足广国耶？得其财足富民耶？无益于日，有损于中，徒使他族蹈隙效尤，坐收渔人之利，夫岂我亚洲之福哉！”⑤由此可见，直到此时，一般中国士大夫的琉球认识，仍不出以前明清使臣的范围，比较其时日人膨胀的野心，明显隔靴搔痒、不着边际：“呜呼，今日开明之隆，自千岛、桦太以至冲绳诸岛，南北万里，环拥皇国，悉入版图中，而风化之所被无有穷极，

---

① 《国家图书馆藏琉球资料续编》，上册，第677—678页，第669页，第671—672页，第676页。

② 《国家图书馆藏琉球资料续编》，上册，第687页。

③ 均收入《国家图书馆藏琉球资料续编》上册。

④ 《国家图书馆藏琉球资料续编》，上册，第812页。

⑤ 姚文栋译日本明治八年官撰地书《琉球地理小志》（《国家图书馆藏琉球资料续编》，上册，第633—634页）。

骎骎乎有雄视宇内之势矣,岂不亦愉快哉!”[①]——这还是日本正式吞并琉球之六年前说的话,而在此前一年(1872),日本刚把琉球王国“收编”为“琉球藩”!中国士大夫这种“琉球微不足道”的认识,也直接影响了后来关于琉球“割岛分隶”方案的决策。

四

当然,在看待琉球的对外关系时,无论是中国立场(封贡体制),还是日本立场(幕藩体制),均不能代替琉球自己的立场(独立王国),[②]正如郑秉哲《中山世谱附卷序》所云:“天地之间,国土至多,或分散东西,或列罗南北,而大小强弱,不可得而齐也。夫为小国者,顺理安分,而所以事大之礼,不敢废焉,则国土自治,人民亦安矣。《孟子》曰:‘畏天者保其国。’《诗》曰:‘畏天之威,于时保之。’况我琉球国僻处东隅,不能自大。”[③]又如琉球学者所说的古琉球辞令书的特征:所使用的平假名、侯文体来自日本(显示了文化上日本语文的影响),所采用的历法、年号来自中国(显示了外交上中国的宗主权),而辞令书的颁发者则是琉球国王,以之来管理运营自己的国家(显示了琉球毕竟是一个独立王国)。[④] 琉球史上“一仆二主”的尴尬处境,从未改变其为独立王国的性质,更不能成为日本吞并之的理由,正如王韬《琉球向归日本辨》所云:“要之,据理而言,琉球自可为两属之国,既附本朝(中国),又贡日本……又乌得藉口于奉藩纳土,比于内诸侯一例,而遽灭其国,俘其王,兼并其地,夷而为县也哉!”[⑤]

---

① 姚文栋译大槻文彦《琉球新志自序》(《国家图书馆藏琉球资料续编》,上册,第672—673页)。

② 琉球在中日两国“正史”(如《明史》《大日本史》等)中,均被置于“外国传”,即是最好的证明。《清史稿》置于“属国传”,也不改变其独立性质。

③ 载《中山世谱》附卷卷首。

④ 参见高良仓吉《琉球王国》,第171—173页。

⑤ 《国家图书馆藏琉球资料三编》,上册,第816页。

不过,有一点明清使臣却似乎并没有搞错:虽然封贡关系只是一种"面子工程"(所谓"取其名"),更是一种"落后的"前近代性国际关系,[①]但具有讽刺意味的是,以强权吞并了琉球的日本,最终也不得不痛苦地承认,琉球喜欢与中国的这种关系,反以与日本的关系(所谓"取其实")为耻辱:"(琉球)还从士族中选拔优秀的人才作为留学生送往北京的国子监,这些人中有不少归国后在政界上占据了有力的地位……随着朝贡和留学生的派遣,在文化方面受中国的影响极深,因此琉球人对文化先进国的中国怀有强烈的崇拜之情,从这一意义上来说,他们对自己是中国的属国、奉中国的正朔这一点反而引以为自豪,除了对日本以外,对内对外都使用中国的年号,对自己与中国间存在着这样的一种关系在日本面前也不怎么隐晦,而对于清国则竭力隐匿自己与日本的关系。"[②]也正因此,琉球在失国之前,

---

① 像宗藩关系这种"落后的"前近代性国际关系,自然难敌"先进的"弱肉强食的殖民主义、帝国主义。早在1862年"千岁丸"首访上海时,日本方面准备打探的情报清单中,就有"来自朝鲜、琉球的朝贡关系"(参见佐藤三郎《1862年幕府贸易船千岁丸的上海之行》,收入其《近代日中交涉史研究》,徐静波、李建云译,第62页),可见其处心积虑染指二国由来已久。1871年《中日修好条规》签订后,1872年,"日本外务卿副岛种臣来北京议约,乘间诘问总理各国事务衙门:'朝鲜是否属国?当代主其通商事?'答以:'朝鲜虽藩属,而内政外交听其自主,我朝向不与闻。'"(《清史稿·属国一·朝鲜传》)日本遂乘隙而入,1875年将军舰云扬号开进江华岛海峡,1876年迫使朝鲜签订《江华岛条约》(日朝修好条规、朝日修好条约),其第一款确认朝鲜为独立自主国(此款十九年后为中日《马关条约》所继承,同列第一款),否定了朝鲜与清朝的宗藩关系,由此开始了侵略朝鲜的进程,至甲午战胜而全面控制半岛。当时《沪报》上甚至还有这样的文章:《论日使致书问朝鲜是否中国藩属》(参见佐藤三郎《论甲午战争对中国的影响——以当时中国人的时局论为中心》,收入其《近代日中交涉史研究》,徐静波、李建云译,第131页)。可见宗藩关系虽为"面子工程",但仍妨碍日本势力的扩张,所以日本非打破之不可。

② 佐藤三郎《对处理琉球藩问题的考察》,收入其《近代日中交涉史研究》,徐静波、李建云译,第80页。站在琉球这样的小国的立场上,一边(中国)是"自古属国封号,只及其王,而其臣之品秩不与闻焉。琉球越在重洋,圣天子授之王印,以示尊宠,亦政不欲遥制之耳"(周煌《琉球国志略》卷九《爵秩》,《国家图书馆藏琉球资料汇编》,中册,第1029页),"我朝抚绥藩服,其国内政事向令自理"(《清史稿·属国一·朝鲜传》),而且还有文化、贸易上的种种好处,一边(日本)是割地、纳税,在内政外交上严密控制,琉球会何好何恶、何去何从,自然不言而喻。

曾既为捍卫自己的独立,也为保持与中国的关系,与日本进行过拚死的抗争,留下了许多可歌可泣的记录。[①] 而且,正是在琉球"一仆二主"时期,"书同文"取得了前所未有的进展,达到了琉球史上最辉煌的阶段。也许可以这么说,在与琉球的关系方面,中国虽然在政治上军事上输给了日本,但在文化上道义上却完胜之。比起日本的政治控制经济压榨来,琉球人当然更喜欢"天使"来吟诗作文。[②] 这正是中华文化了不起的地方,也是琉球五百年"书同文"的必然结果。

而作为后话,即使在琉球失国之后,中国也不是没有机会,部分保存琉球的国体。"两国在琉球问题上的外交谈判,在何(如璋)公使归国(1881)后,由中国政府与驻北京的日本公使馆之间继续进行。而其时中国与俄国恰好在伊犁地区发生了边界冲突,这一原因也使得中国方面想避免对日关系的进一步恶化,因而多少表现出了妥协的姿态。其结果,在两国间产生了妥协的势头,日本让出了宫古、八重山列岛,默认在此建立以中国为背景的小规模的琉球政权,而中国则同意在《中日修好条规》刚签订之后日本便提出的修订其中几款内容的要求,双方的谈判朝着所谓分岛修约的方向获得了进展,差不多已到了签约的地步。而这时中国在伊犁问题上占了上风,在琉球问

---

① 参见佐藤三郎《对处理琉球藩问题的考察》,收入其《近代日中交涉史研究》,徐静波、李建云译,第82—107页。而在失国后的一段时间里,就像当年明亡后朝鲜继续使用崇祯年号一样,琉球人也曾继续使用清朝年号。如据陈正宏《琉球故里访书记》云:"属于《二十四孝诗选》系统的那部《二十四孝》的内封右侧,保留了琉球抄写者的题署:'大清光绪五年己卯六月十日书之也';其外封上,也依稀可辨'光绪八年'等字样。"(收入其《东亚汉籍版本学初探》,第276页)"光绪五年己卯(1879)六月十日",已在日本正式吞并琉球(1879年4月4日)后数月;"光绪八年(1882)",则更是琉球失国后的第四年;而"大清"国号、年号及中历一仍其旧,似全不存在被日本吞并一事者,极为鲜明地表现了琉球民心之向背。而参合琉球之事与朝鲜之事观之,则似有一种超越种族和王朝界限的更为深广的文化认同乃至文化共同体意识存乎其中。

② 《明史·外国四·琉球传》载一事甚有意味。1595年,琉球尚永王卒,世子尚宁遣人请袭。明臣以倭氛未息,又劳民伤财,建议简化手续,只遣武臣一人,随琉球使节同往,明神宗也允准了。可琉球方面就是不肯,反复恳求"仍请遣文臣",明朝不得已恢复旧制,仍派文臣册封琉球,折腾到1606年始成行。联系日本武人耀武扬威,琉球是举实在意味深长。

题上也显出了强硬的态度，拒绝签约，由此，琉球问题一时便被搁置了起来。”[①]当时清政府方面的权衡考虑，在李鸿章的上奏（1880）里有具体说明：

> 琉球原部三十六岛，北部九岛，中部十一岛，南部十六岛，而周回不及三百里。北部中有八岛早属日本，仅存一岛。[②] 去年（1879）日本废灭琉球，中国叠次理论，又有美前总统格兰忒从中排解，始有割岛分隶之说——此时尚未知南岛之枯瘠也。本年（1880）日本人竹添进一来津谒见，称其政府之意拟以北岛、中岛归日本，南岛归中国。又议改前约。臣以琉球初废之时，中国体统攸关，不能不亟与理论，今则俄事方殷，势难兼顾。且日人要索多端，允之则大受其损，拒之则多树一敌，惟有暂从缓议。因传询在京之琉球官尚德宏，始知中岛物产较多，南岛贫瘠僻隘，不能自立。而琉球王及其世子，日本又不肯释还。适接出使大臣何如璋来书，复称“询访琉球国王，谓：‘如宫古、八重山小岛另立三子，不止吾家不愿，阖国臣民亦断断不服。南岛地瘠产微，向隶中山，政令由土人自主。今欲举以俾琉球，琉球人反不敢受。’我之办法亦穷”等语。臣思中国以存琉球宗社为重，本非利其土地。今得南岛以封琉球，而琉球不愿，势不能不派员管理，既蹈义始利终之嫌，且以有用之兵饷，守瓯脱不毛之地，劳费正自无穷。而道里辽远，实有孤危之虑，若惮其劳费而弃之不守，适坠人狡谋。且恐西人踞之，经营垦辟，扼我太平洋咽喉，亦非中国之利。是不议改约，而仅分我以南岛，犹恐进退两难，致贻后悔；今之议改前约，倘能竟释琉球国王，畀以中、南两岛，复为一国，其利害尚足相抵，或可勉强允许；不然，彼享其利，我受其害，且并失我内地之利，窃所不取也。臣愚以为日本议结琉球之案，暂宜缓允。[③]

---

① 佐藤三郎《明治前期中国人研究日本的著述》，收入其《近代日中交涉史研究》，徐静波、李建云译，第 7 页。

② 奄美诸岛早已割让给萨摩的事实，似乎到此时始为中国方面所知。

③ 《清史稿 · 属国一 · 琉球传》。

这一搁置，便使中国又一次错失了千载难逢的良机，而究其原因，则仍与中国士大夫对琉球重要性的认识不足有关。而“且恐西人踞之（先岛诸岛），经营垦辟，扼我太平洋咽喉，亦非中国之利”云云，今日看来尤为触目惊心，果然不幸而言中矣！

不敢想象，如果当年的“割岛分隶”方案能够实施，琉球国仍延命于先岛诸岛，或先岛诸岛竟为中国所有，钓鱼岛问题固然根本就不会产生，今日的东亚、东海又会是怎样一个局面……

2019 年 5 月 22 日完稿

（作者：复旦大学中文系教授、博士生导师，
复旦大学中国古代文学研究中心兼职教授）

龙榆生《唐宋名家词选》初印本与修订本的比较及其学术史意义

郭时羽

《唐宋名家词选》是龙榆生先生最负盛名之编选作品，自面世以来读者当不下百万，甚而有“近世选本之冠”的赞誉[①]；但是，很多人并不清楚，此书实有1934年初印本和1956年修订本之区别，且两个版本相去甚远，以至于直接影响龙氏词学思想之体现。对于普通读者而言，看哪一个版本，是相差数十位词人、数百首词的问题；而对于研究者来说，若忽略版本之别，则材料之误差势必导致解读之谬以千里，甚而令结论成为无源之水、无根之木，更不可不慎。

如有学者曾撰文分析龙榆生的词学观，云“龙榆生乃朱氏的受砚传人，当时主讲暨南大学，编《唐宋名家词选》一书作教材，退周吴而进苏辛。稼轩最多，入选44首；东坡次之，42首；周邦彦31首，而吴文英只选10首……”[②]。实则龙榆生主讲暨南大学时所编《唐宋名家词选》为初印本，该版收录吴文英词达38首，居所有入选词人之最；梦窗词被删减至10首，是1956年修订本所为。不理清前后两版的区别，显然无从论述龙榆生之词学思想，甚或会南辕北辙。

当然，上引论文作于1998年，于今相隔二十载，一时失察，实不应苛求。事实上，1999年，张晖先生与张宏生教授合写的《论龙榆生的词学成

---

① 吴小如先生挽龙榆生七绝诗附语，张晖著《龙榆生先生年谱》附录四，学林出版社2001年版，第282页。

② 段晓华《浅析龙榆生的词学观》，《江西师范大学学报》1998年第31卷第4期。

就及其特色》一文中，便指出了两个版本的区别，并直截了当地宣称："新版的《唐宋名家词选》不足以代表龙榆生一贯的词学思想。"[①]2003 年，吴宏一教授发表《析论龙沐勋的〈唐宋名家词选〉》，将新旧二版做了十分细致的对比，并考察其间变化发展之种种因果关系。[②] 但遗憾的是，这些文章似乎未能引起足够的重视，直到 2017 年，仍有学者撰文比较《唐宋名家词选》与《宋词三百首》之选目，"发现一个有趣的现象：龙榆生是朱祖谋的学生，但其在宋词具体词作选目却和乃师差异甚大。……朱本的旨归是吴文英，龙本的旨归则是辛弃疾"[③]，此类以龙榆生以及近现代词选为考察对象，却完全依托修订本，懵然不知初印本之存在的论文并非罕见。又，2015 年出版的《龙榆生全集》，在《唐宋名家词选》之整理说明中径言"1934 年 12 月由上海开明书店出版"，所收内容却是 1956 年修订本，只在最后补充了《初版自序》作为附录，当是未意识到两个版本实有巨大区别、不可混为一谈。《全集》对龙榆生相关研究贡献巨大，整理者和编辑都付出了艰辛的劳动，却不知何故错过了恢复、保存初印本面貌的机会，着实令人惋惜。

为弥补这一缺憾，我在 2017 年策划了《唐宋名家词选》（全本）的选题，希望将初印本与修订本的面貌，一同完整地呈现给读者。整理工作约请上海书画出版社副总编田松青负责。经过一年的努力，此书顺利出版，在此过程中，我们将两个版本做了比较清晰与深入的调查。在此，愿将相关情况做一汇报，就两版的主要区别逐次比较，并讨论增删修订背后的意义。

一、初印本与修订本概况

《唐宋名家词选》"初印本"，原为龙榆生于暨南大学国文系授课

---

① 《文教资料》1999 年第五期，后收入《龙榆生先生年谱》附录五，第 302 页。

② 收入郑培凯主编《九州学林》2003 年 1 卷 2 期。

③ 王伟《〈宋词三百首〉与〈唐宋名家词选〉选目比较》，《教育教学论坛》2017 年 3 月，第 9 期。

讲义,约编成于1931年,1934年12月由开明书店出版发行。此版共选录42位词人的489首词作。其体例为:每位词家之下,先列所选词作,有圈点,无现代标点。部分词后列针对此首词之历代评语,末列其选录数量及所据词集版本,再附"作者小传"和针对此作者的"集评"(部分词家没有集评)。书前有自述学词经过与选词宗旨的《自序》与说明编撰体例的《编辑凡例》。此书初问世便引人注目,一时洛阳纸贵,至1948年已印至7版。又有香港商务印书馆1953年版、台北开明书店1954年版。

《唐宋名家词选》"修订本"完成于1955年,1956年5月由古典文学出版社出版。收录94位词人的708首词作。选录数量、所据词集版本移到每一家词人的开头部分,下列选词,仍保留针对具体词作的评语,作者小传与"集评"仍在最后。删除了圈点,但每首词均标明平仄韵位,一定程度上可起到词谱的作用。增加了现代标点,但全书无书名号。删除了书前的《自序》,《编辑凡例》有所改订,书末增加《后记》一篇。此版印量巨大,古典文学出版社后改组为中华书局上海编辑所,"文革"结束后独立为上海古籍出版社,都曾多次重版、改版,有简体、繁体,竖排、横排,双色,平装、精装等多种版本;人民文学出版社则有版画插图版。不过,除了排版、装帧等形式上的变化,其内容上均一仍其旧,未作改动。

二、初印本与修订本之比较

(一)所收词家的增删

修订本最醒目的变化,当属所收家数之大幅增加。删除的只有元好问1家,显然是出于时代关系,遗山为金人,自不宜置入唐宋名家之列。而增选词家达53家,词作共159首,分别为:

李白(2首)、张志和(1首)、韦应物(3首)、王建(2首)、刘禹锡(12首)、白居易(6首)、阎选(1首)、尹鹗(1首)、和凝(2首)、李璟(2首)、寇准(1首)、宋祁(1首)、张昪(1首)、梅尧臣(2首)、韩缜

(1首)、王安石(4首)、王安国(1首)、黄庭坚(14首)、张耒(2首)、陈师道(1首)、王雱(2首)、晁端礼(1首)、赵令畤(4首)、李廌(1首)、晁冲之(2首)、王观(2首)、舒亶(3首)、毛滂(1首)、李元膺(2首)、张舜民(1首)、僧挥(5首)、李之仪(3首)、魏夫人(2首)、万俟咏(5首)、曹组(4首)、苏庠(2首)、李甲(1首)、鲁逸仲(2首)、廖世美(2首)、陈克(2首)、孙道绚(2首)、汪藻(2首)、陈与义(3首)、岳飞(2首)、吕本中(5首)、朱敦儒(14首)、韩元吉(2首)、范成大(5首)、陈亮(5首)、刘过(3首)、朱淑真(3首)、蒋捷(6首)、文天祥(2首)。[①]

与初印本所收仅42人相比,增加幅度不可谓不大。但我们注意到:其中仅刘禹锡、黄庭坚、朱敦儒三家所收词作在10首以上,其余大多仅录一二首。而这与"名家词选"的书名,其实是有一定矛盾的,如阎选、尹鹗、韩缜、张舜民等人,置于唐宋词坛上,真的可称"名家"吗?对比之下,初印本所收的42人,除鹿虔扆仅收1首外,其余诸人均确实鼎鼎大名,而即便是鹿虔扆,也有过"词家推为绝唱"的荣誉[②]。对此,自然可以认为是修订本"更侧重反映词史的全貌"[③]。吴宏一教授也提出:"旧版《唐宋名家词选》的好处,是'慎所去取'",但"'示人以模范'才是词选的目的,重在选好作品,而不计较作者本人是否大家名家",所以"只选大家名家的作品,而遗漏了大家名家之外的一些次要词家的好作品,在某些读者看来,未免不是此书的一大遗憾"。[④] 但客观地说,如朱彊村《宋词三百首》,其初版收录87家,平均每家4首都不到,分布极广,这和其书名之以篇为主是匹配的;《唐宋名家词选》既不叫《唐五代宋词选》(按龙榆生另有是选),也不叫《唐宋词七百首》,书名中既有"名家"二字,即是标举作者,修订版的情况与书名多少是有点龃龉的。

---

① 此数据由田松青整理归纳。

② 龙榆生撰鹿氏传记引《十国春秋》卷五十六《后蜀九》,《唐宋名家词选》(全本),中华书局2018年版,第39页。

③ 张晖《论龙榆生的词学成就及其特色》,《龙榆生先生年谱》附录五,第302页。

④ 吴宏一《析论龙沐勋的〈唐宋名家词选〉》,郑培凯主编《九州学林》2003年1卷2期。

（二）词作的增删

修订本对初印本选录的各家词作，除鹿虔扆一家以外，皆有增删，共计删去 158 首，增加 237 首；再减去元好问 19 首，加上新增词家的 159 首，最终选录词作 708 首，数量较初印本 489 首增加近二分之一。而其中变化最大、也是对学界研究影响最大的，当数梦窗词从 38 首骤降至 10 首，从初印本排名第一，到修订本的第 24 名，可以说完全泯然众人之间了。龙榆生对吴文英的态度，仅看初印本和仅看修订本，显然会导致迥然不同的结论。但应该认识到，1931 年选编、1934 年初印时的 38 首，才是符合常理的。如所周知，龙榆生之词学受教于朱彊村，而彊村是力主梦窗的，这对龙榆生早期词学观有决定性的影响。夏敬观在《风雨龙吟室词序》中即称龙氏："文章尔雅，词宗清真、梦窗，兼嗜苏、辛。盖其旨趣与侍郎（朱彊村）默契，所取法为词家之上乘也。"[①]朱彊村在《宋词三百首》中录吴文英词 24 首，至为推许；他去世于 1931 年，离世前将所用砚台赠与龙榆生，即传衣钵之意，一时多少名流绘题《彊村授砚图》，传为词坛佳话。若 1931 年龙榆生编《唐宋名家词选》，即贬梦窗于 20 余人之下，甚至低于刘克庄、刘辰翁的 11 首，孙光宪、刘禹锡、李煜的 12 首，那恐怕有离经叛道之嫌，乃师也不会如此托以道统传承了。当然，在二十余年之后，编订修订本时，由于种种原因，将梦窗词大幅删减，这又是另一回事，有时代、个人的各种原因，在下文我们再讨论。

另外，如苏轼词由 28 首增加至 42 首，辛弃疾词由 30 首增加到 44 首，占据了前两名的位置，显然是龙榆生一贯喜爱苏辛的进一步体现，并非颠覆性变化，在初印本中他们本也占据第二、第三的位置（苏轼与贺铸皆为 28 首，并列第三）。事实上，朱彊村晚年也意识到过于推崇梦窗之流弊，有意通过标举苏辛词解决这一问题，这一点亦为龙榆生所继承。

关于词作增删的标准，目前来看尚难得出一定的结论。本身创作水平的高低，自然应当是首要判断标准；但这种判断较为主观，难

---

① 龙榆生《忍寒诗词歌词集》序，复旦大学出版社 2012 年版。

以一概而论。吴宏一教授在比较《唐宋名家词选》初印本和1937年出版的《唐五代宋词选》之时,提出后者"开始注意若干组词或连章词的完整性"[①];但到了修订本,这一说法是否成立亦须再加考察,典型案例如潘阆的《忆余杭》组词,初印本十首全收,修订本中却只收五首,反而删除了五首。不过,从阅读的大致体会而言,比较容易被删除的,可能是类似柳永《斗百花》"争奈心性,未会先怜佳婿。长是夜深,不肯便入鸳被。与解罗裳,盈盈背立银缸,却道你但先睡"这样的作品。所有增删之词作,在此次出版的《唐宋名家词选》(全本)中均有标明,以便学者,期待不久的将来,能有进一步研究成果面世。

(三)《自序》的删除与《编辑凡例》的修改

说到这里,就自然涉及《自序》和《编辑凡例》删改的问题。

在初印本《自序》中,龙榆生首先大力推许老师所编词选,认为:"承常派之流波,而能发扬光大,义丰文约,导来学以从入之途者,其惟彊村先生之《宋词三百首》乎!"同时,坦述自己由从师学词并协助校勘《彊村丛书》,"因得尽窥先生手订各家词集,朱墨烂然,一集有圈识至三五遍者。因为录出,益以郑文焯手订《花间集》及《白石道人歌曲》,复参己意,辑为兹编,以授暨南大学国文系诸生",则初编此书,受彊村影响之大可知。这也是初编时不可能贬低梦窗词的显明理证。

当然,若完全同于老师,则不必自创新编,所以,龙榆生接下来阐述自己的选词观点,是"但求其精英呈露,何妨并蓄兼容"。他认为从温(庭筠)、韦(庄)到李后主、冯延巳以及北宋晏殊、欧阳修、晏幾道,"为令词之极则,已俨然自成一阶段"。随后慢曲兴起,又分为疏、密二派:前者以范仲淹、苏轼为领军,下列晁补之、叶梦得、张孝祥、辛弃疾、陆游、刘克庄、刘辰翁、元好问;后者以张先、柳永为领军,下列秦观、贺铸、周邦彦、姜夔、史达祖、吴文英、王沂孙、张炎、周密。这些正是初印本中所收之人物。这是龙榆生对唐宋词风的重要梳理,他

---

① 吴宏一《析论龙沐勋的〈唐宋名家词选〉》,郑培凯主编《九州学林》2003年1卷2期。

认为此三派中,“各家亦多开径独行,而渊源所自,昭然可睹”,因而被其视为“疏极于豪壮沉雄”一派之殿军的元好问,虽时代不符,亦不愿割舍,而是置于附录中单列一家,收录了19首词。并希望“学者果能于三派之内,撷取精英,进而推求其所以异趣之故,则于欣赏与创作,皆当受用无穷矣”。[①]

但到了二十年后的修订本,所收既达94家,则三派之分即便不说完全打破,“渊源所自,昭然可睹”无论如何是谈不上了。吴梦窗词从38首减到10首,与老师的推崇也已相去甚远。多重因素之下,《自序》与书中实际内容已完全不符合,且因涉及根本,连修改都不好措手,自然只好删去。而又另写了一篇后记,主要谈词的发生发展及其与音乐的关系,可算是一篇简明扼要的词史。

《编辑凡例》的修改,相对而言没有那么醒目,但亦有值得注意之处。如第一条“本编所录各家,以能卓然自树或别开风气者为主”中的“别开风气”改作“别开生面”,是降低了对入选词家的要求;第二条“本编所选作品,以能代表某一作家全部精神或特殊风格者为主”中的后半句改作“以能代表某一作家的作风或久经传颂者为准”,是将对词家主体精神的把握,改成主要以历时接受为标准;增加“依《花间》《尊前》诸集先例,兼收若干七言绝句体,如《竹枝》《杨柳枝》《浪淘沙》之类,以见诗、词递嬗之迹”等,益发可见由为学词者示范树鹄、欲有所教授,向更多呈现词史面貌的方向转变。正文中,修订本对作者小传重加核订,入选词家依生卒年重新排序等举措,实亦体现这种转变。龙榆生曾于《选词标准论》中提出:“选词之目的有四:一曰便歌,二曰传人,三曰开宗,四曰尊体。”[②]但随着时代的推移,晚清文人士夫热衷作词的氛围日渐消逝,到1955年修订时,其主观目的与设定读者群体已完全不同了。

(四)所用底本的修改

修订本对初印本中8家所用底本做了更换,列表如下:

---

① 以上均引自龙榆生撰初印本《自序》,见《唐宋名家词选》(全本)附录二,第450页。

② 《词学季刊》一卷二号,1933年。

词 家	初印本所用底本	修订本所用底本
李 煜	《侯刻名家词集》《南唐二主词》	明万历吕远刊本《南唐二主词》
范仲淹	《彊村丛书》本《范文正公诗余》	《词综》卷四
欧阳修	汲古阁本《六一词》	吴氏双照楼影宋刊本《欧阳文忠公近体乐府》
晁补之	双照楼影宋本《晁氏琴趣外篇》	汲古阁《宋六十家词》本《晁氏琴趣外篇》
周邦彦	《彊村丛书》本《片玉集》	郑文焯校覆宋淳熙刊本《清真集》
李清照	四印斋本《漱玉词》	赵万里辑本《漱玉词》
辛弃疾	四印斋本《稼轩长短句》	汲古阁影宋抄本《稼轩词》甲乙丙丁集
吴文英	《彊村遗书》本《梦窗词集》	《彊村丛书》本《梦窗词集》

其中吴文英《梦窗词集》,初印本在“作者小传”段末惯例介绍存世版本后,尚有“《遗书》本校勘最精”之案断。但到了修订本,却自行推翻这一案断,改用了《彊村丛书》本。

其他一些体例、格式上的修改,以及作者小传、集评等方面的文字润色,此不赘言,可参见《唐宋名家词选》(全本)中的相关介绍。

三、变化之原因及其学术史意义

修订本与初印本相隔二十年之久,有所变化是极其自然的。在这样长的时间里,作者获得新的材料,文笔更为老练,都是顺理成章的事。但是,修订本与初印本之间选录词家相差一倍以上,词作出入达 573 首(删去 177 首,增加 396 首),几乎可做一部新书,且涉及词学思想的巨大变化,乃至被批评为“修订后的新版《词选》丧失了特色,仅以保存郑文焯等的评语才得以被学者经常称引"[①]，这就不是一般的修订所能解释的了。毋宁说，《唐宋名家词选》修订本相对初印本的变化，正体现了这二十年来整个中国词学界观念的变化。

这种变化，宏观而言，不容忽视的是由传统的以婉约词为正宗，转变为推崇豪放派、贬低婉约派。龙榆生本人在1935年《词学季刊》第二卷第二号发表的《今日学词应取之途径》一文中，即大声疾呼：

> 且今日何日乎？国势之削弱，士气之消沉，敌国外患之侵凌，风俗人心之堕落，覆亡可待，怵目惊心，岂容吾人雍容揖让于坛坫之间，雕镂风云，怡情花草，竞胜于咬文嚼字之末，溺志于选声斗韵之微哉？溯南宋之初期，犹有权奇磊落之士，豪情壮采，悲愤郁勃之气，一于长短句发之。南宋之未遽即于灭亡，未尝不由于悲愤郁勃之气，尚存于士大夫间，大声疾呼，以相警惕。如张元幹之所谓"正人间鼻息鸣鼍鼓"（《贺新郎·寄李伯纪丞相》）者，知当时犹有有心之士，不忍坐视颠危，而出作狮子吼也。居今日而言词，其时代环境之恶劣，拟之南宋，殆有过之。吾辈将效枝上寒蝉，哀吟幽咽，以坐待清霜之欺迫乎？抑将凭广长舌，假微妙音，以写吾悲悯激壮之素怀，借以震发聋聩，一新耳目，而激起其向上之心乎？亡国哀思之音，如李后主之所为者，正今日少年稍稍读词者之所乐闻，而为关怀家国者之所甚惧也。言为心声，乐占世运。词在今日，不可歌而可诵，作懦夫之气，以挽颓波，固吾辈从事于倚声者所应尽之责任也。[②]

在彼时国难当头之际，这种"狮子吼"，我想是十分正当，且理应如此、不得不然。至于到后来是否有过甚之嫌，则如段晓华教授所言，"既是思想理论上矫枉过正和文学观念变化的结果，亦关乎时运与潮流，龙氏固不当任其责"[③]。且客观来说，修订本的《唐宋名家词选》，豪

① 张晖、张宏生《论龙榆生的词学成就及其特色》，《龙榆生先生年谱》附录五，第302页。

② 收入《龙榆生词学论文集》，上海古籍出版社，又见《词学十讲》附录二，中华书局2017年版，第197—198页。

③ 段晓华《浅析龙榆生的词学观》，《江西师范大学学报》1998年第31卷第4期。

放词比例虽有扩大,但增收的词作中仍包括不少婉约词作,并未决然以流派之分为去取。与胡云翼《宋词选》等作,仍有较大的区别。

从龙榆生最初编选《唐宋名家词选》的1931年,到修订本完成的1955年,这二十余年间,中国社会鼎革,用“天翻地覆”四字形容尚有不足之嫌。整体词学风气相应之剧烈变化,以及龙榆生自身遭遇之波澜起伏,前贤讨论已多,这里不再赘言。仅拟就修订本和初印本中吴梦窗词地位之降迁变化,再缀数语,一来或可由此一斑而稍窥全豹,二来此事涉及龙榆生与朱祖谋之师弟传承,确有不可不辩之处。

我们知道,清代以来词学界实有两派。标举南宋词如周济欲“教学者问途碧山,历梦窗、稼轩,以还清真之浑化”[①],龙榆生的老师朱彊村即此派代表人物。冒广生曾引王幼遐语云:“世人知学梦窗,知尊梦窗,皆所谓但学兰亭之面;六百年来,真得髓者,古微一人而已。”[②]标举北宋词以王国维为代表,则对梦窗词百般不满。一本《人间词话》,手定稿并删存稿拢共114则,批评梦窗的即有9则之多:或嘲讽其“用代字”多,“非意不足,则语不妙”;或将其归于乡愿;乃至直斥为“失之肤浅。虽时代使然,亦其才分有限也。近人弃周鼎而宝康瓠,实难索解”。也有人试图调和这种争端,如吴昌绶在致王国维信中,即辩解道:“梦窗词诚如尊论。惟词体至此已数百年,天真之后,不能免人事;性灵之中,不能不讲功夫,能深入乃能显出。则梦窗超然独异,非西麓、玉田一辈比矣。”言之可谓有理。吴昌绶与朱彊村相交莫逆,信中自承“走之尊梦窗者,正所以儆古微”,则上述观点,当亦来自彊村或至少受彊村影响。[③] 王国维对朱彊村的词评价并不低,称“近人词如复词之深婉、彊村词之隐秀,皆在吾家半塘翁上”,但借他再贬梦窗,说“彊村学梦窗而情味较梦窗反胜”,最后更不忘下一定论:“然古人自然神妙处,尚未梦见。”则对梦窗一派,真可谓反对得非

---

① 龙榆生撰初印本《自序》,见《唐宋名家词选》(全本)附录二,第450页。

② 《小三吾亭词话》卷二,转引自龙榆生《近三百年名家词选》(全本),第196页。

③ 按:以上材料承王水照先生告知,吴昌绶信收录于《国家图书馆藏王国维往还书信集》(中华书局2017年版),卢康华释文,刊于《新宋学》第七辑(复旦大学出版社2018年9月版)。

常彻底了。这其实从反面证明了当时推崇梦窗之风气，否则观堂自不必费如许口舌、极力针对。

王国维于1927年去世，但其《人间词话》的影响力不减反增。另一方面，新文学对文艺界的影响日益呈现，如叶圣陶《苏辛词》绪言慨然声言："清切婉丽为什么是正？纵横慷慨为什么是变？这些常别正变的议论，是拘泥褊狭的评衡家造了出来，因以减损自己的鉴赏力的，犹如蚕儿吐丝作茧，却裹住了自己的身体。"[①]颇能代表当时的看法。这些和上述国难当头之际，龙榆生自己对"写吾悲悯激壮之素怀，借以震发聋聩，一新耳目，而激起其向上之心"之豪放词更加重视，当皆系造成梦窗词在其心目中地位变化的因素。

另一值得拈出的因素，或是友人张尔田的意见。前引吴宏一教授论文已提及龙榆生"善于采纳别人的意见"，且已注意到在他交往的师友间，诸如汪精卫、夏承焘乃至张尔田之弟张东荪的影响；然事实上，张尔田的影响或许更为重要。张尔田（1874—1945）与朱彊村为忘年交，"朱氏有清词选本《词莂》一书，尝与张尔田'恒共商略去取'，后因书中选有自己的词作，遂又托名于张尔田，以避标榜。庚子之变时，朱氏托张尔田为他护送家眷南归，可见二人交谊之深"[②]。张尔田受朱彊村影响，学词亦从梦窗入手。但同时，他与王国维关系密切，在沪上时二人与孙德谦所居均甚近，于是常常聚首，相与探讨古今之学，一时有"海上三子"之称。则其受王国维影响当必不浅，对于梦窗词的看法后来变化，或亦与此有关。张尔田对晚辈后学"时常提携奖掖，指教点拨，尤其与龙榆生、夏承焘、吴宓、钱仲联等过从较多，互通书信，切磋文艺，研讨学术"。张氏有致龙氏论词札二十六通，可见往来商讨之频密。他在《与龙榆生论词书》中说："弟所以不欲人学梦窗者，以梦窗词实以清真为骨，以词藻掩过之，不使自露，此

---

① "学生国学丛书"之一，由商务印书馆发行，叶绍钧选注，中华民国十六年九月初版，中华民国二十三年六月国难后第三版。

② 本段中张尔田生平部分均引自段晓华、蒋涛《张尔田集辑校·前言》（黄山书社2018年9月版）。

是技术上一种狡狯法,最不易学,亦不必学。"[①]龙榆生对张尔田颇为服膺,曾自承于时论"能指斥其非,而匡益吾不逮者,惟公耳"[②],则张氏对梦窗词之看法,不可能不对他造成影响。

综合以上种种,可以看出:龙榆生在1931年初编《唐宋名家词选》时,仍步武乃师,推崇吴文英,且此一流派从清代流传至民国,仍有一定的势力;梦窗词在其心中地位降低,是随着时光推移、国家危难、新文学日益兴起,以及身边友人相与切磋探讨等各种因素,逐渐形成的。若忽略《唐宋名家词选》初印本中所录的38首梦窗词,径以修订本中的10首为讨论依据,则是跳过了其间纷繁复杂的历史流变,将一个立体动态的历史语境平面化,造成龙榆生与朱彊村词学思想背道而驰的错觉,无疑是违背龙榆生本意的。

以上,是我对龙榆生《唐宋名家词选》初印本和修订本间巨大差异的整理,以及对造成这种差异之原因的一些推断。2011年,我曾有幸担任郑幸博士《袁枚年谱新编》的责任编辑,她的导师陈正宏教授在为此书所作《序》中提到:自己在20世纪90年代末参与章培恒先生《中国文学史新著》的撰稿工作,负责袁枚部分,章先生的指示是"要有点新东西",而他在扎进古籍堆中翻找后,还真找到了"新东西"——早已被误认为失传的袁枚早期单刻别集《双柳轩诗文集》,并通过校勘,发现许多诗文在后来收入全集时,文字多有更改。虽然正宏教授后来的兴趣点离开了袁枚,但他把这些材料和他的观点,都转交给得意门生郑幸,这在很大程度上决定了这本袁枚年谱的学术创新性。同时,他在序中还整段引用了郑幸《前言》中的话:"这里强调的,已不再是'全集'或静态层面上所呈现的单一作家形象,而是试图通过对单刻别集和晚年全集、初刻本与增刻本的比较,以及大量其他非自述性材料的辅助,来揭示这些著名作家成名前后的微妙变化,从而呈现一个更具'历时性'、更真实、更全面的作家形象。"

---

① 《同声月刊》第一卷第三号,1941年2月。
② 《答张孟劬先生》,《词学季刊》第二卷第三号,1935年4月。

在发现龙榆生《唐宋名家词选》初印本与修订本巨大区别的时候,这段话自然地在我脑海中浮现。通过对相隔二十余年的两个版本的比较,我们或许也可呈现一个“更具‘历时性’、更真实、更全面”的龙榆生的形象,并使诸如其与彊村词学理念的冲突等问题得到自然而然的解决。

(作者:中华书局上海公司编辑、编委会成员)

“莲社”雅集：葡萄社与晚明文人结社的崇佛旨趣

龚宗杰

晚明是古代思想文化发生重要转变的时代。阳明心学的传扬，助推了此时期三教合和风气的形成，并对士人阶层的思想意识产生深远影响。而在文学领域，又有汲取了上述思想资源的唐宋派、公安派为代表的新兴力量之崛起。探察晚明文学中这股主张抒性灵、求本真的思潮，可发现其中的一个显著特征，正是不同程度地受到佛学思想的浸染，这在一定意义上反映了晚明文学与佛学之关系。就公安派而言，三袁兄弟之佛学因缘，除了在他们的文学观念与表达上有所体现之外，也在于他们的社会活动中展露出的崇佛倾向。其中，作为文人社交与文学活动的重要形式，结社行为自然成为我们考察晚明士人日常生活图景的研究对象。尤其是在晚明，文人结社活动十分频繁，现存文献也记载了大量的结社事实。就结社性质而言，晚明有众多注重诗文写作的文学社团，也存在着众多文人参与的、以谈佛论学为主的社团。三袁兄弟在京城崇国寺所结的“葡萄社”便是一个颇具代表性的样本。袁宏道《答刘云峤祭酒》提到自己的诗作云：“葡萄方丈新莲社，首帕街坊旧燕梁。”[①]袁中道《游居柿录》也记载：“慎轩、中郎与予共修莲社之业。”[②]所谓“莲社”，本于相传东晋慧远

---

① 袁宏道著，钱伯城笺校《袁宏道集笺校》卷五十五，上海古籍出版社 1981 年版，第 1602 页。

② 袁中道《珂雪斋集·游居柿录》卷十一，上海古籍出版社 1989 年版，第 1369 页。

等人在庐山东林寺所结"白莲社"。后世不仅多以莲社指称学佛为主的社团，还以此作为与佛学相关的典故运用到诗文写作中，使它成为一种富有佛学意蕴的文化符号。由此也可见，三袁所结葡萄社，带有明显的崇佛倾向。本文即以葡萄社为线索，继而讨论晚明文人以"修莲社之业"为宗旨的结社特征。

一、公安派葡萄社及其说禅论佛的结社趣尚

有关三袁兄弟所结之葡萄社，他们的文集中留存了众多的材料。袁中道《石浦先生传》云："戊戌，再入燕。先生官京师，仲兄亦改官，至予入太学，乃于成西崇国寺蒲桃林结社论学。"①袁宏道《西京稿序》一文也记载：

> 往予长五湖，徽之治去湖近，时从墨客所见徽之诗，近代高手也。已居燕，结社葡桃棚下，诸韵士日课方外言，以诗为尘务，不暇构也。徽之既校秦士，坐皋比，谈六经，摈异端而后骚赋，固其职。余适以拔士入秦，不同职而同具，盖于此道列戟矣。②

"徽之"即段猷显字，与袁宏道为同年进士。段猷显与袁宏道等人曾结社葡桃棚下，通常称之为"葡桃社"，又作"葡萄社"。袁宏道《破研斋集》录有《游崇国寺，得"明"字》诗，其诗序也记载曾结社于崇国寺之事云：

> 往与家伯修、潘去华、江进之、黄平倩、刘明自、吴本如、段徽之诸公，结社于崇国葡萄方丈，相去七年，存亡出处，遂如隔世。丁未春暮，与龙君超、陶孝若、丘长孺、李元善、刘元质重经此地，

① 《珂雪斋集》卷十七，第709页。

② 《袁宏道集笺校》卷五十一，第1485页。

泣下不能自止,聊述数语,以志今昔。[①]

据此可知,除了袁氏兄弟外,潘士藻(字去华,号雪松)、江盈科(字进之)、黄辉(字平倩,又字昭素,号慎轩)、刘日升(号明自)、吴用光(字本如)等都是葡萄社的成员。此诗作于万历三十五年丁未(1607),袁宏道在该年也曾与龙襄(字君超)、陶若曾(字孝若)、丘坦之(字长孺)、李学元(字元善)等结社唱和。据"相去七年"可推知葡萄社在万历二十八年庚子(1600)举行过社集活动。至于该社的创立时间,何宗美《公安派结社考论》一书已作考证,认为万历二十七年己亥(1599)三月至二十八年庚子(1600)八月是葡萄社的活跃时期,又将"葡萄社"分为广义和狭义两种,广义的葡萄社前后长达五六年。[②]李鸣《葡萄社始末初考》一文则据前引《石浦先生传》的材料,认为葡萄社结社的时间不早于万历二十六年戊戌(1598)初冬。[③] 笔者以为,葡萄社之正式成立,更有可能在万历二十七年夏。袁宗道、袁宏道的诗集中,第一次出现的社集作品作于该年夏日。至于"己亥年三月",袁宏道等人确实在崇国寺举行过一些集会,但不能作为葡桃社的开端,可以视为结社之铺垫。而此前的万历二十五年至二十六年的"长安宴集",《公安派结社考论》认为是葡萄社的序幕,其实已经时隔久远,是另外的结社行为了。判断是否葡萄社的第一次集会,与社名紧密相关的集会地点"崇国寺葡萄方丈"是关键。

袁宏道《瓶花斋集》录有《崇国寺葡萄园,集黄平倩、钟君威、谢在杭、方子公、伯修、小修剧饮》一诗,作于万历二十七年。诗中描绘崇国寺及当日之情景云:"十亩蕃草龙,垂天莽鬘鬅。古根老巉石,凉荫厚深巘。茫茫三夏云,有舒而无卷。"[④]可见此次社集在该年夏日,钟起凤(字君威)、谢肇淛(字在杭)、方文僎(字子公)三人也是社员。其后一诗为《端阳日集诸公葡萄社,分得"未"字》,可知该年端午也

① 《袁宏道集笺校》卷三十七,第1315页。

② 参见何宗美《公安派结社考论》,重庆出版社2005年版,第112—116页。

③ 参见李鸣《葡萄社始末初考》,《殷都学刊》2004年第4期。

④ 《袁宏道集笺校》卷十五,第641页。

有社集，并且已明确提到社名"葡萄社"。后又有《夏日，同江进之、丘长孺、黄平倩、方子公、家伯修、小修集葡萄方丈，以"五月江深草阁寒"为韵，余得"五"字》一诗，知丘坦之也是葡萄社成员，也可见万历二十七年夏日是该社的集会活动比较集中的时段，也正值葡萄棚树叶繁茂之际。

关于葡萄社的集会内容，除了上文提及的诗歌唱和外，论学、静坐也是主要环节。对此，袁中道文集亦多有记载，如上引《石浦先生传》所言"结社论学"。《江进之传》也提到："予伯兄、仲兄及予，皆居京师，与一时名人于崇国寺葡桃林内，结社论学，公与焉。"①同卷《潘去华尚宝传》一文更有详述曰：

> 追思伯修居从官时，聚名士大夫，论学于崇国寺之葡桃林下，公其一也。当入社日，轮一人具伊蒲之食。至则聚谭，或游水边，或览贝叶，或数人相聚问近日所见，或静坐禅榻上，或作诗。至日暮始归。不逾年，伯修逝，公亦逝。其余存者，亦多分散。去年，予以计偕至，过伯修长安街上旧第，忽忆当时下马入门，呼"大兄在否"之状，泪如雨倾，半日不能言。及过公手帕市第，痛之无异伯修。后以访人，偶至葡桃林，绿叶碧实如故，而同学诸友，无一在者。感岁月之如驶，念寿命之不常，又不觉泪涔涔下也。②

与一般的文学社团相比，葡萄社留存的社集作品并不多，这也表明文学创作并不是该社的主要宗旨。而上引所谓伊蒲之食、览贝叶、静坐等，也充分说明葡桃社的重要活动是礼佛论学，具有十分浓厚的佛学趣尚。袁宗道、潘士藻相继过世，诗社逐渐衰落，这次结社的经历承载了袁中道对兄长和诗友的诸多回忆。因此"绿叶碧实如故"一句，也表达出袁小修对社事盛况难再以及物是人非之感慨。袁中道《祭潘尚宝雪松文》一文也回忆了葡萄社相聚论学的情景，并对潘士藻与

---

① 《珂雪斋集》卷十七，第727页。

② 同上书，第729—730页。

袁氏兄弟在葡萄社聚谭学佛之事有更详细的记载：

> 予兄弟少公二十余岁，公一见以道相信，遂订忘年之交。长安崇国寺葡萄社中，与家伯修、刘明自、黄慎轩诸公，相聚论学。凡有碍窒而不彻者，予兄弟以数语发挥之，公则跃然而喜，以为益我。而予兄弟数年前，贡高我慢之气，皆日销化于公春风之中，而不自觉。公喜谭飞仙之事，其语稍不经，然公酷信之。或者以为公病。昔白乐天谪居匡庐，亦有志于服食羽化之术，终以不就，盖亦英雄之常态。公近年渐不复信，惟究心《易传》。予兄弟数数以禅理诱之，亦欢然若有所契。尝令我为讲《楞严》，且相约曰："君当至桃园，我当与君论《易》，君为我说禅也。"自后公以使事归，予兄弟亦相率南。友朋四散，不胜离合之感。孰知不数月，而公去。又未一月，而伯修去矣！①

其中讲到袁氏兄弟与刘日升、黄辉、潘士藻等人在崇国寺葡萄社中相聚论学。潘士藻由研探道家羽化之术转为究心《易传》，又因结社聚谭，渐受熏染，而对佛学产生了兴趣，因此让袁中道为其讲经说禅。袁宗道《白苏斋类集》也收录了若干社集作品，如卷二古诗《夏日，黄平倩邀饮崇国寺葡萄林，同江进之、丘长孺、方子公及两弟，分韵得"阁"字》，其中有句云："交蔓为宝网，缀实成璎珞。蜩蝉递代响，清越钧天乐。寒泉绕膝流，坐久怯衣薄。霞外四五朋，一笑破缠缴。依岸排绳床，科头兼赤脚。语或禅或玄，杂之以诙谑。……锦江气豪宕，新都质文弱。其余尽楚人，赋性俱脱略。"②这首诗与上文袁宏道七言古诗为同次社集之作，在描绘夏日葡萄林景致与集会情形的同时，也点出集会的重点在于说禅论理，赋诗倒是其次，即所谓"语或禅或玄，杂之以诙谑"。也正因为社事"杂以诙谐"，社员"赋性脱略"，相较于其他结社模式较为固定的文人社团来说，葡萄社的集会时间以及形式都显得自由与随意。

① 《珂雪斋集》卷十九，第790—791页。

② 袁宗道《白苏斋类集》卷二，上海古籍出版社2007年版，第15—16页。

葡萄社的成员多为公安派文学的响应者，也热衷于钻研佛理。江盈科与袁宏道是同年，诗风与公安派相近。江盈科也曾有于寺中吃斋静坐、读经学佛的经历，其《学佛》诗有云“香焚梅散午烟细，卷诵莲华秋漏长”①，《崇国寺吃斋》诗写道“清斋消得山僧供，最适生平蕨苋肠”②，《夜坐》诗也有句曰“玄房兀兀万缘空，时向蒲团习坐功”③，便是明证。袁宗道卒于万历二十八年庚子(1600)，该诗社的持续时间不长。袁中道《珂雪斋集》卷九《送兰生序》记载：“予年十八九时，即与中郎结社城南之曲，李孝廉元善与焉。三人下帷为文章，皆搜云入霞，意气豪甚。……城南之社，中郎以二十举于乡，廿四而成进士。随取即获，有若承蜩。乃元善则已苦矣，予则更苦矣。”④袁宏道早年曾结“城南文社”，自为社长。万历三十一年癸卯(1603)，袁宏道也曾与诗友结社，频繁唱和。从万历十七年己丑(1589)到天启元年辛酉(1621)，袁宏道参与了大量的社集活动。万历三十七年己酉(1609)，袁中道也曾结“冶城大社”。三袁兄弟通过结社的方式扩大了他们的交游范围及其文学影响。从三袁以及江盈科等在内的文人群体的文学创作和社交活动中，可看出佛学思想对他们的文学观念和生命意识均有着深刻的影响。

二、“修莲社之业”：晚明文人结社的“学佛”倾向

从上文所论已可看出，袁中道对所结葡萄社一事的描述，多与追忆社员潘士藻相伴。袁宏道也有《舟中与诸上人谈亡友潘雪松诗，诗以记之》一诗，提到昔日结社于葡萄方丈之事云：“蒲萄方丈新莲社，

① 江盈科《江盈科集》，岳麓书社2008年版，第148页。

② 同上书，第148页。

③ 同上书，第149页。

④ 《珂雪斋集》卷九，第447页。

首帕街坊旧燕梁。"[①]可见在袁宏道心目中,他们所结葡萄社,有追摹东晋慧远在庐山结莲社同修净土之意。袁中道也记载说:"初,慎轩、中郎与予共修莲社之业,遂欲弃去笔研。故予庚子以后,诗文俱不存稿。"[②]表明袁氏兄弟欲摈绝文事而归心净土的心态。

万历年间,阳明心学盛行,以李贽等人为代表的王学左派也影响了袁氏兄弟的思想。而葡萄社则为公安派的形成及其文学主张的传播提供了阵地。如以袁宏道为例,除了心学,袁中郎思想的另一重要表现就是得佛学之熏染,这也受到了袁宗道和李贽的影响。袁中道《吏部验封司郎中中郎先生行状》记载:

> 时伯修官春坊,中道亦入太学,复相聚论学,结社城西之崇国寺,名曰"蒲桃社"。逾年,先生之学复稍稍变,觉龙湖等所见,尚欠稳实。以为悟修犹两毂也,向者所见,偏重悟理,而尽废修持,遣弃伦物,偭背绳墨,纵放习气,亦是膏肓之病。夫智尊则法天,礼卑而象地,有足无眼,与有眼无足者等。遂一矫而主修,自律甚严,自检甚密,以澹守之,以静凝之。[③]

由此可见,袁宏道的佛学思想渐有转变,由禅入净,由偏重悟理到主以修持。而这种思想转变,与兄弟三人结葡萄社论学不无关联。袁宏道研习佛教经书,也创作了《西方合论》《宗镜摄录》和《珊瑚林》等,表现出禅、净合一的倾向。

从袁氏兄弟结葡萄社来"修莲社之业"可看出,净土宗的流行对晚明文坛产生影响的直接表现之一,就是文人多结"莲社"。作为一种带有明显佛学倾向的社团类型,莲社不仅影响到参与结社的文人的思想意识,也为文人结社提供了一种模式。"莲社"又称"白社""白莲社",相传东晋慧远居庐山,与刘遗民、雷次宗等人同修净土,寺中有白莲池,因以名社,也称"净社"。后代以学佛为主的社团,也经

---

① 《袁宏道集笺校》卷二十七,第905页。

② 袁中道《珂雪斋集·游居柿录》卷十一,第1369页。

③ 《珂雪斋集》卷十八,第758页。

常称为"莲社"。"莲社"也指白居易在香山修净土的场所，后泛指寺院。袁宏道等人将所结葡萄社称为"新莲社"，表明其社员共同研佛论学的结社宗旨。此外，袁宏道《题如贤净社册》云："净社不易结，净侣不易识，鹑结而入，则狗啮其血。贤公立社后，凡十方之疥癞脓垢腥臊荦腻者，皆当作菩萨想。以此为净，尽十方界众生，皆吾社中人矣。"[①]又据袁中道记载："至兴德寺，般若庵僧如贤卓锡处，颇清寂。出石刻《四十二章经》，予亦书一段，已勒石矣。寺后看水，浩然一湖晴雪，宛似江南。"[②]可知袁宏道也曾在京城兴德寺结"净社"。

除了袁氏兄弟的葡萄社外，另外如谢肇淛曾结"白社"。谢肇淛诗《赠刘五云孝廉二首》（其二）："土牛吾自笑，枥骥汝堪悲。同病非今日，相逢似旧时。苔深鲍叔里，花发女郎祠。白社何年结，看云共杖藜。"[③]此诗作于万历二十七年己亥（1599），表达了诗人对于共结"白社"的期望。

徐𤊹与谢肇淛、吴用光等人交往甚密，也曾多次结"白社"。对此，徐氏《鳌峰集》收录了相关的社集资料，卷十一"五言律诗"《黄元枢暨令子休徵、方仲闇、孙不伐、徐震伯、方孟旋集鉴公房，得"枫"字》："无人寻逆放，约客过禅宫。白社欣初结，青尊喜暂同。雨声喧乱竹，霜气染新枫。佳会缘非偶，清谈有阿戎。"[④]此诗作于万历三十七年己酉（1609），据诗句所述，白社或结于该年秋，结社地点同样在寺庙，其内容除了分韵赋诗外，大概也包含清谈论学、探研佛老等活动。卷十八"七言律诗"《郑季卿以泸州倅奉使采木，左迁楚藩，挂冠居秣陵有赠》也有句云："衔命远刊蛮岭木，僦居新种秣陵花。常开白社盟骚雅，每散黄金买侠邪。"[⑤]此诗作于万历三十八年庚戌（1610），乃为郑文昂（字季卿）而作，称其居秣陵期间经常结社唱和。卷二十《元夕，开社于万岁寺，分得"七虞"》首联"一时词客集闽吴，白社初

---

① 《袁宏道集笺校》卷五十四，第 1576 页。

② 《珂雪斋集 · 游居杮录》卷三，第 1176 页。

③ 谢肇淛《小草斋集 · 诗集》卷十四，福建人民出版社 2009 年版，第 940 页。

④ 徐𤊹《鳌峰集》卷十一，广陵书社 2012 年版，第 271 页。

⑤ 《鳌峰集》卷十八，第 544 页。

开傍给孤”①,时间为万历四十四年丙辰(1616)。此外,徐𤊹诗中多有用慧远、陶渊明与“莲社”的典故,如“不嫌陶令归来早,莲社诗盟结岁寒”(卷十九《陈元朋挂冠归见访有赠》),“慧远已招莲社约,杜陵谁赠草堂资”(卷十九《癸丑除夕》),而《是夕憩法云房再和前韵三首》(其三)亦有句云:“一时绮语都成偈,数尺禅床总是绳。莲社可容陶处士,檀林偏爱佛图澄。”②以慧远接纳陶潜入莲社一事用典,也流露出他作为文人但倾向佛学的心境。

葡萄社成员黄辉、陶望龄也曾在京城结净社。沈德符《万历野获编》卷十“黄慎轩之逐”条记载:

> 黄慎轩晖以官僚在京时,素心好道,与陶石篑辈结净社佛。一时高明士人多趋之,而侧目者亦渐众,尤为当途所深嫉。壬寅之春,礼科都给事张诚宇问达耑疏劾李卓吾,其末段云:“近来缙绅士大夫亦有捧咒念佛,奉僧膜拜,手持数珠以为律戒,室悬妙像以为皈依,不遵孔子家法而溺意禅教者。”盖暗攻黄慎轩及陶石篑诸君也。③

黄辉与陶望龄(字石篑)结净社礼佛,并吸引众多文人参与。由于趋从者众多而招致嫌嫉。万历三十年壬寅(1602),李贽也因此遭到弹劾。净土宗在明代后期已经广泛深入官僚阶层,地位颇与儒学相当。黄辉、陶望龄都与袁中道交好,其好佛也与三袁兄弟一致。袁中道《舟中偶怀同学诸公,各成一诗》,其二《黄太史昭素》曰:“西川静者流,胸怀极潇洒。袈裟衬朝衣,高斋如莲社。文章绝雕搜,源深波任泻。苦参不休心,再来似非假。慧业与禅心,不在苏公下。”④可见袁中道对黄辉之行为和风度大加赞赏,并且以苏轼的佛道修养为榜样。《万历野获编》记载的京师攻禅事件,在一定程度上遏制了当时的“狂禅”运动,尽管李贽等人在这场政治运动中遭到挫折,公安派对文学和佛教的观念都有所修正,但以“莲社”为基础的佛教思

---

① 《鳌峰集》卷二十,第 605 页。

② 同上书,第 604 页。

③ 沈德符《万历野获编》卷十,中华书局 1959 年版,第 270—271 页。

④ 《珂雪斋集》卷二,第 58 页。

想已经在广大文人群体中得到普及和认可，也就造成了晚明文人论佛讲道之风。从晚明文人多结莲社的情形来看，可以说，礼佛论学甚至已成为士人生活的一部分，学佛风气也一直延续至明末。

明末阮大铖也曾在佛寺结社，其《咏怀堂诗集·外集》甲部《赵二瞻、左左漆二使君招同李戒庵，集古林庵》诗云：“繁花微雨阁春阴，骢马偷闲过道林。烟草梦含韦曲色，露葵香饮辋川心。时殷茗椀谭逾贵，虑澹松寮梵更深。何意帝城开白社，青莲结伴共招寻。”①此诗或作于崇祯初年，阮大铖与赵志孟（字二瞻）、左佩玹（字左漆）等结社古林庵。晚明以来文人结社的地点经常在寺庙，僧人有时也参与社集。“何意帝城开白社，青莲结伴共招寻”二句，也反映出所谓的“修莲社之业”在崇祯时期依然是结社的重要内容。

三、作为文化符号的“莲社”及其对晚明结社的影响

从上文所引徐㶿诗多用慧远、陶渊明之“莲社”典故，可看出“莲社”一词不仅是后世文人用以诗文写作的语料，更作为一种文化符号，凝结了文人士大夫对儒释互动相融的追求，而折射于他们的生命意识与文学活动中。在文学创作上，自唐人始，即有将“莲社”入诗的例子，如温庭筠有诗云“所嗟莲客社，轻荡不相从”（《长安寺》）、“白莲社里如相问，为说游人是姓雷”（《寄清源寺僧》）等。就结社活动而言，作为一种集会形式的样板，“莲社”又对后世文人雅集产生重要影响。尤其是对文人士大夫参加佛学活动来说，慧远白莲结社以及招陶渊明入社，更是他们所追摹的余韵遗风。如前引徐㶿诗“莲社可容陶处士”，慧远允许渊明入莲社以及渊明是否入莲社的典故，本身即带有融佛学与文学在内的双重意蕴。

此种意蕴又经宋人结莲社而得到光大。北宋释省常曾于景德三

① 阮大铖《咏怀堂诗集·外集》，黄山书社2006年版，第188页。

年丙午(1066)与文人士人结西湖白莲社于昭庆寺。丁谓撰《西湖结社诗序》,叙其社事曰:"师励志学佛,而余力于好事,尝谓:'庐山东林由远公莲社而著称,我今居是山,学是道,不力慕于前贤,是无勇也。'由是贻诗京师,以招卿大夫。自是,贵有位者,闻师之请,愿入者十八九。故三公四辅,宥密禁林,西垣之辞人,东观之史官,洎台省素有称望之士,咸寄诗以为结社之盟友。"[①]可见省常结西湖白莲社,也意在"力慕前贤",远追慧远白莲结社。序称文人士夫"咸寄诗以为结社之盟友",也可见西湖白莲社并非纯粹的佛教结社,而带有一定的文学社团性质,这对宋代以后的文人参与佛教结社影响深远。

晚明文人结莲社,不得不提汤显祖与友人相约欲结"栖贤莲社"之事。汤显祖诗《洁上人重修栖贤二首》(其二):"五老峰前旧迹开,欲作莲社寄宗雷。陶家酒熟公先至,且做攒眉一笑回。"[②]也援引慧远与雷次宗参与莲社的典故,表达了意欲再续莲社胜事的想法。此诗所言重修栖贤寺一事,也与再结莲社有关。汤显祖《续栖贤莲社求友文》曰:

> 岁之与我甲寅者在矣。吾犹在此为情作使,劬于伎剧。……应须绝想人间,澄情觉路,非西方莲社莫吾与归矣。昔远公之契刘遗民等,十八贤为上首。而康乐高才,求与不许;渊明嗜酒,而更邀上。名迹既迁,胜事遂远。至赵宋省常昭庆之社,虚有向、王二相国名,隐迹不著,亦足致慨于出世之难矣。[③]

此文作于万历四十二年甲寅(1614),汤显祖自言劳于"为情作使",意欲隐迹山林,以"西方莲社"作为归宿,表露出他倾向佛学的出世心态。文中先后叙述慧远、刘遗民结莲社之典故,谢灵运、陶渊明与莲社之因缘,以及释省常结西湖白莲社而邀公卿大夫入盟之事,也表明汤显祖拟结之栖贤莲社,有延续"莲社"传统之意。此

---

① 义天《圆宗文类》,《续藏经》第103册,第852页下。

② 汤显祖著,徐朔方笺校《汤显祖全集》卷二十六,北京古籍出版社1998年版,第964页。

③ 《汤显祖全集》卷三十六,第1221页。

后汤显祖又说:"我明一家,恢然道广。才度之士,朝壑交容。慕类以悲,感忾而集,要亦语默之通怀,往来之大致矣。且吾有二友,汤嘉宾久忾叹与栖贤,岳潜初近勤施于昭庆。兹之续斯盟也,成斯役也,二公首其许我乎。"①由此可知,汤宾尹、岳元声二人也参与组织再结栖贤莲社。因而汤宾尹也撰有《续栖贤莲社求友文》曰:"临川倡与海内公共之,理毕集于区中,气弥邈于人外。"②在汤宾尹的求友文中,值得留意的是他也梳理了"莲社"的渊源:

> "莲社"之名,发自灵运。谓远公摒不与社,非情也。当时若陶靖节闻钟辄返,陆修静近居往来,固未与于十八贤之数。然三笑一图,足社中微眇胜义。灵运屐齿上下,兴托高深。限丰山邃水之人以门阈,勒虎守溪,攒眉更甚尔。然至今习庐山者,举白莲本末,无不指为开山第一因缘。③

汤宾尹举"虎溪三笑"的典故,特别指出作为文士的谢灵运对推动莲社之名流传后世的重要作用,一方面基于文人的身份认同,自然与结社求友主要面向文士有关,另一方面也说明原本以佛教活动为主的"莲社",在后世的发展中逐渐文人化,而成为一种既带有僧俗集会特征也带有文人雅集性质的结社指称。

前文对"葡萄社"和明代后期文人结社的梳理,说明净土宗或"莲社"在当时文人中相当流行。各种"莲社"的出现,反映出文人在政治以外的追求,配合"狂禅"运动,形成晚明颇具特色的结社风潮。万历年后,无论是纯佛教社团还是带有佛教性质的诗社文社都十分常见。如万历十二年甲申(1584)"肇林社",社长汪道昆事佛,通佛法,其社集延僧说法。"肇林社"主要是禅社,而同为汪道昆所创的"白榆社"就是谈艺论文的社团。万历十六年戊子(1588)董其昌结"龙华禅社",也是典型的禅社,袁氏兄弟也曾参与万历二十二年甲午

---

① 《汤显祖全集》卷三十六,第1222页。

② 汤宾尹《睡庵稿·文集》卷六,《四库禁毁书丛刊》集部第63册,北京出版社2005年版,第100页。

③ 《睡庵稿·文集》卷六,第100页。

(1594)“禅悦之会”。万历三十九年辛亥(1611)“华严会”,直接以佛教经典《华严经》命名,这种以研读佛经为主的社团不止一个。此外,“昙花五子社”“竺林院社”“诃林净社”等,都具有宗教渊源。这类社团以修习佛理为主旨,作诗撰文都在其次。这些禅社的诗歌多喜论禅理,而且社员具有相近的宗教派别,各社团在悟理、修行、参佛方面都有一定的区别。而“同善会”“劝善会”“明善会”等,出于佛教思想还是儒学,则依据创始人的初衷而定,当然这类集会已经离文学较远了。明代具有宗教性质的文人社团,一般诗文创作的结集都相对较少。到了清代,诗僧结社较为普遍,且一些僧人具有相当高深的诗歌造诣。诗僧结社反而体现出浓厚的文学旨趣,这种现象值得关注。

从文人结莲社的现象,我们也可看出晚明文人社团类型较为复杂,并非以单一的文学活动为其宗旨。除了一般的诗社、文社,明代后期还出现了许多以学术、艺术、音乐、饮食等为宗旨的社团,如“读书社”“读史社”“画社”“丝社”“饮食社”等等。张岱《陶庵梦忆》中所记载的“斗鸡社”“蟹会”则是以娱乐休闲为主。当然这些休闲活动,能够与文学结合起来,同样留下饶有趣味的诗文作品。不过这类文人社团,到了清初就不多见了。这些类型的社团和禅社一样,都不是一般意义上的文学社团,更多展示了晚明文人的生活图景,其共同点都是具有强烈的民间性质和休闲特征。对士大夫阶层来说,传统的诗社、文社本来具有切磋文艺、提携后进、拉拢政友等功能,但是净土宗的风靡导致文人更注重自身的修行,由着眼外界逐渐变为关注自身,体现出结社功能与旨趣的转变。这一点在葡萄社也有所体现,如袁氏兄弟所言“共修莲社之业,遂欲弃去笔研”,陶望龄《与潘庚生》也说“袁中郎以禅废诗”[1],反映出晚明佛学对文学领域的浸染作用,影响着当时文人的文学意识与文学活动。

(作者:香港浸会大学孙少文伉俪人文中国研究所副研究员)

---

① 陶望龄《歇庵集》卷十二,《续修四库全书》第1365册,上海古籍出版社2002年版,第428页。

北朝诗歌自然描写的内容倾向与语言表现

刘燕歌

自然风景在南朝是"情必极貌以写物,辞必穷力而追新"(《文心雕龙·明诗》)创作趋势下诗人普遍追逐的描写内容,在北朝也同样是诗歌广泛咏写的对象。相较南朝诗歌在摹山范水方面的成就,北朝诗歌自然景物描写的内容倾向性和语言表现的转向特别值得关注。虽然北朝诗歌的研究已结出丰硕的成果,但围绕自然景物描写进行探讨尚显不足,鉴于此,本文尝试从北朝诗歌写景的内容倾向及语言表现入手,揭示北朝诗歌的特殊品格。[①]

一、偏尚苍雄阔远的塞垣风景

在南朝诗歌的自然景物描写中,嘲风咏月、点染物色之类的内容显然占据支配性地位,北朝诗歌受到南人写景风气的浸淫自不必言,但在内容倾向上呈现出与南朝诗歌的显要区别。北朝形之词咏的更

① 需要说明的是,由于隋代建都长安,从地缘上讲其政治文化中心仍然在北方,文人构成也与北齐、北周渊源深厚,卢思道、薛道衡、李德林等河朔地区的文士大多历仕北齐、北周、隋代,故其诗风在南北融合过程中仍不免倾向北方。各类北朝文学研究专书在讨论时多有沿及隋代的惯例,如吴先宁《北朝文化特质与文学进程》(上海:东方出版社,1997年),曹道衡、沈玉成编著《南北朝文学史》(北京:人民文学出版社,1998年)等,因此本文将隋代诗歌也纳入讨论的范围。

多是与北方地理环境、文化气质颇为契合的苍雄阔远、清瑟枯寒的自然景象，尤其是对塞垣荒僻萧条风景和自然界枯寒衰飒景物的眷恋与倾力描写蔓延于北朝诗歌中，是这一内容倾向的鲜明标帜。

军旅征行之辞在北方少数民族中是素被尊崇的传统乐歌，其中对塞垣苦寒风气的刻画乃北朝诗歌自然描写绵延而下的核心内容。北魏诗歌中边地画面已零星闪现，无论是李谐出使梁朝途中所作《江浦赋诗》中的"边笳城上响，寒月浦中明"，还是温子昇表现闺思的《捣衣》篇末"蠮螉塞边绝候雁，鸳鸯楼上望天狼"的画面并置，或是祖叔辨《千里思》诗尾以"无因上林雁，但见边城芜"呈露昭君远嫁的绝望，皆可视为描写塞垣风景的先声。迨及北齐，奠都邺城，其时不仅建安邺中诸子"多酬酢之章"的风气在隔代嗣响，而且建安诗歌"悲哀刚劲，洵乎北土之音"[1]的精神特质亦有所复归。军旅从征诗中对苍雄阔远景象的呈现最能标示北齐一代诗歌的雄健力量。且看裴让之和祖珽的同题诗：

> 沙漠胡尘起，关山烽燧惊。皇威奋武略，上将总神兵。高台朔风驶，绝野寒云生。匈奴定远近，壮士欲横行。（裴让之《从北征》）
>
> 翠旗临塞道，灵鼓出桑乾。祁山敛雰雾，瀚海息波澜。戍亭秋雨急，关门朔气寒。方系单于颈，歌舞入长安。（祖珽《从北征》）

裴诗写景的"高台"一联，显然有意择取"高台""绝野"两个迥远的意象，并配合以劲质的炼字"驶"与"绝"凸显荒阔边徼北风急猛、原野遍寒的情状；祖诗则于中间写景部分布列"祁山""瀚海""戍亭""关门"几个地理意象和"雰雾""波澜""秋雨""朔气"等季节意象，以时空错综的方式构建出边地的苍壮景象。

进入北周，由于周明帝宇文毓、滕王宇文逌、赵王宇文招等雅尚

---

① 刘师培《南北文学不同论》，收入程千帆《文论十笺》，武汉：武汉大学出版社，2008年，第90页。

文词,故南来的王褒、庾信因其丰富纯熟的诗歌创作经验而备受推崇,二人尤其在边塞自然风景描写上达到了时人难匹的境地。据史书记载,王褒在南朝时就能写出"妙尽关塞寒苦之状"的《燕歌行》[①],说明描述"关塞征役之事""军旅苦辛之辞"的军歌正是他所擅长之处,这或许与王褒曾亲历过征战生活不无关系。王褒诗中就提及自己"征战数曾经",曾西征到新疆疏勒,又东行到过太行山(《从军行二首》其一),大概正是因为王褒曾亲历戎行,熟悉荒遐之区的生活,故而诗中的边地景物描写能以情切土风的逼真效果见长。可以说,在南北诗坛唯有王褒诗歌以细致的笔调集中呈现了边地的辽迥、荒衰、寒冷与战气。若以前代及南朝的同题诗歌作比,便能明显体察王褒诗歌边塞风物描写之翔实。譬如《饮马长城窟行》,前代蔡邕、陈琳、曹丕、陆机及南朝萧统、张正见均有同题之作,而对边地的自然景象则少有措笔,如张正见诗中仅以"伤冰敛冻足,畏冷急寒声"两句笼统概括了北地天寒地冻的景象,相比之下,王褒的《饮马长城窟》写陇山景象则要具体切实得多:

> 北走长安道,征骑每经过。战垣临八阵,旌门对两和。屯兵戍陇北,饮马傍城阿。雪深无复道,冰合不生波。尘飞连阵聚,沙平骑迹多。昏昏垅坻月,耿耿雾中河。羽林犹角觝,将军尚雅歌。临戎常拔剑,蒙险屡提戈。秋风鸣马首,薄暮欲如何。

诗歌中间部分的景句不仅呈现了北方雪深掩道、冰川无垠、尘土飞聚、平沙茫茫的迢阔景象,而且特别聚集于北方地理风貌中垅坻昏月、雾中长河的特殊镜头,以放收有致的笔法勾描出一幅边塞寒冬图景,其具体性和生动性实已超越了前述参照作品。王褒诗歌不仅在边关景象的描绘上呈现出词藻丰富的特点,其凝练清苦苍茫意象的艺术功力也别有长处。比如南北文人都有尝试的乐府古题《关山月》,王褒与徐陵的作品就很不同:

> 关山三五月,客子忆秦川。思妇高楼上,当窗应未眠。星旗

---

① 〔唐〕令狐德棻等《周书·王褒传》,北京:中华书局,1971年,第731页。

映疏勒,云阵上祁连。战气今如此,从军复几年。(徐陵《关山月二首》其一)

关山夜月明,秋色照孤城。影亏同汉阵,轮满逐胡兵。天寒光转白,风多晕欲生。寄言亭上吏,游客解鸡鸣。(王褒《关山月》)

二诗格式上皆五言八句,徐诗前四句对举客子思妇相忆之愁,后四句仅对边地气象作浮泛的敷染,以"星旗""云阵"映衬战气,以"疏勒""祁连"两地名指代边疆,大概想象的成分居多。王诗则用六句着意刻画"月"这一核心意象:从月映孤城的静态画面起笔,渲染苍壮凄寒的气氛。接着由静而动,先是月光"影亏""轮满"的形态变化,以月缺比阵形、月圆比逐北之车轮,勾起人们对战地严阵以待的肃杀形势和紧张激烈的追杀场面的想象,还蕴含对戍边之长久经历的暗示,再是"光白""晕生"的月色变化,北地天寒多风,月色时而皎洁、时而凄迷,暗示夜晚难眠的焦灼心境。单就"月"的意象,就体现了诗人综合了多样写法、视角转换、细腻体察等要素的精悍笔力。

较之王褒,庾信似未真正深入过边关战场,他的边塞风景描写并不如王褒那样具体如实,而是擅长通过远景描摹、想象组合或描刻局部小景等手段来凝缩意象。比如,因记室从军一般做文书工作,并不在战争第一线参与打仗,其《同卢记室从军》诗中便从远景着笔:"连烽对岭度,嘶马隔河闻。"还有《拟咏怀》的"萧条亭障远,凄惨风尘多。关门临白狄,城影入黄河"(其二十六)几句,把本来相隔极远的地理景象,通过艺术加工变成极具空间立体感的图画式边关影像,气势浑厚;其《伏闻游猎》一诗,诗题表明是听到射猎之事并未参与,因此着力刻绘想象的局部场面:"马嘶山谷响,弓寒桑柘鸣。闻弦鸟自落,望火兽空惊。"

基于文化渊源和文人群体的构成,隋代诗歌中朔漠题材依然迭吟递唱。隋炀帝杨广、名声甚著的杨素都在这一题材领域中尽逞其才。杨广的诗尤《饮马长城窟行》堪称代表。兹引全诗如下:

肃肃秋风起,悠悠行万里。万里何所行,横漠筑长城。岂台

> 小子智,先圣之所营。树兹万世策,安此亿兆生。讵敢惮焦思,高枕于上京。北河秉武节,千里卷戎旌。山川互出没,原野穷超忽。摐金止行阵,鸣鼓兴士卒。千乘万骑动,饮马长城窟。秋昏塞外云,雾暗关山月。缘岩驿马上,乘空烽火发。借问长城候,单于入朝谒。浊气静天山,晨光照高阙。释兵乃振旅,要荒事方举。饮至告言旋,功归清庙前。

诗歌中段“山川”以下十句以写景与叙事互间的方式展开,首先呈现了山河相接、莽原无垠的辽阔远景,绘出摐金鸣鼓的激战背景;而后凝缩于秋气昏沉中的“塞外云”和雾色阴暗中的“关山月”两个意象,愁云惨雾暗示“饮马长城窟”时的阴郁气氛;进而转写天山浊气归净、高阙迎光的明朗景象,契合单于归顺、入朝求谒的叙写。景象随事象而变的结构,使诗歌在抒述中流转自然与意境苍壮兼得,诚如沈德潜所云:“炀帝边塞诸作,矫然独异,风气将转之候也。”①

杨素的《出塞》也堪为佳品,薛道衡、虞世基均有同题之作,三诗皆借助对塞漠严酷自然环境的描写烘托恶战的艰辛,进而咏赞汉军横扫胡兵的勇力与雄豪气概。其中杨素的作品写景尤为成功,且看其《出塞二首》其一所云:

> 漠南胡未空,汉将复临戎。飞狐出塞北,碣石指辽东。冠军临瀚海,长平翼大风。云横虎落阵,气抱龙城虹。横行万里外,胡运百年穷。兵寝星芒落,战解月轮空。严鐎息夜斗,骍角罢鸣弓。北风嘶朔马,胡霜切塞鸿。休明大道暨,幽荒日用同。方就长安邸,来谒建章宫。

诗歌通过对边塞战场悚栗景象的描写彰显将士志不可拔的决心及隋朝靖绥边疆的国威,写景进一步烘显了战争的惨烈和势不可挡的气概。如“兵寝”一联,通过“星芒落”“月轮空”的黎明景象,不仅暗示遭遇了彻夜的恶战,也喻示战争结束如同紧张的黑夜过后迎来了新的黎明;尤其“北风”二句,对战后肃杀景象的呈现最能体现其造语雄

---

① 〔清〕沈德潜《古诗源》,北京:中华书局,1963年,第2页。

深的特点：凛冽的北风中战马嘶鸣已令人心惊，而胡天霜野塞外的鸿鸟叫声尤显凄戾，好似为战亡的将士哀嚎悼鸣，这一场面与汉乐府《战城南》中亡魂哀求乌鸟"且为客豪"的壮烈场景适相类。

诚然，边塞风景描写并非北朝诗人独擅，南朝鲍照、吴均皆负盛名。鲍照的"疾风冲塞起，沙砾自飘扬。马毛缩如猬，角弓不可张"（《代出自蓟北门行》）、"薄暮塞云起，飞沙被远松"（《代陈思王白马篇》），吴均的"羽檄起边庭，烽火乱如萤。……马头要落日，剑尾掣流星"（《入关》）、"关山昼欲暗，河冰夜向塞"（《送归曲》）、"白日辽川暗，黄尘陇坻惊"（《酬郭临丞》）等奇募诗句，开创了峭健的塞垣风物描写，然而这类苍壮的写景并未在南朝形成潮流，终被纤巧轻丽的景物描写所淹没，而王褒、庾信、杨广、杨素等人的塞垣风景描写融入了北朝边塞诗的河流，形成了蝉联而下的脉络，构建并丰富了边塞景物描写以劲健相尚的语言形态，开启了真正意义上的边塞诗的闸门，此乃北人"诗歌劲直，习为北鄙之声"①的集中体现。

二、追逐萧瑟枯寒的景物意象

在塞漠题材写景所集中呈示的苍雄阔远景象之外，追逐萧瑟枯寒的景物意象是北朝诗歌自然描写的普遍现象，形成其内容倾向的另一面向。

北朝的政治生态对自然描写风格具有不可忽略的影响。北魏的政权争斗与民族排斥严酷激烈。不仅彭城王元勰、孝庄帝元子攸、节闵帝元恭、济阴王元晖业、中山王元熙等皇族贵胄因内斗接连丧命，本土文人、南来文人与统治集团的关系也极为紧张②。北齐统治期间

① 刘师培《南北文学不同论》，收入程千帆《文论十笺》，第94页。

② 史载"家世寒素"的温子昇便遭遇了被执权者胁迫的命运。元天穆逼迫他从征，扬言若温子昇不从，除非他跑到南越或北胡，才可放过。参见北齐魏收撰《魏书·文苑传·温子昇传》，北京：中华书局，2017年，第2028页。

歧视汉人的现象依然严重①,至后主武平年间已是"政乖时蠹"(《北齐书·文苑传序》)的局面。即便到了四海一统的隋代,也仍不免"当路执权,逮相摈压"的现状,政治的高压导致"转死沟壑之内者,不可胜数,草泽怨刺,于是兴焉"②。受政治生态影响,北魏诗歌自然描写主要呈示为借自然物象托寓政治失意和流寓怀乡之思,悲郁萧瑟的基调也由此奠定。如孝庄帝元子攸被尔朱兆强逼缢于寺中,临终发出"思鸟吟青松,哀风吹白杨"的自挽之音(《临终诗》);冯元兴因元义失势被废,"乃为浮萍诗以自喻",以池草"脆弱恶风波,危微苦惊浪"(《浮萍诗》)影射官场风波险恶,呈露出身卑微之人的内心悲苦;李骞赠给卢元明、魏收的诗中呈现了"寒风率已厉,秋水寂无声。层阴蔽长野,冻雨暗穷汀。侣浴浮还没,孤飞息且惊"(《赠亲友》)的荒郊景象,诗中"寒风""秋水""层阴""长野""冻雨""飞鸟"等系列意象或为实景,却也无不具有浓厚的象征色彩,映射自己遭遇官场革职、立足不稳的处境。萧瑟的景物中隐藏的悲凉意绪与魏晋古韵一脉相承。

在由南入北的流寓文人笔下,自然景物更具有沉重的萧瑟哀郁气质。比如,刘昶因刘宋政权争夺而被追杀,于逃奔北魏道中写下《断句诗》云:

白云满障来,黄尘暗天起。关山四面绝,故乡几千里。

诗中展现了北方多风的气候条件下产生的特有景象:首先突出防卫的堡垒,因为地域平阔,故风起云飞的景象尽收眼底,白云似乎涌来,很快覆没了堡垒;次写黄尘被风卷起的昏暗景象,亦十分契合北地平城一带"土气寒凝,风砂恒起"③的地域特色。白云笼罩、黄尘弥天与第三句关山四面阻隔的意象联合,有力逼出"故乡几千里"的绝望情绪。荒茫的景色描写中寄寓着政治的风云变幻、前程的昏暗渺茫以

---

① 关于北齐政权对汉人的歧视,曹道衡先生《南朝文学与北朝文学研究》一书在第254至257页有详细论述,商务印书馆,2015年。

② 〔唐〕魏徵等《隋书·经籍志·集部总论》,北京:中华书局,1973年,第1091页。

③ 〔梁〕萧子显《南齐书·魏虏传》,北京:中华书局,1972年,第990页。

及人生穷途的深沉悲慨。另一位值得一提的是弃梁投魏的萧综。他的诗仅存《听钟鸣》和《悲落叶》两首,抒写了极为深沉的客思之苦。他夜闻钟声而“愁思无所托,强作《听钟歌》”,由历历钟声起笔,转入“西树隐落月,东窗见晓星”的夜色,进而写不眠之人被“乌啼哑哑”之声“惊客思,动客情”,不由悯伤孤雁与别鹤,心情如“飞蓬旦夕起,杨柳尚翻低”般起伏不宁,于是“气郁结,涕滂沱”(《听钟鸣》);《悲落叶》诗以树叶“重叠落且飞,纵横去不归”比喻自己入北难归,又以落叶“一霜两霜犹可当,五晨六旦已飒黄。乍逐惊风举,高下任飘飏”喻示对自己不知根于何处的流离命运的悲惋。

北齐、北周及隋代诗歌在写景风格上基本循着北魏诗歌所奠定的清寒悲瑟基调。比如王褒、庾信受其入北后“寂寞灰心尽,摧残生意余”(王褒《和殷廷尉岁暮诗》)、“虽残生而犹死”(庾信《拟连珠》二十七)落寞心境的影响,尤擅写萧瑟冷峭的景物。王褒诗中无论是狩猎场面、别离时分还是置身山间、郊野,都极尽“华露霏霏冷,轻飚飒飒凉”(《九日从驾》)、“滴沥寒泉溜,叫啸秋猿啼”(《和从弟祐山家诗二首》其二)之类的萧条之象。庾信诗中举凡闺思、悼伤、离别、行旅、游赏、咏怀等内容,也都杂染了风霜与野情,特别是以反复呈现惊骇、寒飒、枯残、朽断的景物意象群为诗趣,在南北诗坛不啻空谷足音。检庾信诗歌,惊骇的鸟兽意象随处可见,如:“雁惊独衔枚”(《和宇文京兆游田》)、“惊雉逐飞鹰”(《冬狩行四韵连句应诏》)、“山鸟一群惊”(《奉答赐酒》)、“鱼惊似听琴”(《西门豹庙》)、“望火兽空惊”(《伏闻游猎》)等;而直接以“寒”修饰的自然意象在庾信现存诗中有三十余处,除了寒风、寒水、寒山、寒雁等常出意象外,还有寒藤、寒鱼、寒阶、寒堂、寒渠、寒谷、寒苞等新警意象;枯残意象如“枯桑落古社”(《经陈思王墓》)、“山枯菊转芳”(《从驾观讲武》)、“枯枫乍落胶”(《园庭》)、“穿荷低晚盖,衰柳挂残丝”(《上益州上柱国赵王诗二首》其一)、“崩堤压故柳,衰社卧寒樗”(《奉和永丰殿下言志诗十首》其九)等;还有“萤排乱草出,雁舍断芦飞”(《和何仪同讲竟述怀》)、“欹桥久半断,崩岸始邪侵”(《幽居值春》)、“山长半股断,树古半心枯”(《别庾七入蜀》)、“雨歇残虹断”(《奉报赵王出师在道赐诗》)、“湿雁断行来”(《奉和赵王喜雨》)等朽断意象。类是者多,不胜枚举。清人陈祚明鉴评庾信诗往往措意其独创之处,对诗中频频出现的枯寒意象群有数条评语,如《和宇文京兆游田》“涧寒泉反缩,山晴云倒回”:“‘涧寒’二句,苍异。”《从驾观讲武》“树寒条更直,山枯菊转芳”:“‘树寒条更直’,北地景物良然,南人见之,甚以为异,不意子山当时便已入咏。”《别庾七入蜀》“山长半股断,树古半心枯”:“枯树寒灰,每以自况,知公在北,虽生如死。”《奉和赠曹美人》“络纬无机织,流萤带火寒”:“谢茂秦(谢榛)言古人诗有用寒火者,以为新警。今观此句,后人无如其自然者。”《就蒲州使君乞酒》“鸟寒栖不定,池凝聚未流”:“鸟寒为风,池凝为雪,分承细。”①如若庾信初入北朝凭借一篇《枯树赋》赢得认可是事实,那么更能说明他擅长刻画此类意象群的鲜明写景风格②。

于盛景中寻找衰景,于衰景中寄托愁思,是王、庾二人对北朝本土悲郁健野审美趣味的自觉迎合,尤其庾信诗中不时流露惯于欣赏衰景、并能发现其中蕴蓄的美与力量,如“赖有南园菊,残花足解愁”(《秋日》)所云,正是这一审美追求的体现。王夫之《古诗评选》云:“凡杜(杜甫)之所为,超新而僻、尚健而野、过清而寒,务纵横而莽者,皆在此(庾信)出。”③明确指出杜诗“新僻”“健野”“清寒”的格调与庾信写景风格的渊源关系。隋代诗歌虽未在枯寒意象群方面持续发展,但描写清瑟萧条的景象已成趋势。无论是杨素、薛道衡、卢思道、孙万寿、李德林、元行恭、尹式等北方文人还是王胄、虞世基等南来文士,其写景诗中都体现出这一相似倾向。

---

① 〔清〕陈祚明评选,李金松点校《采菽堂古诗选》,上海:上海古籍出版社,2008年,第1087、1091、1119、1123、1125页。

② 〔日〕兴膳宏《枯木上开放的诗——诗歌意象谱系一考》(收入蒋寅编译《日本学者中国诗学论集》,南京:凤凰出版社,2008年)一文就曾对庾信所创的枯树意象及其象征性进行过详细分析。

③ 〔明〕王夫之著,李中华、李利民点校《古诗评选》,上海:上海古籍出版社,2011年,第271页。

刘勰《文心雕龙·时序》云："文变染乎世情，兴废系乎时序。"[①]北朝诗歌自然描写的内容取向，与北朝自十六国以来边战四起、文人往往"潜思于战争之间，挥翰于锋镝之下"[②]的写作环境有关，也与北朝自魏以来"定鼎沙朔，南包河、淮，西吞关、陇"[③]的地理形势不无关系，由此形成了擅写塞垣景气、悲寒萧枯风景的写景趋向，亦不可忽略其与北方尚武民族心理、悲劲的文学审美追求之间的关系。自先秦两汉起，士人对音乐之"悲"的审美体认影响到文学创作，形成了文学中"悲"情的广泛表达，在汉代诗歌中得到了集中体现[④]，北朝诗歌写景普遍沾染的悲郁萧瑟基调实具有回归"悲美"写情的倾向。写景的趋向性决定了北朝诗歌整体呈现出悲郁健野、清远散朗的审美基调和气殊苍厚的古朴风格，这是北朝诗歌自然描写疏离晋世南朝绮靡矜巧风气的表现。

三、对南朝诗歌写景语言形态的摹拟与疏离

缘于北朝本土鲜卑文化与汉文化的地理殊隔和文学传承的断裂，北朝文士虽怀抱浓厚诗歌创作兴趣，却苦于没有本土的文学积累，于是必然要将汉魏两晋和工于缀景的南朝诗歌作为借鉴的标本。当北魏分化为东魏、西魏之际，南朝诗歌经宋、齐、梁三代文人之手，唯美的诗风已经定型，诗歌中渐次丰富的自然物色咏写，也顺理成章进入了北朝诗歌的视野。北朝所在的河朔中原地区，地理风貌比不上南方之风物繁富，而在景物描写的表达艺术上，由建安至于南朝诗

---

① 〔南朝梁〕刘勰著，周振甫注《文心雕龙注释》，北京：人民文学出版社，1981年，第479页。

② 〔唐〕令狐德棻等《周书·王褒庾信传论》，第743页。

③ 同上书，第744页。

④ 关于汉代文学"悲美"意识的具体表现，可参见徐公持《论汉代悲情文学的兴盛与悲美意识的觉醒》一文，载《文艺研究》2015年第8期。

歌所积淀的表达经验和语言形态成为北朝文人写景构思的直接艺术来源，特别是南朝诗歌在写景语言上已达到了刻画纤微、语辞丽密、意象圆融的稳定形态，足资北朝诗歌取法，因而步趋南朝便成为北朝诗歌自然描写发展的内在推动力。

在追摹魏晋南朝诗歌的过程中，北朝诗歌自然描写的语言风格也经历了由古质直简到踵丽增华的过程。可以看到，在北魏本土诗人郑道昭的登山抒怀之作中，写景语言尚存古质，而到了温子昇，绘景体物细致纤丽的程度与南朝诗歌相比已难分轩轾，如其《春日临池》诗：

> 光风动春树，丹霞起暮阴。嵯峨映连璧，飘飖下散金。徒自临濠渚，空复抚鸣琴。莫知流水曲，谁辨游鱼心。

诗中描写春日黄昏丽景，依次罗举春树上晃耀的日光、绯红的晚霞、翠微如连璧的山脉、飘飖如黄金的树叶等意象，不仅写景逼肖，而且充分彰显了红、翠、金几种色彩调和于一体的视觉美感。摹绘景物形貌讲求细腻的笔法和明丽的色调，颇得南朝诗歌的精髓。

北齐文人置身于风景秀美的漳水之滨，在描摹轻秀景色时更为主动地翘首异域，对南朝诗人写景的流丽风格自觉追摹，尤其在赋形写貌的纤琐细微、构景巧似、意象的组织雕饰诸方面与南朝诗歌神似。譬如阳休之诗中对春秋风物的描摹："柔露洗金盘，轻丝缀珠网。渐看阶莛蔓，稍觉池莲长。蝴蝶映花飞，楚雀缘条响。"（《春日》）"日照前窗竹，露湿后园薇。夜蛩扶砌响，轻蛾绕烛飞。"（《秋诗》）将纤琐细微之景摄于笔端，摹景细贴。咏物诗中魏收与刘逖对雨的形态变化的描摹，则充分体现出构景巧似的手法：

> 泻溜高斋响，添池曲岸平。滴下如珠落，波回类璧成。（魏收《喜雨》）
>
> 细落疑含雾，斜飞觉带风。湿槐仍足绿，沾桃更上红。（刘逖《对雨》）

不难察见，两首诗均以连番的比喻及多方设喻的手法刻画雨的千姿百态，也是对南朝咏物诗随物赋形、尽风景之变写景方式的自觉临摹。在意象的组织和雕饰方面，文名相埒的魏收和邢邵是其中最突出的代表。魏收诗歌写景擅长渲染意象的明丽色彩美。比如他比较注重意象的并置，如其“雪溜添春浦，花水足新流”（《棹歌行》）、“春风宛转入曲房，兼送小苑百花香”（《挟琴歌》）、“树静归烟合，帘疏返照通”（《后园宴乐》）三联景句，便是以“雪溜”与“春浦”、“春风”与“花香”、“树”“帘”与“烟”“月”构成的意象互衬的画面美取胜。邢邵的《齐韦道逊晚春宴》诗：“日斜宾馆晚，风轻麦候初。檐喧巢幕燕，池跃戏莲鱼。石声随流响，桐影傍岩疏。谁能千里外，独寄八行书。”檐与燕、鱼与莲、石声与流响、桐影与岩石诸意象通过动态、声响、形影的交映互衬构成了和谐清爽的画面，利用意象的配合营造意境也颇为成功。

北齐以后，北方本土文人对南朝诗歌纤细华艳的写景语言风格依然持有兴趣。比如历仕北齐、北周而后入隋的北方本土文士中，魏澹、李孝贞、辛德源等人的诗歌都热衷于纤丽的景物描摹。魏澹所存五首诗皆体现其擅于摹状微细景物的特点，如写萱草“带心花欲发，依笼叶已长。云度时无影，风来乍有香”（《咏阶前萱草》），石榴“新枝含浅绿，晚萼散轻红。影入环阶水，香随度隙风”（《咏石榴》），完全步武南朝咏物诗的格调。李孝贞在摹形状声方面的细腻程度更胜一筹，如摹鸟声“间关既多绪，变转复无穷。调惊时断绝，音繁有异同”（《听百舌鸟》），从音中含情、调声变转、时断时续几个方面展现了对鸟声的细腻体察。同样，关陇文人辛德源写景也颇有纤绮流丽色彩。如《白马篇》本是以抒写侠士豪情为辞旨的传统乐歌，在他的笔下则变成了相竞逐春的风流景象。这类写景显属于南朝绮丽诗风的余绪。

虽然北朝诗歌自然描写难脱踵丽增华的趋向，而随着北周苏绰、隋代李谔等人改革诗文的呼声此起彼伏和南北诗风的杂糅混同，北朝后期尤其是隋代诗歌自然描写已悄然出现了转向的迹象，即逐渐疏离了南朝诗歌写景华绮纤细的宫掖之风，走向了标举清远、情物交融的方向。《隋书·文学传序》云：“高祖（杨坚）初统万机，每念斫雕为朴,发号施令,咸去浮华。”隋炀帝的诗歌趣味亦明确彰示出去华慕清的追求[①],明人陆时雍《诗镜总论》云:“隋炀从华得素,譬诸红艳丛中,清标自出。虽卸华谢彩,而绚质犹存。”[②]围绕其身边的侍从文人如王胄、虞世基等,皆表现出切近炀帝诗歌审美趣味的倾向。据《隋书·王胄传》记载,炀帝曾评价王胄、虞世基、庾自直的诗歌曰:“气高致远,归之于胄;词清体润,其在世基;意密理新,推庾自直。”[③]其他诗坛领袖的作品亦靠近属辞尚清的风格,如沈德潜称杨素“诗格清远”[④],“清思健笔,词气苍然”[⑤],陈祚明亦云:“越公(杨素)诗清远有气格”[⑥],他与薛道衡的赠答诗如《赠薛播州诗十四章》就被誉为“词气宏拔,风韵秀上”[⑦]。卢思道所存诗歌不仅《听鸣蝉篇》“词意清切,为时人所重”[⑧],其写景大多以清朗劲质为美,陈祚明即云:“卢子行(卢思道)诗如秋山晴涧,石子离离。树影青流,游鱼白漾,非惟毛发可鉴,使人心骨俱清。”[⑨]近人刘师培亦称赏卢思道“长于歌词,发音刚劲”[⑩]。

隋代诗歌自然描写明显不着力于精雕景物的物理相貌,而重在开掘景物的心灵属性,营造情物浑融的意境,是北朝诗歌自然描写语言转向的另一表现。描绘具有情感表现力的景物意象在隋诗中不乏诗例。如尹式《别宋常侍》一诗将对共同的流寓命运的悯伤寄于新奇的意象:“别有相思处,啼乌杂夜风。”意谓当此分别之际尚不觉相思,等到孤身一人听到夜风中啼乌之声,才是最能触动相思之时,把相思的情感通过啼乌声夹杂夜风声的意象渲染得真切而有力。王胄《七

---

① 〔唐〕魏徵等《隋书》,第1730页。
② 丁福保辑《历代诗话续编》,北京:中华书局,1983年,第1410页。
③ 〔唐〕魏徵等《隋书》,第1741页。
④ 〔清〕沈德潜《古诗源》,第307页。
⑤ 同上书,第2页。
⑥ 〔清〕陈祚明评选,李金松点校《采菽堂古诗选》,第1160页。
⑦ 〔唐〕魏徵等《隋书·杨素传》,第1292页。
⑧ 〔唐〕李延寿《北史·卢思道传》,北京:中华书局,1974年,第1076页。
⑨ 〔清〕陈祚明评选,李金松点校《采菽堂古诗选》,第1165页。
⑩ 刘师培《南北文学不同论》,收入程千帆《文论十笺》,第94页。

夕二首》写天将晓时牛女相会景象,其中“落月移妆镜,浮云动别衣”(其一)的意象情意饱满深厚。不仅实写落月浮云,还将月亮的移动比为织女的妆镜被移走,将飘动的浮云比为织女离别时飘舞的衣裙,使实象附着情感;同时,上句喻指梳妆情景,下句即写离别,偶句之间的跳跃亦暗示了相聚之短暂。论及情景兼胜的浑融境界,元行恭仅存的两首诗堪为典范:

> 旅客伤羁远,樽酒慰登临。池鲸隐旧石,岸菊聚新金。阵低云色近,行高雁影深。欹荷泻圆露,卧柳横清阴。衣共秋风冷,心学古灰沈。还似无人处,幽兰入雅琴。(《秋游昆明池》)
>
> 颓城百战后,荒宅四邻通。将军树已折,步兵途转穷。吹台有山鸟,歌庭聒野虫。草深斜径没,水尽曲池空。林中满明月,是处来春风。唯余一废井,尚夹两株桐。(《过故宅》)

引诗一起首二句即表达旅客羁远、登临感怀的伤心之情。中六句写景紧密配合情感展开:“池鲸”二句写石状鲸鱼经磨蚀已显得古旧,而岸边新发的菊花却锦簇如金、生机无限,“旧”“新”交映,暗示了池苑历经朝代更迭的沧桑变化;“阵低”二句着眼于云色与雁行,景色虽高旷,但“阵低”“影深”却予人以萧瑟之感;“欹荷”二句虽细腻清新,但荷是“欹荷”,柳是“卧柳”,也是渐衰的景象。景物描写与“旅客伤羁远”的基调紧恰契合。引诗二则通过多变的写景手法展现故宅颓败的景象,表达了人事沧桑的深沉寄慨。首联一“颓”一“荒”为全诗奠定了基调;“将军”二句融典故入景,既写树木摧折、道路阻断的实景,又借冯异和阮籍的故事暗示军功和文才兼备的祖辈们已人去宅空的悲哀以及时世沧桑、世道难行的深沉感悟;“吹台”二句是反笔,以昔日繁华地“吹台”“歌庭”为山鸟、野虫占据表现荒凉无人的衰败,“聒”字传神表现了诗人目睹此景的烦郁心情;“草深”二句是正写,“径没”“池空”再次强调了池苑的荒芜程度和凋败情景;继而“林中”二句,明月、春风的描写本更适宜幽丽明秀的景象,安放在此似不相宜,然而再看最后“唯余”二句,便可体会到原来作者意在“以乐景写哀”的用心;最后两句炼字极用心,一方面,明月春风本是赏景的好时机,而眼前只剩废弃的枯井和仅余的梧桐,“一”与“两”相对,强调生意殆尽,另一方面,“尚夹”强调废井尚有两株梧桐相伴,似乎又夹杂略感宽慰的心情。上述诗例中景语自足的意义空间充分展示了隋代诗歌所能达到的情景融合的艺术境界。自隋以后,这也成为诗歌写景的趋势所在。

综其要而言之,与南朝诗歌自然景物描写曲尽纤微、声色浏亮的唯美主义倾向相比,北朝诗歌在内容上更着力于呈现苍雄阔远的塞垣风景和清瑟枯寒的景物形象,由此形成了悲郁健野、清远散朗的风格。北朝诗歌自然描写在语言表现方面虽然受到南方着景纤细、巧构形似、妍丽流靡的语言形态的浸淫,一度流于摹仿南朝,但到了北朝后期尤其是隋代,诗歌写景逐渐疏离了南朝诗歌藻采细巧的微观语言模式,已然生成了不拘摹刻、柔犷调匀、情景调和的宏观语言形态。正如《隋书·文学传序》所论,江南文学重声律,故有“清绮”之美,河朔文学重词义,故以“气质”取胜。[①] 自然描写的上述内容取向和语言表现趋势是构成北朝诗歌精神内核的关键所在,也是唐诗诸风格中刚健清新一脉的原生点,是盛唐诗“变六朝绮丽为浑成,而能复其挺秀”[②]的前奏阶段,因此需给予特别关注。

(作者:西安邮电大学人文社科学院副教授)

---

① 〔唐〕魏徵等《隋书》,第1730页。

② 吴乔《围炉诗话》卷一,见郭绍虞编选;富寿荪校点《清诗话续编》,上海:上海古籍出版社,2016年,第457页。

陶诗笺注析疑

徐　艳　张秦铭

历代为陶渊明诗歌笺注者众多,但仍存在不少有疑问的地方。所谓有疑问主要包含两个层面:

一是笺注者意见分歧。陶诗笺注中出现的分歧比例远大于一般层面的笺注者意见分歧。我们做过一个统计,仅就王叔岷、逯钦立、龚斌、袁行霈所撰四种现代注本而言①,四言诗共9首,有分歧的注释大约五分之一,五言诗共115首,有分歧的注释大约四分之一。这样的分歧比例还未包含诸家笺注因选择不同异文而引起的注释分歧,唯集中于他们以相同文本为基础而引起的注释分歧;也没有包含诸家笺注对于诗歌系年和历史背景考证方面的分歧。因为我们希望看到一个这样的数字,就是面对同样的文本,并且只是针对笺注文本内的文字,而不作其他更大范围的考辨,陶诗笺注究竟存在多大程度的分歧。很显然,就算限定在这一层面,陶诗笺注的分歧仍然很大。

二是笺注内容多有商榷。因为有分歧,就有孰对孰错的问题。但还有一种情况,就是部分陶诗条目、直至篇章,现有笺注全都未尽人意,需要我们进一步探索。

陶诗笺注存在的上述两方面问题,是互相影响的。分歧多了,就说明一些基本判断尚乏公论,也就容易使得部分诗歌的有些条目,现

---

① 王叔岷《陶渊明诗笺证稿》,北京:中华书局,1975年;逯钦立校注《陶渊明集》,北京:中华书局,1979年;龚斌《陶渊明集校笺》,上海:上海古籍出版社,1996年;袁行霈《陶渊明集笺注》,北京:中华书局,2003年。以下简称"王注""逯注""龚注""袁注"。

有笺注都未尽人意,还存在可以继续讨论的空间。我们的工作主要集中在上述第二部分[①],就是对现有笺注尚未充分揭示诗意,或是偏离诗意的地方,作进一步析疑、补充。

我们发现,很多陶诗笺注存在的问题,不仅关乎字句,而且关乎全诗主旨,尤其是关乎陶渊明要在诗中表达的内心衷曲、人生选择。所以,认真考辨这些字句的准确内涵,是极为重要的。

陶诗多用典,对于这些典故的释义,目前笺注尚有不够妥帖者。陶渊明喜用出自《论语》的典故,其中笺注有误者,往往牵连到全诗主旨的理解。如以下两例:

一、《荣木》

荣木,念将老也。日月推迁,已复九夏,总角闻道,白首无成。

采采荣木,结根于兹。晨耀其华,夕已丧之。人生若寄,憔悴有时。静言孔念,中心怅而。

采采荣木,于兹托根。繁华朝起,慨暮不存。贞脆由人,祸福无门。匪道曷依,匪善奚敦。

嗟予小子,禀兹固陋。徂年既流,业不增旧。志彼不舍,安此日富。我之怀矣,怛焉内疚。

先师遗训,余岂云坠。四十无闻,斯不足畏。脂我名车,策我名骥。千里虽遥,孰敢不至。

该诗笺注的现存问题在于最后一章。其中“四十无闻,斯不足畏”出自《论语·子罕》:“子曰:后生可畏,焉知来者之不如今也?四十、五十而无闻焉,斯亦不足畏也已矣。”南朝梁皇侃《论语义疏》:

---

① 关于陶诗笺注中存在的多分歧情况,我们另有专文分析。

“后生虽可畏,若年四十、五十而无声誉闻达于世者,则此人亦不足可畏也。”该典故内涵与诗序中“总角闻道,白首无成”及诗中“徂年既流,业不增旧”等哀叹,都是一致的。但诗人在伤感于“四十无闻,斯不足畏”后,却接以“脂我名车,策我名骥。千里虽遥,孰敢不至”的豪言壮语。此间转折,如何理解?

前人对末四句作出了进与退两种截然相反的解释:

一说末四句表示迈往图功之志。如清代吴瞻泰《陶诗汇注》引程崟曰:“‘四十无闻’二句即‘先师遗训’下文。脂车、策骥四语,正是迈往图功,有孔席不暇暖之意。”逯注亦云:“(四十无闻)二句反用《论语》义,是说即使四十岁没有成名,这就不足畏服了吗?此二句结合目下年龄,言仍有成名时间。”

一说末四句表明归隐决心。元代李公焕《笺注陶渊明集》引赵泉山曰:“‘四十无闻,斯不足畏’,按晋元兴三年甲辰,刘敬宣以破桓歆功,迁建威将军、江州刺史,镇浔阳,辟靖节参其军事,时靖节年四十也。靖节当年抱经济之器,藩辅交辟,遭时不竞,将以振复宗国为己任;回翔十载,卒屈于戎幕佐史,用是志不获骋,而良图弗集,明年决策归休矣。”赵泉山的意思是说陶渊明老大无成,决定脂车驾马以归隐。

上述两种解释都存在难以调和的矛盾。若理解为迈往图功,则与《论语》典故原意相左。逯云其反用《论语》义,恐难成立,因紧邻前句就自我表明:“先师遗训,余岂云坠”,既然尊奉孔子教诲,如何能反用其意?梳理其逻辑意脉,应该是说:孔子的教诲,我如何能遗忘;他说过,“四十无闻,斯不足畏”;所以,我也就只能如此如此。在此语境下,断无转折奋发的语势。再说,奋发之势也不吻合诗序中的总结:“日月推迁,已复九夏,总角闻道,白首无成。”若将末四句理解为归隐,倒是衔接于前句的语势,也符合诗序的总结:既然孔子说我这个年纪没有希望了,那我就归隐吧。不过,这样的理解又构成了另外的矛盾:

其一,归隐与“千里”之外的“遥”远空间矛盾。魏晋诗歌中的“千里”之“遥”常用于指代建功立业的高远志向。如曹植《杂诗七首》其五:“将骋万里途,东路安足由。”陆机《猛虎行》:“整驾肃时命,杖策将远寻。”陶渊明诗中也有类似表述,如《归鸟》一诗中与归鸟栖止地相对的他方:“远之八表,近憩云岑。”《杂诗十二首》其五又有:“猛志逸四海,骞翮思远翥。”在上述诗句中,“千里”“万里”“八表”“四海”都象征着建功佐世的高远理想。与远行相对,归隐在陶渊明诗中通常以归、留的动作来表现。例如《九日闲居》中“栖迟固多娱,淹留岂无成”,陶渊明就用“栖迟”“淹留”来描述自己的田居生活。

其二,归隐与“脂我名车,策我名骥”的行为矛盾。陶诗常用息驾归返来比喻归隐,这正是驾车远行的对立面,如《饮酒》其十:“恐此非名计,息驾归闲居。”《归去来兮辞》:“世与我而相违,复驾言兮焉求。”《祭从弟敬远文》:“敛策归来,尔知我意。”《读史述九章·张长公》:“世路多端,皆为我异。敛辔朅来,独养其志。寝迹穷年,谁知斯意。”在这样的语境中,很难将驾车奔赴千里,看作是归隐。恰恰相反,这应该是指代高远的追求。更何况,此处所驾,还非一般车骥,而是“名车”“名骥”,更非归隐所匹配,而是指代自己的非凡才能。如《楚辞·卜居》:“宁与骐骥亢轭乎?将随驽马之迹乎?”曹丕《典论·论文》:“斯七子者,于学无所遗,于辞无所假,咸自以骋骥騄于千里,仰齐足而并驰。”

所以,“脂我名车,策我名骥。千里虽遥,孰敢不至”当指凭借自己的卓越才能,坚定追求功名理想,而并非归隐。

正因“先师遗训,余岂云坠。四十无闻,斯不足畏”与“脂我名车,策我名骥。千里虽遥,孰敢不至”存在上述难以调和的矛盾,才造成前贤在进取与归隐的释义之间不知取舍。但可以说,不管是解释为进取,还是解释为归隐,都未得其旨意。

那么,此间转折,究竟应该如何理解呢?其实,陶诗之深曲,正在这转折间。若将这八句诗孤立起来,是很难理解此中关联的;但若将其与前文联系起来,就会茅塞顿开。诗中前三章都写了时光易逝、功业无成的忏悔,虽自己一心向道,但禀赋固陋。不过,诗人也有调节矛盾的办法,那就是:“志彼不舍,安此日富。”所谓“日富”,是指醉酒。《诗经·小雅·小宛》:“人之齐圣,饮酒温克。彼昏不知,一醉日富。”郑笺云:“童昏无知之人,饮酒一醉,自谓日益富,夸淫自恣,以财骄人。”至此,我们就可明了,“脂我名车,策我名骥。千里虽遥,孰敢不至”不过是酒醉之人自夸自骄的“日富”梦幻。全诗情感脉络清晰而曲折:先师遗训,向道向善,一刻未尝忘怀,但自愧禀赋固陋,只有任凭年华流逝而无可奈何;此中痛苦,如何能了,唯有一醉之中,可以幻想自己才能卓越,可以执着追求心中理想。——其曲折处,正为诗心之深痛处!

二、《饮酒二十首》其二十

> 羲农去我久,举世少复真。汲汲鲁中叟,弥缝使其淳。凤鸟虽不至,礼乐暂得新。洙泗辍微响,漂流逮狂秦。诗书复何罪?一朝成灰尘。区区诸老翁,为事诚殷勤。如何绝世下,六籍无一亲。终日驰车走,不见所问津。若复不快饮,空负头上巾。但恨多谬误,君当恕醉人。

其中“终日驰车走,不见所问津”一句,典出《论语·微子》:

> 长沮、桀溺耦而耕,孔子过之,使子路问津焉。长沮曰:“夫执舆者为谁?”子路曰:“为孔丘。”曰:“是鲁孔丘与?”曰:“是也。”曰:“是知津矣。”问于桀溺,桀溺曰:“子为谁?”曰:“为仲由。”曰:“是鲁孔丘之徒与?”对曰:“然。”曰:“滔滔者天下皆是也,而谁以易之?且而与其从辟人之士也,岂若从辟世之士哉?”耰而不辍。子路行以告。夫子怃然曰:“鸟兽不可与同群,吾非斯人之徒与而谁与?天下有道,丘不与易也。”

对该句在诗中的意思,前人有两种说法,都未尽善。一种说法以为陶渊明自比长沮、桀溺,“不见所问津”就是见不到问津的人(孔子之徒)。南宋汤汉《陶靖节先生诗注》曰:“‘不见所问津’盖自况于沮溺而叹世无孔子徒也。”袁行霈补充汤注道:“意谓虽有驰车之人,但不见此问津者也。”此类解释不合典故原意：其一，在《论语》原文中，“终日驰车走”的人正是孔子，而不是他人：“长沮曰：‘夫执舆者为谁？’子路曰：‘为孔丘。’”其二，“所问津”，不同于笺注者说的“问津者”，而是指孔子所问的道路。另一种说法以为“终日驰车走”者，为世上奔走富贵之徒，并将“不见所问津”理解为无人亲近六籍。明代黄文焕《陶诗析义》曰：“怅怅迷途，不知以六经为津梁。”清代陶澍注《靖节先生集》引李光地曰：“存此六籍，如何至今又不以此为事，终日驰驱于名利之场，不见有问津于此者。”这样解释同样不合典故原意。

笺注者之所以出现上述偏误，主要是都将“终日驰车走，不见所问津”的主语视作“世人”，文意接续上句“如何绝世下，六籍无一亲”，成为对当下社会的批判。但笔者以为，“终日驰车走，不见所问津”的主语并非他人，恰是诗人自己，该句文意与下句“若复不快饮，空负头上巾”连接，是说自己如孔子一样“终日驰车走”，但终究无法找到救世道路，既然如此，不如醉饮。只有这样理解，才能贴合典故原意，解决前人释义中存在的问题。

该句对典故原意其实是充分贴合的。桀溺云：“滔滔者天下皆是也，而谁以易之？且而与其从辟人之士也，岂若从辟世之士哉？”诗中“如何绝世下，六籍无一亲”正对应着“滔滔者天下皆是”。在这种情况下，如何选择？究竟从“辟人之士”？还是从“辟世之士”？这也是诗人自己面临的选择。诗人的选择显然是从“辟人之士”孔子而寻求救世之道，故而“终日驰车走”，但是，“津”在何处？在无数次失败以后，诗人才最终选择了醉饮。

可见，陶渊明对当世远非一味失望，也曾如孔子那样终日驰车奔走，只是在救世之路没有找到的情况下，才失望而醉饮，为自己选择了一个权且可以自我饶恕的“醉人”角色。此中曲折，是我们阅读陶诗时需要关注的。

除了出自《论语》的典故外，陶诗中其他用典，也存在部分笺注问题。可以再举两例。

三、《拟古九首》其六

苍苍谷中树,冬夏常如兹。年年见霜雪,谁谓不知时。厌闻世上语,结友到临淄。稷下多谈士,指彼决吾疑。装束既有日,已与家人辞。行行停出门,还坐更自思。不怨道里长,但畏人我欺。万一不合意,永为世笑嗤。伊怀难具道,为君作此诗。

"稷下多谈士",可参见《文选》李善注曹植《与杨德祖书》"昔田巴毁五帝,罪三王,呰五霸于稷下,一旦而服千人"一句,引刘歆《七略》:"齐有稷城门也。齐谈说之士,期会于稷下者甚众。"《史记·孟子荀卿列传》曰:"自驺衍与齐之稷下先生,如淳于髡、慎到、环渊、接子、田骈、驺奭之徒,各著书言治乱之事,以干世主,岂可胜道哉?"可见稷下集聚谈士,多谈"治乱之事",或"以干世主",或为"服千人"。

该典在诗中是指什么?有一种意见认为是指入白莲社事。汤汉注云:"前四句兴而比,以言吾有定见而不为谈者所眩,似谓白莲社中人也。"清代邱嘉穗《东山草堂陶诗笺》云:"公以稷下谈士目东林诸名人,欲就决疑而中止,其终不肯入社,甚且已到寺门,闻钟攒眉而回车远避,即此诗意也。"逯注:"释慧远在庐山结白莲社,以佛教义讨论人生问题,参与者多贵族名士,有如齐之稷下。《莲社高贤传》云:'时远法师与诸贤结白莲社,以书招渊明。渊明白:若许饮则往。许之,遂造焉。忽攒眉而去。'"袁行霈不同意这个观点,认为"稷下谈士所论皆治乱之事、治国之术,如以稷下谈士比喻白莲社所信仰之佛教,不伦不类。汤说非是"。袁说有理。

那么,此间情感究竟是指什么?也有笺注者说得简略,如清代陈沆《诗比兴笺》:"出处未可深言,托词姑以谢世。"王注:"以委婉之辞,明坚贞之志。"大意虽不错,但因没有详解,仍让人疑惑。至于清代蒋薰评《陶渊明诗集》认为陶渊明借稷下谈士批评以隐求仕的人:"稷下之士,乃趋炎热,不耐霜雪者也。此诗想是为终南、北山人而作。”这一推断并不合理，诗中主人公之出行，分明因犹疑而作废，即使是欲作终南、北山，最终亦未成行。

笔者以为，这首诗坦然表达了诗人于出处选择间的纠结郁闷，最有助于我们看到陶公心怀实非一味静穆，陶公也从未掩饰自己内心的万般纠结，及对世俗人生的无限向往。这样的纠结体现在从头到尾的每一个诗句中。

“苍苍谷中树，冬夏常如兹。年年见霜雪，谁谓不知时”：冬夏常青之树，生长幽谷，是远离世俗的隐士象征，但诗人反转此意“年年见霜雪，谁谓不知时”，可见隐士即使生长幽谷，也从未远离时事，严霜冷酷，年年身受，正是世情的洞察者。①

“厌闻世上语，结友到临淄。稷下多谈士，指彼决吾疑”：既关注世情，则难免疑惑。谁为解惑？世人多言稷下谈士，吾亦心向往之。从此句可见，隐士虽居幽谷，但不仅关注时事，甚而因关注之深切，准备远离幽谷，投身世俗。

“装束既有日，已与家人辞。行行停出门，还坐更自思”：出游的想法已经很久，出游的准备也做了很久，可见去意已决。但临到出门时，诗人却犹豫了，只好坐下来再作思忖。

“不怨道里长，但畏人我欺。万一不合意，永为世笑嗤”：这里犹豫的并非是怕做不成高洁隐士，犹豫的倒是稷下谈士是否真如世人所说的那样，可以解惑。如果他们对当世的看法，不是我所欣赏的，此行岂不成后人笑柄？诗人的痛苦正在于此，并非不愿入世，而是疑惑于那些入世者与自己不合。

诗人在写下这样的诗篇后，其结果，自然是放弃了稷下之行。该诗中的犹豫，与上一首诗中“终日驰车走，不见所问津。若复不快饮，空负头上巾”是一样的，都写明了自己原本汲汲于用世，但未能找到

① 王注：“《饮酒》第九首称田父‘壶浆远见候，疑我与时乖。’即疑陶渊明‘不知时’也。萧统《陶渊明传》载江州刺史檀道济谓陶公曰：‘贤者处世，天下无道则隐，有道则至。今子生文明之世，奈何自苦如此。’亦谓陶公‘不知时’也。然则陶公所谓‘谁谓不知时’，盖托诸苍苍谷树以自解耳。”

出路，只能退而饮酒，或是退而隐居幽谷。这是陶诗反复表达的痛苦，但因人们多将陶公追奉为静穆隐士，故而易于忽略此类痛苦。

四、《拟古》其八

> 少时壮且厉，抚剑独行游。谁言行游近，张掖至幽州。饥食首阳薇，渴饮易水流。不见相知人，惟见古时丘。路边两高坟，伯牙与庄周。此士难再得，吾行欲何求。

诗中用典涉及夷齐、荆轲、伯牙、钟子期、庄周、惠子。典故意义浅显，但诗歌结构跳跃。跳跃的结构给该诗释义上带来了一个问题："此士难再得"指的是谁？前人对此多有异说。

一说"此士"指伯牙、庄周。汤汉注："伯牙之琴，庄子之言，惟钟、惠能听。今有能听之人而无可听之言，此渊明所以罢远游也。"认为陶渊明以钟子期、惠子自况，自己足当伯牙、庄子的知己，只是世上已无伯牙、庄子这样的大贤了。这个解释紧接前句"路边两高坟"，因伯牙、庄周已入坟墓，所以，"此士难再得"就是指伯牙、庄周不可再得。但这样一解释，诗人远游的目的就成了寻找大贤，自作伯乐。这显然与诗意不符。因为开篇"少时壮且厉，抚剑独行游"，明明是说诗人自己远游而谋取功名①，绝非只是为充当他人伯乐。

一说"此士"指夷齐（伯夷、叔齐）、荆轲。清代吴菘《论陶》："今夷齐、荆轲之徒既难再得，是无知己矣，吾虽游行，何所求哉？此士，即指夷齐、荆轲也。伯牙、庄周为知己作喻。"但夷齐、荆轲皆自为英雄，而非他人知己；伯牙、庄周之为知己作喻，也很难说得通。

一说"此士"兼指四者。龚注："此士：指夷齐、荆轲、伯牙、庄周。夷齐和荆轲是志士，今已不可见；伯牙因钟子期死而绝弦，庄周因惠

---

① 逯注："以远游言出仕谋取功名之切。"陶渊明《杂诗》其五："忆我少壮时，无乐自欣豫。猛志逸四海，骞翮思远翥。"与此句命意相近。

子死而深瞑,知音不可得,故曰‘难再得’。”这里同样有问题,因为“知音”者是钟子期和惠施,而不是伯牙和庄周。

我们认为,诗中“不见相知人”与“此士难再得”,都是指钟子期和惠施这样的知音者难以再得。因为诗歌结构跳跃,所以带来了历代笺注者的误读。现将诗意梳理如下:我少年时满怀壮志,远游出仕,从张掖行至幽州,如夷齐、荆轲般信念执着、无所畏惧。只可惜如钟子期和惠施这样的知音者,难以遇见,即使具有非凡才能,如伯牙与庄周那样,也无人赏识,最终只有赍志而没。既然知音难再得,就算我有万腔豪情、满腹才华,又有什么意义,远游还有什么可以求取的呢?此类对知音难得的悲慨,体现在陶渊明多首诗中。又如《怨诗楚调示庞主簿邓治中》:“吁嗟身后名,于我若浮烟。慷慨独悲歌,钟期信为贤。”《咏贫士七首》其一:“知音苟不存,已矣何所悲。”

这又是一篇表达用世之志的诗篇。少年猛志,气壮山河,只是在现实的反复挫败下,才无奈折回。其中对诗人伤害最大的,就是缺乏知音。——陶公心事正在于此。

前文诸例的笺注偏误都有一个特点,就是陶诗中表达的汲汲用世之志多被忽略了;因为这种用世之志被忽略了,诗心之曲折也不同程度地被简单处置了。陶诗笺注中存在的此类问题其实不仅存在于上述用典阐释中,也存在于对其他表达的阐释中。如以下例子。

五、《饮酒二十首》其七

秋菊有佳色,裛露掇其英。泛此忘忧物,远我遗世情。一觞虽独进,杯尽壶自倾。日入群动息,归鸟趋林鸣。啸傲东轩下,聊复得此生。

篇末有句“聊复得此生”,黄文焕注:“役役世途,失此生矣,东轩之下,乃可以得之。聊复云者,几失而再得之辞也。"龚注云:"'复',此有失而复得之意。离开田园谓之失,辞官归隐,谓之复得。"按照这种解释,"聊复"二字,重点在"复",强调了诗人对归隐的满足。

我们认为,上述观点有误,"聊复"二字,重点在"聊",意思是姑且、暂且,"复"在这里只是语助词,无义。马融《长笛赋》曰:"追慕王子渊、枚乘、刘伯康、傅武仲等箫琴笙颂,唯笛独无,故聊复备数,作《长笛赋》。"陆机《遂志赋》序云:"余备托作者之末,聊复用心焉。"《世说新语·任诞》载,七月七日有晒衣之俗,阮咸挂晒犊鼻裈于中庭,曰:"未能免俗,聊复尔耳。"皆其证。关于"复"的语助词用法,清代刘淇《助字辨略》引陶渊明《形赠影》"谓人最灵智,独复不如兹":"此复字,语助也。"

"聊复"二字,语意重心是在"聊",还是在"复",会造成全句语气的差异,并造成价值判断的差异:诗人对"得此生"的现状,是失而复得的满足,还是权且享用而已?

"得此生"即自得于此生。《庄子·骈拇》篇:"不自得而得彼者,是得人之得,而不自得其得者也。""聊复得此生"就是姑且自得,其言外之意,就是既然无法"得彼",就姑且"自得"吧。而"得彼"又是什么呢?前文有"泛此忘忧物,远我遗世情",可以说,"世情"正是"彼"。无从"得彼",故而有"忧",需借秋菊而助我忘忧、遗世。不过,虽有秋菊、美酒之诸般排解,诗末仍然结于"聊复"。这里的"聊复",与其说是满足,不如说是无奈。

所以,"聊复"不可误读。否则,就会将诗中难以排解的愁绪,误读为单纯的超尘之趣,也将因此而忽略诗人内心对俗世的难以忘怀。

陆游作有《雨晴》一诗:"茶映盏毫新乳上,琴横荐石细泉鸣。亦知老健终难恃,且复萧然得此生。"或本渊明此诗。"且复"同"聊复",此中无奈同样体现得很清楚,"萧然"一词,更是昭明此情。由此可见,前人对渊明此诗主旨,原是把握得很清楚的。清代吴淇《六朝选诗定论》评此诗:"'聊复'句,即武侯所云'苟全性命于乱世'意。"虽说得概略,但旨意确切。将该诗理解为一味满足于隐逸生活,实在只是后人误解。

六、《饮酒二十首》其八

青松在东园，众草没其姿。凝霜殄异类，卓然见高枝。连林人不觉，独树众乃奇。提壶挂寒柯，远望时复为。吾生梦幻间，何事绁尘羁。

其中“远望时复为”一句，有异文，苏写本、曾本、汲古阁藏十卷本均作“时复为”，并云“一作复何为”。笺注者多取“远望时复为”为正文。王叔岷曰：“‘时复为’，一作‘复何为’，盖浅人不明此为倒句而改之也。”唯龚斌取“远望复何为”为正文。龚注：“陶（澍）注：‘此倒句，言时复为远望也。’按，曹植《精微篇》：‘怨女复何为。’傅玄《云中白子高行》：‘长与天地并，复何为，复何为。’上句写提壶抚松，神凝于彼，此句正谓何必再远望外慕。陶注不确。”

很显然，“时复为”与“复何为”在意义上取向相反：前者是有时远望，后者是不再远望。龚注之所以要取“远望复何为”，其深层原因在于对该诗整体情调的体认，即认为该诗表达了陶渊明隐居后对外界俗世的不屑，故曰何必再远望外慕。很显然，龚注是将远方视为俗世。有意思的是，大多数笺注者虽与龚注所取异文不同，取“时复为”，但对该句内涵的理解仍与龚注一致，也将该句看作是表达了陶渊明隐居后的出尘情怀。为什么可以这样呢？是因为这些笺注者不再将远方视为俗世，恰恰相反，他们将远方视为远离尘世的脱俗之地。如黄文焕《陶诗析义》认为该诗“申言对松之饮，以远望为下酒物”。吴瞻泰《陶诗汇注》云：“近挂又复远望，与松亲爱之甚，无复有尘事羁绊，此生亦不嫌其孤矣。”这样一来，即使异文选择与龚注不同，其主旨却与之相同。——从中我们可以感受到陶渊明静穆隐士形象对笺注者的影响，笺注者千方百计地按照自己理想中的模式理解诗意，而古代诗歌语言之表意含蓄，及诗歌文本在流传中产生的异文，都为笺注者实现自己的固定预设提供了便利。这一现象值得我们反思。

我们取大多数陶集选用的“远望时复为”为正文。但认为“远望”并非休闲,可作“下酒物”,也非望向尘世之外,恰相反,是望向俗世。篇末诗人自责“何事绁尘羁”,正针对自己这一“远望”行为。

论证上述观点前,需对“青松”之所指,作一番辨析。《论语·子罕》曰:“岁寒,然后知松柏之后凋也。”何晏注:“大寒之岁,众木皆死,然后知松柏之小凋伤。平岁则众木亦有不死者,故须岁寒而后别之。喻凡人处治世亦能自修整,与君子同。在浊世,然后知君子之正不苟容也。”该诗对青松属性的描述“青松在东园,众草没其姿。凝霜殄异类,卓然见高枝。连林人不觉,独树众乃奇”,即紧扣何晏该注。需要注意的是,青松喻处浊世而不屈从于世的君子,这里的君子并非不问世事。陶诗常赞青松的这一属性,又如《饮酒二十首》其四:“劲风无荣木,此荫独不衰。”《和郭主簿二首》其二:“芳菊开林耀,青松冠岩列。怀此贞秀姿,卓为霜下杰。”也说到青松虽居幽谷,而并非不问时事:“苍苍谷中树,冬夏常如兹。年年见霜雪,谁谓不知时”(《拟古九首》其六),《饮酒二十首》其八中的青松,也是如此。

再看“远望”。陶公诗中,远方多与仕途、尘俗相关。如《归鸟》:“翼翼归鸟,晨去于林。远之八表,近憩云岑。和风不洽,翻翮求心。顾俦相鸣,景庇清阴。”《饮酒二十首》其四:“栖栖失群鸟,日暮犹独飞。徘徊无定止,夜夜声转悲。厉响思清远,去来何依依。自值孤生松,敛翮遥来归。劲风无荣木,此荫独不衰。托身已得所,千载不相违。”这两首诗都写在远方受挫而飞回的归鸟,归鸟或寻求“景庇清阴”,或“自值孤生松,敛翮遥来归。劲风无荣木,此荫独不衰”,都与《饮酒二十首》其八中“青松在东园……凝霜殄异类,卓然见高枝……提壶挂寒柯”的行为选择一致。而与此行为相对的远方,出现于前两首诗中的“远之八表,近憩云岑”及“敛翮遥来归”中,也与《饮酒二十首》其八“远望时复为”中的远方一致,都代表仕途、尘俗。

在“提壶挂寒柯,远望时复为”一句中,诗人并不自拟于青松,诗人选择的是酒,希望酒能使自己与青松为伍,而不屈于浊世。此番选择,并非忘怀俗世,而是怨世道不可为。但世道变幻,浊世是否也会有变化?如此,则“远望时复为”,时时观望于远方尘世,显示了诗人对世事的关注,也显示了诗人用世之心,从未泯灭。但篇末又有转折,人生如梦,我为何如此羁绊于尘俗,而难以忘怀呢?诗人终又自责起来。——陶公诗心之曲折,实一贯如此。

七、《咏贫士七首》其一

> 万族各有托,孤云独无依。暧暧空中灭,何时见余晖?朝霞开宿雾,众鸟相与飞。迟迟出林翮,未夕复来归。量力守故辙,岂不寒与饥?知音苟不存,已矣何所悲。

诗中“何时见余晖”一句,笺注者或略或误。汤汉注:“孤云倦翮以兴,举世皆依乘风云而已。”略去了对“余晖”的解释。《文选》刘良注:“暧暧,暗貌。言暗昧游于虚中,终以消灭,复何见有光辉也。谓贫士无荣贵之望。”袁注“暧暧”两句:“意谓孤云黯然自灭,不留痕迹。”刘良注与袁注都将“余晖”视为孤云之“余晖”,刘良更揭示孤云“余晖”的寓意在于贫士之荣贵。这样的理解有误。我们以为,“余晖”并非孤云之“余晖”,而是日光之“余晖”,比喻来自有权势者的恩泽。试述其原因如下。

“余晖”二字,暂分如下两处分述:

先重点看“余”字。确实有用“余晖”来形容人之声望、荣贵的,如嵇康《琴赋》:“悟时俗之多累,仰箕山之余辉。”张华《中宫所歌》:“遗荣参日月,百世仰余晖。”但这些使用都有一个前提,即此人身前有光辉,身后方有“余晖”。陶公此处描写的孤云实在很难看出其身前是有光辉的,所以,这里解作孤云之“余晖”,实难讲通。

再重点看“晖”字。孤云并不发光,所以,孤云是没有“晖”的;孤云之有光,唯赖日光照耀,孤云反射日光,才有其辉光,所以,“余晖”只能是日光之“余晖”。

“何时见余晖”中,“余晖”指代有权势者的恩泽。南齐王俭《褚渊碑文》中描述褚渊深得帝王恩宠:“雅议于听政之晨,披文于宴私之夕。参以酒德,间以琴心。暧有余晖,遥然留想。君垂冬日之温,臣尽秋霜之戒。”刘良注:“余晖,天子恩光及之。”

从诗歌结构上看,“余晖”二字,下接“朝霞”,两个时间语词的顶针相接,衔接起从人生黄昏追溯人生清晨的诗脉,从而将前四句与后四句连接起来。孤云黯然自灭,是因不再有日光照耀,临了凄然自问“何时见余晖”,但寂灭的孤云,显然已无从再有机会披拂“余晖”了。但这样一问,带出了对晨光的追溯,在人生的清晨,朝霞万丈之时,众鸟皆享其运,我却迟迟出林,未能披拂阳光的恩泽,且心意阑珊,未夕复归。正是这样的蹉跎,才在生命黄昏之时,如此寂寥无望。那么,造成这一切的原因是什么呢?末四句回答了这个问题,是因“知音”“不存”。

全诗揭示了“贫士”之“贫”的原因,即缺乏有权势者的恩泽——不管是“朝霞”,还是“余晖”,都未能披拂。那么,诗人对此类恩泽态度如何?是向往?还是不屑?将陶公视为隐逸之宗的读者,固然是读出了陶公的不屑。但事实上,情况没有这么简单,诗人的心情其实很复杂。毫无疑问,“何时见余晖”表达的是寂灭时的哀叹,是希望受“余晖”照耀。但朝霞万丈的时候,诗人并未及时领受,而是一只迟迟出林的小鸟。这里的迟迟出林,是意外错过?还是主动选择?应该是后者,其原因在于“知音”“不存”,即诗人不与此朝霞同调,众人趋之若鹜,诗人则悄然远离。因此带来了“万族各有托,孤云独无依”的现状。但到“暧暧空中灭”之时,又不由得哀叹,何时还能再见余晖呢?朝霞没有领受,也许余晖尚有望披拂吧。此处对“余晖”显然已不再拒斥,而是向往了。为何有了这番改变呢?一是现实所迫,“量力守故辙,岂不寒与饥”;一是“朝霞”不是“知音”,“余晖”或能成为“知音”。但对后者,诗人显然并未抱太多希望,“知音苟不存,已矣何所悲”,正是对“暧暧空中灭,何时见余晖”的回答:如果始终没有知音,就算寂灭,又有什么可悲的呢?

全诗情感曲曲折折,属陶诗典型风格。知音不存、余晖不再的痛苦,萦绕全诗,可谓从未“已矣”。而“何时见余晖”的正确理解,是解读此中深痛的关键。

总结上文，我们可以看到，陶诗旨意绝非单纯，陶诗写法亦绝非一任天然，恰恰相反，陶诗情感内容常充满多重力量的矛盾角逐，陶诗写法更是深曲、跳荡。《文心雕龙·隐秀篇》以“隐”论陶诗，最为恰当：“士衡之疏放，彭泽之豪逸，心密语澄，而俱适乎壮采。”[①]陶诗虽然“豪逸”，但与陆机之“疏放”一样，皆属“心密语澄”，即心思细密，语言澄澈。心思虽细密，却呈现以澄澈的语言，故而容易引起误解。后人常常误读了这些澄澈的语言，终而错过了那些细密的心思。只有力求准确地辨析字句之意，才有望准确把握陶诗特征，也才有望准确把握陶公诗心。

（作者：徐艳，复旦大学古籍所研究员、博士生导师，
复旦大学中国古代文学究中心兼职教授；
张秦铭，复旦大学古籍所博士生）

① 何焯云：“钱公甫本阙数字，一本增入‘疏放豪逸’‘壮采’六字。”见詹锳《文心雕龙义证》，上海：上海古籍出版社，1501 页。

镂刻在地车上的中国故事①

西川芳树

在日本濑户内海周边的地区，人们会举办一种叫“地车”的祭祀活动。在这个祭祀上，人们会将神明放在一种叫“地车”的花车上拖拽前行，从而祈求五谷丰登，风调雨顺。被拖拽前行的地车是木质的，并且其表面刻有很多雕刻。（见书后插图1）

雕刻在山车上的木雕的主要题材分为两种：一种是狮子、龙之类的神兽，另一种是在神话、传说、书籍里的登场人物或有名的场景。后者的题材里大多以日本的故事为主，但有时也会选择从中国传入的故事。特别是在江户时期到明治时期之间雕刻而成的古老的地车上，使用从中国传来的故事为题材的比例要比近年制作的地车的比例高得多。本文想通过介绍被雕刻在山车上的中国故事，来展示那些被日本所接纳的中国文学的一端。另外，由于日本全国都有使用花车的祭祀活动，想要掌握整个情况有一定的难度，因此，本文主要介绍在大阪举行的地车祭祀时使用的花车上的雕刻。

一

首先，请看关于地车与其雕刻一览表。在作者所调查的地车之

① 本文部分段落的翻译以及笔者翻译的部分修改得到日本关西大学人间健康系张青卉同学的帮助，谨致谢忱。

中,雕有由中国传入的故事为题材的雕刻的地车有 59 台,雕刻数量为 197 座。一般情况下,用于祭祀的地车上会配置 10~30 种雕刻,由于其中也有将日中两国的故事作为题材的雕刻,为了避免混淆,一览表中只记录以中国传来的故事为题材的雕刻。

地车与其雕刻一览表

序号	市町村名	所有者	制造时期 日历(公元)	雕 刻 标 题
1	岸和田市	纸屋	平成 3 年(1991)	三国演义
2	岸和田市	地车博物馆	文化文政年间(1804—1830)	张飞翼德的英姿于长坂桥
				骑马的关羽云长与曹操孟德
				刘备玄德跳檀溪
				刘邦
				樊哙破门
3	岸和田市	地车博物馆	天保 12 年(1841)	关羽云长的英姿
4	堺市	高藏寺	明治(1868—1912)时期	武松打虎
5	堺市	福上	江户末期?	楚项羽得骏马乌骓
				刘邦斩大蛇
6	羽曳野市	中町	庆应年间(1865—1868)	梅福仙人
7	羽曳野市	堂之内	江户末期?	布袋和尚
8	狭山市	前田	明治(1868—1912)初期	二十四孝
9	狭山市	东村	明治(1868—1912)初期	二十四孝
10	狭山市	茱萸木北	明治 4 年以前	司马温公破瓮
11	太子町	大道	文化 4 年(1807)	黄石公与张良
				许由与巢父
				竹林七贤
12	河南町	中	明治(1868—1912)期	司马温公破瓮
13	河南町	神山	明治(1868—1912)末期	二十四孝
14	河南町	北加纳	?	司马温公破瓮
15	河南町	一须贺	?	费张房
				三国演义

续表

序号	市町村名	所有者	制造时期 日历(公元)	雕 刻 标 题
16	河南町	大冢	?	列仙传
17	河南町	北大伴	?	司马温公破瓮
18	熊取町	大久保		二十四孝
19	富田林市	下佐备	明治 10 年—明治 20 年(1878—1888)	布袋和尚与儿童
20	富田林市	下佐备	明治(1868—1912)?	二十四孝
21	富田林市	嬉	?	景阳冈武松打虎
22	富田林市	樱井	?	司马温公破瓮
23	富田林市	北别井		二十四孝
24	富田林市	东板持	江户末期	列仙传
25	富田林市	山中田		司马温公破瓮
26	千早赤坂村	森屋	安政 2 年(1855)?	三国演义
27	千早赤坂村	桐山	?	汉高祖斩龙
				三国演义
28	河内长野市	西代	昭和 59 年(1984)	西王母与东方朔
29	河内长野市	野作	明治(1868)以前	汉高祖斩龙
30	河内长野市	上原	明治(1868—1912)初期	黄帝与蚩尤之战
31	河内长野市	古野	明治(1868—1912)	武松打虎
32	河内长野市	楠町	?	司马温公破瓮
33	河内长野市	向野	明治(1868—1912)初期	汉高祖斩龙
34	河内长野市	木户本乡	约明治 10—明治 20 年(1878—1888)	汉高祖斩龙
35	河内长野市	上田町	约明治 25 年(1892)	汉高祖斩龙
36	河内长野市	三日市南部支部	明治 21 年(1888)	伍子胥举千斤鼎写书
				楚项羽得骏马乌骓
				应龙帮助黄帝与蚩尤战斗
37	河内长野市	三日市北部支部	昭和 61 年(1986)	汉高祖斩龙
38	阪南市	箱作西	?	司马温公破瓮

续表

序号	市町村名	所有者	制造时期　日历(公元)	雕　刻　标　题
39	阪南市	石田宫本	平成2年(1990)	司马温公破瓮
				李铁拐
				智多星吴用
				大刀关胜
				中箭虎丁得孙
				控鹤
				鲁智深拔菜园的绿杨树
				汉高祖斩龙
				轰天雷凌振用风火子母炮击山寨
				黑旋风李逵
				铁笛仙马麟
				徐宁于山阵用钧镰枪
				轰天雷凌振
				插翅虎雷横
				景阳冈上行者武松杀虎
				美髯公朱仝
				入云龙公孙胜
				豹子头林冲
				林冲寻求名帖与青面兽杨志战斗
40	阪南市	鸟取中	平成9年(1997)	轰天雷凌振于梁山发子母炮
				双鞭将呼延灼
				智多星吴用
				入云龙公孙胜
				铁笛仙马麟
				景阳冈上武松打大虎

续表

序号	市町村名	所有者	制造时期 日历(公元)	雕 刻 标 题
41	阪南市	自然田东	大正9年(1920)	司马温公破瓮
42	阪南市	宫本町	平成5年(1993)	司马温公破瓮
43	泉南市	市场	平成7年(1995)	司马温公破瓮
44	泉南市	冈中	平成10年(1998)	司马温公破瓮
45	泉南市	冈田北	平成16年(2004)	司马温公破瓮
46	泉南市	狮子讲	昭和26年(1951)	竹林七贤
				张飞翼德
				梅福仙人
				关羽云长
47	泉南市	宫元讲	明治(1868—1912)初期	费张房
				关公与黄忠
				吕布爬山计敌阵
				孔明用计弹琴退仲达
				长坂桥张飞骂曹
				司马温公破瓮
				姜维一枪刺杀除(徐)质
				卢敖
				蕙擅辞退王城
				玄德驱的卢跳檀溪
				魏王观诈降姜维
				玉卮
				布袋和尚与儿童
				三杰桃园结义
				截天夜叉战曹仁
				徐晃挥大斧斩崔勇
				董卓梦见龙缠其身
				武志志
				赵云护幼主出土炕

续表

序号	市町村名	所有者	制造时期　日历(公元)	雕　刻　标　题
48	泉南市	戎福中讲	文化文政元治(1804—1865)间	项庄欲刺刘邦
				苍海公的英姿
				张良由龙神取回黄石公履
				樊哙破铁门
				项伯防项庄
				张良买剑说韩信
				刘邦于芒砀山斩白龙
				韩信月夜逃出
				黄石公授与张良太公望兵书
				项羽举五千斤大鼎
49	泉南市	滨中讲	明治19年(1886)	二十四孝
				玄德陛下等待孔明午睡觉醒
				张苞
				玄德祈天砍岩
				玄德于南璋问奇童
				卧龙岗黄承彦吟梁父
				关羽由旧情释曹操
				许楮(褚)
				赵云领数百骑寻玄德
				关兴
				张飞背玄德于曹操阵中蛮横
				马超
50	泉南市	男里北	明治(1868—1912)初期	费长房
				庞统一天审理百天案
				张飞翼德
				黄忠汉升
				玄德驱的卢跳檀溪

续表

序号	市町村名	所有者	制造时期 日历(公元)	雕刻标题
50	泉南市	男里北	明治(1868—1912)初期	张果老
				定三分孔明出庐
				吕布爬山计敌阵
				曹洪扶曹操渡黄河
				陈东(登)夜里向曹操之阵放箭
				张飞骂曹于长坂桥
				关羽寻访两位夫人的路中遇廖化
				吕布射矛使玄德与纪灵结好
51	泉南市	马场	昭和12—13年(1937—1938)	轰天雷凌振于梁山发子母炮
				景阳冈上武松打大虎
				智田(多)星吴用
				双鞭将呼延灼
				鲁智深拔菜园的绿杨树
				虾蟆仙人
				入云龙公孙胜
				轰天雷凌振于梁山发风火子母炮
52	泉南市	童子畑	约昭和10年(1935)	轰天雷凌振于梁山发子母炮
				虾蟆仙人
				景阳冈上武松打大虎
				智多星吴用
				李铁拐
				鲁智深拔菜园的绿杨树
				铁笛仙马麟
				轰天雷凌振风火子母炮击山寨

续表

序号	市町村名	所有者	制造时期　日历(公元)	雕　刻　标　题
53	岬町	大东	约明治30年(1897)	铁笛仙马麟
				徐宁破连环马军
				中剪虎丁得孙于钦州山路上遇毒蛇
				豹子头林冲
				入云龙公孙胜
				大刀关胜
				轰天雷凌振于梁山发风火子母炮
54	岬町	大西	约大正15年(1926)	入云龙公孙胜
				玄德驱的卢跳檀溪
				诸葛亮孔明
				景阳冈上武松打大虎
				曹洪扶曹操渡黄河
				张飞门前骂吕布
				司马温公破瓮
				虎牢关之战
				关羽千里独行
55	岬町	岬	明治26年(1893)	李铁拐
				大刀关胜
				燕青用智扑擎天柱
				黑旋风李逵打破江州白龙神庙门
				轰天雷凌振
				豹子头林冲
				丰干仙人
				智田(多)星吴用
				赛仁贵郭盛
				景阳冈上行者武松杀虎

续表

序号	市町村名	所有者	制造时期　日历(公元)	雕　刻　标　题
56	海南市	东家	天保年间(1831—1845)	刘备过檀溪
				张飞与马超战于葭萌关
				秦始皇与宋无忌
				荆轲
				东方朔
				张果老
				西王母
				子英仙人
				司马温公破瓮
				老莱子
				陆积
				郭巨
				曾参
57	吹田市	六地藏	天保 10 年(1839)	三国演义
58	大阪市	老海江西	安政 2 年(1855)	刘备
				关羽
				张飞
59	大阪市	钢敷天神社	?	二十四孝
				刘备玄德过檀溪
				张飞
				诸葛孔明与关羽

二

通过以上的一览表我们能看出，拥有雕刻着中国故事的地车的地区大多数为大阪南部的城市。能够考虑到的理由有两个。

其一,直到现在的大阪南部地区都积极举办以地车为首的拖拽地车的祭祀活动,并且珍惜地保管着祭祀用的地车,使大部分地车能够保留至今。与之相对的在大阪北部,祭祀用的古老地车仅限于社区、神社、博物馆或个人收藏的数台而已。起因是和南部地区相比,北部地区很少举办有拖拽地车的活动环节的祭祀。不举办祭祀的话,地车就变得毫无用途,只能卖掉或者被焚烧。因此,在北部地区祭祀用的地车变得难以保存。然而大阪南部地区直到现在依然积极举办拖拽地车的祭祀活动。正因如此,大阪南部的祭祀用的地车能够保留至今。

其二,有资料表明,制作、修缮地车的木雕师多在大阪南部地区活动。[①] 现在,依然有很多制作楣窗等门窗隔扇的匠人在大阪南部的贝冢市生活。这些制作门窗隔扇的匠人们同时也作为木雕师制作着地车的雕刻。木雕师是以师徒关系为中心而形成的匠人群体,其中,传说名匠左甚五郎为其始祖的“地车”被确认在室町时期末期有所活动。从搭建日光东照宫(1617)的期间,大阪南部的泉州地区大量木雕师被派遣而至就能看出,江户时期已经有很多木雕师活跃于世间了。“岸上一门”以外,还有“高松一门”“雕又一门”等多数的匠人群体,其中有一部分甚至延续至今。雕刻在江户、明治、大正时期制作的地车上的雕刻上,能看到隶属于“高松一门”“雕又一门”等匠人群体的匠人的铭文,通过这些能知道从远古的时代开始地车的制作与这些匠人集团有着密不可分的关系。就这样,正因为大阪南部雕刻师能人辈出、代代相传的关系,地车被他们制作、修缮,才使大多数的地车得以被保留至今吧。

三

一览表里记载的雕刻题材中,,选有《三国演义》、《水浒传》、楚

---

① 关于大阪南部的门窗隔扇的匠人、木雕师的活动,根据だん吉友の会《大阪·浪速木雕史》(私家版,1992年)。

汉战争、《列仙传》、二十四孝、司马光砸缸等内容。那么,为什么在日本的传统祭祀中使用的地车上会选用中国传入的故事作为雕刻内容呢? 为了了解其中的缘由,接下来介绍关于制作祭祀用地车时是如何选择木雕题材的过程。

现在,在制作地车的时候,由木雕师和委托制作地车的人共同商议决定木雕的题材,由木雕师来决定具体的木雕设计。木雕的设计根据木雕师的创意而有所不同,但大部分都是木雕师将自己所收藏的雕刻或图画故事的插画、浮世绘等作为优先参考对象。雕刻师将这些资料临摹到木材上,再将其立体的雕刻出来。[①]

古老的地车的雕刻应该也是以同样的顺序进行制作。现将一览表中的第 2 号地车博物馆的地车: 旧五轩屋町地车上雕刻着的“樊哙破门”作为例子进行说明。(书后插图 2)

这个雕饰上镂出的是鸿门宴上樊哙为了帮助刘邦而准备破门而入的英勇姿态。并且,这个雕刻和下图所示的《绘本汉楚军谈》里的插图的构图极其相似[②]。

《绘本汉楚军谈》是《通俗汉楚军谈》里的插图本。(书后插图 3)《通俗汉楚军谈》是由梦梅轩章峰和称好轩徽庵翻译成日文的中国的章回小说《西汉通俗演义》。于元禄 8 年(1695)由京都吉田三郎兵卫出版。在日本,它和《三国演义》的译文《通俗三国志》一样受到人们的广泛喜爱,江户时期,其中的许多故事甚至被作为常识存在于人们的生活中。因此,也影响了以曲亭马琴为代表的多数的作家的作品。[③]

旧五轩屋町的《樊哙破门》与《绘本汉楚军谈》的插图相对比,身着战袍、左手抱着兽面盾的樊哙位于画面中央稍许偏右,脚下踩着门前的石阶。巨大的门位于画面中央。这个门,在《绘本汉楚军谈》的插图里是已经被破坏的状态,但在雕刻《樊哙破门》中是还没有被破坏的状态。其理由可能是因为雕刻已经破坏的门稍许有些难度吧。

---

① 和田祐志・万屋诚司・江弘毅《岸和田だんじり读本》(プレーンセンター、2007 年)。

② 泷泽马琴著、北尾重政画《绘本汉楚军谈》,仙鹤堂,享和 2 年(1802)。

③ 日本古典文学大辞典编集委员会编集《日本古典文学大辞典》,岩波书店,1983 年。

画面的右上方，樊哙的头部上方延展的松枝是一致的。能够掌握两者的构图是相近的。在江户时期有多数的浮世绘画家画过《樊哙破门》。这些浮世绘作品和《绘本汉楚军谈》一样，都画有拿着盾的樊哙和大门。因此，旧五轩屋町地车上的雕刻，不能排除是参考了这些画家的浮世绘作品而制作出来的可能性，但是凭着一己之见，《樊哙破门》的各类浮世绘作品里并没有画上松枝。画中有松枝的只有《绘本汉楚军谈》的插画，所以现阶段我们能够说，旧五轩屋町地车上的雕刻是以《绘本汉楚军谈》为样板雕刻制作而成，或者有人先按照该书的插图制作的浮世绘等绘画，据其绘画镂出的地车上的雕刻的可能性较高。

根据以上的例子，我们能够推断，古老的地车和现在的地车一样，也会以日本的书籍、浮世绘等作为参考来设计并制作其雕刻。

下面说明一下，江户时期雕刻取材的中国故事的出版、翻译、雕刻匠们制作图案时参考的图像的情况。

《三国演义》的日本出版物是在元禄二年至五年（1689—1692）出版的湖南文山翻译的《通俗三国志》，其书对后世文学、文艺有很大的影响。其后，羽川珍重《三国志》［享保六年（1712）］、《通俗三国志》［别称《画解三国志》，宝历十年（1760）］、《通俗三国志》［刊年未详，可能是安永元年（1772）?］、《关羽五关破》［安永元年（1772）］、《孔明赤壁谋》［安永元年（1772）］、《通俗三国志》［天明二年（1782）］、《绘本三鼎倭孔明》［享和三年（1803）］、《绘本通俗三国志》［天保七年（1836）］等插图本与绘本（绣像通俗小说）也陆续出版了。[①]

《水浒传》的日本刊本，首先有冈岛冠山训译《忠义水浒传》［享保十三年至宝历九年（1728—1759）］，此书对后世影响很大；还有高

---

① 关于三国故事的在日本被接受的情况，以下文章详细说明。井上泰山《日本人と〈三国志演義〉：江户時代を中心として》，关西大学中国文学会纪要 29 号，2008 年。上田望《日本における〈三国演義〉の受容（前篇）：翻訳と挿図を中心に》，金泽大学中国语学中国文学教室纪要 9 号，2006 年。

知平山训译《圣叹外书水浒传》[文政十二年(1829)]。翻译本有冈岛冠山(?)翻译《通俗忠义水浒传》。其后,陆续出版的插画和绘本有《水浒画潜览》[安永六年(1777)]、《梁山一步谈》[文政二年(1819)]、《稗史水浒传》[文政十二年至嘉永四年(1829—1851)]、《绣像水浒铭铭传》[庆应三年(1867)]等。①

《列仙传》像是从上代(592—794)已经传到日本来,在其后的历代书籍上屡见引用此书。江户时期,广为流布的是王世贞编,汪云鹏校《有像列仙全传》。庆安三年(1650)在日本出版了该书的和刻本,以后再印了好多次。②

说二十四孝的故事,郭居敬《全相二十四孝诗选》好像于永德年间(1381—1384)早已传来日本。室町末期,御伽草子中看见《二十四孝》,以后,二十四孝故事作为通俗启蒙书有很大的影响。除了《全相二十四孝诗选》的和刻本以外,还有浩如烟海的插图本、绘本,很难掌握其出版情况的全貌。它对于日本的近代文学、文艺不可估计的影响。③

司马光砸缸的故事取材于《冷斋夜话》中的故事:"温公童时与群儿戏于庭。庭有大瓮,一儿登之,偶堕水内。群儿皆弃去,公则以石击瓮,水因穴迸,而儿得不死。盖活人手段,已见于龆龀。今京洛间多为小儿击瓮图。"④笔者没看过专门写该故事的插图本、绘本。可是,1636年建立的日光东照宫里有将这个故事形象化的雕刻,因此可以认为江户初期早已传到日本来。各地寺庙里也留传了取材于此故事的雕刻,可知道江户时期司马光砸缸的图案扎根日本并且广为人知。估计山车的雕刻也是按照这些走在前头的图案雕刻。

如上,江户时期在日本出版了各种书的和刻本、翻译,还有插图

① 高岛俊男《水浒伝と日本人 江户時代から昭和まで》,大修馆书店,1991年。

② 日本古典文学大辞典编集委员会编集《日本古典文学大辞典》"列仙传"项,岩波书店,1983。

③ 黑田彰《孝子伝の研究》,汲古书院,2007年。日本古典文学大辞典编集委员会编集《日本古典文学大辞典》"二十四孝"项,岩波书店,1983年。

④ 丁传靖《宋人轶事汇编》,商务印书馆,1935年。

本、绘本,并且取材于这些书画,制作浮世绘。也有如"司马光砸缸"那样,较早时扎根在日本的图案。笔者认为山车的雕刻大部分取材于这些在日本重新制作的图案雕刻而成的。

因此,在江户时期,被出版的中国故事渐渐渗透的日本文化,是选择中国故事作为雕刻题材的重要背景。

刻工们取材于中国故事的另一个原因,是和当时的政府检阅有关。江户时期出版的插图本、绘本、浮世绘虽然有一些是取材于中国故事描画的,可是,从数量看,描写日本故事的比中国的多得多。那刻工们为什么选择中国故事?这好像是跟江户时期的政治事情有关。[①]

江户时期,人们不能自由选择雕刻的图案。因为政府机关严格管理,介入选择图案。譬如,当局不会轻易批准镂刻江户幕府的创始人德川家康等图案。大阪人喜欢的是丰臣秀吉与真田幸村(丰臣氏的忠臣)等,因为丰臣氏反对并抵抗江户幕府创始,政府机关不肯允许作他们的雕刻。

江户时期,新作山车的雕刻之时,好像需要政府机关的承认。和歌山县海南市东家所有的旧岸和田地车,俗称"东家地车",这个地车上有一个烙印叫做"岸极",这个烙印表示通过了岸和田藩的检阅,并被允许制作的意思。该地车上有几个日本神话等的雕刻,还有多种中国故事,如《刘备过檀溪》《张飞与马超战于葭萌关》《秦始皇与宋无忌》《荆轲》《东方朔》《张果老》《西王母》《子英仙人》《司马光砸缸》《老莱子》《陆积》《郭巨》《曾参》的雕刻。这些都是跟江户幕府没有关系的故事。这样,我们可以知道因为中国故事与日本政治情况无关,所以可能容易得到幕府的允许。

这样,江户时期在日本接收很多种中国故事,更按照这些故事制作很多图像。这就表示,当时有很多制造雕刻的时候,将其作为参考的图案。还有,中国故事大多不受政治的影响。笔者认为,这样的条件成为可能把中国故事刻在日本的山车里的重要因素。

---

① 奥村浩章《東家の天保だんじり》,东家区,2005 年。

四

江户时期,政府实施锁国政策,禁止个人自由前往外国,除了政府允许的港口以外,不能跟外国贸易。因此,与中国人有交流的日本人数有限。山车文化的中坚人物的老百姓,几乎没有会说汉语的。能看中文原书,理解其内容的人也极少。能看懂作为地车雕刻题材的《三国演义》《水浒传》《西汉通俗演义》原书的人也很少。

但是,如笔者前文介绍那样,江户时期已经出版了《通俗三国志》《通俗忠义水浒传》《通俗汉楚军谈》等白话小说的翻译,多半日本人看这些翻译版欣赏中国故事。这样的情况对雕刻匠制作的图案也有影响。

比如说,像前文介绍的那样,旧五轩屋町地车的雕刻《樊哙破门》,参考《绘本汉楚军谈》的插图制造图案的可能性较高。但是,《通俗汉楚军谈》及《绘本汉楚军谈》的樊哙破门的场面与原书《西汉通俗演义》的有一些不一样的地方。下面举《西汉通俗演义》相应的地方[①]。

> 樊哙至寨门外,大呼曰:"鸿门设宴,随从人通无毫厘酒饭,我见鲁公讨些酒饭吃。"遂带剑拥盾径入。丁公等意欲拦当,怎当樊哙力大,将把门军士都撞倒,直进到中军,披帷而入……

《通俗汉楚军谈》将该部分翻译如下[②]:

> 樊噲は鉄の盾を脇に挟み、剣を帯して陣門に至り、大声あげて呼はりけるは、今日鴻門の会に相従う者、早朝より来て外にあれども、都て一滴の酒も賜らず、我自ら魯公に見えて、酒

---

① 《西汉通俗演义》,《明清善本小说丛刊》影印本,天一出版社,1985年。

② 梦梅轩章峰、称好轩徽庵翻译《通俗漢楚軍談》,额田正三郎,元禄8年(1695),关西大学藏本。适当参考三浦理编《通俗漢楚軍談》,有朋堂书店,1912年。

を賜らんとて進みければ、丁公、雍歯等曲者なり通すなとて、急に門を閉ぢけるを、樊噲こととともせず、力を出して門の閾を推に、陣門地に倒れて、番の士卒圧殺さるる者数を知らず。

以上日译可对应如下中文：

樊哙佩剑将铁盾夹于腋下到阵门，大呼曰："今日鸿门开酒宴，随从人皆从早晨在外，无毫厘酒饭，我自见鲁公，乞赐酒。"进入，丁公、雍齿等曰："坏人不可随便进入。"急忙关门。樊哙不当回事，用力推门，则阵门倒地，压杀士卒不知其数。

两者相较，《通俗汉楚军谈》描写樊哙带铁盾佩剑的样子，可是《西汉通俗演义》没有这样文句。另外，《西汉通俗演义》有樊哙撞倒士卒进入门里的场面，《通俗汉楚军谈》将这个故事改成士卒关门阻挡樊哙进入，樊哙推倒大门压杀兵卒。《通俗汉楚军谈》本来被认为是《西汉通俗演义》的翻译，可是，实际上不是准党的翻译，翻译者为了夸张樊哙的应用卓绝的样子改变了内容。上列图 3 是根据《通俗汉楚军谈》的翻译本上的插图，所以画着这样场面。一描绘插图，一些浮世绘作家就模仿该画构图画了浮世绘等。地车雕刻也按照这些插图、浮世绘镂刻。这可以说，地车雕刻保存着日本人重塑的中国故事。

这样事例还可以看到，雕在一览表中第 50 号泉南市男里北山车的《吕布爬山计敌阵》取材于《通俗三国志》卷七《袁术七路攻徐州》里的下面的场面[①]：

大将軍張勲怕れて二十里ばかり引退き、呂布は尋常の敵に非、よくよく諸方の御方と計を協せて、一斉に攻めんと議す。呂布は敵の戦はずして退きたるを怪み、自ら山に上りて

① 湖南文山翻译《通俗三国志》，额田正三郎、额田胜兵卫，天明五年（1785），关西大学藏本。参考三浦理编《通俗漢楚軍談》，有朋堂书店，1912 年。

> 夜中に敵陣を窺えば、俄に火の手を挙て、敵の陣上を下へと騒動す。

中文直译如下：

> 大将张勋惧怕，退二十里与诸将议曰："吕布不是寻常之敌。"与四下将兵连系，齐力攻击。吕布怪敌方不战而退，夜里自己上山望敌阵，看突然到处放火，阵中闹乱。

这是《三国演义》第十七回《袁公路大起七军　曹孟德会合三将》的翻译。下面引用《三国演义》的该场面：

> 张勋军到，料敌吕布不过，且退二十里屯住，待四下兵接应。是夜二更时分，韩暹、杨奉分兵到处放火，接应吕家军入寨。勋军大乱。吕布乘势掩杀，张勋败走。①

《通俗三国志》描写吕布爬山看望敌阵，《三国演义》里没有这样描述。笔者认为，这会是为了更紧密联系前后内容，日本翻译者补充的。泉南市男里北山车《吕布爬山计敌阵》中雕刻的是《通俗三国志》里的这个场面，也可以说，此雕刻也保存着日本人改变的《三国演义》的内容。

上面介绍的两个雕刻，根据文献能追本溯源，但也有一部分现阶段故事来历不明的雕刻。表第 53 号岬町大东山车的《豹子头林冲》雕刻，右边布置林冲，左边有狮子。（书后插图 4）

此雕刻只能明白是想传达《豹子头林冲》这一场景，但不能确定是按照《水浒传》的什么故事镂刻的。在日本一出版了《通俗忠义水浒传》，就制作了很多翻案作品与绘画。作品太多，笔者个人的能力有限，目下还没看所有的作品，可是，据管窥所及的范围来说，这个雕刻是日本独自发展的《水浒》故事的可能性较高。

谈到这里，我们可以知道山车上的雕刻，不但保存着江户时期传来日本的中国故事，也保存了经日本人改变过后的中国故事，同时也

---

① 《三国演义》，人民文学出版社，1973 年，第 154 页。

为中国文学在日本的接受史提供了有意义的资料。

结　　语

拙文以江户时期为中心,介绍了日本大阪地区刻在山车上的中国故事。目前,有关日本的中国文学接受史的研究,多半根据文献进行,关于读了中国故事后的日本知识分子的情况也渐渐明了。可是,目不识丁的人们怎么接受中国文学,其情况还不太明白。笔者认为研究这些取材于中国故事的山车雕刻,进而探寻那些文献资料中无法判明的部分,对于日本的中国古典文学的接受史是很有价值的。通过这些雕刻的调查,我们了解到了一部分知识分子以外的人接受中国文学的途径。

另外,这些雕刻,虽然来源于中国故事,可是一些作品是按照日本人改编而成的故事进行雕刻,所以在里面我们看到了在中国的原作中没有的场面。笔者认为,这些故事作为流传至今的被日本化的中国故事的资料是十分有价值的。

山车上的雕刻,作为得以被保存的中国古典文学融入日本文学的资料是十分有意义的。可是,因为山车是木造的,难免出现破损,再加上乡下人口减少,由于不再施行祭祀活动便处理了山车,使江户、明治时期制造的古老的山车数量年年减少。并且,祭祀活动以外的时间,地车被收藏在地车库里,有时不给外地人看,其调查不容易。可是,笔者打算继续进行调查,把握大阪地区的地车雕刻的全貌,希望有助于中国文学接受史的研究。

(作者:日本关西大学讲师)

复旦大学图书馆藏经部稿本经眼录(二)

曹　鑫

复旦大学图书馆现藏近千部经部善本古籍中,《诗经》类善本古籍凡280余部,其中稿本20余部,抄本40余部,元刻本1部,明刻本近90部,日本刻本4部,朝鲜刻本1部。《复旦大学图书馆古籍普查登记目录·前言》亦云:"《诗经》类图书收藏甚富,历代各家评注及其各种版本,丛书本以外单行者计有720种,其中230余种珍贵稀见者已入馆藏善本。"①

在占馆藏善本古籍总量近三成的《诗经》类善本古籍中,不少版本不仅具有珍稀的文献价值,而且具有独特的学术意义。谨选录6部《诗经》类稿本善本古籍,略述如下。

一、韩诗述六卷

清徐堂撰,稿本《三家诗述》本,一函一册。半页十一行,行二十二字,小字双行同,无栏线。开本高26.4厘米,宽16.7厘米。版心上题书名(卷一至二题"三家诗述",卷三至六题"韩诗述"),中题卷次,下题页次。卷端著者项题"吴江徐堂仲升氏辑　吴元相子襄订"。钤

---

① 《复旦大学图书馆古籍普查登记目录·前言》,北京:国家图书馆出版社,2017年,第3页。

有“欣夫”朱文方印、“大隆”白文方印,知为王欣夫先生旧藏。《蛾术轩箧存善本书录·庚辛稿》[①]著录是书。

徐堂,字仲升,江苏吴江(今属苏州)人。另著有《周易考异》四卷、《爱日庐诗钞》五卷等。事迹具[同治]《苏州府志》等。吴元相,字子襄,号达庵,江苏吴江人。诸生。另著有《玉香阁诗稿》二卷等。事迹具[同治]《苏州府志》等。王欣夫(1901—1966),名大隆,字欣夫,号补安,以字行,江苏吴县(今属苏州)人,原籍浙江秀水(今嘉兴)。曾任复旦大学中文系教授。著有《藏书纪事诗补正》等。

是书系梳理考辨《韩诗》文字、大义之作。作者摘录汇编《毛诗李黄集解》、王应麟(1226—1296)《诗地理考》、朱彝尊(1629—1709)《经义考》、汪远孙(1795—1836)《诗考补遗》等说《诗》之作,以及《尔雅》《经典释文》《一切经音义》等旧籍、《周礼·钟师注》《汉书注》《后汉书注》《水经注》《文选注》等古注、张衡及祢衡等所作汉赋、《太平御览》等类书、惠栋(1697—1758)及戴震(1724—1777)等语,援引《韩诗内传》之文本内容,并胪列毛传、郑玄笺、孔颖达《正义》文字,附以按语,比勘文字,训诂异同,考辨《诗经》大义。

每条先列篇名或《韩诗》文字,与《毛诗》有异文之处,则以双行小注形式标注校勘记。次行低一格罗列引用《韩诗》出处,若有多处引文,则以空格相隔。次行为按语,列毛传、郑笺、孔疏,兼采《说文》《尔雅》《隋书》等征引《韩诗》文字,比较《韩诗》与毛传、郑笺、孔疏之异同。每条多有按断之语,如“与毛义异”“韩毛义同”“当从韩义”等。

卷一起《周南·关雎》,讫《召南·驺虞》;卷二起《邶风·柏舟》,讫《王风·大车》;卷三起《郑风·缁衣》,讫《豳风·九罭》;卷四起《小雅·鹿鸣之什·四牡》,讫《小雅·鱼藻之什·何草不黄》;卷五起《大雅·文王之什·文王》,讫《大雅·荡之什·召旻》;卷六起《周颂·清庙》,讫《商颂·殷武》。文中改“召旻”二字为“召御名”,改“玄鸟”二字为“元鸟”,可知是书避道光帝讳,不避咸丰帝讳,盖成书

---

① 《蛾术轩箧存善本书录》,上海:上海古籍出版社,2002年,第16页。

于道光间。是书页面整洁,文中间有增删改易,盖誊清之后,又有所校订。

[同治]《苏州府志》著录徐堂有《齐鲁韩三家诗述》八卷,此《韩诗述》为六卷,可知另有《齐诗述》一卷、《鲁诗述》一卷。南京图书馆藏《三家诗述》一部,存《三家总义》一卷、《齐诗述》二卷、《鲁诗述》一卷。中国国家图书馆藏《韩诗述》六卷两部,均为稿本,一为十二行二十四字,一为十一行二十二字。

《中国古籍善本书目·经部》著录。①

二、韩诗内传并薛君章句考四卷叙录一卷附录一卷二雨堂笔谈一卷附编一卷

清钱玫撰,清钱世叙编,清章庆辰等校,稿本,一函四册。半页九行,行二十一字,小字双行同,白口,上单鱼尾,左右双栏。黑格。版框高 18.3 厘米,宽 11.7 厘米。内封书签题"韩诗内传并薛君章句考"。卷端著者项题"上虞钱玫汉村撰 侄孙世叙荣堂编 会稽章庆辰稼堂校(卷一)/会稽章庆昇紫垣校(卷二)/会稽章濬源笙桴校(卷三)/会稽章景烈梅垞校(卷四)"。钤有"盐溪蔡/氏长宜阁/书籍金/石文字印"朱文方印(蔡氏)、"诗经/癖"白文方印、"葩庐"朱文方印、"高氏吹万/楼所得/善本书"白文方印、"葩庐/劫余/长物"朱文方印、"格簃"朱文方印、"葩庐/藏本"白文方印(高燮)。是书为蔡氏、高燮等递藏。

钱玫,字汉村,浙江上虞(今属绍兴)人。钱世叙(?—1864),字荣堂,浙江上虞人。咸丰十年(1860)进士。官龙溪知县,殉于任上。

是书系辑录《诗考》《集韵》《经典释文》《后汉书注》《文选注》《通典》《北堂书钞》《初学记》《太平御览》等征引《韩诗》文字,以双

---

① 《中国古籍善本书目·经部》,上海:上海古籍出版社,1989 年,第 163 页。

行小字标注出处,又附按语,援引《三家诗拾遗》《论衡》等书,以及卢文弨(1717—1795)、陈启源、段玉裁(1735—1815)等语,并结合《韩诗外传》,对毛传、郑笺、孔疏、《韩诗内传》、薛氏《韩诗章句》进行考辨。

卷一起《周南·关雎》,讫《卫风·伯兮》;卷二起《王风·黍离》,讫《豳风·九罭》;卷三起《小雅·鹿鸣之什·四牡》,讫《小雅·鱼藻之什·何草不黄》;卷四起《大雅·文王之什·文王》,讫《商颂·殷武》。文中避"烨""邱"字讳,不避"宁"字讳。

卷首依次为杜堮(1764—1858)《序》、周乔龄《序》、《韩诗师承》《叙录》。

时任浙江学政杜堮《序》略云:"予校士三衢,学博上虞钱君以所著《韩诗内传及薛君章句考》来请,……"按:杜堮于道光二年(1822)至五年(1825)任浙江学政,可知是书至迟成书于道光初。

道光元年(1821)九月周乔龄《序》略云:"上虞钱汉郇学博,……窃病范氏所辑尚有阙遗,因钩稽群籍,益以己说,成《韩诗考》四卷,附录一卷。"

《韩诗师承》排列传授《韩诗》弟子凡九人,起自韩婴弟子淮南贲生,讫长孙顺弟子东海发福。并列《治韩诗》凡三十六家,起自长沙太守汝南郅恽君章,讫唐易州刺史田琬正勤。并于《治韩诗》第五条"京兆廉范叔度"之右贴有浮签"韩伯高下",第七条"巨鹿韩伯高"之右贴有浮签"廉范上",可知以浮签校语形式调整次序。

《叙录》辑录陆德明《经典释文》、王应麟《汉艺文志考证》《崇文总目》《诗考》,兼采朱倬(1086—1163)、洪迈(1123—1202)、杭世骏(1695—1773)、惠栋(1697—1758)等语,并附有按语。例如,引王应麟"薛夫子《韩诗章句》即汉也"之说,以按语形式进行考辨,认为"汉字公子,夫子乃汉之父。王氏合为一人,误。"

第四册依次为《附录》《二雨堂笔谈》《附编》。《附录》包含《王吉学韩诗者也考后汉书吉本传得诗说三条》等文。《二雨堂笔谈》包含《韩诗四十四则》,以及钱玫跋。跋云:"兹编仍诸家之旧注,依《毛诗》篇次,汇而录之,厘为四卷。凡学《韩诗》者,另编附录。间采近世说《韩》之言,疏于各条,颜曰'韩诗内传并薛君章句考'。虽收搜臻广,漏略仍所不免。……道光元年春王正月,钱枚识。"《附编》为《师承》《叙录》、卷一、卷四、《笔谈》之补编,并有钱世叙小序,阐释作《附编》之缘由,云:"原稿中有疏诸上方者,乃是稿成后,续有采录未及考定者也,兹别为编次,以附于后云。"

三、毛诗故训传禆二卷补编一卷

清朱大韶撰,稿本,一函一册。半页十一行,行二十七字,小字双行同,无栏线。开本高26.1厘米,宽18.2厘米。毛装。内封书名页墨笔题"实事求是之斋稿　毛诗故训传禆二卷",护页有墨笔题"道光戊戌(十八年,1838)录于虞山官舍"。文中有朱笔、墨笔批校,以改订文字、调整编次。并夹有浮签,以增列按语。钤有"朱印/大韶"白文方印、"虞钦"朱文方印(朱大韶)。

朱大韶(1791—1844),字虞卿,娄县(今属上海)人。嘉庆二十四年(1819)举人。官怀远教谕、江宁教谕等职。事迹具[光绪]《松江府续志》。另有《毛传翼》《经字考》《经典衍文脱文倒误考》等校勘考订《十三经》之作。上海图书馆藏《实事求是之斋丛著》五十卷,盖是书亦系《实事求是之斋丛著》之一种。

是书系作者考辨补正《毛诗故训传》(即《毛诗》)音注、训诂之作。每条先列《诗经》正文及《毛传》注文,次行低一格间列郑笺、孔颖达《正义》,后以"大韶谨按/大韶按/按"起首,援引《左传》《说文》《广雅》《玉篇》《一切经音义》《史记》《汉书》《吕氏春秋》《淮南子》《齐民要术》《太平御览》等旧籍古注,兼采卢文弨(1717—1795)《经典释文考证》、段玉裁(1735—1815)《诗经小学》、阮元(1764—1849)《十三经注疏校勘记》等语,对《毛传》部分篇章之注音、释义进行考辨,同时亦对郑笺、孔疏等进行考辨,并指出郑笺、孔疏等注解《毛传》之不足,故名《毛诗故训传禆》。天头及文中多有朱墨增删改易以及挖纸嵌补之处,又钤有作者印记,盖为修改稿本,尚未定稿。

卷上起《周南·关雎》,讫《秦风·小戎》;卷下起《小雅·鹿鸣之什·皇皇者华》,讫《商颂·殷武》。另附《补编》一卷,对《小雅·鸿雁之什·斯干》《大雅·文王之什·皇矣》《大雅·荡之什·烝民》《大雅·荡之什·江汉》《大雅·荡之什·召闵》《周颂·清庙之什·天作》等篇进行考辨。文中避“旻”字讳,改“旻”为“闵”。

《中国古籍善本书目·经部》著录。①

四、诗经异同存说不分卷纲领一卷补遗一卷

清□□撰,稿本,一函二册。半页十行至十一行不等,行十九字至三十三字不等,小字双行同或不等,无栏线。开本高 23.5 厘米,宽 14.6 厘米。钤有“葩庐/藏本”白文方印(高燮)。

是书系作者汇编诸家训释《诗经》文本内容、发微《诗经》主旨大义之作,主要对有关《诗》文、《诗序》、朱熹《诗集传》以及《诗经》大义之不同解说进行胪列,起《周南·关雎》,讫《商颂·长发》。每篇之下汇集众说,分为“一说/旧说”“辨说”“正说”“御按”等几部分。每条以“一说”或“旧说”二字顶格起首,提出旧说观点,并于旧说之下,征引《诗序》、毛苌注、郑玄笺、孔颖达《正义》、欧阳修《诗本义》、苏辙《诗集传》、朱熹《诗序辨说》《诗集传》、严粲《诗缉》、吕祖谦《吕氏家塾读诗记》、范处义《诗补传》等持此旧说之作,兼采陆德明、金履祥、邓元锡等语。“一说/旧说”若有二解,则于一解之后低一行列“附说”。“一说/旧说”之后,为“辨说”或“正说”。“辨说”系考辨旧说之语,为不同于旧说之说,以存他说。“正说”系匡正旧说之言,亦不同于旧说,以正旧说。“辨说”或“正说”之后,间附按语(“御按”),对“辨说”或“正说”进行进一步梳理考辨,以揭示“辨说”“正说”之依据或根由。

---

① 《中国古籍善本书目·经部》,第 153 页。

卷首《纲领》一卷,包含《删诗》《传诗源流及诸家诗说》《大序小序》《四始》《六义》《诗乐》《正变》《国风雅颂次第篇次附》《篇名》《十五国地理爵系商鲁附》凡十篇,并以墨笔绘《十五国风地理之图》一幅。《十五国地理爵系商鲁附·桧》有"御宣按"语,与正文"御按"语,盖为同一人按语。

卷末有《补遗不次先后》一卷,仅有《大雅·荡之什·韩奕》"溥彼韩城,燕师所完辨"一条,引《诗集传》《水经注》《日知录》等进行考辨,可知此《补遗》篇为未完稿。

是书页面整洁,文中有朱墨删改及贴纸改字之处,对误字进行径改。并有朱笔圈点句读,盖誊清之后,又有修改。天头有朱墨按语。文中避"玄""邱"字讳,不避"旻"字讳。

《中国古籍善本书目·经部》著录。①

五、多识录十六卷

清董桂新辑,稿本,一函五册。半页十行,行二十二字,无栏线。开本高 23.6 厘米,宽 13.6 厘米。版心中题每卷页次。卷端书名项题"多识录",著者项题"新安董桂新柳江辑"。《碑传集补》、[光绪]《重修安徽通志》等著录是书书名为"毛诗多识录"。钤有"宜秋馆/藏书"白文方印(李之鼎)、"葩庐/劫余/长物"朱文方印、"葩经室"朱文长方印、"葩庐/藏本"白文方印、"诗经/癖"白文方印、"食古/书库"朱文方印、"高氏吹万/楼所得/善本书"白文方印(高燮)。按:李之鼎(?—1928),字振唐,室名宜秋馆,江西南城(今属抚州)人。知是书曾经李之鼎、高燮等递藏。

董桂新(1773—1804),字茂文,号柳江,新安(今江西婺源)人。嘉庆七年(1802)进士,选翰林院庶吉士,充词林典故馆协修。另著有《尔雅古注合存》二十卷等。事迹具[光绪]《重修安徽通志》等。

---

① 《中国古籍善本书目·经部》,第 156 页。

是书系作者分类识解、考辨《诗经》名物之汇编。每条顶格先列《诗经》名物名称,以分隔符“○”引领徐铉、《尔雅》、郑玄笺、孔颖达《正义》、朱熹《诗集传》等注释《诗经》名物之语,低两格附作者按语,引《礼记》、陆玑《毛诗草木鸟兽虫鱼疏》等语,考辨诸家之说。卷一为《识鸟》,卷二为《识兽畜附》,卷三至四为《识草》,卷五为《识木》,卷六为《识虫》,卷七为《识鱼》,卷八为《识天》,卷九至十为《识地邱山水附》,卷十一至十六为《杂识》。

卷首有乾隆六十年(1795)作者序,略云:“壬子(乾隆五十七年,1792)夏,读书丽泽山房。温习之余,检阅诸书,与传笺反复校雠,凡十阅月,而《三百篇》中之名物,窃皆默识诸心矣。甲寅(乾隆五十九年,1794)春,因仿《多识》之义,分别录之,去其重复,正其纷乱,间附己意。其序则首以鸟兽草木并及虫鱼,以类相从也。他如象纬、山川见于《诗》者,又分天、地二编,而凡日用服御一名一物之细则,概入之《杂识》,盖亦多见而识之之义也。”

按:据自序可知,是书成书于清乾隆末。是书之外,明代有林兆珂《多识编》七卷,清代有石韫玉(1756—1837)《多识录》九卷,均系释解《诗经》名物之作。林兆珂《多识编》内容宏富,且石韫玉《多识录》成书于道光戊子(八年,1828),可知自序所云“《多识》”,盖为林兆珂《多识编》。董氏仿照林氏《多识编》体例、大义,分门别类,对林氏之繁杂重复进行考辨、删削,并加按语,梳理《诗经》名物注释源流。石韫玉《多识录》与董书虽多有相同,但内容有所删改,仅对鸟兽草木虫鱼六类进行释解。

卷末有作者后序,略云:“其间如宋蔡氏之《名物解》、明冯氏之《名物疏》为最著。然一则失之穿凿,一则失之繁杂,识者讥焉。新之为是书也,非敢自谓尽善,然求免二者之失,则未尝不惓惓尔。……缮写既成,谨后序。”

《中国古籍善本书目·经部》著录。[1] 是书未刻。上海图书馆有清抄本一部。

---

① 《中国古籍善本书目·经部》,第157页。

六、毛诗音校记一卷

任铭善撰，稿本，一函一册。半页十五行至十八行不等，行二十五字或不等，无栏线。开本高 20.7 厘米，宽 14.4 厘米。钤有“爰斋/校记”白文方印（任铭善）。

任铭善（1913—1967），字心叔，江苏如皋人。室名“爰斋”“尘海楼”。毕业于之江文理学院国文系。曾任教于江苏学院、浙江师范大学、杭州大学等高校。另著有《礼记目录后案》《小学语法讲话》等。

是书凡六页。其中，校勘记凡八十一条共四页，系作者校勘唐敦煌写本《毛诗音》之校勘记。每条校勘记以行序起首，下列《毛诗音》注音、反切文字，再列校勘之语，对字形、反切字、直音字进行校勘考辨。并有作者按语，以对校（其他版本）、他校（多引《经典释文》《通志堂经解》《十三经注疏校勘记》）或理校（根据《诗》义）方式，对音注误字（字形、字音）进行纠谬，对缺蚀之字进行校补。卷末跋语凡两页，作者对《毛诗音》之底本进行考辨，并梳理汉晋以来诸家研究《毛诗音》之脉络及得失。文中间有涂乙、校改、挖补之处。第九十六条后标有“终”字，以示校记起讫。

卷末作者跋语略云：“敦煌所出唐写《毛诗音》残卷，自《旱麓》至《瞻卬》止，都九十六行，未知何人所作。予略校其舛异，乃知其与孔颖达《正义》同据一本。厥证有三：……”据跋语及校勘记起讫，是书系作者校勘唐敦煌写本《毛诗音》（P. 3383）九十六行音切文字，起《大雅 · 文王之什 · 旱麓》，讫《大雅 · 荡之什 · 召旻》，然并非跋语所云《大雅 · 荡之什 · 瞻卬》。此外，作者认为此《毛诗音》（P. 3383）系鲁世达所撰，并非徐邈之作，可为一说。

（作者：复旦大学图书馆馆员）

《歧路灯》与明清书籍文化*

苏　杰

清代乾隆年间李绿园（1707—1790）所撰白话小说《歧路灯》，以明代嘉靖年间为历史背景，生动描写了当时士人的生活状态。本文拟对该书中涉及书籍文化的内容略加钩稽讨论。我们之所以选择这样一个题目，是出于以下几点考虑：

首先，方兴未艾的书籍史研究需要拓宽视野，挖掘新的资料。美国学者周绍明在其《书籍的社会史：中华帝国晚期的书籍与士人文化》一书中引用钱存训的研究，指出“中国文献很少记载印刷的技术过程”，“即使在最近的1987年，钱存训如此深切地感受到中国文献记录中的空白，他访问了北京和上海的雕版印刷作坊，试图记录下他已研究了半个世纪的这一生产过程的第一手资料”①。

第二，文学作品中蕴含着丰富的书籍史信息。学者们在这一方面已经做了一些工作。较早的比如1987年王国强《〈从金瓶梅词话〉看明代的书帕本》以《金瓶梅词话》和《醒世姻缘传》两部古典小说中的相关描述为依据，对所谓“书帕本”的性质展开讨论，认为书帕本“是盛行于明代万历以前的主要是官宦之间相互往来的中的一种普

* 本文为全国高校古委会立项课题“《歧路灯》整理与研究”的阶段成果。

① [美]周绍明《书籍的社会史：中华帝国晚期的书籍与士人文化》，何朝晖译，北京大学出版社，2009年，第9—10页。

通的礼物”①。后来他又发表文章补充了《欢喜冤家》《醉醒石》《豆棚闲话》中的有关记述,进一步申证自己的观点。②

第三,《歧路灯》对于明清书籍文化有全面生动的记述,还没得到充分挖掘。《歧路灯》涉及书籍文化的内容,不仅比上面提到的《金瓶梅词话》《醒世姻缘传》要多,也比同时期成书的专门描写士人生活的《儒林外史》更为丰富。李绿园三十岁中举,虽会试不第,却被朝廷铨选,宦游海内,官场阅历极为丰富。虽然小说情节出于虚构,但反映出的社会物质文化生活,无疑是客观真实的。然而几十年来,《歧路灯》研究很少从书籍文化的角度展开讨论,刘畅《〈歧路灯〉与中原民俗文化研究》没有相关的内容③,直到 2017 年,侯会《金粟儒林篇: 从清代说部看士人生活》结合《醒世姻缘传》《儒林外史》和《歧路灯》三部小说,对清初知识分子的生活状态进行了多方位的论述,其中有一节题为“《歧路灯》中的刻书潮”,对小说中相关内容进行了述列。不过,作者的视角偏向于所谓“银钱经济”,而且嫌于简略,颇多未及。④

有鉴于以上几点,我们不揣谫陋,就《歧路灯》记述的相关内容,对明清书籍文化展开梳理分析,以期为明清书籍文化和书籍史的研究提供新的线索和资料。尽管《歧路灯》中记述了当时的“刻书潮”,然而《歧路灯》成书后一百多年间却只能以抄写的形式在河南流传,直到 20 世纪才有印本。栾星先生用十年时间辑校注释,1980 年在中州书画社出版校注本(下称“栾校本”),是目前的标准文本,《汉语大词典》等大型权威工具书都将其作为书证依据。我们曾参考上海图书馆所藏清钞本(以下称“清钞本”)和齐鲁书社校点本(以下称“齐鲁本”)予以对勘,发现在与书籍文化相关部分颇多关键异文。故而我们在考察书籍文化内容的同时,也对相关文

① 王国强《从〈金瓶梅词话〉看明代的书帕本》,《图书馆研究与工作》,1987 年第 4 期。

② 王国强《关于书帕本的补充材料》,《郑州大学学报》,1990 年第 5 期。

③ 刘畅《〈歧路灯〉与中原民俗文化研究》,齐鲁书社,2009 年。

④ 侯会《金粟儒林篇: 从清代说部看士人生活》,中华书局,2017 年。

本展开讨论。

绍闻衣德：刻印先人著述

《歧路灯》对刻书一事着墨极多，这与该书的主题密切相关。

《歧路灯》撰作于清乾隆年间，故事依托明代嘉靖年间，以河南开封谭孝移、谭绍闻父子人生轨迹为叙事主线。谭绍闻在父亲去世后，年幼为匪人引诱，背弃父亲临终“用心读书，亲近正人”的遗训，赌博、嫖娼、狎优，荡尽家产，后来在义仆王中的规谏和几位父执辈的指教帮扶下，最终迷途知返，重新通过读书博取功名。小说的核心教训，亦即所谓歧路明灯，就是“用心读书，亲近正人”。

这“满天下子弟的‘八字小学’”（95—984）[①]，全书共出现十二次。前四个字是“用心读书”，作者对“书”的意义反复提撕，进行了多方位的揭示。后四个字是“亲近正人”。作者以道德标准对书中士子进行了区分。大致说来，主人公谭绍闻先父谭孝移来往的朋友和仆人，先祖灵宝公影响下的子民，都归为正人，而这些正人，也是谭绍闻最终得以由歧路返归正途的凭依。在谭绍闻失怙后，引诱其嫖赌，使其走上歧路的一群人，则是小人。在一帮君子儒、小人儒的映衬下，谭绍闻与其族兄谭绍衣则是叙事议论的焦点。

首先，作者将主人公命名为“绍闻”，是有深刻寓意的。谭家原籍江苏丹徒，因先祖在灵宝为官，卒于衙署，寄葬祥符，遂流寓中州。绍闻一辈在江苏丹徒的大宗族兄名曰“绍衣”。“绍衣”“绍闻”并皆出自《尚书·康诰》：“今民将在祗遹乃文考，绍闻衣德言。”孔传：“今治民将在敬循汝文德之父，继其所闻，服行其德言，以为政教。”分而释之，“绍闻”就是承继父祖所闻，“绍衣”就是承继并服行父祖之德言。而这“所闻”“所言”往往外化为“书”。绍闻字曰念修，义取《诗》：“无念尔祖，聿修厥德”，即“念祖修德”，追怀先祖，修养己德。

---

① 引文据《歧路灯》栾校本，郑州：中州书画社，1980年。括注回次和页码。

绍衣是作者的理想人格形象，人如其名，能继承并珍视祖辈的教训德言，用心读书，两榜进士出身，官至河南巡抚。这样的人生轨迹，可称“正途”。相比之下，有着相似家世背景的绍闻，则因幼年失怙，为匪人引诱，不能顾名思义，念祖修德，而是废书不读，亲近小人，从而误入“歧路”。两种形象相反相照，彰显了“歧路灯”题中之义。

第一回谭孝移收到谭绍衣的来信，请他回原籍江苏丹徒商议续修族谱，由此开启一部书的情节。第九十五回谭绍衣升至开(封)归(德)陈(留)许(昌)道，到任后首次与绍闻相见，问起谭孝移著述的刻印情况，是点明题旨的关键情节，故不惮文繁，具引如下：

> 观察道：“我问你一宗事，侄儿不知，贤弟是必知的：叔大人有著述否?”绍闻道：“没有。”观察道：“当日叔大人到丹徒上坟修族谱时节，就在我院住了一个多月，我叔侄是至亲密的。彼时详审举动，细听话音，底是个有体有用的人，怎的没有本头儿?即令不曾著书立说，也该有批点的书籍；极不然者，也应有考试的八股，会文的课艺。”绍闻道：“委的没见。”观察道：“我们士夫之家，一定要有几付藏板，几部藏书，方可算得人家。所以灵宝公遗稿，我因亲戚而得，急锓板以存之。总之，祖宗之留贻，人家视之为败絮落叶，子孙视之，即为金玉珠宝；人家竞相传钞，什袭以藏，而子孙漠不关心，这祖宗之所留，一切都保不住了。所谓‘臧穀亡羊’，其亡必多。这是铁板不易的话。”(95—892、3)

这段话有数处措辞引据儒家经典，点校者未明究竟，颇有错讹。

首先，栾校本“细听话音”，齐鲁本同，清钞本作“细听话言”。谨按：常言“听话听音”，栾校本或缘此而讹。清钞本是。《诗·大雅·抑》：“其维哲人，告之话言，顺德之行。”毛传：“话言，古之善言也。”

其次，栾校本“臧穀亡羊”，齐鲁本同，清钞本作“将祭亡羊”。谨按：应据清钞本为是。“臧穀亡羊”出《庄子·骈拇》，臧穀二人牧羊，臧因读书，穀因游戏，皆亡其羊。原因虽异，其亡则一。“臧穀亡羊”于此无所取义，似是而实非。“将祭亡羊”出自《孔子家语·好生》：“鲁公索氏将祭而亡其牲。孔子闻之，曰：‘公索氏不及二年将亡。’

后一年而亡。门人问曰：'昔公索氏亡其祭牲，而夫子知其将亡，何也?'曰：'夫祭者，孝子所以自尽于其亲。将祭而亡其牲，则其余所亡者多矣。'"文中孔子对"祭"的本义进行了讨论，即所谓"自尽于其亲"，竭诚于其父祖，思继其事，思述其志。其实也就是绍闻命字的寓意，"念祖修德"。索氏将祭而亡其牲，表明其已将亡亲忘诸脑后，揆此可知"其余所亡者多矣"。在点明题旨的这一段文字中，"将祭亡羊，其亡必多"一句甚为关键，故作者缀了一句"这是铁板不易的话"。讹为"臧榖亡羊"，则不知所云。另外，顺便一提，《汉语大词典》据此文立有词目"铁板不易"，书证首列"清李绿园《歧路灯》第九十五回："所谓'臧谷亡羊'，其亡必多。这是铁板不易的话。"亦为讹文，应改。

在谭绍衣一再追问下，最终逼出谭孝移八字遗训："用心读书，亲近正人"。

> 绍闻道："大人见背太早，愚弟不过十岁，只记得教了八个字，说是'用心读书，亲近正人'。观察站起身来道："这是满天下子弟的'八字小学'，咱家子弟的'八字孝经'。"篑初道："只这八个字，不成部头，又不成片段，如何刻印呢?"观察道："镂之以肝，印之以心，终身用之不尽。"(95—894)

谭绍衣为之"站起身来"，强调当奉为家传"八字孝经"。面对侄子谭篑初"不成片段，如何刻印"的疑问，谭绍衣将"刻印"二字化为比喻，谓"镂之以肝，印之以心"，拳拳服膺，以为立身之则，照世之灯。

家刻户印：士人的刻书热情

中国人崇拜祖先，对先人遗留文字的传承，满怀宗教热情。就《歧路灯》所叙而言，有条件的，都要有刻一付版，而在刻印时，竭力保存文本的原始面貌。

谭绍衣偶然得到谭绍闻一支先祖灵宝公的遗稿，"急镂版以存之”。到祥符为官后,谭绍衣借观风为由考察谭绍闻,侄子谭篑初名列前茅,于是后堂相见,并将自己所刻印《灵宝遗编》相示,说到该书得到之因由和刻写之过程:因“此册虫蛀屋漏略而不全,发刻时,缺者不敢添,少半篇者不肯佚,又不敢补”(92—864),态度极其认真诚敬。“侄儿是灵宝公的嫡派,所以今日交与你。我明日即传刻字匠来衙门来,照样儿再刻一付板交与你。祖宗诗文,在旁人视之,不过行云流水,我们后辈视之,吉光片羽,皆金玉贝珠。”(92—864、865)非但以书相赠,而且还要再刻一付版。即此一斑可以推知,家刻祖先遗文,在当时士大夫阶层,应是蔚然成风。

书中详表刻印祖先诗文的另一事例,也与谭绍闻先祖灵宝公有关。谭绍闻的老师智周万是灵宝人。谭绍闻先祖曾在灵宝为官,棠阴遗爱,百姓感念,有此因缘,智周万才愿意坐馆谭家,教导绍闻。作者设计这样一个人物这样一段情节也是有其深刻用意的。第五十五回为谭绍闻延师事,张类村先问谭绍闻的字(台甫),书中首次出现“念修”,类村说“大约是‘念祖修德’意思”(55—513),于是执名责实,以为规劝。正因为谭绍闻“无念尔祖”,故而设计出智周万对灵宝公的感念,以为对照。而他之所以来到省城,则是为了刻印先人诗稿,与谭绍衣念之在兹之事正相合。

除了祖先遗文外,当时士人对劝孝、劝善之书的刻印,也带有传教热情。比如谭孝移的朋友苏霖臣编刻的劝孝书凡四册,前两册是《孝经》通俗注解,后两册是孝子故事集。程嵩淑当面称赞苏霖臣道:

> “我一向把你看成唯诺不出口,不过一个端方恂谨好学者而已。前日你送我这部书,方晓得你存心淑世,暗地用功,约略有二十年矣。一部《孝经》,你都著成通俗浅近的话头,虽五尺童子,但认的字,就念得出来,念一句可以省一句。看来做博雅文字,得宿儒之叹赏,那却是易得的。把圣人明天察地的道理,斟酌成通俗易晓话头,为妇稚所共喻,这却难得的很。”(90—850)

值得注意的是,其中“著成通俗浅近的话头”,清钞本“著”作“注”,齐鲁本亦作“注”。按当以作“注”字为是。虽说注疏类亦可笼统称“著述”，但是承接注疏对象时，却不能如此措辞，只能说“注《孝经》”，不能说“著《孝经》”。

苏霖臣则对后两本绣像孝子故事集自己做了介绍说：

> “后二本二百四十零三个孝子，俱是照经史上，以及前贤文集杂著誊抄下来，不敢增减一字，以存信也。一宗孝行，有一宗绣像，那是省中一位老丹青画的，一文钱不要，一顿饭不吃，情愿帮助成工。”（90—850、851）

孝子故事集，除了二十四孝外，还有所谓百孝、二百四十孝，多是从经史子集中撷取片断文字而成，苏霖臣这“后二本”即是此类。虽说四册一起刻印，而且统括以“孝经”为名，但是“《孝经》注”和“孝子故事集”显然性质有所不同，故而书中一再提到“头二本”“后二本”，以示区别。如第九十一回“巫翠姐看孝经戏谈狠语，谭观察拿匪类曲全生灵”开篇第一段：

> 却说绍闻回到书房，只见兴官摊着霖臣所送《孝经》在案上翻阅。父亲一到，即送前二册过来。前无弁言，后无跋语，通是训蒙俗说，一见能解，把那涵天包地的道理，都淡淡的说个水流花放。及看到二百几十宗孝子事实，俱是根经据史，不比那坊间论孝的本子，还有些不醇不备。凡一页字儿，后边一幅画儿，画得春风和气，蔼然如水之绘声，火之绘热一般。这父子也住了书声，手不停披。（91—854）

值得注意的是，“通是训蒙俗说”一句，栾校本与齐鲁本并同，清钞本作“《孝经》是训蒙俗说”。按当据清钞本为是。需要说明的是，文中“《孝经》”，所指有广义狭义之分。回题“巫翠姐看孝经”与第一句“霖臣所送《孝经》”，《孝经》皆是广义，即所谓劝孝书。从后文可以看出，巫翠姐所看其实是带绣像的孝子故事集。“前无弁言，后无跋语”说的是“前二册”，内容是“训蒙俗说”（即通俗注解），对象是《孝经》，故曰“《孝经》是训蒙俗说”。这里的《孝经》是狭义，即“十三经”之一的儒家经典。

张类村刻印《文昌阴骘文注释》,其传教意味更浓一些。书中第四回谭孝移还在世时,朋友张类村倡议,街坊捐资,请刻字匠刻成一部《文昌阴骘文注释》版,刷印后,捐资人每家分十部送人。如果有人还想再要,可备纸张自去刷印(4—34)。该书全称《文昌帝君阴骘文》,简称《阴骘文》,是影响极大的道教劝善书。谭孝移说:"这'一十七世为士大夫身'一句,有些古怪难解。至于印经修寺,俱是僧道家伪托之言,耘兄何信之太深?"(4—34)《阴骘文》开篇文昌帝君自谓在第十七次转世为士大夫身时,是如何行善积阴德,谭孝移显然墨守儒家学说,对这里轮回果报之论不以为然。不过孔耘轩、程嵩淑、娄潜斋却从其淑世劝善的效果出发,认为不应苛求。

程嵩淑编选刻印《宋元八家诗选》,则是出于学术热情。程嵩淑是谭孝移朋友中学问比较好的。曾被谭孝移聘为西宾的娄潜斋作官后,认为谭绍闻如果有心向学,归而求之,程嵩淑"便有余师"(71—686)。程嵩淑的编选刻印,属于学术书籍。书中对操作情形有详细生动记述。程嵩淑请刻字匠在家,在刻版过程中仍在不断修改自己的批语,"有刻上的批语嫌不好,又刊去了,有添上的批语又要补刻起来"(79—770),儿子程绩也忙着校字。请朋友中功名最高、进士出身的娄潜斋作序,娄潜斋随序还赠银助其刻印。举全家之力,亲朋好友资助,完成自著学术著作的刻印,在作者李绿园那个时代应为常见之事。比如段玉裁(1735—1815)的《说文解字注》,弟子、子孙参与校字,还写信向朋友请求资助。①

以上所提到的先人遗稿,劝孝、劝善书,名家诗选,士人刻印都倾注了极大的热情,不逐利,不计成本,校勘极为用心。小说中对刻印的工作方式也有详细的描写,从中我们可以知道,既有将刻字匠请到家里工作,也有将稿子拿到刻字工匠铺子里予以委托。当时刻字匠聚集在省城。孔耘轩说智周万"今进省城,与刻字匠人面定价钱。昨日说明板式、字样、圈点,日数不多,即回灵宝"。程嵩淑说"前日相会

---

① 王华宝《段玉裁年谱长编》引《与王怀祖第二书》:"拙著《说文》,阮公为刻一卷,曾由邗江寄呈,未知已达否？能助刻一二否?"江苏人民出版社,2016年,318页。

时，他曾说愿留省城，图校字便宜些”（55—513）。可见家在省城如程嵩淑者，刻字匠是上门工作，“煮板的柴，写稿的纸”（73—712、713）都由主家另外准备，不在工价之内。家在外地的智周万，则要留在省城，以就刻字匠。智周万除校字外，还编次序文。程嵩淑介绍朋友苏霖臣给他：“此位是敝友苏霖臣，大草小楷，俱臻绝顶，来日诗稿序文，即着苏霖老书写。”（55—514）可见刻字已完全职业化、商业化，皆为工匠从事，写稿有些则是委托书法名家。

书中除了以上详加叙述的这些刻印事例外，还有几处提到刻印的意图。虽只虚提数句，亦可见当时刻印风气之盛。

比如谭绍闻的老师惠养民，是个人品可笑的冬烘秀才，靠坐馆授徒养活妻小，也有通过雇人刻印发表著作的想法。第三八回：

> 惠养民道：“这个令我犯不了，我一向就没在诗上用工夫。却是古文，我却做过几篇，还有一本子语录。小徒们也劝我发刊，适才说刻字匠话，我不知刻一本子费多少工价哩。”张类村道：“是论字的。上年我刻《阴骘文注释》，是八分银一百个字，连句读圈点都包括在内。”（38—356）

又比如道台谭绍衣观风时，有个酸腐秀才名叫谢经圻的献上自己的诗稿，向谭绍衣请序，说：“敬呈老大人作个弁言，以便授梓。”并说：“诗文稿序，一定得个进士出身，才可压卷。”（90—844）[①]

张绍勋《中国印刷史话》：“明代私家刻书的也不少，特别是嘉靖（公元 1522—1566）以后，更是盛极一时。那时许多士大夫以刻书为荣，有的刻印古籍秘本，有的刻印名家诗文，有的刻印宣扬祖德的家集。”[②]梳理《歧路灯》关于士人刻书风潮的描写，无疑可以部分印证

---

① 需要注意的是，“诗文稿序”后的逗号应去掉，或者将逗号移在“序”字前。统观全书，《歧路灯》往往“文集”“诗稿”对举，如第九十五回“或是文集，或是诗稿，叫他刷印几部”，“诗文稿”意思略同于“诗文集”。分析其语法，“诗文稿”是话题，“序”是主语，就此例而言话题与主语之间是“整体—局部”关系，类似结构的例子如“大象鼻子长”，“这班学生他最聪明”，显然，在话题与主语后面逗断，是不妥当的。

② 张绍勋《中国印刷史话》，商务印书馆，1997 年，第 102 页。

张绍勋的归纳。不过同时也要注意，从《歧路灯》来看，私家刻印劝善、劝孝类书籍，是当时刻书风潮中不可忽视的一个重要方面。文献传承与思想教化都是书籍的重要功能。出于传承文献目的而刻印的古籍秘本，目标读者较少，但在研究中比较受到学者的重视，故而在书籍史中能见度比较高。出于教化民众目的而刻印的书，是通俗读本，目标读者为大众，当时应该印行了很多，但一般不为学者所重视，往往湮灭于书籍史。另外从《歧路灯》对刻印书籍的详细描写我们可以知道，无论士人刻书的动机是敬祖，传道，还是学术，又抑或是求名，都有别于追逐利益的坊刻，校对极为认真。“家刻本”的刻印质量应当是比较好的。

不肖子弟：家藏印版的不同命运

谭孝移临终遗训“用心读书，亲近正人”。正人乃孝子贤孙，其用心读书，著书，刻印书等情事，已见上述。不肖子孙则反是，往往视书如仇。《歧路灯》对不肖子孙与印版之间的故事有几个层次的描写。

首先是盛希侨。盛希侨先祖曾位至藩台，乃方面大员，留下丰饶宦囊的同时，也有诗稿传后。程嵩淑问盛希侨乃祖诗稿近来刷印不曾，盛希侨答曰不知，说家中一楼印板，闭藏已久。程嵩淑因痛心道：“近闻人言，世兄竟是不大肯亲书，似乎大不是了。”（20—202）盛希侨想做生意，不得门路，门客满相公举俗话“做小生意休买吃我的，做大生意休买我吃的”，打趣道：“我想了这会，惟有开书铺子好。你是自幼儿恶他，谭相公是近年来恶他。若是到南京贩上书来，管定二公再不肯拿一部一本儿到家，伤了本钱。”（69—664）不过，尽管盛希侨讨厌书，不读书，但对先人所留书版，“恐致散佚，固封一室”，所以自己觉得比上不足，比下有余，“我不肯动着，还是我的好处哩，我毕竟是能守的，后辈自有能刷印的人。像那张绳祖，听说他把他老人家的印板，都叫那些赌博的土娼们，齐破的烧火筛了酒。又如管贻安家朱

卷板，叫家人偷把字儿刮了，做成泥屐板儿。我虽不肖，这一楼印板，一块也不少，还算好子孙哩。”（96—900）

其次就是盛希侨提到的张绳祖、管贻安。这两人尽管是旧家出身，却已完全堕落，将家藏刻有祖先遗文的印版填于灶膛以供酒食，或是踩在脚下以御泥泞，不肖之状，莫此为甚。

再有就是夏鼎夏逢若。夏逢若先父曾为末秩微员，好弄钱，未免有伤阴骘，后嗣不成器，靠帮闲为生。盛希侨和夏逢若是谭绍闻的盟兄弟，谭绍闻与二人相交，启亲近小人之渐。后夏逢若与劣秀才张绳祖、王紫泥等一起引诱谭绍闻赌博，从旁渔利。谭绍闻改过后，重归正途，读书应试，博取功名。形成对照的是，夏逢若末路，“私交刻字匠，刻成叶子纸牌版，刷印裱裁售买，以图作奸犯科之厚利。后来祥符有人命赌案，在夏鼎家起出牌版，只得按律究拟，私造赌具，遣发极边四千里，就完了夏鼎一生公案”（100—937）。约而言之，读书与赌博，是谭绍闻人生轨迹的分岔路。因不读书而溺赌，走上歧路，几乎败亡。后谭绍闻戒赌而亲书，终返正途，光前裕后。作者设计夏逢若的结局，特别点出刻字匠，却是以印书之具制作纸牌赌具，斯文败类，与此前诱赌谭绍闻相呼应，与后来谭绍闻所走正途成反照，从而彰显“歧路灯”的主题。

笔帕人情：书籍的交际功能

书籍在传承文献这一基本功能之外，还有诸多功能；其中有一项交际功能，在明清之际得到很大的发展。如前所述，以书为礼，在明代甚为流行，甚至形成了专门作为礼物生产的图书——书帕本。不过，从《歧路灯》来看，明清以书为贽，其实是有不同的层次的。

首先，比较理想化的以书为贽，其实是强调书籍的基本功能——承载文献的功能。比如第九十五回谭绍衣听闻族弟谭绍闻说起祥符城中“还有藏着一楼印板之家”，即盛希侨、希瑗兄弟家，很感兴趣，说道：

> “明日即差迎迓生送帖，请他弟兄二人进署，问问是什么书籍。或是文集，或是诗稿，叫他刷印几部，带到南边，好把中州文献送亲友，是上好笔帕人情。中州有名著述很多，如郾城许慎之《说文》，荥阳服虔所注《麟经》，考城江文通、孟县韩昌黎、河内李义山，都是有板行世的。至于邺下韩魏公《安阳集》，流寓洛阳邵尧夫《击壤集》，只有名相传，却不曾见过，这是一定要搜罗到手，也不枉在中州做一场官，为子孙留一个好宦囊。”(95—894)

王士祯《居易录》：“明时，翰林官初上，或奉使回，例以书籍送署中书库，后无复此制矣。又如御史巡盐茶、学政、部郎榷关等差，率出俸钱刊书，今亦罕见。”谭绍衣“特授河南开归陈许驿盐粮道”，自己并未刊印，而是找到家有藏版的旧家，出俸钱助其刷印。当时专门用于馈赠而刻印的书，往往校对不精，质量低劣。顾炎武《日知录》：“今学既无田，不复刻书，而有司间或刻之，然只以供馈赆之用，其不工反出坊本下，工者不数见也。昔时人觐之官，其馈遗，一书一帕而已，谓之书帕。自万历以后，改用白金。”书帕本之“不工”，甚至在坊刻本之下，其实已背离了书籍的基本功能，异化为只有交际功能的礼品。《歧路灯》对士人之间赠送图书有一段记述，乃是谭孝移举孝廉在京候职时，房东老者曾在吏部当差，因将以前作为笔帕人情接受的书籍转赠孝移，说道：“这几套诗稿、文集，俱是我伏侍过的大人，以及本部各司老先生，并外省好友所送。做官时顾不着看，不做官时却又眼花不能看。今奉送老先生，或做官日公余之暇浏览，或异日林下时翻披。”(9—94)可见官场酬酢，以书为贽看起来很文雅，却很少真正的读者。关于官场交际的风尚，《歧路灯》第五十一回解职县令邓三变居间过贿，曾说过一句，“从来官场尚质不尚文”(51—481)，管用的还是真金白银。不过在礼单上，却往往以典籍为名。第一百零五回盛希瑗指陈官场之弊，提到“官场中‘《仪礼》一部’，是三千两，‘《毛诗》一部’，是三百两”(105—982)。“三百”者，“《诗》三百”也。“三千”者，盖出自《礼记》经说。《礼记·礼器》：“经礼三百，曲礼三千。”郑玄注：“经礼谓《周礼》，曲礼即《仪礼》。”

《歧路灯》中也有抄写成书,以为礼物的描写。比如谭绍闻改邪归正后,与盛希瑗、娄朴一起赴京入国子监肄业。途经赵州桥时,没有从俗买张果老骑驴蹄迹画儿、鲁班撑桥掌印画儿作纪念品,而是一起抄录桥洞历代题写文字。娄朴有一番议论,具引如下:

> "桥乃隋朝匠人李椿所造,那的鲁班——公输子呢?要之此处却有个紧要踪迹,人却不留心:那桥两边小孔,是防秋潦以杀水势的,内中多有宋之使臣,北使于金,题名于此;也有乘闲游览于此,题诗记名于小孔者。咱们看一看,不妨叫人解笔砚来,抄录以入行箧。可补正史所未备,亦可以广异闻。所谓壮游海内则文章益进者,此也。"当即三人各抄录一纸。娄朴道:"到京邸时合在一处,各写一部,叫装潢氏裱成册页,名曰《赵州洨河桥石刻集览》。这便不用买蹄迹、掌印画儿,合上用印的'天官赐福'条子送人,说是我从京城来,一份大人情也。"三人一发大笑起来。(101—945、946)

雷诺兹、威尔逊《抄工与学者》特别有一节论及铭文形式的文本遗存的意义,甚至一些随手的涂鸦题写,也可以作为经典文本传承的间接证据。[①]《歧路灯》作者借书中人物娄朴之口所发议论,正可与之相照。三人抄录文字,合在一处,装裱成册,题名曰《赵州洨河桥石刻集览》,其意义在于"可补正史所未备,亦可以广异闻"。明清士子以这种态度搜求遗文,制作成书,虽乃手抄,而非刻印,却是具有学术意义的行为,属于书籍文化中最为清雅纯粹之一部分。

明清作为礼物刻印的"书帕本",只强调交际功能,在相当程度上对书籍传承文献的这一基本功能有所异化,往往校勘不精,颇受诟病。[②] 也就说,从以书为贽,到"书帕本",有一个风尚成俗、流俗成弊

---

① [英]雷诺兹、威尔逊《抄工与学者》,苏杰译,北京大学出版社,2015年,第206—208页。

② 曹之《中国古籍版本学》根据四库馆臣所举例证,将书帕本归纳总结为六个特点:一是乱题书名,二是著者不明,三是体例参差,四是东拼西凑,五是校勘不精,六是刊必拙劣。武汉大学出版社,2007年。

的过程，然而原其初始，理想化的“以书为贽”，显然强调其文献价值。或许隔着几百年的历史风尘，现代读者眼中的“以书为贽”，已基本定格为“书帕本”这么一个低劣庸俗的刻板印象。

当时有一种图书具有特殊的交际功能，这就是朱卷。明清科考，为防舞弊，举子墨卷糊名，誊录人用朱笔誊录后，交考官阅卷，称作“朱卷”。乡试、会试中式后，举子刊印场中之文分赠亲友，亦称“朱卷”。第九十六回谭绍闻乡试中了副榜（乡试正取的名登贤书，称作举人；名列副榜，称作“副贡”，又称“副车”）。发榜后“各街哄动哩是举人，那副车也就淡些”。尽管“附骥难比登龙”，谭绍闻仍是忙于“刻朱卷，会同年”（95—885）。前文谭绍闻岳父孔耘轩亦为“副车”，第八回谭家西宾侯冠玉曾品评孔耘轩的文章：“我前日偶见孔耘轩中副榜朱卷，倒也踏实，终不免填砌……”（8—89）其得以“偶见”，显然是谭孝移获赠之册。朱卷的交际功能，除了可以作为雅礼分赠亲友之外，更为重要的是，朱卷齿录部分，载明士子的主要社会关系，具有特殊的敦睦亲谊的功能。第一百零八回谭篑初考中进士后完婚，向谭绍衣行礼。其所奉厚礼丰币，谭绍衣一概不受，说道：“我但受乡会朱卷两本，俾老伯之名，得列于齿录履历；我位至抚军，贤侄不为无光。愿族谱贤侄名下刻‘联捷进士’，则丹徒一族并为有光。”（108—1009）

刻印单张：短暂流传的印刷品

古代文献留存下来的，大多是成册成卷的书。除了整“本头”的书之外，雕版印刷还应有大量的单张。这些单张就像西方文献史上的 pamphlet（小册子）和 flyer（传单）一样，随生随灭的短时性（ephemeral）是其基本特点，故而留存下来的非常少。从《歧路灯》记述的明清市井生活来看，刻印单张在当时广为存在。

（一）誊黄

第四回对官员迎接改年号喜诏的情形进行了详细描述。宣读礼成之后，“这照管赍诏官员，及刊刻喜诏颁发各府、州、县，自有布政司料理。这布政司承办官员，连夜唤刻字匠缮写，刻板，套上龙边，刷印了几百张誊黄。一面分派学中礼生，照旧例分赍各府；一面粘贴照壁、四门”（4—40）。诏书在礼部用黄纸誊，故称“誊黄”。赍诏官至各省宣读颁发，各省再刻印颁发各府、州、县，又称“搨黄”。值得注意的是，清抄本“四门后”有“及各大镇”，也就是说，粘贴誊黄的范围，除了省城四门，可能还包括附郭祥符县之各大镇。清代誊黄，仍能看到一些实物。近来新闻报道黑龙江省档案馆修复了三张光绪、宣统年间“誊黄敕谕”，宣传称为该馆镇馆之宝，极为罕见。报道中用现代语汇形象地说，接到的圣旨是“复印件”。其实有些诏书在礼部“复印”之后，各省还会“再复印”，数量可以到几百份之多，四门张贴。只是这类单张印品的公文宣传性质，时人不加珍视，尽皆消失在历史的风尘中了。

（二）诗篇

> 程嵩淑看见甬道边菊芽高发，说道：“昨年赏菊时，周老师真是老手，惟他的诗苍劲工稳。类老，你与刻字匠熟些，托你把那六首诗刻个单张，大家贴在书房里记个岁月，也不枉盛会一番。”张类村笑道：“只为我的诗不佳，所以不肯刻稿儿，现存着哩。若说与刻字匠熟，那年刻《阴骘文》的王锡朋久已回江南去了。”（38—355、356）

周老师即县正学周东宿，与众生员关系甚融洽，程嵩淑曾与之对戏谑对答。世事了无痕，所写诗词，雪泥鸿爪，堪为纪念，故而刻印成单张，“记个岁月”。苏轼《与正辅游香积寺》诗“幽寻恐不继，书板记岁月”，陈师道《和范教授同游桓山》诗“洗壁题名留岁月，登高著句记山川”，并为其例也。

（三）行状

谭孝移死后，因谭绍闻年幼，并未下葬。谭绍闻成年后误入歧途，家产几乎荡尽，仍欠赌债，欲揭银以偿，便以安葬父亲为由头，安排殡葬之事。第六十二回盛希侨来问下葬之事还有什么“没停当哩”，谭绍闻答：“我在这里才想起刻行状、镌墓志的事。”（62—585）送走盛希侨后，绍闻“心中打算行状、墓志之事”（586）。第六三回仆人双庆来说：“南马道张爷，引的旧年刻《阴骘文》的刻字匠，说要加人，连利刻字哩。”（63—590）张爷即张类村，刻字即刻行状。宾客到来之后，“席面款待，答孝帛，拓散行状，都不必细述”。所谓“拓散行状”，揆其情状，是先印后散，而“拓”（或“搨”）字，似是单张刷印常用术语。不过应当说明的是，清钞本并无“拓”字，齐鲁本从之。刘畅《〈歧路灯〉与中原民俗文化研究》一书首章第三节“《歧路灯》中的丧祭礼俗”[①]对书中多次叙及的“行状”竟一字未提，实为缺典。

（四）偏方

第九十九回，忠仆王中老年得子，谭绍闻母亲王氏带着家中爨妇老樊去看喜，正遇婴儿“撮口脐风”，情况危急，老樊依偏方救活。王氏问及偏方来历，老樊说是曾随夫伺候过一位官员，官员老年得子，婴儿得了撮口脐风，悬赏求医，有位媒婆如法施救，治好后，不要赏银，让官员将此偏方刻板刷印千张万张送人。“彼一时刻印的张儿，我还收拾着。今晚到家，拿出来叫大相公及小相公看”（99—923）。这里所谓妙方当然毫无医学道理，纯粹是迷信。不过将偏方刻印成传单，以广其传，就像如今人们在社交媒体上转发帖子一样，在当时应当极为普遍。

从《歧路灯》来看，当时称作“单张”或者“张儿”的印刷单张，包括告示，行状，诗篇和偏方等，覆盖面比较广，多是一些有其时效性，针对性和实用性的文字。这些印刷品尽管随生随灭，后世罕存，但论及当时的印刷文化和书籍文化，却是不容忽视的一个方面。

稗贩斯文：明清之际的书店

谭绍闻改过迁善，闭门读书，其家以前的账房阎相公就因开书铺

---

① 刘畅《〈歧路灯〉与中原民俗文化研究》，第53—81页。

来到祥符。谭家前院，因绍闻欠赌债租给人开了酒馆，改过后，阎相公即来租其院子开书铺。之所以这么巧，按作者的话来说就是，“气与气相感”也。“如人遗矢于旷野，何尝有催牌唤那蜣螂？何曾有知单约那苍蝇？那蜣螂、苍蝇却薨薨而来。所以绍闻旧年，偏是夏鼎、张绳祖日日为伍。花发于墙阴，谁与蛱蝶送信？谁给蜜蜂投书？那蜜蜂、蛱蝶自纷纷而至。”（97—909）阎相公名楷，后来苏霖臣赠他字曰“仲端”，端与楷，皆正也。作者这样的情节设计，意思是，一旦回心转意，“用心读书，亲近正人”，则正人也来了，书也来了。

阎楷依舅氏吩咐，要在河南省城开一座大书店，“在南京发了数千银子典籍，所雇车辆就在书店街喂着”（97—909）。由此可见，祥符图书业极为兴盛，有街称为“书店街”。

阎楷书店是从南京发货。谭绍衣让侄儿谭篑初在自己的藏书中随意挑选：说道：“南京是发书地方，这河南书铺子的书俱是南京来的。我南边买书便宜，况且我手头宽绰。你是爱书的人，钱少不能买，这是好子弟的对人说不出来的一宗苦。”（92—865）张类村相熟的刻字匠是江南的，河南书铺的书多来自南京。显然当时图书业的中心在江南。阎楷的书铺招牌上写着经营范围：“经史子集，法帖古砚，收买发兑。”（98—916）显然兼做新旧书生意，而且包括法帖。当然，据书中所述，书铺多售新书，旧书多在古董铺，法帖则在装潢铺。比如谭孝移在京，因“整闲无事。因往书肆中购些新书，又向古董铺买了些故书旧册，翻披检阅”（7—77）。又比如谭绍闻生子，又兼母亲七十整寿，于是在朋友怂恿下摆宴以庆。书中对众人所送礼物的陈列进行了详细描写，送小相公的礼物，除了衣服鞋袜长命锁之外，“第三张是在星藜堂书坊借哩《永乐大典》十六套，装潢铺内借的《淳化阁帖》三十册，还有轴子、手卷各四色”（78—761、762）。即此可知，当时碑帖由装潢铺装裱制成出售。另外还可以知道，当时书铺和装潢铺的大部头的书籍碑帖，也会借人在典礼上陈列。

值得一提的是，“《永乐大典》”四个字似是而实非，应据清钞本作“《永乐大全》”。永乐年间胡广奉诏纂修《五经四书性理大全》，又称《永乐大全》，是明清之际官定举业读本。《儒林外史》：“马二先生道,想是在《永乐大全》上说下来的。”是其例。

小　　结

《歧路灯》中的书籍史信息十分丰富,对明清之际的书籍文化从图书的编撰、抄写、刻印,到图书的赠送和买卖,有多侧面、多层次的反映。首先,作为一部宣扬礼教的小说,强调“孝悌也者其为仁之本”,而以“继志述事”为内容的“孝”,也就具体化为对先人遗文的刻印。其次,小说对劝孝、劝善类的书如《孝经》《阴骘文》的编注刻印,投入了相当多的篇幅笔墨。这类普及性读物在学术史上往往沦于忽略,但却构成当时书籍文化的一个重要侧面。第三,明代以书为贽蔚为风潮,让社会交际成为书籍的一个重要功能。尽管专门为送礼而刻印的“书帕本”流俗成弊,徒有其表,但是当时士人口中所说的“上好笔帕人情”,仍是以承载文献的功能为基础的。第四,明清之际刻印的单张如告示、传单等,命中注定是短暂存在的印刷品。在学术研究史上湮灭不彰的书籍文化现象,可以借助《歧路灯》这样的文学作品反映其复杂和多样。最后,从考论明清书籍文化的角度出发,我们还可以对《歧路灯》的文本做进一步的校勘补正。

(作者:复旦大学古籍所研究员、博士生导师)

方棨如简谱

张桂丽

家 世

方棨如，字文辀，号朴山子。浙江淳安赋溪人。康熙四十四年举人，次年联捷成进士。官丰润知县，以征酒税不力去官。家居力学，治学尊汉儒。主敷文、蕺山、紫阳等书院。著有《集虚斋学古文》《朴山存稿》《偶然欲书》等。

《光绪淳安县志》卷十二《续纂儒林》："方棨如字文辀，一字朴山，赋溪人。笃信好学，博极群书，以文章名天下。中康熙乙酉本省乡试第二名，丙戌成进士，选授顺天丰润县知县，历官三年，蝗不入境，旋以烧锅失察去官。家居力学，清严律身，教授自给。主讲敷文、蕺山、紫阳各书院……棨如自退官后，闭户著书，益潜心于濂洛关闽之学……一时学者称之曰朴山先生。著有《集虚斋学古文》十二卷，又《四书曰义》《离骚经解》《朴山存稿》《续稿》《家塾晚课》等书行世，又未梓者有《十三经集解》四十卷、《四书大全》八十卷、《四书考典》四十五卷、《郑注拾渖》十二卷、《五经说疑》四卷、《读书记》八卷、《诗集》六卷藏于家。"①

按，《清史列传・文苑传二・方棨如》本此。朴山先生著述存世者尚有《偶然欲书》《论语考典》，又纂修《乾隆淳安县志》《浙江通

---

① 〔清〕李详等纂《光绪淳安县志》卷七，清光绪刻本。

志》,编选宋叶适《水心文钞》,校订《困学纪闻》等。

汉黟县侯方储之后。四世祖应箕,明举人。高祖妣余氏。

朴山先生《集虚斋学古文》卷十一《先兄若远暨嫂吴氏墓志铭》:"方氏得姓于雷,其望在河南。西汉之季有纮者,始迁歙东乡,今淳安即析歙东乡置也。纮孙储,迹用具谢承《后汉书》,封黟县侯。侯之十二世孙隆,当宋元嘉时,实里今淳安沙堤,官至太守。由沙堤徙赋溪者,林也,于隆为二十八世孙。历宋、元、明,其族更隐更显。凡□(原阙)世而至吾高祖讳应箕府君,以明经充乡进士,后以子贵,封中宪大夫。妣太恭人余氏。"①

《集虚斋学古文》卷九《傅溪方氏新建宗祠碑》:"歙傅溪之方也,自环山徙也,宋宁宗时弦公始居之。自是而下二十世,枝叶峻茂。其中行流散徙,颇亦不常厥居。而曰止曰时,盖至雷寿公始定,至明益公始繁,至实公始大。文条武鬯,冕绅莘莘,而孝义节烈,时震发于其间,江以南称闻家云。……吾方氏得姓早,而自黟侯以来,世次乃颇可著,故十九皆鼻祖侯。侯之墓在吾淳,而淳即析歙之东乡置也,故淳、歙之方,于同姓为近。吾居淳之赋溪,维桑与梓,钟磬同音,为祠有年矣,草创未就,而诸君子有志竟成也。感愧交集,为书其丽牲之碑而归以谂吾里。"

《光绪淳安县志》卷十一《义风》:"方应箕,字子贤,为人棘棘不阿。文笔峭雅,试辄摧锋。癸丑岁贡廷对,优擢。是年子尚恂登进士,应箕不以为荣也,曰'官先事,士先志,吾行吾志而已'。却老林泉,足迹未尝入州府。"

曾祖尚恂,万历四十一年进士,累官至湖广按察使副使。著有《留耕堂文集》、《敝帚一编》、《玉磬斋诗集》、《骈骈草》、《闽况》、《客语吟》、《尺牍》五卷。曾祖妣邵氏。

《集虚斋学古文》卷十一《先兄若远暨嫂吴氏墓志铭》:"封其父者讳尚恂府君,起家万历癸丑进士,累官至湖广按察使副使,吾曾祖也,妣恭人邵氏。"

---

① 〔清〕方楘如著《集虚斋学古文》卷十一,清乾隆刻本。

《光绪淳安县志》卷九《循吏传》："方尚恂，字威侯，号菉阿，赋溪人。万历癸丑进士，授刑部主事，历员外郎中，出知建宁府郡。……升湖广副使，备兵辰阳。……崇祯十年，水西平，川贵总督张我续题叙黔功，诏特赐银币，论者谓未究前劳云。"

按，据黄虞稷《千顷堂书目》载，方尚恂著有《留耕堂文集》、《敝帚一编》、《玉磬斋诗集》、《骓骓草》、《闽况》、《客语吟》、《尺牍》五卷。

祖一镳，明举人，工诗文。著有《羼提道人集》《文痀七砭》。祖妣吴氏。

《集虚斋学古文》卷十一《先兄若远暨嫂吴氏墓志铭》："曾祖有二子，而吾祖一镳府君，长亦乡进士；妣吴氏，万历辛丑进士巡视广东海道讳一拭者，其祖也。"

《光绪淳安县志》卷七《文苑传》："方一镳，字野闲，五岁入小学，能讽文一千字以上。为文敏若注射，疑其成诵在心，借书于手者。父尚恂深器之，曰：'吾于学煞吃辛苦来，若是儿，乃所谓天授也。'……诗不多作，作则惊人，诸古文亦往往散轶，仅存什之一，号《羼提道人集》。又著《文痀七砭》一卷，藏于家。"

父士颖，字伯阳，号恕斋。县学生，工诗赋。著有《恕斋偶存》，编有《严陵诗选》。母洪氏。

《光绪淳安县志》卷七《文苑传》："方士颖，字伯阳，号恕斋，一镳长子。县学生。始就外傅，即学为诗。年十一，应邑童子试。既归，父展其行笈，得诗一章，中有句云：'野渡舟难觅，沙汀客屡呼。'父微吟良久，问谁与作者。跪以实对。遂以手抄杜诗一帙畀之，于是益大为诗。诗雅润为本……事亲以孝闻，康熙甲寅、乙卯间，山贼溃发，居民四窜，而父不幸失明，士颖洄沿登顿，则负之以趋，如是者一年。父卒，士颖年开六十矣，哀踊如孺子慕者。所著有《偶存诗》六卷、《赋》二卷、《骈俪杂文》三卷、《类钞》五十卷。而以睦州诗派之无存也，次第排缵，为《严陵诗选》以补续之，甫成二十四卷而卒。"

《四库全书总目提要》卷一八二《别集类存目》九："《恕斋偶存》七卷，国朝方士颖撰。士颖字伯阳，淳安人，顺治末诸生。是集凡诗六卷、赋一卷,末附其子棻如《衔恤吟》一篇。…士颖殁后,棻如手写遗稿刊行,毛奇龄、毛际可诸人为之序。其诗惟五言古体稍有气格。”①

《集虚斋学古文》卷十一《先兄若远暨嫂吴氏墓志铭》:“先君子暨从父辈日以歌诗相摩戛,视时文都不直一钱,刍狗践之。”

按,方士颖《恕斋偶存》未见传本,其山水诗偶见于《淳安县志》《金华府志》。

叔士荣,字仲阳,工诗,著有《萤芝园集》。

《光绪淳安县志》卷七《文苑传》:“方士荣,字仲阳,赋溪人,一镳次子也。未就出傅,已学为诗。八岁时,有表兄吴子翀归云峰,即口占改唐绝句诗送之云:‘寒雨连江晓入吴(改夜字),平明送客字(改楚字)山孤。合(改洛字)阳亲友如相问,一片冰心在酒(改玉字)壶句。’改一字而稳切若天成。字山、合阳皆所经地名也。业师王恒祗知之,大惊,谓异日必以诗名世。嗣是短咏长吟,淋漓迭荡,亹亹逼人。然懒不自收拾,酒后以败笔书尺纸,漫投友人几案间,久之不复记忆矣。壮年所作,格益高于唐人,殆登堂而哜其胾,然存者不过什之二三。甫三十八岁而殁,盖使才不尽云。今家藏有《萤芝园集》三卷。”

按,《萤芝园集》今未见传。

岳父徐林鸿,字大文,一字宝名。浙江海宁人,诸生。康熙十七年,诏举博学鸿儒,与试不第。

秦瀛《己未词科录》卷七:“徐林鸿,字大文,一字宝名,浙江海宁人。诸生。著有《两间草堂诗文集》四十卷。”“工辞翰,上拟左氏,下类两晋。康熙戊午,诏举博学鸿词,以林鸿荐。既而归,扫一室,读书其中。作为诗歌,清新典丽。”②

阮元《两浙輶轩录》卷十四存朴山先生《哭外舅宝名徐征君暨外姑张太君》:“翁媪嗟双逝,秋冬只半年。因人成白首,偕老及黄泉。

① 〔清〕纪昀等纂《四库全书总目提要》卷一八二《别集类存目》,中华书局,1981年。

② 〔清〕秦瀛著《己未词科录》卷七,清刻本。

织冷支机石,锄荒种秫田。尚余昏嫁累,赖有子孙贤。”①

《集虚斋学古文》卷二《书外舅徐宝名先生诗后》:“嗟乎外舅,群行焯焯,则星叟吴征君状之,丽牲之碑,则竹垞朱太史志之,诗则西河毛太史叙之,吴征君又叙之。嗟乎外舅,可以不死。……外舅所至为诸侯上客,然终不以挂齿牙,曰此救命计耳,讵可遂?”

冯溥《佳山堂集》卷六《赠六子诗》之徐大文:“雅怀稽彻古今书,一字曾无浑鲁鱼。人说彝光颦亦妙(大文夙患怔忡),我言孝穆艳难如。选言艺苑丛残外,标帜皇风律吕余。春日洛中应纸贵,衔杯切莫问南徐。”②

按,徐林鸿高风亮节,有名于时。康熙十七年开博学鸿辞试,以荐举贤才著称的大学士冯溥将来京应试的江南王嗣槐、吴农祥、吴任臣、徐林鸿、毛奇龄、陈维崧、吴农祥延接府上,六人学问、人品皆一时之选,誉为“佳山堂六子”,除陈维崧是江苏宜兴人,余五人皆浙江籍,而方椝如与这五位缘分匪浅:毛奇龄、吴农祥是其经史蒙师,徐林鸿是其岳父,吴任臣、王嗣槐也曾携之游。

伯兄椉如(1659—1687),字若远,诸生。工时文,惜早卒,诗文未成家。

《集虚斋学古文》卷十一《先兄若远暨嫂吴氏墓志铭》:“先君子暨从父辈日以歌诗相摩戛,视时文都不直一钱,刍狗践之。独先兄若远以谓此一代之制,不宜苟焉鄙薄,则取前辈震川、正希、大士文为宗师,而旁及梦白、青峒、文止、大力诸家,折简写之,都为三卷,间与同席研书者口讲指画,有味其言之也。当是时,椝如颇闻余语,心好之,遂弃去塾师所授俗下文字不省,而私发先兄箧书,录其便于时用者,比之副墨洛诵。先兄廉得之,则大喜,复为审端径术,以可否相增减,而并犄摭其利病,著于篇。故凡椝如治时文颇有声诸公间,见谓不同流俗,其说皆自先兄发之。……先兄年十八补诸生,二十二称饩廪,破碎陈敌,前无坚对,然秋试再报罢。甲子岁,游羿彀者有日矣,其卒

① 〔清〕阮元著《两浙輶轩录》卷十四,清刻本。

② 〔清〕冯溥著《佳山堂集》卷六,清康熙刻本。

挤而止，自是辄病。而以嫂氏之莫抱子也，尝祷于白岳，以祓无子，然卒未有以应，则益忽忽不乐，久之，得上气疾，逾年竟死，康熙丁卯四月十八日也。”

《光绪淳安县志》卷七《文苑传》：“方棻如字若远，士颖长子也。善事父母，《曲礼》《内则》无违者。书无时离手，僻耽佳句。……填词豪荡感激，有苏辛之一体。而尤工书法，手抄《史记》、杜诗、韩文成数十卷，并及唐、归、金、陈诸先辈时文笔语，即宗师之，不幸短命，二十九岁卒矣。”

仲兄棠如（1666—1719），字若召。出嗣叔父。工诗，著有《五经义》《憩亭诗草》。

《集虚斋学古文》卷十一《先兄若召墓志铭》：“兄若召，名棠如，一字芾舍，先君仲子也。先君昆弟四，而四叔父季安府君者无子，顾言曰必以某为子，遂子之。……有记功，数千年书史略皆上口。其为文，计炊五斗黍时可七八艺，皆披文相质，精讨锱铢，见者疑辟灌千万乃得之，不知吹剑首者特吷而已矣。于诗亦然。尝依平水韵次赋落花诗三十章，不终朝而毕，自谓蛟螭杂蝼蚓，自人视之，则但见其五光徘徊，驾雌霓以连蜷也。……以康熙丙午七月十三日生，以己亥二月二十某日卒。”

《光绪淳安县志》卷七《文苑传》：“方棠如字若召，号憩亭。……所存有《五经义》《憩亭诗草》。”案，诗文今未见传。

季弟菜如（1676—1723），字若芳、药芳。县学生，通经，工诗，著有《缘情诗略》。

《集虚斋学古文》卷十一《亡弟药芳墓志铭》：“弟秀嬴多能，自文词外，工书法缪篆，摹印抚刊，动操度曲，被歌声，率饶为之。于书自九章算术、六壬遁甲，一切青鸟家言，道流释部，靡不游其藩者，四部书不在限也。……以雍正癸卯八月十六日亡也……弟于先恕斋府君为季子，名菜如，字若芳，转其声更字曰药芳。淳安县学生也。中年考校，如利刃破物，而秋试连不得志，故善病。……生康熙丙辰十二月二十四日，年四十有八。绝命词所谓‘四十八年诗债毕’者，盖弟平生精力尽在诗云。”

储大文《存砚楼二集》卷四《方药芳自咏诗序》:“淳安药芳方氏雅工诗,经纬于法,镵刻于思,而又能斟酌于理,其互用之而不悖,以变而无穷者邪? 盖比日言浙东西之诗暨浙东西言诗者,药芳氏哉? 药芳氏兄文辀氏,雅工文,又雅工言诗,比手药芳氏诗蕲予言,予不能言诗,财能书休文、退之、习之、可之、应德、于鳞之语暨习之之书士衡、退之语者,以言药芳氏诗,而归其诗文辀氏,以归药芳氏。”①

《两浙辅轩录》卷十四之方棻如:“《淳安县志》棻如工为诗,钱唐吴征君星叟先生于人慎许可,独折简写其诗入所撰《惊喜集》中。康熙辛卯,与兄文辀佐学使者张公论文于江南,公熟视其质行及所论著,倾倒甚至,以元方季方相目。”

按,“吴征君星叟先生”即吴农祥。《惊喜集》未见传,吴现存稿本《流铅集》十六卷,上海图书馆藏抄本,卷端题“明湖吴农祥庆百氏著,清溪方棨如文辀氏定”。

毛际可《诗略序略》:“读若芳《衔恤吟》,始知伯阳已久捐馆舍。伯阳为吾睦诗人之冠,近辑睦州诗派尚未成书,方虞风雅几于中绝,而幸得若芳为之传人。方氏家世绩学,昆弟自相师友。今年秋,其兄文辀以《毛诗》魁浙闱,而若芳因外艰故,尚滞诸生,且少年善病,诗之得于病中十居二三。十载虀盐,间以参术,天之穷若芳者若此,而诗因以益工。”

方棻如诗未见传本,仅见于阮元《两浙辅轩录》卷十四之《戊子感秋》,云:“羞涩存空橐,飘零感布衣。未蒙知己顾,只当远游归。遇合无成局,文章竟昨非。故园秋色里,好在旧渔矶。不竞信南风,遄归四壁空。贫无裘可敝,人叹瑟难工。落叶秋山外,柴门细雨中。遗经究终始,天下几英雄。”

按,方棻如著述多散佚,《四库总目提要》卷九经部《易》类存目三云:“《周易通义》十四卷,浙江巡抚采进本,国朝方棻如撰。棻如字药芳,淳安人。是书悉取《四书》成语,以证《周易》,古无此体,徒标新异而已,于经义无关也。”

---

① 〔清〕储大文著《存砚楼二集》,乾隆十九年储氏家刻本。

卷十四《书》类存目："《尚书通义》，国朝方棻如撰。棻如有《周易通义》，已著录。是书亦仿《周易通义》之例，以《四书》成语释之。……全书皆用此例，可谓附会经义矣。"卷十八《诗》类存目："《毛诗通义》，国朝方棻如撰。棻如有《周易通义》，已著录。是书但列经文，别无训释，各章之下必引《四书》一两句以证之。……殆于以经为戏矣。"

而《清史列传·文苑传二》之方棨如，则称《周易通义》《尚书通义》《毛诗通义》皆棨如所撰。又称"弟棻如，字若芳，诸生，亦工诗，著有《缘情诗略》。"[1]盖方氏兄弟名字形近，棻如、棨如、棻如易相混淆，均有文名，而以棨如为最，遂将《周易通义》《尚书通义》《毛诗通义》三书系之，又误棻如、棻如字号，张冠李戴可谓甚矣。

方棻如《周易通义》《尚书通义》《毛诗通义》今未见传，仅存《诗经对类赋》一卷稿本，藏复旦大学图书馆。卷端题"还淳方棻如学方稿"，无序跋，通篇以《诗经》入句。

子超然、粹然、卓然、常惺，能传家学。

《光绪淳安县志》卷七《选举》："方超然，癸卯府选贡州判，借补两浙盐驿道，将盈库大使。""方粹然，癸卯府选贡。""方卓然，癸酉府选贡，教谕，借补秀水训导。""方常惺，乾隆甲子，孝廉方正。"

简　谱

康熙十一年壬子(1672)，出生。

《两浙輶轩录·方棨如》卷十四《壬子元日》诗，云"坐守庚申怜影只，重来甲子当生初"。

按，"壬子"当指雍正十年(1732)，"重来甲子"言即六十花甲，雍正十年时六十一，据此可知他生于康熙十一年(1672)。诗中"庚申"当指康熙十九年庚申(1680)。

---

[1] 《清史列传》卷七十一，中华书局，1987年。

桐城方氏《述本堂集》卷首朴山先生序署:"乾隆二十年三月既望,还淳八十四岁老人棨如识。"[1]亦可推知其生于康熙十一年(1672)。

方棨如《集虚斋学古文》卷一《奉辞檄试鸿博揭子》"今年六十又四矣"。

按,乾隆元年(1736)荐举博学鸿词,方棨如自称六十四岁,明年《奉辞王少司马荐举札子》自称"自唯今六十五年",亦可证生于年康熙十一年(1672)。

少受庭训,学《春秋三传》、《史记》、《汉书》、韩柳文,后从毛奇龄学。

《集虚斋学古文》卷三《与王立甫书》:"仆幼狂蠢,起辰终酉,读书不能度十行。少长而啄腥吞腐,学为应用之文,居三家村中,亦无与道古者。先君子不知其驽下,经书外颇授以《三传》、《史》、《汉》、韩、柳文,而旁及牧之、可之辈,曰成学治古文当取是。退而寻今世古文,乃无一毫相似,冗与者久之。后稍从西河毛先生游,观所论著及一切口讲指画,往往暗与先君子会,三卿为主,粗有悟入。而方为诸生,牵率程课,间一磨毫黩札,世率谓不可时施也,而歋歈之。"

康熙四十一年壬午(1702),三十一岁。冬,出嗣存斋公。

《集虚斋学古文》卷十一《继室徐氏墓志铭》:"余壬午冬,当以礼出后存斋公。"

康熙四十三年甲申(1704),三十三岁。访蒋衡于金坛。

《集虚斋全稿》卷首《朴山续稿自序》:"康熙甲申,访吾友蒋兄湘帆之金坛。"

蒋衡(1672—1743)又名振生,字湘帆,一字拙存,江苏金坛人。康熙进士。工书。传见《国朝书人辑略》。

识王纪,极相得。

《集虚斋学古文》卷六《王榛逸遗集序》:"岁在康熙甲申,余访蒋兄湘帆于金坛,遂因湘帆以见金坛诸君子。榛逸于余尤若臭味,然余留金坛挟日,榛逸日间见,见即语移日影也。"

---

① 转引自陈文新著《中国文学编年史研究》,湖南人民出版社,2006年,第441页。

王纪字遵一,晚自更其字榛逸,江苏金坛人。所著有《徒然草》《古诗笺注》。传见《金坛县志》。

康熙四十四年乙酉(1705),三十四岁。中乡试第二名。

《光绪淳安县志》卷十《文苑传》“方棨如”:“中康熙乙酉本省乡试第二名。”

康熙四十五年丙戌(1706),三十五岁。联捷成进士。

《明清进士题名碑录索引·康熙四十五年丙戌科》方棨如列第三甲第四十九名。[①]

康熙四十九年庚寅(1710),三十九岁。佐学使张元臣幕,弟蕖如从之。

《集虚斋学古文》卷十一《亡弟药芳墓志铭》:“康熙庚寅、辛卯间,吾佐学使者铜仁张公论文于江南,张公知我勚也,命举一人以代匮,吾不辞而以弟应,张公无猜焉。既至,熟视其所为,及阅所论著,张公倾倒尤至,以元方季方相目也。”

张元臣字懋斋,一字豆村,贵州铜仁人,康熙进士。康熙五十年视学江南,所取士有储大文、储郁文等,皆江南名士,时人称为“铜仁先生”。传见《乾隆江都通志·名宦》。

康熙五十三年甲午(1714),四十三岁。六月,赴任丰润知县。

《集虚斋学古文》卷二《灵皋文稿书事》:“甲午,余之官丰润。”

《光绪丰润县志》卷四《职官》:“方棨如,浙江淳安县人,丙戌进士,康熙五十三年六月任。制义得金子骏支流,吐弃一切,卓然成家。喜晋人清谈,一时名流如何屺瞻、储六雅皆至止焉。”[②]

储大文《存砚楼二集》卷五《送方文辀知丰润县序》:“吾友文辀方氏,工文章,殆与顺甫、熙甫、海若、仲舆埒,暇辄谈政事,烛照节解,又殊非能言而鲜适于用者。比今铨注直隶之丰润,吾见丰润且埒河南、乾德诸邑,而俾最郡邑,望者胥曰,此文辀氏之丰润也。”

储大文(1665—1743)字六雅,号画山,江苏宜兴人。康熙六十年

---

① 朱保炯、谢沛霖《明清进士题名碑录索引》,上海古籍出版社,1963年,第2677页。

② 〔清〕周晋堃续纂《光绪丰润县志》卷四,光绪十七年刻本。

(1721)会元,授编修。著有《存砚楼集》。传见《国朝先生事略》。

县试,拔魏元枢冠。

陶梁《国朝畿辅诗传》卷三十二魏元枢:“元枢字臞庵,丰润人,雍正元年进士。……方桑如宰丰润,奇其文,拔冠童子军,充博士弟子。”①

魏元枢(1686—1758)字联辉,号臞庵,河北丰润人。雍正元年进士。知汾州、宁武府。著有《与我周旋集》。传见《臞庵居士自撰年表》。

有《丰润杂诗》。

《光绪丰润县志》卷十二《文苑》方桑如《丰润杂诗》:“单仆孱驴荐畚车,陈宫山下有蜂衙。军装细认前朝事(有军器数事,皆勒前明蓟抚名),堡戍平摧大漠沙。雪虐尚惊枫未老,(八月十四雪。)春酣不放柳初芽。邹生何在能吹律,忍使寒乡隔岁华。”“无复荆高旧慨慷,碧眉红颊冶游郎。饿鸱箭叫南山猎,雌凤笙吹北里倡。泉涌墨香春漠漠,石留研古月荒荒。(墨香泉,石研山,皆邑胜迹。)成都纵有文翁在,为问何人肯负墙。”“回回簿领一灯荧,东去西还又载星。款段马骑双只堠,毕逋乌起短长亭。书签冷却方谐俗,酒盏疏时称独醒。只有盘山山色好,往来相见眼终青。”“风卷边沙十丈尘,但论食物也关人。墙头一过椒花雨(杨诚斋,酒名),瓮底应空麹米春。(以糜酿浭水为之曰浭酒,而色香味三绝,殆冠京东。)果撷频婆分古寺,饭抄云子饷比邻。(玉田米)新冰早李原无欠,只是飘飘媿此身。”

缪荃孙《云自在龛随笔》卷六亦载此诗,第四首末有注云:“琮田和诗自注:先生庚午、辛未间主吾郡紫阳讲习。嗣君雪瓢先生名粹然,自题其居曰夕阳花岛。”

康熙五十五年丙申(1716),四十五岁。秋,以征酒税不力为上官所劾,遂归乡。

《光绪淳安县志》卷十《文苑传 · 方桑如》:“历官三年,蝗不入境,旋以烧锅失察去官。”

---

① 〔清〕陶梁著《国朝畿辅诗传》卷三十二,清道光十九年红豆树馆刻本。

缪荃孙《云自在龛随笔》卷六:"方朴山,康熙甲午宰丰润,丙申之秋解任去。"①

《集虚斋学古文》卷三《与储六雅书》(庚子,康熙五十九年):"世弃君平,归里以来,食贫且三岁矣。"

康熙五十七年戊戌(1718),四十七岁。居京师,与何焯往还。

《集虚斋全稿》卷首《朴山续稿自序》:"戊戌,居都下,数与义门何先生往还,语次猥及《乘韦编》者。"

《乘韦编》是朴山先生早年时文集,流传于江南士人中。《集虚斋学古文》卷三《与何义门》(庚子):"十四岁时,见书肆有《启祯文》《行远集》一书,翻阅之则心开。自是以往,每先生选出,辄先众人攘臂取之。最后得《庆历小题》及《程墨》二册,沉湎濡首,至忘寝食,诸纸尾跋语,至今可八九倍诵也。不揆梼昧,锐意钻仰,刻鹄画虎,动为笑端。《乘韦编》之刻,贾用不售,十余年来,意思零落。"

致书方苞,讨论《史记索隐》之误。

《集虚斋学古文》卷三《与灵皋二兄》(戊戌):"来示大著三篇,朴茂介曾、王之间,私心拟议,以谓《楚词》篇最上,《封禅》次之,《震川集》又次之。但《封禅篇》内有五宽舒之祠句,似未确然,此《索隐》解误也。按《史记》文当连官字为句,而与以岁时致礼相属,对上条亲郊祠句为义,盖谓诸祠,则宽舒之五祠官岁时致礼,不亲祠也。前文屡言祠官宽舒等,明非一人,其以五字冠句,盖倒文法。《索隐》所谓因宽舒建五坛而云者,曲说也。又按《汉书·郊祀志五下》有床字五,床,山名,《汉书》后文叠见,在近京师之鄠县诸祠下,则此《史记》或系脱文,盖如《汉书》,则于下凡六祠句,尤为吻合也。至史谈建议,亦不止汾阴后土,如因皇帝始郊,有美光黄气,而立太畤坛以明应,固与宽舒等同议矣。而后土之祠宽舒,亦在议中,又不得专属之史谈也。吾兄所作,必传之其人,故当不厌精讨,爰献其疑,其它则豪发无憾矣。热河还车,尚可数面。诸不一一。"

方苞(1668—1749)字凤九,号灵皋、望溪,安徽桐城人。康熙四

---

① 〔清〕缪荃孙著《云自在龛随笔》卷六,山西古籍出版社,1996年。

十三年(1704)进士。官至内阁学士、礼部侍郎。著有《望溪全集》。(参见雷鋐《方望溪先生苞行状》)

朴山先生著有《偶然欲书》,共读书札记四十九则,足见其博通经史,渊博精赡,有云"不读诸经无以通一经,不读诸史无以证诸经"。

康熙五十九年庚子(1720),四十九岁。居杭城丰乐桥大街,穷居无聊,致书储大文、何焯、周白民,求荐馆。

《集虚斋学古文》卷三《与储六雅书》(庚子):"世弃君平,归里以来,食贫且三岁矣。门外未见有长者车辙,浮家武林,阒其无人如故也。转忆滞都门时,与先生东西各寓紫藤花下,每过作曲室中语,移日然后相去,今遂成南皮往事矣。且叹且想。……拙稿二册,明知此即陈方城所云越宿之物,不足以饷过客,而尘奉记室,则傅绛以蚓投鱼之计也,唯裁报之。"

《集虚斋学古文》卷三《与何义门》(庚子):"客岁三月十三日,因风托便,录有新课五篇,附近状奉呈记室,具道母氏笃老,兼以二兄物故,不能远赋北征,以践德州先生之约。而家多食指,饘粥难餬,意欲得南中近馆,以资色养。有宦游来南觅句读师者,幸先生齿牙及之,并言今已僦居会城,问津颇便。……《乘韦编》之刻,贾用不售,十余年来,意思零落。……删故续新,聊复编为《存稿》,以二册就正,掎摭利病,敢在下风。……学徒复有孙载黄灏者,亦钱唐人,与其友梁首风启心偕来为文,以不同俗为主,而宗仰俱在先生。……至所居,则仍在杭城丰乐桥大街崔家巷中。"

《集虚斋学古文》卷三《与周白民书》(庚子):"仆归里,益无聊,欲赋北征,则母氏笃老,既乖远游之戒,而里中人又颇笑其所为毋相过从者。意欲江淮间觅一吃饭处,昨已致意杨八哥,然恐鞅掌王事,不暇为地。并望足下左右之,得果所求尔,析言抒抱,亦一快也。若以此为公家言,则旁有知状之笠山在。某顿首,白民先生足下。"

周白民(1687—1756)名振采,号菘畦,晚号清来老人。江苏山阳人。乾隆元年博学鸿词之召,称病不与试。(参见齐召南《周振采小传》)

徐廷槐字立三,号笠三,浙江会稽人,雍正八年进士。著《南华经直解批注》。试康熙十七年博学鸿词科,不第。朴山先生居杭时过从最密,故《集虚斋学古文》中言及徐廷槐者较多,卷七《墨汀初刻序》《徐笠山文后序》、卷八《徐笠山夫妇双寿序》,皆为徐廷槐而作。传详《两浙輶轩录》。

孙灏字载黄,浙江钱唐人,雍正八年进士,翰林院编修,官至左副都御史。著有《道盥斋集》。传见《乾隆杭州府志·人物》。

梁启心(1695—1758)原名诗南,字首存,号蔑林,浙江钱唐人。乾隆四年进士,改庶吉士,授编修。著有《南香草堂诗集》。传见《乾隆杭州府志·人物》。

康熙六十年辛丑(1721),五十岁。暮秋,母弃养。致书何焯,求荐馆职;谢其教授儿子超然、粹然;荐门人孙灏、梁启心、杭世骏、吴嘉丙、严在昌、任应烈、吴景、梁诗正、陆秩、徐鲲等。

《集虚斋学古文》卷三《与何义门》(辛丑):"先慈违和,薄遽归觐。嗣闻扈从热河,无缘奉呈近状,凉秋欲末,而先慈则已弃代矣。大功废业,矧惟大故?顾以三岁食贫,又逢酷旱,江东米价,一斛几及二千,不得不外取一吃饭处,未审先生尚肯假之余论,得遂饥驺否。老母既以天年终,则东西南北惟其所之,不必如前此拘局江淮间矣。切祷切祷。两儿子遂蒙不弃,兼为针其膏肓,真万金良药。所虑资本下愚,数年前又以某滞北方,失学从懒,辟之苗始怒生,遽断一溉,则菁华内竭,过时而沐之灵雨,亦恐终随秋草萎耳。……某居杭以来,从游颇众,亦时有能者震发其间。自孙生灏、梁生启心外,尚有杭生世骏,字大宗,工诗及骈语,为时文最长于数典。吴生嘉丙字协南,严生在昌字季传,两人刻琢廉刿,好深湛之思。他若任生应烈字武承,吴生景字春郊,梁生诗正字养仲,即启心弟也,陆生秩字宾之,则栖霞先生文孙也,会稽徐生鲲字北修,则伯调先生曾孙,而笠山小阮也。此五人者,皆投迹高轨,棘棘不阿。某言及此,非敢自夸师导,以先生风流弘长,遇后进有苦心者辄沉吟不去口,故疏其姓氏,副之夹袋,异时得见所业,或知某之不为妄叹也。武林诸物腾跃,流寓维艰,刻下即遣家口归里,而别于此地觅老屋三间,为只身课两儿及诸生讲文析义之所。如有嗣音,请寄杭城丰乐桥西芝头巷内,交门人严季传,无不达也。托风申候,并致续刻六篇及已刻中间有改定者数处,统唯照纳。不一。"

杭世骏《道古堂全集》卷四十四《文学吴协南墓志铭》:"钱唐吴君嘉丙,字协南,年十八试于学使者,补诸生。师淳安方先生楘如,友同郡严在昌、梁启心、孙灏、陈兆仑,切劘于学问,振华耀采,争长椠敦,摩研编削之士交目爲文中之虎。始于乡邦,浸淫于十一郡,渐被于大江南北,以暨京辇名流、六堂观国之彦,翕然称杭郡之文甲天下。"①

赵佑《清献堂文录》卷一《櫨城制艺序》:"予初学举业,即闻里前辈有严季传先生在昌与其弟璲宇十区,并以文章能事,擅机、云之目。是时在康熙雍正间,陈句山太仆、孙虚船副宪、杭堇浦太史暨梁薮林太史、文庄相国兄弟,皆方为诸生,齐名坛社。淳安方朴山先生最为士林宗仰,诸公游其门,相切劘,文誉遍三江,皆先后掇巍科跻通显,有制义行世,世竞奉为矩范。至今言吾杭文教,必归诸公,而二严相与颉颃。"②

杭世骏(1695—1772)字大宗,别字堇甫,浙江仁和人。乾隆元年举鸿博,官御史,八年革职回籍,晚年主讲粤秀书院、扬州书院。潜心学术,著述宏富,汇为《道古堂集》。传见《乾隆杭州府志·人物》。

吴嘉丙字协南,浙江钱唐人。诸生。工文。《集虚斋学古文》卷七有《吴协南遗文序》。(参见杭世骏《文学吴协南墓志铭》)

严在昌字季传,浙江仁和人。雍正八年进士,授江西万载知县,创建龙河书院。传见《乾隆杭州府志·人物》。

任应烈(1693—?)字武承,号处泉,浙江钱唐人,雍正八年进士,散馆授编修。参纂《大清一统志》。传见《乾隆杭州府志·人物》。

---

① 〔清〕杭世骏著《道古堂全集》卷四十四,清乾隆刻本。

② 〔清〕赵佑著《清献堂文录》卷一,清乾隆刻本。

梁诗正(1697—1763)字养仲,号芗林,又号文濂子,浙江钱唐人。雍正八年一甲三名进士,官至兵部尚书。纂修《钦定叶韵汇辑》《西清古鉴》等,著有《矢音集》。(参见王昶《太子太保东阁大学士梁文庄公诗正行状》)

徐鲲字北溟,一字白民。浙江萧山人。少工文,称名诸生。从阮元修《经籍纂诂》。[①] 传见《民国萧山县志稿》。

陈兆仑(1700—1771)字星斋,浙江钱唐人。雍正八年进士,授知县。乾隆元年举博学鸿词,授检讨,官至太仆寺卿。著有《紫竹山房诗文集》。传见《乾隆杭州府志·人物》。

康熙六十一年壬寅(1722),五十一岁。春,致书王澍,贺其擢官。

《集虚斋学古文》卷三《与王虚舟书》(壬寅):"客岁徐笠山南还,辱书并悉动止,方谋归觐,未暇申讯。嗣闻足下有谏垣之擢,然不敢有一字道贺,盖既为足下喜,又为足下忧。……春寒未减,千万珍重。不宣。"

王澍(1668—1743)字若霖,号虚舟,江苏金坛人。康熙进士,官吏部员外郎。工书法。(参见方苞《吏部员外郎王君墓志铭》)

致书何焯,告以次子粹然中秀才。

《集虚斋学古文》卷三《与何义门》(壬寅):"学使者校试敝郡,次儿蒙收庠序,而大儿被斥。骰子选格,不系巧愚,若以理言之,则俱宜在绳之外也,忝在门墙,故敢布之。"

雍正元年癸卯(1723),五十二岁。自淮南归。八月十六日,弟莱如卒,悲甚。

《集虚斋学古文》卷十一《亡弟药芳墓志铭》:"弟之亡,余方归自淮南,未至,至郡始有凶语闻,吾方食,不知口处,行则不知所如,往泣则不成声。私觊为得妄语,既披繐帷见棺前,和从儿子处取绝命词读之,审弟以雍正癸卯八月十六日亡也。自弟之亡,吾开卷尺许,偶有会意,或回穴错迕不甚解,犹时时误推案起,欲走弟相赏析,已乃唏嘘罢去。呜呼!吾兄弟四人,而三人者皆化为异物,朝

① 〔民国〕张宗海等修《萧山县志稿》卷十八,民国铅印本。

夕视荫,其与能几何?故于弟之某年某月某日葬某原也,为反袂拭涕而志之。"

雍正八年庚戌(1730),五十九岁。朝廷议开博学鸿辞科,方苞欲荐之,因官丰润时被参罢官而止。

方苞《望溪集·文集》卷七《再送畬西麓南归序》:"雍正八年,议开博学鸿辞科……因自计执友之存者惟南昌龚缨孝水、歙县佘华瑞西麓,游好之久者则嘉善柯煜南陔、淳安方椝如文辀,乃以四人者泛询于群公,皆曰是诚无怍矣。或曰其学与行信称矣,而举者则非宜。文辀前挂吏议,例不得与于斯,其三人皆就耄矣,征之不能至,至矣,能入试哉?"[①]

按,雍正八年有议开博学鸿词,实则未举行。

雍正九年辛亥(1731),六十岁。七月五日,继室徐氏卒,生子九。

《集虚斋学古文》卷十一《继室徐氏墓志铭》:"余既娶于吴而夭,继室以徐氏,年二十二归余,又三十五年以卒,雍正辛亥七月五日也,春秋盖五十六矣。……柔色淑声,上下赞贺,尤得先母洪太君欢,往往急缮,其怒时见妇辄色霁。……生子九,长超然,拔贡生,邱嫂抚以为先兄子者也;次粹然,拔贡生;次越年,邑诸生;次常惺,右学生;次卓然,郡学生;次旷然,后孺人卒八十日而殇,其未成殇者又三人,盖精力尽于是矣,久之遂病瘵以卒。……宝名公三娶而得外姑张氏,以康熙丙辰十一月六日生妇焉,于宝名公为中女,今栖其魂赋溪轩驻桥之东北八十步。"

雍正十年壬子(1732),六十一岁。元日有诗。

《两浙輶轩录》卷十四方椝如《壬子元日》:"炉烧榾柮榜桃符,奈有穷愁岁不除。坐守庚申怜影只,重来甲子当生初。瓮余骨醉轮囷蟹,盘荐鳞鲜泼刺鱼。随例一杯婪尾酒,案头抛卷读残书。"

乾隆元年丙辰(1736),六十五岁。荐举博学鸿词。

《光绪淳安县志》卷十《文苑传·方椝如》:"乾隆丙辰,荐举博学鸿词,以部驳不与试。"按,盖仍因官丰润挂吏议,例不得与。

---

① 〔清〕方苞著《望溪集·文集》卷七,清咸丰元年戴钧衡刻本。

乾隆二年丁巳(1737),六十六岁。方苞充《三礼》馆副总裁,荐举朴山先生,先生辞之以书,陈二不能、二不敢之情。

《光绪淳安县志》卷十《文苑传·方楘如》:“丁巳,钦召纂修《三礼》,辞不就。”

《集虚斋学古文》卷四《奉家学士灵皋二兄书》:“本年八月朔,被县帖内开蒙宪奉部遵旨事件,檄取某赴京,充《三礼经》馆纂修者。持捧惭惶,知非吾二兄大人推挽不至此。窜名遗经,自托不腐,此儒生之荣愿,便宜俶装祗役;而中夜循省,肠转车轮,有不能应者二,有不敢应者二。往者日月虽迈,视听未衰,自甲子一终以还,笼东特甚,筋力倦怠,齿发皓落。刮目苦无金鎞,充耳不烦石瑱,末疾风淫,时时窃发,中虚暴下,往往经旬。长途非枕席可过,公事岂喏嗟能办?前此滥吹鸿博,幸蒙驳放,如其不尔,亦难蹶趋,况吾衰又甚乎?其不能者一也。儿曹颇多,豚犬食口,动如春蚕。郭内外之田,不盈百亩;廨东西之屋,难觅三间。避债无台,质钱有帖。今以开七十岁之老子,望四千里之京师,饮食起居,其费自倍。而又家居来久,行李阙如,幞被囊衣,动须整理,平头奴子,又当赁佣。称贷欲向谁门,鬻产堪充几许?其不能者二也。少循八股,惟业一经,《毛诗》是其专门,他经略未上口。至如《三礼》,古称大经,穷老投间,始一窥涉,寻文逐句,茫无津涯。加以记功素拙,老悖多忘,先所经心,十不忆一。矧肄业之未及,那响应而不穷,假令张口蒙然,岂不拍手笑杀?撝指而退,终在异时,缩手就闲,何如今日?其不敢者一也。生平说经,颇耽古注,谓诸经皆由汉世儒学,近有师承,校其博通,无如郑氏,郑惟泥《礼》笺《诗》,故恒以词害志。若乃《礼》学,是其胜场,中有失者,惟是兼信纬书《丝麸》《郊褅》诸类,其他则强半得之。自王肃乘贵辨口,增加《家语》,动辄诋突,于是,南王北郑,代相纷拿。然唐初疏家,仍用郑学,所谓是非之心,人皆有之。朱子《仪礼经传通解》,亦全采郑注,偶自下意,则缀下方,盖其慎也。今《小戴》一经单行东汇,前朝据兹擢士,后遂沿为圣书,图熟进身,即聋从昧,惟变则通,望在今日。半山《周礼新义》全豹,惜今未窥,其他说家,大抵议论多而解诂少。此时文之滥觞,匪传经之正则。《仪礼》仅见敖氏,多是窃取注文,改头换面，然且妄疵郑氏，可谓盗憎主人，尤甚不取，不知今此泚笔，将安适归。窃谓义理可臆其有无，典文必传自古老，似宜专主康成，而仍折衷朱子，朱子所左亦左之，所右亦右之，弃瑕取玖，乃其庶几。然心面不同，恐多聚讼，欲令违心拂志，事笔砚于其间，则必不精不详，无所可用。其不敢者二也。要之，贫与病兼，势难即路，亦不俟尔缕及此。忝附兄弟，故敢尽布腹心。现在陈列衰病，恳请州司详达先正肃启，伏望鉴而怜之，得寝成命，使遂首邱，无任感激之至。"

按，方苞同时荐者有朴山先生老友全祖望，全亦辞之，见《全祖望集汇校集注·鲒埼亭集外编》卷四十六《奉方望溪先生辞荐书》。

乾隆六年辛酉(1741)，七十岁。主讲蕺山，有书与全祖望。

陆以湉《冷庐杂识》卷五："乾隆时，淳安方文辀大令粲如主讲杭州紫阳书院。"①

《集虚斋学古文》卷八《张母李太君八秩序》："吾来蕺山，为诸生商略文笔，颉颃之如鱼鸟莫适主也。"

《集虚斋学古文》卷四有《与全绍扆》。

全祖望(1705—1755)字绍衣，一字谢山，浙江鄞县人。乾隆元年进士。曾主讲蕺山、端溪书院。续编《宋元学案》、校勘《水经注》、笺注《困学纪闻》。著有《鲒埼亭集》。传见严可均《全绍衣传》。

乾隆初年，曾主讲石峡书院。

《存砚楼二集》卷十二《复方文辀》："前赐大稿佳绝，复承华札，未获裁答，悚仄悚仄。令甥两兄辱顾，伏审起居清胜为慰。比来撰述当亦富，石峡书院吟诵当益振矣。"

按，石峡书院在淳安境内享有盛誉，始建于南宋，朱熹曾于此讲学。储大文卒于乾隆八年癸亥(1743)，姑系于此。

乾隆十一年丙寅(1746)，七十五岁。序汪启淑《绵潭渔唱》。

汪启淑《绵潭渔唱》乾隆刻本卷首："乾隆岁在柔桃摄提格□月□望，友生方粲如撰。"

汪启淑(1728—1799)字慎仪，安徽歙县人，寓居钱唐。喜藏书、

① 〔清〕陆以湉著《冷庐杂识》卷五，清康熙刻本。

藏印。(参见金天翮《汪启淑巴慰祖传》)

乾隆十二年丁卯(1747),七十六岁。编辑时文成《朴山存稿》,夏,请鲁曾煐序之。

《集虚斋全稿》卷首《朴山晚课》(鲁曾煐序):"今岁夏五,示余近稿册首,督余序之,且曰慎毋赞予文。……乾隆丁卯季夏上浣会稽年家眷同学弟制鲁曾煜稽首拜撰。嘉定后学汪景龙绸青书。"

鲁曾煜字启人,浙江会稽人。康熙六十年进士,官翰林院庶吉士。乾隆初与方楘如主讲敷文书院。著有《秋塍文抄》,纂《广东通志》《福州府志》。传见《乾隆杭州府志·人物》。

自序《朴山续稿》。

《集虚斋全稿》卷首自序:"盖湘帆与越州周几山、徐笠山二兄之力为多,白首山中,二三子谬师为老马,而孙儿塾方欲学文,日讲指画之余,亦复含毫散染。日月既久,纸墨遂多,二三子以日费力于此也,并谋版行,名曰《续稿》。"

乾隆十三戊辰(1748),七十七岁。秋,全祖望有书,托转寄方苞。

全祖望《鲒埼亭诗集》卷九《挽望溪侍郎》诗自注云:"昨秋予以先生集中商榷如干条,托朴山先生寄之,不料其不达,拟再寄,不果。"①

按,方苞卒于乾隆十四年,全氏此诗下五首为《庚午岁朝》,故此诗当作于乾隆十四年方苞卒后,所云"昨秋",或当指乾隆十三年戊辰秋。

乾隆十四年己巳(1749),七十八岁。端午节,撰《从子栗夫墓表》。

《光绪淳安县志》卷七《选举》:"方宽然,字栗甫,赋溪人,楘如子也。六岁知四声,八岁赋诗,应贴经墨义之试,无讹舛者。年十七补博士弟子,未三十,以母亡而咯血,遂病以死,时犹未终丧也。平居无造次离册子,暇即事赋诗,所宗尚在盛唐,于王孟风格尤近。著有《铸古斋集》三卷、《三峡词源》十二卷。"

《集虚斋学古文》卷十一《从子栗夫墓表》:"年未三十而病咯血

① 〔清〕全祖望著《鲒埼亭诗集》卷九,《四部丛刊》景清钞本。

以死,余在蕺山哭之,过时而悲,非独以读书种子也。……栗夫名宽然,吾弟药芳三子也,以康熙癸巳二月初十日生,以乾隆辛酉六月十四日卒。……乾隆十四年己巳五月端午志。"

九月,为长子超然撰《捐修将盈库署碑》。

《集虚斋学古文》卷九《捐修将盈库署碑》:"岁之庚申,超然以州别驾权浙中榷场诸使,初至禾之批验所,五年报竣。而会库大使需替人,天子俞大吏之请,遂移动以塞员填阙焉。……其力始于戊辰八月朔日,逮今己巳九月十日,经营断手,岁计有余。"

乾隆十五年庚午(1750)、十六辛未(1751),七十九、八十岁。主讲歙县紫阳书院。

陶元藻《泊鸥山房集》卷十二《呈方朴山先生书》:"去夏遇淳安王友,得闻老先生掌教于新安之紫阳书院,乌聊清歙,秀助文澜,白岳黄山,高齐道岸。汇大江而南北,人坐春风;兼两浙以东西,学归大冶。……藻今年三十有六矣……。"[①]按,陶元藻生于康熙五十五年(1716),于方棨如为后学,《集虚斋学古文》卷十《清故奉政大夫陶君暨原配宜人胡太君墓志铭》,即为陶元藻祖父母而作。"藻今年三十有六矣",此书应作于乾隆十六年(1751),时朴山先生正主讲紫阳书院。

罗继祖《程易畴先生年谱》乾隆十五年庚午程瑶田二十六岁:"与弟光莹同受业于方心醇粹然,心醇为何义门焯高弟。……而心醇父朴山棨如,亦应郡守何公达善之聘,来主紫阳讲席,先生复从游焉。"[②]

乾隆十七年壬申(1752),八十一岁。胡澹中、方雨三北行计偕,送之以文。

《集虚斋学古文》卷五《送胡方二子试礼部序》:"壬申岁春,江南解试榜发,吾友胡子澹中、方子雨三以中隽邮其文示余,余洒然异之。既将北首燕路,告予行期,且曰,何以处我?余唯赠人以言,暖于布

① 〔清〕陶元藻著《泊鸥山房集》卷十二,清刻本。

② 罗继祖著《程易畴先生年谱》,见《程瑶田全集》附录,黄山书社,2008年。

帛，余不能为布帛之赠也，抑又不敢，夫甘言病也，苦口药也，布帛之赠，则甘言属也。”

按“胡子澮中”即胡赓善，与方雨三皆安徽歙县人，与戴震、金榜、程瑶田、方晞原等在紫阳书院从朴山先生学八股文。

是年离开紫阳书院。

罗继祖《程易畴先生年谱》乾隆十七年：“是年，方朴山与先生师心醰皆去歙。”

乾隆十九年甲戌(1754)，八十三岁。《集虚斋集》刊行。

《集虚斋集》扉页题“乾隆甲戌年镌，佩古堂藏本”。佩古堂乃方氏堂号，此乃家刻本，卷首题“还淳方楘如文辀属稿，同学诸先生阅定。男超然异渠开雕，孙男叡西堂校”“男粹然江醑同校”“男常惺无咎同校”“卓然立亭同校”“侄肃然恭寿同校”“孙元起石民校”“孙男壁书传校”“曾孙畴耘谷校”“孙男里井九校”“孙男壄岂君校”“孙男至海于校”“孙男型少仪校”。共十二卷，附《离骚经解略》一卷。无序跋。

乾隆二十年乙亥(1755)，八十四岁。序《述本堂集》，念及自身亦三世以诗传家，竟未刻行，悲甚。

桐城方氏《述本堂集》卷首朴山先生序：“桐城方氏《述本堂集》卷首朴山先生序署：‘家世自膳卿公颇以诗鸣，所著《玉磬斋集》，略具《青溪诗选》中。嗣是先君子有《偶存诗》，亡弟药房有《缘情诗》，纵不敢高颉颃于述本堂世学而为之丝晏，至辱西河、鹤舫两毛公，鄙人无似，哑钟不鸣，昌黎有言，顾惟未死耳。我心忧伤，念昔先人，其能以急景凋年，诵清芬而效一词之赞乎？盖操笔欲书，将下复止者且久之。’”①

乾隆二十一年丙子(1756)，八十五岁。撰《送王行一试南省序》。

《集虚斋学古文》卷五《送王行一试南省序》题下注：“撰时八十有五。”

王行一世履不详，从朴山先生学，序中有云：“王生行一从吾游，

① 陈文新著《中国文学编年史研究》，第441页。

廿年于此矣,而先是即已健于文,秀发飞扬,吾品之如上林春花,嫣红邃绿,使人目不周玩,而庶子之秋实并具焉。辛酉之役,吾为决科,幸而言中。”

乾隆二十二年丁丑(1757),八十六岁。清高宗南巡,询问江南耆年嗜学之人,沈德潜以朴山先生名对,遂至无锡迎驾,得赐纻丝一袭。

李元度《国朝先正事略》卷十八《沈文慤公事略》:“丁丑二月,上南巡,加公礼部尚书衔,谕称为蓬瀛人瑞,叠前韵赐之,有句云:‘星垣帝友岂无友,吴下诗人尚有人。’每召对,问民疾苦,并问高年有学问者还有几人,公以司业顾栋高、进士方桼如对,上详询履历识之。”①

《光绪淳安县志》卷十《文苑传·方桼如》:“丁丑,圣驾南巡,时桼如年八十有六,迎銮于常州无锡县,上以赏翰詹科道者赏之,赐纻丝表里一袭,温语慰劳,世皆荣之。”

沈德潜(1673—1769)字確士,号归愚,江苏长洲人。乾隆四年进士,授翰林院编修。官至礼部侍郎。著有《沈归愚诗文全集》,编《古诗源》《唐诗别裁》等。(参见钱陈群《赠太子太师大宗伯沈文慤公德潜神道碑》)

乾隆二十三年戊寅(1758),八十七岁。春,撰《归愚诗钞余集序》。

沈德潜《归愚诗钞余集》卷首朴山先生序:“吾浙有《通志》之役,当事延先生为泚笔,而余亦滥吹竽,每款言辄移晷,因缘窥其帙,时时见先生韵语,过于所闻。……乾隆著雍摄提格之岁阳月既望,还淳方桼如顿首谨述。”②

乾隆中,纂修《淳安县志》。

清李诗《续纂淳安县志序》:“淳邑旧有志,国朝凡四修,而《乾隆志》为最。《乾隆志》,乡先达方朴山先生所手辑也,军兴以来,板毁矣,而书之存者亦复鲜有完本。壬午夏,余调任此邦,甫下车即广为搜罗,阅数月,得十余本,合成一册。嗟乎,此硕果之仅存也。……光

① 〔清〕李元度编《国朝先正事略》卷十八,清同治刻本。

② 〔清〕沈德潜著《归愚诗钞余集》卷首,清乾隆刻本。

绪十年二月戴花翎补用知府候补同知知淳安县事岳阳李诗撰。”①

乾隆三十五年庚寅(1770),子粹然七十寿辰,程瑶田等称觞上寿。

罗继祖《程易畴先生年谱》乾隆三十五年:“七月某日,为心醰七十生辰,先生偕同门及心醰所交游称觞上寿。”

《道光泰州志》卷二十七《流寓》:“方粹然字心醰,淳安人,拔贡生,棨如次子。乾隆丙寅携家至泰,时崇明何忠相、江阴蔡寅斗、丹阳彭泽令俱主宫氏春雨草堂,载酒论文,一时从游者甚众。”②

乾隆三十八年癸巳(1773),子粹然卒。

罗继祖《程易畴先生年谱》乾隆三十八年:“是年秋,先生师方心醰卒于杭州。”

朴山先生卒年不详。

尚未见朴山先生的行状、墓志,亦未见有文献记述其卒年。

(作者:复旦大学古籍所研究馆员)

---

① 〔清〕李诗著《续纂淳安县志序》。

② 〔清〕王有庆、刘铃纂《道光泰州忘》,光绪三十四年补刻本。

新辑毛奇龄佚作考释*

胡春丽

毛奇龄(1623—1713),又名甡,字大可,又字齐于,号西河、河右等,浙江萧山人。生平著述浩富。旧刻之《越郡诗选》《夏歌集》《濑中集》《当楼集》《桂枝集》《鸿路堂诗钞》《丹离杂编》《兼本杂录》《还町杂录》《西河文选》诸书,于《西河合集》辑成之前已陆续刊刻单行。康熙三十八年(1699),《西河合集》初刻,分《经集》《文集》两部分,共四百九十七卷。旧刻之《濑中集》《当楼集》《桂枝集》《兼本杂录》基本全部收录在内,但《四书正事括略》《四书改错》《古今通韵》《毛西河论定西厢记》诸书未收入。

近年来,笔者在整理《毛奇龄全集》及撰写《毛奇龄年谱》过程中,陆续发现了一些毛奇龄的佚诗佚文,先后撰有《毛奇龄佚文佚诗辑考》(《文津学志》第七辑,2014 年 8 月)、《毛奇龄佚文佚诗续考》(《玉溪师范学院学报》2015 年第 6 期)、《毛奇龄佚文考释》(《古籍研究》总第 68 卷,2018 年 12 月)。近日,笔者从别集、总集、方志、经类、史类等各类文献中,又辑得跋 2 篇,题词 1 篇,序 9 篇,诗 14 篇,并对诗文中所涉人物、史实加以说明和考释,以供研究者参考。

* 本文是国家社科基金后期资助项目“毛奇龄年谱”的研究成果之一。项目批准号:17FZS035。

一、倚树堂诗选序

余久不事诗，比年杜门家居，患经学之纰谬，与二三同侪辩论其得失，渐次成帙。辛巳，有以诗再询者，不获已，选《唐人试帖》示之，以其为体倡始，用法严紧，为学诗所尤切。壬午，又集三唐七律。盖时尚长句，而循流溯源，必定唐律，正指趣其间。自初迄晚，风格沿变，形橅同异，靡所不具，习诗者可以得其大概矣。夫诗性情所发，必扩之以学，格欲其高，气欲其宏，律欲其浑以密，而和平温雅，则又使情余于言，旨深于文。昔华亭陈先生论诗，谓："正可为也，变不可为也；况正未始，不足以尽变。夔鼓明磬，雅筲颂竹，其制虽平，而合神人，和物变，何必新声始？"足骇听哉！今人为诗，厌常弃故，其弊由于不学古人。裁构有法，排比有度，其调之高而辞之博，深沉广大，浩然自得，非蹈袭肤浮者所能为也。

吴江王子晦夫好为诗，其于汉魏、三唐，多所研索，而忧悲喜愉，一见之于诗，顾诗在自为而已矣。恃其形拟，则汉魏、六朝只成沿袭，而善于垆鞲，则宋、元之委势随下，未必不可驾轶其上，而矧神、景、开、宝、大历、长庆，虽升降不一，亦无不可通观也耶？不自为诗者，规摹愈下而愈趋流弊；自为诗者，以我之性情，囊括乎古人纵横变化，直抒所得，岂必辘轳其句，雕琢其字，始足以骋绝俗而夸巧俊也欤？晦夫之诗，清和涵泳，知其学之深而融之久，不与世移易，诚能正其所趋，本乎自为，迂流之患，自可砥止，吾于晦夫征之矣！康熙癸未季秋，西河毛奇龄大可氏题。

按，此文载王奂《倚树堂诗选》卷首，作于康熙四十二年(1703)九月。同治《苏州府志》卷一百三十八："王奂……《倚树堂诗集》，字维章，号可庵，又号晦夫。康熙己未，荐举鸿博。"[①]

---

① 同治《苏州府志》，清光绪九年刊本。

二、匏叶山庄集叙

人一出一处，皆当有文章挟持其间。虽士以文进处，即弃置勿复道。故古亦有言：身将隐，焉用文之？谓鲜所用也。然而天地生人，出者有几？乃一望总总，皆不足以当处士之数，则文倍要矣！特是文章虽繁，其可挟持相见者，只此韵文。而韵文易简，似于出处之得失，无所厚系。而予不谓然。

朱界淘先生为维扬名士，予尝读其文而思之。及出宰诸暨，则固邻邑长也。值予以僦杭，未及一见。逮见，而神采奕奕，顾盼倾四坐。私叹一邱二缚，虽抑置百里，犹倜傥自著。乃未几，而折腰不耐，遽拂衣去。时留诗予邑，有"乞归贺监"之句，自悔行晚。而予邑慕义，且有搜其诗以属论定。谓先生纵解绋，岂无可以当盛名者？吾乃略治行，而只论其诗，古文文而今文质，维诗亦然。只明诗过饰，遂有以唐文、宋质作升降者，而以观先生诗，用意驭词，不以词饰意。虽胸藏书卷，而任意所至，必会萃群籍，散撷其菁英，而止以质言刻画其间，以故六义所发，曰兴，曰赋，遇有感兴，辄赋写以出之。记室所云"体物而浏亮"，谓境物当前，但以意体之，而无勿达也。夫人只此意耳。意之所届，感而为言。而人即以言而会于意，境有从违，意无不得。此其挟持为何如者？在昔谢、陆骈词盛行典午，而陶氏泉明出之以醇朴，谓之"陶体"。虽其席长沙公后，代有显仕，而身仅以彭泽老，出处之间，翩翩如也。即赋《归来》后，历被征聘，而逍遥自适，依然不废啸咏。先生号界淘、山庄匏叶，得毋与柴桑有同畛者乎？北齐阳休之藏泉明诗，谓晋文伦贯，至此始备，未尝以韵文见少。况陶集十卷，诗四、文六。匏叶藏集，正复有在，吾故序斯诗而并及之。

此文载道光《重修宝应县志》卷二十三《艺文》、民国《宝应县志》卷二十五《人物志》，作于康熙四十三年(1704)甲申。道光《重修宝应县志》卷二十二："《匏叶山庄集》《履尾吟》《乐府》《骈体》，俱朱宬撰。”[①]乾隆《诸暨县志》卷二十：“朱宬，号畇陶，宝应人。康熙丁丑中李蟠榜进士。辛巳令暨。”[②]康熙四十一年（1702），毛奇龄为朱宬《治行录》作序，载毛奇龄《西河合集·序六·诸暨邑侯朱公治行录序》，文中有“乃未几，而折腰不耐，遽拂衣去”语，知毛序作于朱宬卸任诸暨知县后。据乾隆《诸暨县志》卷二十，朱宬康熙四十年令诸暨，在任四年。毛序当作于康熙四十三年。毛奇龄在文中将朱宬与陶渊明并提，虽不无溢美，然可见毛氏对朱宬及其诗的肯定。

三、重刊临海集序

《临海集》者，唐义乌骆宾王集也。宾王本才士，而伸大义于天下。时之传其文者，初称《武功集》，以起家武功簿也。继又称《义乌集》，则系之以所生之地。而究其生平，实以好言事，由永淳侍御史谪临海丞，因之哀其志者，即以所谪官名之。虽其所为文与龙门王勃、幽州卢照邻、华阴杨炯三人者齐名，名“垂拱四杰”。然而垂拱武氏号，非其志云。

夫以六季多才士，不幸遭逢乱朝，相沿事篡窃。以至于唐，非遇摈斥，即殒身焉。其亦苦矣！然而大义不明，忠愤无所发，即新都居摄，亦尝举东平义旗，移檄郡国，然无一字传于天下。而宾王草英国檄，淋漓慷慨，激切而光明，一若是文出而天经地义，历数百年来不能白者，而一旦而尽白之，此岂才士文章已哉！特是五岳四渎，地不多产，圣贤豪杰，接踵有几？所赖生其后者，表式而维持之。况文章递代，尤易销亡，曩时艺文志有几存者？

据本传，宾王亡后，中宗曾诏求其文，而已多散失。然且二十之字，至今不识。即唐史所载官职，为丞为簿，亦一往阙落。惟鲁国郗

① 道光《重修宝应县志》，清道光二十年刻本。

② 乾隆《诸暨县志》，清乾隆三十八年刻本。

氏受诏收宾王文者有云:“宾王在高宗朝为侍御史,以讽谏下狱。”至今集中有《在狱赋萤》《在狱咏蝉》之作,而唐史无有。又且父祖阀阅,终古灭沫。至明万历间,兰溪胡氏读其《与博昌父老书》,中有云“昔吾先君出宰斯邑”一语,而后知其父为博昌令也。乃予则又有进者。考集之首卷第一篇,则《灵泉颂》也。灵泉为邑丞宋公孝事后母、丞厅阶下涌泉而作,然而未知为何邑丞也,但以请作者为萧县尉,因之作《旧唐书》者,属之徐州之萧县。而予尝争之。《颂》明云:“此邑城控剡溪,地联禹穴。”徐州控剡溪乎?又云:“某出赞荒隅,途经胜壤。”宾王之临海,当经徐乎?此必吾邑萧山,实有斯迹。而生其地者,既弁鄙而不自知。即前时史官,又并不遇一读书人可检点及此,而既而自疑予邑之复名永兴在仪凤年,其改名萧山在天宝年。宾王之临海时,即又安得有萧山?既而读《文苑英华》,则萧县“萧”字本是“前”字,且有注云:“前集误作萧。”然后知前县尉者谓前之县尉,即予邑永兴而前此之为尉者,不惟萧县误,即萧山亦误。夫即此一字之误,而时地改易,史乘乖错,其所藉于后人之刊正如此!

今同邑黄君景韩,不忘前烈,凡其家之先达,与此邦贤哲,皆表其已行,而修复其所未备,因之以厘订之余,较及临海,景韩可谓后贤之特达者矣!抑予有感焉。宝婺为文章之薮,自宋、元以来,作者大兴,而湮没者亦复不少,尝闻之苏伯衡曰:乾道、淳熙间,东莱吕公与仲友唐公皆以儒术为宝婺冠。而仲友所著,过于东莱,见有《六经解》《九经发微》《十七史广义》《帝王经世图谱》《天官》《地理》《礼乐》《刑法》《阴阳》《王霸》诸考辨,以及《乾道秘府》《群书新录》,合不下八百余卷。徒以为门户所抑,至今子姓无一板存者。即永康陈亮,杰士也,亦以门户故,而所遗文集,欲再为刊定而不可得。兰溪胡氏曾较《临海集》,而重梓之,其已事也,景韩有志,能傍及他县,盍亦发其微而表著之?康熙丁亥仲夏月,萧山毛奇龄老晴氏题于书留草堂,时年八十有五。

按,此文载康熙时重刻骆宾王《临海集》卷首,作于康熙四十六年丁亥(1707)夏。嘉庆《义乌县志》卷十四:“骆宾王,字观光。……宾王少负有志节,七岁能赋诗,善属文,与卢照邻、王勃、杨炯齐名海内,称‘四杰’。……历武功主簿……擢侍御史,武后即位,数上疏讽谏,得罪下狱,赋《萤火》《咏蝉》诸篇见志,后释其罪,谪临海丞。弃官,游广陵。……徐敬业举义,署为府属,传檄天下,斥武后罪状。……敬业败,宾王亡命,不知所之。”①据序中“今同邑黄君景韩……较及临海”语,知康熙四十六年,黄景韩重刻骆宾王《临海集》,毛奇龄于此时为骆集作序。

四、倪文忠公全集序

古云文以人传,人亦以文传,然而无其人不传。夫无其人而不传,何也?扬云有文,桓谭传之,则其人也。孔壁之古文,孔《传》传之,孔氏《正义》亦传之,则其后之人也。然而难矣!

吾郡之人文盛于明代,而余姚为著。当弘、正之际,逆瑾乱政,天下无敢清君侧奸者,清之自三文始。三文者,姚之王文成、谢文正、倪文忠也。故事:惟词官谥“文”。文成由曹司起家,独破例而谥曰文,则其文固足多者。若文正、文忠,则皆词官也。文正与文成皆有集行世,而文忠不然。初劾瑾外谪,与之文等耳;而既而武宗南狩,文忠甫还内,而遮道而谏,杖朝门五十,加之跪陛五昼夜,犹且刺血伏陛,书一诗进谏,谓之“诗谏”。则即此一诗,而其人、其文交相系焉。此在千秋万世后,犹当诵之,而泯而不传。予尝入史馆纂修《明史》,急欲搜其文入史册中,而不可得也。考文忠生平,早有文誉。有称其诗近陶、杜者,有称其文过信阳、跨北地者,有并称其诗若文集大成者。而文忠谦晦,兼之贫不能镂板,迄于今,其已刻者多散轶,而筐箧之余,其为蟫鱼之所寝食者,且沉沉也。往者其文孙讳章曾辑《小野集》四卷,以文忠号小野,故名。顾阙而未备,而其他杂刻,曰《太仓稿》,则以谪太仓为名;曰《观海集》,则以谪太仓时,奏开白茅港,相地海上,而假以是名。然而人文契合,宛

① 嘉庆《义乌县志》,清嘉庆七年刊本。

若符竹，文忠之文恰有为之文。所订定者，一《丰富集》，则文正所选而序之者也；一《突兀稿》，则文成讲学龙泉，辑其文而授之及门之钱氏者也。而乃索其书，而仍不可得。

今裔孙继宗受其先大人遗命，发其藏箧，并他书所载片言只字，既□乎录，且匄诸世家旧族之收弃者，历数十寒暑，而粗得其概，合已刻、未刻而编次之，名《文忠全集》。虽未全，几全之矣。然则前人之文之有赖于后人也，以后人之即其人也，然而有继之者也。予之言此，抑亦于后人之继之者有厚望焉。康熙己丑仲秋月，萧山后学毛奇龄谨题于书留草堂，时八十有七。

此文载倪宗正《倪小野先生全集》卷首，作于康熙四十八年己丑(1709)。《续通志》卷一百六十二《艺文略》："《倪小野集》二十二卷，明倪宗正撰。"[①]光绪《余姚县志》卷二十三："倪宗正，字本端，别号小野。……弘治十八年进士，选庶吉士。以逆瑾，目为谢党，出知太仓州。……出知南雄府……谥文忠。宗正有夙慧，精于《易》，工书与诗。"[②]毛奇龄为倪宗正同乡后学。据该文，康熙四十八年，倪宗正裔孙继宗刻其全集成，倩奇龄作序。毛奇龄在序中历叙了倪宗正的生平行实和诗文成就，对倪氏全集的刊刻过程言之尤详。《倪小野先生全集》卷首除毛序外，另有康熙三十四年黄宗羲序、康熙四十六年毛际可序。《倪小野先生全集》现存清康熙四十九年倪继宗清晖楼刻本，浙江图书馆藏。

五、菀青集序

予序山堂诗若干年。及予官长安，山堂以国子肄业游长安间，大司成新城王公亟称山堂诗若文冠一时名下，予复为序其五七律。而今予以请假在籍，山堂复辑其近所为诗赋并杂文、诗余

---

① 《续通志》，清文渊阁《四库全书》本。

② 光绪《余姚县志》，清光绪二十五年刻本。

请序之,而未有应也。会癸酉,与予兄子同榜举于乡,丁丑成进士,授庶常,远近籍籍,称衡文知人,能于暗中举名下士。予读其举文,称善,因取其诗词赋并杂文诵之,知山堂古今文皆冠流辈,即诗赋诸体与杂文,无不踞其巅而制其胜。独怪予三叙其文,文日进,则予年日就老,而山堂自庚辰散馆后,所修《一统志》,宋、金、元、明四朝《诗选》以及《佩文韵府》《朱子全集》《渊鉴类函》等书俱告成,称旨,乃益叹其才大而肆,应不可及也。

诗文至今日一大变矣!举文变而善,诗古文则每变愈下。诗厌温厚,弃三唐而趋赵宋;而赋、颂、乐府悉遗其高文典册,以为制义、礼乐不足道,于是总燕鄙之音,攈《齐谐》之习,洮凉衰飒;而至于文,则沿举文之软靡者而为之,以当八家,而于是诗与古文皆亡。山堂于举文则变而之善,能取高等;而至于诗古文,独守而不变,一任击瓶趋溺之流竞夸新制,而一以三义八法之意行之,清新俊逸,比之庾、鲍,此非所谓工生于才、达生于明者,与扬子云曰"向使孔氏之门,用赋则贾谊升堂、相如入室",然则以山堂之才而献之当宁,宜其高文典册郁为国华也,岂止人事遭逢之耶?康熙己丑岁杪,年家眷同学弟毛奇龄题于城东之书留草堂。

此文载陈至言《菀青集》卷首,作于康熙四十八(1709)年冬。《清文献通考》卷二百三十五《经籍考》:"《菀青集》,无卷数,陈至言撰。"[①]阮元《两浙辅轩录》卷十:"陈至言,字青崖,号山堂,萧山人。康熙丁丑进士。历官翰林院编修、河南学政。"[②]毛奇龄与陈至言为同乡同学,两人同受知于萧山知县姚文熊[③]。康熙十五年,毛奇龄为陈至言《近体诗》作序,见《西河合集·序九·陈德宣山堂近体诗序》。康熙三十一年,奇龄复为陈至言《五七律诗》作序,见《西河合集·序十五·陈山堂五七律诗序》。四十八年,芝泉堂刻陈至言

① 《清文献通考》,清文渊阁《四库全书》本。

② 阮元《两浙辅轩录》,清嘉庆刻本。

③ 左如芬:《缫芷阁遗稿》卷首毛奇龄序:"余与吴子应辰、何子卓人、吴子征吉、陈子山堂皆以文字受知于非庵夫子。"清康熙刻本。

《菀青集》成，毛奇龄亲为鉴定，兼为作序。该序在叙述陈氏生平功业的基础上，对陈氏的诗文、举文等文学成就予以肯定。《菀青集》卷首载毛奇龄三序，前两序载毛奇龄《西河合集》中，此序未载。《菀青集》现存清康熙芝泉堂刻本，凡二十一卷，复旦大学图书馆藏。

六、绥安二布衣诗钞序

尝游福州，闽中丞张君招东南诸名士赋诗样楼。坐中諮諮称昭武、绥安有两布衣者工诗，其诗在信阳、北地之间，世争传诵之，而未之见也。暨予东归草堂，老齿益逼，不复预人事。客有从昭武来者，已谢之去。既而闻布衣朱公字为章者，其文孙天锦、雨苍各贡举于乡，以不忘前哲，合辑《绥安两布衣诗》，越千里专请为序。

予乃矍然曰："此非向之愿一见其诗而不得者耶?"亟留之。启视，且令小史通读之。沨沨乎质而文，敦牂而能驯。其兴怀广远，而言情甚亲，且工于赋写。所云"体物浏亮"者，顾不失其伦。然犹两人各百首，虽合志，不同术，而方幅相比，有如璧合。此在三唐，当高置一席，尚肯为有明诸子捧车轮乎? 因之夷考其行。当崇祯之季，米脂贼破关中，丁公德举与公同邑，居然不相善也。丁公杖策走关下，托贵人上书。不得，乃衣短，后出居庸关，将投宣大军，制贼之险，而贼已逾河下，宣大军居庸守者，皆迎降。遂从柳沟入，直逼京师。丁公呕血长叹曰："吾海上布衣也，所谋不成，仍蹈海已耳。"公则闻国变，狂走数日，登故越王台，北向长号。捆家所有赀粮，变贾人，俯身燕、代、齐、鲁间，相时而迁物，三之五之，遇有急，辄周之。即还里，亦然。尝曰："子范子有言：'吾以贾人雄海邦，累散千金。'此布衣之极，吾犹是已。"以故，人称"两布衣"。

两布衣厚自晦，虽丁公善兵事，公富儒术，各埋蔑惟恐后。独性好咏吟酒，后稍稍露其技，然多弃去，无少留者。乃人之搜之，或关门驿壁，或市券历日纸隙，或叔伯倡和，而其人出之，或偶有囊底，及诸孙遍求,则已无剩矣。遂有以少为嗛者,而予口否。以彼两布衣,虽不遗一字,亦且如陈留老人,凡道傍含齿者,皆具心目。况俨然百首,在梁鸿五字之外,未尝少减。若只以诗人论,则《孟亭》一卷,诗不必遽逊辋川也。独是诗以人传,前人之诗,则又以后人传。公已昌,后河汾隐居,后生三珠。而丁公老死海滨,只身无聊。汀州幕府闻其贤,曾招致军前,稍为资给;且贻海蛮婢,使生一子。吾不知丁公所生子今何在也,使者归,为我询之。康熙庚寅长至后,萧山毛奇龄晚晴氏漫题于书留草堂。

此文载乾隆《建宁县志》卷二十六,作于四十九年(1710)庚寅。徐鼒《小腆纪传》卷五十八:“朱国汉,字为章,建宁人。少孤,事母以孝闻。甲申,闻变狂走,登故越王台址,北向恸哭。焚素业,挟赀游吴、越、燕、赵、荆、豫,与佣侩共甘苦,所至遇古忠臣、名贤祠庙墟,暮歌诗凭吊,有骚人之遗意。与同邑丁之贤有《绥安二布衣诗钞》,萧山毛奇龄为之序云。之贤字德举,崇祯时挟策入都,欲献书阙下,言兵事,不果。北都陷,念家有老母,脱身南下。有王将军者建牙汀州,招致幕下,复稍稍资给之,赠以婢,生一子。僦屋城东桃花溪上,以卒。”①据该文,知绥安二布衣是福建昭武、绥安籍的两位遗民朱国汉、丁之贤。朱国汉之孙朱霞(字天锦)、朱霔(字雨苍)合辑朱国汉、丁之贤诗成,倩毛奇龄作序。毛序介绍了两位遗民布衣的生平,认为两人之诗质文相成。

七、性影集序

诗有情有文,而世之称工诗者,每曰不知情生于文,文生于情,一似情与文可以交峙而相生焉者。因之华亭陈氏在明季论诗,狃嘉、隆浮缋之习,专以文行。而虞山钱氏矫之,特出南宋径率诗为之挥戈曰:“诗只有情耳。”于是不学之徒纵横而起。不读《诗序》乎?“在心

① 徐鼒《小腆纪传》,清光绪金陵刻本。

为志,发言为诗”,志即情也。性根于心,而并见于情,情为性之影,犹之言为心之声。夫以卜氏文学之贤,而其所序《诗》,本于心志,则非无文无学者所得而觊觎,明矣。

禊亭王先生席家世之盛,读书中秘,其于金匮、坟典,无所不窥。而第以诗论,宋人不识六笙诗,即四箱、三调,全未讲及。而明儒弇鄙,填横吹,句字比之襁儿之学语,傅婢呦嘤,最为可笑。先生于乐录,自登歌以及部伎、竹枝、子夜,随在挥霍,且和魏《乐府》十篇,仿张籍《相和歌词》一十六章,甚至唐人赵氏分赋薛道衡《昔昔盐》词,凡二十首,亦且就其词而追和,殆尽此,岂眇学所能至者?况汉贵拟古,自苏、李而降,多有拟诗。而先生拟十九首,拟陶,拟杜,拟元、白、皮、陆,以至拟眉山,拟渭南,意匠所及,皤皤如也。夫岁序迁易,山川变幻,与夫友朋之离合聚散,应必有当前实境形于其间,唯善赋物者,为能即事而曲达之。不浮不袭,使境次历然。独是体物之词,贵皦晰而恶俚亵。而先生出入经史,取其犀利而简捷者,略为点缀,读之者跃然称快。此虽本性情,而何一非学?

予晚习经术,遂绝酬应。凡以文序俯属者,辄起谢不敏。而今且耄矣,手腕重于椎,焉能挈笔?而先生以同馆名贤,每乐得其文而读之。且予通家子姚生鲁思,今学人也,曾编己诗为类书,名《类林新咏》,风行人间。顷辞公车门,携先生诗来,知鲁思为先生校浙闱时所首取士,其磁针契合,早已如此。夫毛亨已在门,而西河诗学,其为斯文所凖则,抑又何言?康熙壬辰夏五,同馆弟萧山毛奇龄拜题于城东草堂,时年九十。

按,此文载王时宪《性影集》卷首,作于康熙五十年壬辰(1711)夏。《清文献通考》卷二百三十五《经籍考》:“《性影集》八卷,王时宪撰。”[①]王时宪(1655—1717),字若千,号禊亭,江苏太仓人。康熙二十三年(1684)举人,四十八年(1709)进士。由宜兴教谕改翰林院庶吉士,散馆,授检讨。五十六年(1717),主陕西乡试。文中有“且予通家子姚生鲁思……携先生诗来”语,知毛奇龄应姚之骃之请,为王

① 《清文献通考》,清文渊阁《四库全书》本。

时宪《性影集》作序。阮元《两浙輶轩录》卷十七:“姚之骃,字鲁思,钱唐人。康熙辛丑进士,改庶吉士,迁御史。”①

八、靳史序

自古文苑家必先攻四教、六学,取其授受得失,可以资后儒辩者,而形诸著作,谓之经术。明代即不然,专立五经学,一昉元人取士式,以宋儒训诂为指归,藉之取科第。而他有著作,则自诗词文赋外,相尚为小品,以徒事怡悦。以故一代文苑如太仓、新安辈,亦且经术疏略,虽著书等身,而弇以史。考升庵《丹铅》,仅足备野稗之数,而余无闻焉。

休宁查宾王先生,秉卓绝之资,少登艺坛,遽以制举文为时贤所称。已而荐于乡,万历丁酉,升京兆贤书。方是时,有明当盛年,天下无事,而先生膺显誉,入谒公门,既擅高才,砥名教,而世多推毂誉。凡四方贤达辐辏长安者,无不推先生为乘时之宗。而先生处之泊然,志在高尚。但偕计再四,而幡然忽退。藏书数万卷,闭户矻矻。初以诗文示海内,而编纂渐繁,遂成巨集。自象纬以迄名物,其卷帙寡多,吾不得而指数也。顾一变时局,独饶经术,予注《易》时,客有举先生《周易陶瓶集》以为说者,间尝求其书不得而怅然。忽之,今其孙礼南克承家学,其为诗高洁,有孟亭之风,不愧昆裔。乃结纳满寰宇,与予兄子南游者敦缟纻之好。作诗寄予,且寄先生重刻《靳史》三十卷,而属予为序。

予曰:此先生经术之外之微言也乎?经有正言,“子所雅言”是也;有法言,子曰“法语之言”是也。并无所谓靳言者。靳者,吝也,吝为正言,而故微言以相愧。《春秋》乘丘之役,宋人请万归,而“宋公靳之”,杜预曰“戏而相愧”是也。然则先生以经教,而何取乎靳?曰经学之违时久矣!孔子正言,梁武尝以之策士,而流于拘曲;古经皆

① 阮元《两浙輶轩录》,清嘉庆刻本。

法言，顾扬云窃之以名书，而颇僻甚焉。是庄语格格，反不若微词讽引，婉而善入。所谓“言者无罪，闻之者足以戒”。蕲虽近戏，抑亦立说之善经也。其不名“经”而名“史”，亦曰此有实事，不徒托之空言已耳。不然，蕲者吝也，先生既吝于正言，而礼南传先生书，复吝其经学，而先梓是史以嬗于世，人之称“蕲史”也，其谓之何？康熙辛卯长至后一日，萧山毛奇龄敬题于书留草堂，时八十九岁。

按，此文载查礼南重刻《蕲史》卷首，作于康熙五十年（1711）冬杪。阮元《文选楼藏书记》卷一：“《蕲史》三十卷，明孝廉查应光著，休宁人，刊本。”[1]光绪《重修安徽通志》卷二百二十四：“查应光，字宾王，休宁人。万历丁酉举人。……辑有《群书纂》《蕲史》。”[2]据文中“今其孙礼南克承家学”、“与予兄子南游者敦缟纻之好，作诗寄予，且寄先生重刻《蕲史》三十卷”语，知本年查应光孙礼南重刻《蕲史》，毛奇龄应家侄之请，为作序。

九、家礼经典参同序

康熙壬辰夏四月，集城东草堂，与莫子蕙先、张子风林同睹是书，叹其参经酌典，引据精核，为从来言《礼》家所未有。至其论三族，论宾老，论公子之外兄弟，论嫂叔服类，哄然一词曰：发天地之扃矣。因朗吟旧句以赠之：“关西学术推夫子，天下英雄只使君。”盖实录也。具此学力，岁不我与，闻尚有《礼记集说折衷》，当速脱稿，老眼摩挲望之望之。九十叟西河弟毛奇龄漫笔。

按，此文载郑元庆《家礼经典参同》卷首，作于康熙五十一年（1712）四月。《清史稿》卷四八四《文苑一》：“郑元庆，字芷畦，归安人。……通史传，旁及金石文字。……又著《湖录》百二十卷。……晚更治经，其著书处名‘鱼计亭’。著有《周易集说》《诗序传异同》

---

① 阮元《文选楼藏书记》，清越缦堂钞本。

② 光绪《重修安徽通志》，清光绪四年刻本。

《礼记集说参同》《官礼经典参同》《家礼经典参同》《丧服古今异同考》《春王正月考》《海运议》。”光绪《归安县志》卷三十七:“郑元庆,字芷畦,归安学生。自幼通史传,覃思著述,期有用于世。毛奇龄、朱彝尊、胡渭诸名人并折行辈与之交。”[①]毛奇龄对后学郑元庆的学问非常赞赏,极尽提携。郑元庆著《湖录》成,毛奇龄称他为“博雅士”,慨然为之作序,见《西河合集·序二十九·湖州府志序》。康熙四十一年(1702)二月,郑元庆侍毛奇龄、朱彝尊游西湖,并为二先生画像,其跋云:“壬午二月,予寓昭庆慈寿房。时竹垞先生寓经房,前后楼相望。一日,西河先生来,曰:‘今日,吴子宝厓、顾子揩玉招与竹垞燕湖心亭。’余遂与西河先生步至经房,偕竹垞先生至湖上,竹翁先携杖行,余奉西河散行。此图是其景象也。”[②]

十、东渚诗集题词

宛陵自梅都官后,名为诗乡,然未有如今日之盛者。东渚,都官裔,一门群从,自相唱和,各裒然成集。人尝谓东渚诗如诸王之有元长、诸谢之有宣远,其语甚信。予滞京邑,曾和其所寄诗,思效其体,不可得。今读《东渚集》,如望北崎湖,使我游神在滄漭之际矣。西河同学弟毛奇龄题。

按,此文载梅枝凤《东渚诗集》卷首,作于康熙二十一年(1682)前后。吴肃公《街南续集》卷六《梅东渚先生墓志铭》:“梅氏讳枝凤,字子翔,号东渚。盖宋都官圣俞公之裔。父讳有振,母赵孺人,先生其第三子也。少事耕岩先生,从金沙周仪部鹿溪游。……生万历乙卯年九月晦日,卒康熙己巳年某月某日,年七十有五。”[③]知梅枝凤为梅尧臣后,与文中“东渚,都官裔”语合。另文中“予滞京邑,曾和其

---

① 光绪《归安县志》,清光绪八年刊本。

② 方浚颐《梦园书画录》,清光绪刻本。

③ 吴肃公《街南续集》,清康熙程士琦等刻本。

所寄诗”，指康熙二十一年（1682），梅枝凤满听楼筑成，毛奇龄和诗事，见《西河合集·五言格诗一·梅东渚筑楼于草堂之北施侍读题曰满听其群从渊公孝廉首倡二诗书卷命和遂依韵率成续原卷后》。毛奇龄与梅枝凤相识于康熙四年，时毛奇龄到宣城，访梅枝凤，《西河合集·碑记五·满听楼记》：“予至宣城，偕张公荀仲访东渚先生。”后毛奇龄流亡至江西湖西道参议施闰章幕，二人互有诗酬赠，梅枝凤《东渚诗集》卷三《答毛大可湖西见寄》。[①] 梅枝凤满听楼筑成，毛奇龄为文记之，《满听楼记》：“既而先生筑楼于草堂之傍，颜曰‘满听’。……同里施侍读为之题之。而其家举人渊公复为之绘图，传来京师。京师好事者，且为之歌咏其事。”《东渚诗集》卷首除毛奇龄题词外，另有王士禛序，末署“康熙二十一年岁在壬戌腊月，济南王士祯序”。集当本年刻成，毛文亦当作于本年。

十一、跋陈洪绶摹李公麟《乞士图》[②]

不见老莲者十余年。客淮，观海翁所藏画，得此幛，如与晤对。此系老莲得意笔，盖中年画而晚年又题者，观其字画昭然也。海翁秘之，诚不妄。西陵毛甡题并识。

此文载陈洪绶摹李公麟《乞士图》后，作于康熙二三年间。朱谋垔《画史会要》卷二：“龙眠居士李公麟，字伯时，为舒城大族。登进士第，博览法书、名画，故悟古人用笔意，作书有晋、宋风格，绘事集顾、陆、张、吴及前世名手所善以为己有。”[③]彭蕴璨《历代画史汇传》卷十四：“陈洪绶，字章侯，号老莲，诸暨人。以明经不仕。崇祯间，召入为供奉。甲申后，自称悔迟，善山水人物。”[④]《乞士图》载陈洪绶自

---

① 梅枝凤《东渚诗集》，清嘉庆满听楼刻本。

② 题原无，此为笔者所加。

③ 朱谋垔《画史会要》，清文渊阁《四库全书》本。

④ 彭蕴璨《历代画史汇传》，清道光刻本。

题:“己卯秋杪,作于圣居。时闻筝琶声,不觉有飞仙意。洪绶。”文中“不见老莲者十余年,客淮”语,知作于康熙二三年间。据光绪《淮安府志》卷四十:“康熙二三年间,萧山毛奇龄以避难来,山阳令朱禹锡舍之天宁寺,变姓名曰曰王彦,字士方,以文采重衣冠间。”[①]知毛奇龄康熙二三年间客淮。另据黄涌泉《陈洪绶年谱》,知陈洪绶卒于顺治九年壬辰(1652),自顺治九年至康熙二三年,恰十余年。是画除毛奇龄跋外,另有汤调鼎、查继佐、程正揆、宋曹等人题跋。画藏故宫博物院。

十二、千秋绝艳图跋

莺像前不可考。宋画院陈居中为唐崔丽人图,则始事也。然详其图跋,大抵泰和中有赵愚轩者,宦经蒲乐,得崔氏遗照于蒲之僧舍,因购摹之,则居中实摹旧者。其后陶九成又得居中画于临安,而赵待制雝倩禾中画师盛懋重临,即今所传刻本耳。若明唐六如改为之像,见吴趋坊本《西厢》。而近年吾越陈老莲又改为之,则皆非旧矣。予论《西厢》成,客有携居中刻画强予临此。予曰:花无成艳,叶无定影,取滕王所图为东园之蝶,得杨子华所为画以当谢监阶前之药,亦无不可。特尤物难拟,每趣愈下,予恐今兹所传,欲比之“为郎憔悴”之后,而犹未得焉。丙辰上巳,齐于氏跋。

按,此文载《毛西河论定西厢记》卷末毛奇龄自摹《千秋绝艳图》后,作于康熙十五年(1676)三月三日。夏文彦《图绘宝鉴》卷四:“陈居中,嘉泰年画院待诏,专工人物、蕃马,布景着色,可亚黄宗道。”[②]陶宗仪《南村辍耕录》卷十七:“余向在武林日,于一友人处见陈居中所画唐崔丽人图。其上有题云‘……余丁卯春三月,衔命陕右,道出于蒲东普救之僧舍,所谓西厢者,有唐丽人崔氏女遗照在焉。因命画师陈居中绘模真像……泰和丁卯林钟吉日,十洲种玉大志宜之

① 光绪《淮安府志》,清光绪十年刊本。

② 夏文彦《图绘宝鉴》,元至正刻本。

题。'……'盖前金赵愚轩之字,曾为巩西簿。遗山谓泰和有诗名,五言平淡,他人未易造,信然。泰和丁卯,迨今百十四年云。其月三日,壁水见士思容题。'右共五百九字,虽不知壁水见士为何如人,然二君之风韵可想见矣。因俾嘉禾绘工盛懋临写一轴。适舅氏赵公待制雝见而爱之,就为录文于上。"[①]与毛氏所述相符。文中有"若明唐六如改为之像,见吴趋坊本《西厢》。而近年吾越陈老莲又改为之"语,指明、清时唐寅与陈洪绶画崔莺莺像事,具体考证请参蒋星煜《明刊西厢记插图与作者考录》[②]。康熙十四年(1675),毛奇龄寓吴县知县邵怀棠县署,论定《西厢记》成。十五年(1676)三月,友人携陈居中所画崔莺莺像请毛奇龄临摹,毛因而临摹,并有跋语。

十三、崇　　兰

《崇兰》,寿陆母也。陆母宜梦鹤先生,术丽京、鲲庭、梯霞、左城诸子。岁六十,有秋兰之荣焉。

崇崇秋兰,被于中阿。零露离离,高阳列施。娈彼长苗,曾莫之偕。

崇崇秋兰,被于中薄。其节之挐,其葩之倬。佩之用帏,贻以是握。大人攸宜,君子既度。

崇崇秋兰,被于中唐。无足不利,无蔺不芳。繁稠之从,孙生之功。

莽莽者木,维霜斯披。堇堇者蓼,陨于西吹。俟彼崇兰,以条以绥。稽尔贞心,稚尔后来。

按,此诗载黄运泰、毛奇龄辑《越郡诗选》卷一,作于顺治十年癸巳(1653)。诗序中有"《崇兰》,寿陆母也。陆母宜梦鹤先生,术丽京、鲲庭、梯霞、左城诸子。岁六十"语,知为祝陆圻母六十寿而作。

---

① 陶宗仪《南村辍耕录》,《四部丛刊三编》景元本。

② 蒋星煜《〈西厢记〉的文献学研究》,上海古籍出版社,1997年,第565页。

丽京指陆圻,阮元《两浙輶轩录》卷一:"陆圻,字丽京,又字景宣,号讲山,仁和人。著《从同集》《威凤堂集》《西陵新语》。"[①]鲲庭指陆培,朱彝尊《明诗综》卷七十六:"陆培,字鲲庭,仁和人。崇祯庚辰进士,除行人。家居,死难。"[②]梯霞指陆堦,阮元《两浙輶轩录》卷一:"陆堦,字梯霞,钱塘人。圻弟,著《四书大全》六十卷、《白凤楼集》十四卷。"[③]左城指陆堦,阮元《两浙輶轩录》卷三:"陆堦,字左城,钱唐人。圻弟。有《丹凤堂集》。"[④]陈确《乾初先生遗集》卷一《复萧山徐徽之书》:"明年癸巳,西泠陆丽京之母六十。"[⑤]据以知陆圻母癸巳年六十,癸巳年即顺治十年(1653)。毛奇龄与陆氏昆仲为友,值陆母六十初度,作诗祝寿。

十四、尧之冈

尧之冈,寿丁迪吉师也。师人伦在望,有若冈成。

尧之冈,峘峘其阳。峘兮阳兮,维君子之堂兮。

尧之岵,宛宛其扆。宛兮扆兮,维君子之阼兮。

有瀸下泉,有穴众氿。可用蔼物,亦以燕喜。

按,此诗载黄运泰、毛奇龄辑《越郡诗选》卷一"风雅体"中,据诗前小序,是毛奇龄为业师丁迪吉祝寿所作。

十五、隰风吹雨二章

隰风吹雨,雨声潘兮。衔忧永夕,独长谣兮。

---

① 阮元《两浙輶轩录》,清嘉庆刻本。

② 朱彝尊《明诗综》,清文渊阁《四库全书》本。

③ 阮元《两浙輶轩录》,清嘉庆刻本。

④ 同上。

⑤ 陈确《乾初先生遗集》,清餐霞轩钞本。

隰风吹雨，雨声淫淫。有鸡唱暝，不更曙心。

按，此诗载黄运泰、毛奇龄辑《越郡诗选》卷一“风雅体”中。

十六、似艳歌何尝行

好鸟勿栖坏屋，好花勿生涂泥。力子恒苦瘠，逸子恒苦肥。力子拮据，终岁私顾乏食。犹有病妇，伸手索箸饭奝。(一解)

晁食不饱，视地生踌躇。出门欲适与他所弃妇，空室与居。念之无名，日徘徊趑趄。(二解)

黄鹄一去，不复来还。我口噤，不能衔井蛸。我有毛羽，日苦瘠薄多衰残。(三解)

念妇与我来时，治酒餔清浊，恒理日夕，犬豕嘎嘎，小大区置，咸得其意。(四解)

小麦青青，大麦萎黄。男儿出门，冀免冻僵。何处求我死，在亭西之坂，桓东之场。妇病不能起，牵衣在床，吁嗟此行当成名。(五解)

按，此诗载黄运泰、毛奇龄辑《越郡诗选》卷二“古乐府”中。此诗与以下四首诗，约作于清初，俱为毛奇龄摹拟乐府旧题刺时而作。时清兵在浙江各县圈占民房，致使民不聊生。

十七、似艳歌行

童童一匹布，欲量不得度。团团一株杨，有度不得量。男儿七尺躯，出门无短长。兄弟两三人，流宕在他乡。发敝不复黑，肌敝不复白。踌躇发与肌，黑白安足知？

按，此诗载黄运泰、毛奇龄辑《越郡诗选》卷二“古乐府”中。

十八、那呵滩

日来不曾歌,听歌那呵滩。屠儿解毛猪,剖腹断心肝。(一解)
欢从扬州还,愿到泸水游。鬼弹打折篙,交郎早回头。(二解)
按,此诗载黄运泰、毛奇龄辑《越郡诗选》卷二“古乐府”中。

十九、似猛虎行

上山有猛虎,下山有禾秏。不入猛虎居,安得禾作糜?宁使身与猛虎食,不可尝使腹中饥。(一解)

上山采樵,莽草木枹,日午不得食。旁有猛虎,终不顾视,但恨无力撩此木槮。(二解)

少年私喜自顾,曰能聚旅逐。此猛虎入处,虎处将下食禾秏。(三解)

男子兴作,当令享名。我实处此,为家国报。仇尔无我,尤我宜食尔下民。(四解)

下民俯首,私念好义,日输禾与此,少年不得吝悔。(五解)

山自有猛虎,入处虎处,安得复为生人食?禾秏不顾,将食尔妇子骨肉。妇子咸走,置山下田。(六解)

吁嗟嗟,上山亦无虎,下山亦无禾。猛虎不食人,腹饥多苦辛。(七解)

按,此诗载黄运泰、毛奇龄辑《越郡诗选》卷二“古乐府”中。

二十、似董逃行

我欲上升泰山,道遇神山人,言欲下授不死丸。使果得不死,天

地倾久，安容此民？（一解）

非东海神人之山，安得受命千万年？非东海神人之山，安得受命千万年？（二解）

不愿生长久，但愿得肌骨皮肉保护咸安，惟旦暮霜露在身。（三解）

秋得干芋，可以治餐。冬得单布，可以行寒。门左有少年，意钱蹋鞠，相与竞逐牵攀。（四解）

东有海水，潎潎其澜。西有平地，茫茫其圜。人思其乐，不到其间。穆王周流，终老室垣。（五解）

神山之人，欲下语下地少年，幸自今以往，勿复遁与逃，董安不安均足豪。（六解）

按，此诗载黄运泰、毛奇龄辑《越郡诗选》卷二"古乐府"中。

二十一、从南屏入南高峰憩新庵净室

停舸还中峰，徐步出北林。莲洞接幽眇，藕花长升沉。辄更西路高，顷入南屏深。黄槁披道隅，梧楸列崇岑。寒风动缔衣，白日移广衿。朗衍见石屋，窈窕来苍浔。烟霞识前题，满觉还旧吟。残桂芬树攲，孤花曜藂阴。拾磴折菊蒨，杖策扶萧森。羊肠若襟带，象鼻同笄簪。高峰上难量，石墙杳不任。仙掌擘嵂屼，优钵缠岖嵚。岩幽结茅修，壁峭留坐喑。下当空清潭，前有鸣飞禽。愀怆乍惊飙，恻恻离我心。

按，此诗载黄运泰、毛奇龄辑《越郡诗选》卷三"五言古诗"中。此诗与下两首诗皆是毛奇龄游西湖时作。乾隆《杭州府志》卷二十七："南屏山在净慈寺右。"①

① 乾隆《杭州府志》，清乾隆刻本。

二十二、于湖心至一桥留晚家庄

明湖澹澄波,鼓枻缘岸长。落日暗前磵,平烟萃横梁。归牧当北驰,离鸟交南翔。丘陇望不移,流水沿自凉。三潭舍悠悠,九曜追苍苍。结笮暎波岸,负棹观鱼塘。林路淹暝色,云岩隐宵光。密树霞隙明,薄雾山足亡。夜渡息筋力,晚家投村庄。抚寂意未竟,眷生情难忘。处明故终安,蒙晦敢豫将?但期继膏熏,留欢极山阳。

按,此诗载黄运泰、毛奇龄辑《越郡诗选》卷三“五言古诗”中。万历《杭州府志》卷四十四:“湖心亭在西湖之中,旧有湖心寺。”①

二十三、憩孤山

山水递夷隩,昏旦互兴没。涵理静得多,敷观曲能达。疏峰尚嵯峨,就径长显豁。游行倦名奇,矧乃晰豪发。小山介澄鲜,碧波绕层阙。休息方夕阴,怊骚及秋节。断桥莳新花,横塘伫凉月。水入锦带回,岩依岁寒切。已伤青蒲销,况觏绿杨折。鸡鹊起澜端,芙容堕木末。时来企新荣,感往悲逝决。遗踪汨重泉,□草偃故碣。流沫初短长,芳华竟销歇。逝将策远游,纵情骇超越。浮云昧前除,苍茫杳难涉。

按,此诗载黄运泰、毛奇龄辑《越郡诗选》卷三“五言古诗”中。成化《杭州府志》卷六:“孤山在钱塘门外西湖中,独立无附,为湖山最佳处。”②

---

① 万历《杭州府志》,明万历刻本。

② 成化《杭州府志》,明成化十一年刻本。

二十四、还止西陵宋右之钦序三陆予敬访予勤公讲堂

冀时多营心，娈物无素思。遐憩疏水间，静念关山期。幽阁入林秘，旷视来川坻。纵复广情曲，何异穷栖时。西陵茂风雨，东路饶车辎。勤公旧讲堂，寂莫孤山垂。甘泉餍名贤，朱柿条上墀。踟蹰绪飔凉，倚徙寒屏攲。君子抱嘉则，慕类情无涯。丘园既难忘，兰蕙宁久遗？抽素惬幽好，吐芳涤繁支。泛爱谬加及，耿衷难重持。慷慨念旧质，聊落招今凄。神亲多修容，夕至无挽曦。缅彼双生松，戚历同所怀。

按，此诗载黄运泰、毛奇龄辑《越郡诗选》卷三“五言古诗”中。“西陵”，杭州的代称。张岱《西湖梦寻》卷三：“六一泉在孤山之南，一名竹阁，一名勤公讲堂。宋元佑（祐）六年，东坡先生与会勤上人同哭欧阳公处也。勤上人讲堂初构，阙地得泉，东坡为作《泉铭》，以两人皆列欧公门下。此泉方出，适哭公讣，名以‘六一’。”[①]宋右之，即宋德宜，江南长洲人。王昶《春融堂集》卷六十四《宋德宜传》：“宋德宜，字右之，崇明人，迁居长洲。顺治十二年进士，选庶吉士，授编修。历官吏部尚书、文华殿大学士加太子太傅，以疾卒于官，年六十二，谥文恪。”[②]钦序三，名兰，江南长洲人。尤侗《艮斋杂说》卷五：“处士钦兰，字序三，少为诸生，有名。鼎革后，高尚不事，卖文自给。……序三与予同庚，为总角交。出处虽异，甚相得也。”[③]陆予敬，名志熙，道光《苏州府志》卷一百四：“陆志熙，字予敬，长洲人。吏部郎中康稷子。明末，由诸生选贡。尚气节，工诗文。承先志，不谒选人。康熙

---

① 张岱《西湖梦寻》，清光绪九年刻本。

② 王昶《春融堂集》，清嘉庆十二年塾南书舍刻本。

③ 尤侗《艮斋杂说》，清康熙刻西堂全集本。

初,迁昆山南星渎,与归庄、王晨、吴殳辈结社赋诗。”①

二十五、欸 乃 曲

江空旦霜水深,木叶留留猿吟。哀转久绝喑喑,行子舟中泪淋。八月秋高雨滂,秋水沆沦瞿塘。倾败汩没混茫,行子舟中傍徨。下水五日无几,上水十旬过之。滩头白勃坚持,黄牛异乡可悲。与子节歌江中,家住钱塘水东。上篙下篙力同,此时何时叶红。

按,此诗载黄运泰、毛奇龄辑《越郡诗选》卷三“六言古诗”中。

二十六、鸿资北归出瘿瓢示予索赋云得之孔桧中

老桧之瓳肩肩,鋘鑸一瘿千年。喆匠经营来前,器中膊悬自然。敧底崇唇高开,外象缕缕形贤。烂若万波中漩,挹水酌酒良便。不假金银珠瑨,一顾得直万钱。王子自远道还,告予得之圣埏。当年北走幽燕,道经东鲁周旋。下马仰视高筵,丰林茂材芊芊。其中手植桧蹎,殗生此瘿瓢缘。大圣文章相宣,东土小儒乾乾。拜手蝢首恭搴,咨嗟咄啃艰鲜。君子立行无訾,则取细物不捐。俯仰尧冠颂旃,胡必尽訾拘牵。愿洗此瓢中悬,无为牛羊腥膻,同里鄙人戋戋。

按,此诗载黄运泰、毛奇龄辑《越郡诗选》卷三“六言古诗”中。鸿资,即王鸿资,鸿资当为字,其名不详,萧山人,与毛奇龄、任辰旦、张杉为友。任辰旦《介和堂集·徐秀才诗序》:“予友固多作者,若毛僧开、王鸿资、张南士、胡绳先。”②单隆周《雪园诗赋初集》卷九《王鸿

---

① 道光《苏州府志》,清道光四年刻本。

② 任辰旦《介和堂集》,清抄本。

资小楼索题》诗题下注曰:“时王久为记室,始归里,贻我《剑游集》。”[1]康熙十六年,毛奇龄与张杉客上海县知县任辰旦署,值王鸿资生日,毛奇龄填词祝寿,见《西河合集·填词五·百字令·客沪上为王鸿资初度》。王鸿资筑半楼成,毛奇龄作文记之,见《西河合集·碑记五·半楼记》。王鸿资《客中杂咏》成,毛奇龄为作序,见《西河合集·序十一·王鸿资客中杂咏序》。知王曾为记室。

(作者:复旦大学出版社副编审)

① 单隆周《雪园诗赋初集》,清康熙刻本。

《明人别集丛编》编纂之缘起

郑利华

中国的古籍文献浩如烟海，这是先人留给我们宝贵的文化资源和精神财富。明代是中国历史发展演变的一个重要时期，成为中国社会处于近世而具标志性意义的一个时代。明代的文化不仅积累丰厚，重视与历史传统相对接，同时又善于创新立异，呈现时代异动的特征。而作为这种文化积累与变异相交织的具体表征之一，它也突出地反映在明代的著述领域。明人撰作浩繁，著说纷出，构成一笔蔚为可观的文化思想之资产。和前代相比，它不但反映在文献种类上的扩充，而且出现了一批卷帙庞大的著作，后者最为典型的莫过于明代中后期文坛巨擘王世贞之撰著，他生平笔耕不辍，著述极为繁富，仅其诗文别集《弇州山人四部稿》《弇州山人续稿》及《读书后》，加起来就接近四百卷，四库馆臣曾称："考自古文集之富，未有过于世贞者。"[①]尽管这种情况在有明一代不能说很普遍，但并非绝无仅有。这一切自是明代学术和文化趋于繁盛的一个明显标志，而这一时期汗牛充栋的各类著述，也成为后人研究明人理论思想和创作实践的重要资源。

鉴于有明一代文人的著述数量繁夥，其中不乏富有文献和研究之价值者，尤其是它们作为中国近世文献典籍的重要组成部分而流传至今，这也受到学术界和出版界的关注和重视，相应的文献整理和

---

① 永瑢等《四库全书总目》卷一百七十二集部《弇州山人四部稿》《续稿》提要，下册，第1508页，中华书局，1965年版。

出版工作为之展开。首先是明人文集的影印。这其中始自 20 世纪 90 年代的《四库》系列影印丛书的编纂出版,如《四库全书存目丛书》(齐鲁书社,1997 年)、《续修四库全书》(上海古籍出版社,2002 年)、《四库未收书辑刊》(北京出版社,1997 年)、《四库禁毁书丛刊》(北京出版社,1997 年),就包括了相当数量的明集。除此,尚有明人文集的专题影印丛书,如《明人文集丛刊》(台湾文海出版社,1970 年)、《明代论著丛刊》(台湾伟文图书出版社,1976 年)、《四库明人文集丛刊》(上海古籍出版社,1991 年)、《明别集丛刊》(黄山书社,2013 年)、《明人别集稿抄本丛刊》(国家图书馆出版社,2018 年)、《明代诗文集珍本丛刊》(国家图书馆出版社,2019 年)等。这些影印丛书尤其是明人文集专题影印丛书的相继问世,为明代文学、历史、哲学等领域的研究工作,提供了一批重要的文献资源。其次是明人文集的点校。除了一些零散的点校本之外,丛书系列较有代表性的,如《中国古典文学丛书》(上海古籍出版社)、《中国古典文学基本丛书》(中华书局)、《明清别集丛刊》(人民文学出版社),包括了若干种的明集;又具地方文献性质的如《湖湘文库》(岳麓书社)、《苏州文献丛书》(上海古籍出版社)等,也收入了数种明集。这也自然为学人的阅读和研究提供了一定的便利。

就古籍文献的影印来说,它的主要功能和作用在于保留文本的原始形态,这也是传统保存和传递文献资源的一项有效措施。已相继推出的若干种明人文集影印丛书,包括《四库》系列的影印丛书,不论是对于明集的保存还是文献资源的利用,无疑起到了一定的作用,应该予以肯定。相较于点校的整理形式,古籍文献的影印整理相对便捷,出版周期相对较短,因此为一些整理者和出版单位所乐于接受,这本身可以理解。不过,仅从明人文集影印整理的现状来看,其也存在着一些不容忽视的问题,比如重复影印出版就是其中之一。而之所以造成不同种类影印丛书收书的重复现象,主要恐怕有两方面的原因:一是可能对相关文献典籍的版本情况未加辨析,二是可能出于追求丛书之“全”“多”的目标而忽略之。从另一个方面来说,众所周知,古籍文献的影印毕竟不能代替点校的整理形式，因为二者的功能和作用不尽相同。作为一种文献的深度整理，点校工作包含的难度和强度毋庸置疑，按照传统的整理工序，它需要经过底本的遴选、文本的句读，以及利用不同版本和相关文献进行校勘及辑佚等过程，原则上要求形成相对完善和便于利用的新版本。从这个意义上来说，开展明人文集的整理工作，借助影印的便捷手段，为保存和利用古籍文献创造条件，固然是需要的，但同时，通过点校的方式，为学人提供较为完善的版本，也是不可或缺的。综观明人文集点校整理的现状，尽管相关的工作已取得一定的进展，特别是近些年来，陆陆续续也有若干整理本问世，但总体情况又难以令人乐观。这是因为，一是种类非常有限，即使是较有代表性的点校丛书如《中国古典文学丛书》《中国古典文学基本丛书》《明清别集丛刊》等，或限于丛书的通代体例，或限于选录范围的要求，其中明代部分所收录的，大多为传统意义上的活跃在当时文坛的数位代表性人物之文集。而一些地方性的文献丛书，又以人物的地域身份作为选录的主要标准，所以选目的覆盖面极为有限。这与明人文集大量留传的存书格局不相匹配。二是整理的质量参差不一，其中在标点、校勘、辑佚方面，固然不乏质量上乘者，但毋庸讳言，受到整理者学术资质和工作态度的限制，存在明显质量问题者，亦绝非个别。可以这么说，迄今为止，针对明人文集的系统性的点校整理，尚有待于在充分保证质量的基础上全面、深入开展，需要做的工作还有很多。

有鉴于此，经过充分的酝酿和前期准备，我们开始着手编纂大型整理丛书《明人别集丛编》，以作为力图于学林发挥重要助益作用的古籍整理研究的一大学术工程。这一整理计划得到了复旦大学出版社的大力支持，从而也使得这套丛书的编纂和出版工作有了切实有力的保障。双方商定，未来通力合作，明确各自职责，切实做好丛书的整理工作。为保证丛书编纂和出版的顺利进行，目前已分别组成丛书编纂委员会和出版工作委员会，以便落实具体的工作措施。根据已制定的《明人别集丛编》的编纂宗旨，此套丛书拟选择明代不同时期特别在文学乃至历史、哲学等领域具有代表性以及在上述领域具有一定业绩或影响而鲜受人关注的文人之诗文别集，通过精选底本、校本，精细标点和校勘，为学界提供一套相对完善的明人诗文别集整理本。具体来说，第一，诗文别集的选目要求具有较为广泛的覆盖面，体现较强的系统性或全面性。入选的作者当中，除了具有代表性的人物之外，拟重点选择一批尚未受到学人充分关注和重视而在明代各个时期文坛有着一定活跃度和影响力的文人，后者的诗文别集的点校整理大多尚属空白。这也成为体现此套丛书原创性和编纂特色的一个重点。第二，在标点和校勘上尽力做到谨慎细致、精益求精。底本方面，原则上要求选择刊印较早、较全或经名家精校的善本；校本方面，在厘清版本源流的基础上，对于有两种以上版本系统者，要求选择具有代表性的版本作为主要校本，并以他本及各类相关文献资料作参校。通过精校，存真复原，提供接近作者原本的新善本。第三，在文本的辑佚上尽可能利用有关的资源拾遗补阙。即要求通过对作者诗文集各版本的细致查阅和对相关文集、史志等各类文献资料的广泛搜罗，补入本集未收的诗文，同时为避免误收，要求对所辑篇翰严格加以辩伪。

作为《明人别集丛编》编纂的一大特色，本丛书拟选录的文集当中，包括了一批前人未曾点校整理的明人诗文别集。这对于具体的整理工作而言，更是需要从头做起，弥补空白，它既是丛书编纂的一大重点，也是其中的一大难点，工作的艰巨程度自不待言。与此同时，本丛书也拟选录若干种已有整理本问世的明人诗文别集，而从提升整理质量的角度来说，这同样是一项费时又费力的艰苦工作。如上所说，客观来看，前人的明集整理本的情况也比较复杂，有的整理质量较高，也有一些质量不尽如人意。特别是有些早期的整理本，除了受制于整理者自身的主观因素，其时文献查阅和检索等条件不如现今便利的客观限制，也大大增加了整理者的工作难度和强度。作为编纂的一项重要原则，本丛书对于已有的相关的整理成果，除了适当汲取其点校的优长，拟以立足于纠误补失的超越性作为整理工作的终极目标。

事实上，古籍文献的整理也往往面临不断积累和反复改进的过程,实践的经验证明,从纠补阙失、后出转精的角度来说,在不少情形下,重新整理又是非常必要的。比如,笔者参与了《王世贞全集》的主编工作,在整理其中的王世贞《弇山堂别集》过程中,发现已有整理本存在的诸多问题。中华书局于20世纪80年代曾经出版魏连科先生的《弇山堂别集》整理本(以下称"魏本"),魏本的出版,为学人阅读和利用此集提供了一定的便利,功不可没。然而我们在重新整理过程中也发现,魏本的问题不少,主要是存在大量的失校和断句之误。这些失校和错误,一定程度上与当时整理的客观条件有限不无关系。《弇山堂别集》的整理本身颇有难度,一是其文献来源相当博杂,二是其各个版本校刻不精,鱼豕衍脱之误甚多,又间有史事载录之误。魏本因选用的校本和相关文献有限而造成诸多失校,如其未能利用《四库》本校勘,虽然《四库》本与《弇山堂别集》其他版本一样,文字讹误颇多,又间有擅改之失,但同时也确有正误之处,具有较重要的校勘价值。再如《弇山堂别集》中不少史料采自《明实录》,魏本因未利用《明实录》参校,未能订正原本的一些讹误。又魏本除了散见于全书的一些断句之误外,部分的断句问题尤其是全书卷十九《皇明奇事述四》之"明缙绅奇姓"的断句错误相当集中。王世贞在是则开端云:"古今奇姓,余尝于《宛委余编》略载之,而不能详,今于凌氏所记,拾本朝之可知者,更志一二,以俟增订。"上面所说的"凌氏所记",指的是明代凌迪知编辑的《古今万姓统谱》,此谱"以古今姓氏分韵编次,略仿林宝《元和姓纂》,以历代名人履贯事迹案次时代,分隶各姓下。又仿章定《名贤氏族言行类稿》,名为姓谱,实则合谱牒传记而共成一类事书也"①。魏先生或因为未详悉此谱,在《别集》点校中未能取以参校,加上原文讹误衍脱非常严重,因此导致众多断句错误,包括未能分辨其中人物之姓名、里籍、履历等舛错衍脱之误。②

---

① 《四库全书总目》卷一百三十六子部《万姓统谱》提要,下册,第1154页。

② 详见拙文《〈弇山堂别集〉一百卷重新整理漫谈》,《文汇学人》2017年10月27日第11版;许建平、郑利华主编《王世贞全集·弇山堂别集》,上海古籍出版社,2017年版。

再从明人诗文别集的整理情况来看，重新整理实在也是一项必要的选择。兹仅举一例，如20世纪80年代，岳麓书社出版了点校本《李东阳集》三卷。此本在当时的问世，虽然在李东阳诗文别集的整理方面迈出了重要的一步，但需要弥补的空间仍然很大。本所钱振民教授多年来致力于李东阳文集的考查和整理工作，为此花费了很多心力。他在三十年前，已发现岳麓书社三卷本未收录的李东阳《怀麓堂诗文续稿》二十卷(《诗续稿》八卷、《文续稿》十二卷)、《补遗》一卷，并于20世纪90年代将其整理出版，弥补了空缺。此后，相关的考查和搜集工作并未就此停止，一直在持续进行中。近年以来，钱振民教授在广泛查阅和考析的基础上，对李东阳诗文别集进行了重新整理，完成了《李东阳全集》(以下简称"《全集》")的编纂，并拟将此集收入《明人别集丛编》。较之原先的整理本，《全集》本无论是底本的选用还是诗文的辑补，更趋于完善。比如，不同于岳麓书社三卷本以清嘉庆八年(1803)陇下学易堂刻本《怀麓堂全集》为底本，[①]《全集》本中的《怀麓堂稿》采用未经删削的初刻本即明正德十一年(1516)熊桂刻本为底本，《麓堂诗话》则采取未经删削的明正德精抄本为底本，从而使其更接近文本的原貌。与此同时，《全集》本补入了作者相当数量的诗文作品，其中《联句录》一卷、《玉堂联句》一卷、《补遗》十一卷所辑的大部分诗文，为原先的整理本《李东阳集》和《李东阳续集》所未收，而《补遗》十一卷，乃是编者从各类相关文献资料中搜集所得，共计诗文作品二百五十余篇。举出此例，并非质疑明人诗文别集已有整理本的价值，而是想要说明，受到各种主客观条件的限制，有些整理本在今天看来，仍有很大的修正和补阙的空间，重新整理并不意味重复整理，它的价值意义更多指向优于前人整理成果的超越性，而要达到这一目标，则可能需要付出更多艰辛的劳动。当然，对于

---

① 2008年12月，岳麓书社将《李东阳集》三卷与《李东阳续集》合为《李东阳集》四卷，纳入《湖湘文库》丛书出版，前三卷仅"在编排次序上对1984年点校本作了少许调整"(该版《前言》)。

《明人别集丛编》的编纂来说，如何做好若干诗文别集的重新整理工作，真正提升已有整理成果的质量，达到后出转精的目标，也是面临的一项很大的挑战。

（作者：复旦大学古籍所教授、博士生导师，
兼复旦大学中国古代文学研究中心教授、副主任）

《李东阳全集》述略*

钱振民

李东阳,字宾之,号西涯,谥文正,祖籍湖南茶陵。成化、弘治、正德年间,他立朝五十年,辅政十八载,官至少师,兼太子太师、吏部尚书、华盖殿大学士。更以不世之才,扭转文运,主盟文坛,一时天下文学归于茶陵。作为明代著名政治家、文学家、书法家的李东阳,学界多有研究成果,兹不赘述。

李东阳一生著述宏富,且"朝廷大著作,多出其手"(《明史》本传)。笔者于二十多年前发表了《李东阳著述考》《怀麓堂稿探考》两文①,对李氏著述进行了初步梳理。近年着手编集整理《李东阳全集》,对李氏存世著述进行了较全面的梳理。以类别之,李氏著述主要有以下三类:一、自撰诗文作品。详下文;二、编纂类著述,独编者有《云阳集》《憩庵府君字法手稿》《二仲遗哀》《灌畦暇语》等,主编者有《大明会典》《历代通鉴纂要》《明孝宗实录》,参编者有《明英宗实录》《明宪宗实录》《阙里志》《类博稿》《沧洲诗集》《黎文僖公集》《学士柏诗》等;三、书法类著述,如《李西涯翰墨卷》《西涯诗篆

* 本文为教育部人文社科重点研究基地重大项目"明代诗文别集的整理与研究——以高启、李东阳诗文别集为中心"的研究成果之一。项目批准号:12JJD750011。近年又获得上海高原高峰重点学科建设经费支持。

① 《李东阳著述考》见《中国文学研究》1995年第4期,《怀麓堂稿探考》见《复旦学报》(社会科学版)1996年第1期。

卷》《自书诗卷》《李西涯真草墨迹五卷》[①],此类著述通常为后人编集。

此次编集整理李东阳诗文全集,是将第一类著述,即李氏自撰诗文作品中现在仍然存世者,通过精选底本、校本,审慎校勘、辑佚,尽可能地恢复李氏诗文著作的原貌。

壹、《李东阳全集》的基本构成

李东阳自撰诗文著述现在仍然存世者,有《怀麓堂稿》一百〇三卷、《怀麓堂续稿》二十一卷、《燕对录》一卷、《联句录》一卷、《玉堂联句》一卷、《麓堂诗话》一卷,另有散落在各类文史文献中的诗文二百五十余篇,笔者将之汇为《补遗》十一卷。《李东阳全集》即由这七部分构成,共一百三十八卷。其中《联句录》《玉堂联句》及《补遗》中所辑的大部分诗文,此前皆未曾收入近年出版的整理本《李东阳集》和《李东阳续集》;《怀麓堂稿》用未经删削的初刻本即正德十一年刻本为整理底本,《麓堂诗话》用未经删削、更接近初刻本原貌的明正德精抄本为整理底本。详情如下:

(一) 怀麓堂稿一百〇三卷

此稿为李东阳仕宦期间诗文作品的结集,也是其一生自撰诗文作品的主要部分。杨一清序曰:"先生尝自辑其诗文,凡九十卷,总名之曰《怀麓堂稿》。《诗稿》二十卷、《文稿》三十卷,在翰林时作;《诗后稿》十卷、《文后稿》三十卷,在内阁时作。《南行稿》《北上录》,则附于前稿之末;《讲读》《东祀》《集句》《哭子》《求退》诸录,则附于后稿之末:以皆杂记,故不入卷中。徽州守熊君桂,先生礼闱所取士,间从所知得副本,乃谋诸同知王君仲仁辈,刻之郡斋。走书京师,索予序。……先生所著,别有《燕对录》,藏于家。及密勿章疏,文字甚

---

① 《自书诗卷》现藏湖南省博物馆,见刘刚撰《李东阳行草〈自书诗卷〉》,《中华书画家》2016年第1期。《李西涯真草墨迹五卷》,《式古堂书画汇考·书》卷之四著录,不知存世否。

多。……若致仕以后诗文，则别为续稿，他日当自有传之者。正德丙子秋七月朔，……石淙杨一清序。”①

此稿由门人熊桂等于正德十一年在徽州开雕，正德十三底完成。此刻本称明正德十一年（或称十三年）徽州刻本，或称熊桂刻本。此本国内外现存刻本（多为残缺本）、明清抄本多种。台湾图书馆所藏刻本是全本，其主要著录文字如下：

> 题名卷数：怀麓堂诗稿二十卷，文稿三十卷，诗后稿十卷，文后稿三十卷，南行稿一卷，北上录一卷，讲读录一卷，东祀录三卷，集句录一卷，集句后录一卷，哭子录一卷，求退录三卷
>
> 创作者：（明）李东阳（撰）；
>
> 序跋者：（明）杨一清（序）、（明）靳贵（跋）
>
> 版本：明正德戊寅（十三年，1518）熊桂等徽州刊本
>
> 版式行款：10行，行20字，注小字双行，字数同，版心白口，单鱼尾，下方记刻工
>
> 数量：24册

台湾学生书局1975年版《历代画家诗文集》丛书将此本影印面世。

台北故宫博物院藏有原国立北平图书馆藏两种明正德刻本残本，国家图书馆出版社2014年版《原国立北平图书馆甲库善本丛书》据美国国会图书馆20世纪40年代拍摄的缩微胶卷影印，可以合而为一，看到一部完整的明正德刻本《怀麓堂稿》，只是影印本漫漶处甚多。

北京大学图书馆藏有一部清抄本，此抄本卷端有翁方纲手书识语：“辛亥正月，碧泉宫詹以所藏《怀麓堂集》旧写本见示，盖与吾斋藏本卷帙悉同。至四月二十九日校讫，北平翁方纲。”该抄本内容完整，缮录认真，其版式行款同明正德本，又经名家校勘，堪称精抄本。

正德刻本《怀麓堂稿》（清本《怀麓堂全集》多有删削，详后文）刻

① 见正德本《怀麓堂稿》卷首，清以后刻本对此段文字有改动，见拙文《〈怀麓堂稿〉探考》，《复旦学报》（社会科学版）1996年第1期。

印精良，本次整理，以《历代画家诗文集》丛书影印本为底本，以美国国会图书馆所摄缩微胶卷本、黄山书社2013年版《明别集丛刊》第一辑影印北大图书馆藏清抄本为主要校本，亦酌予参校清代各刊本、写本，以及近年岳麓书社出版的点校整理本《李东阳集》。

（二）怀麓堂续稿二十卷补遗一卷

此稿为李东阳致政后四年间诗文作品的结集，含《诗续稿》八卷、《文续稿》十二卷、《补遗》一卷。正德十二年，门人张汝立刻之于苏州，门人邵宝为撰序。其序曰："《怀麓堂续稿》若干卷，太师西涯先生李文正公致仕后所著也。公所著有《麓堂前后稿》者，刻于徽郡，公门下士提学侍御张君汝立实与图焉。公卒之明年，汝立复得是稿，遂于苏郡刻之。……正德十有二年春三月既望，门人……无锡邵宝百拜书。"

笔者于三十年前发现此稿①，存世者仅有刻本（残）、抄本几种。北京大学图书馆所藏抄本内容完整，缮录认真，其版式行款同明正德本。该抄被编置于《怀麓堂稿》抄本后面，当是缮录者将之视为《怀麓堂稿》的一部分，亦堪称精抄本。

黄山书社2013年《明别集丛刊》第一辑将两抄本一同影印面世。本次整理此续稿，笔者在此前依据北京、南京、上海等地图书馆所藏正德十二年张汝立刻本残本整合而成、由岳麓书社出版的《李东阳续集》的基础上，再校以此抄本。

（三）燕对录一卷

此录是李东阳对自己入阁后多次被孝宗、武宗召对议政所作的纪录，成编于正德九年。其序曰："弘治乙卯春，东阳自翰林承乏内阁。……丁巳之夏，上取诸司题奏，质问可否，令各拟票，面赐裁决，新御宸翰，批而行之。自是稍稍召对。……每敷对之暇，退而记忆，谨书于册，以记圣德，存故典。……若今天子嗣统更化以来，亦尝屡召，询问对答之语，并续于后，以著始终之意云。正德九年六月朔日，具官致仕臣李东阳拜手稽首谨序。"

---

① 见拙文《新发现的〈怀麓堂诗文续稿〉》，《复旦学报》（社会科学版）1987年第2期。

此录未收入《怀麓堂稿》中，今存《明良集》《交泰录》《国朝典故》三种丛书本。本次整理，以《续修四库全书》影印明嘉靖十二年刻《明良集》本为底本，校以《国朝典故》本。

（四）联句录一卷

此录为李东阳与同年进士在翰林者于成化前期十余年间联句作品的结集。卷首李东阳序曰："予同年进士在翰林者十有余人，凡斋居游燕辄有诗。诗多为联句，未尝校多寡，论工与拙，凡以代晤语，通情愫，标纪岁月，存离合之念，申箴归之意而已。然时出豪险，亦不之禁。……十年间，多不时录，辄漫不可纪。窃以为是亦交义所系，不宜遽泯没，乃与鸣治掇其存者，得若干篇成卷。凡后所续得，及诸同游大夫士相与作者，皆附见焉。成化甲午夏六月二十四日李东阳序。"成化末年，时任云南等处承宣布政使司左布政使的友人周正将此录刊印于云南[①]。此刊本今存。

此录未收入《怀麓堂稿》中。本次整理，即用《四库全书存目》影印南京图书馆藏明周正刻成化本。

（五）玉堂联句一卷

此卷为李东阳与同乡友人彭民望唱和联句的结集。"吾乡彭民望善为诗……成化辛卯，民望实寓余家，凡再阅岁。风晨月夕，清谈小酸之暇，辄为诗。诗多联句。余诗固非所及，然其神交兴洽，率然而成诗，比意续之，幸不至于牴牾者亦多矣。越三年，偶阅旧稿，怅然感之，因录为一卷。是岁甲午夏六月二十日，西涯老史李东阳书。"[②]

---

① 此《联句录》卷末有周正题识："成化壬寅，余捧万寿圣节表文至都下。癸卯还任，道经贵州之普定。会海钓萧黄门文明出翰林李西厓先生所编玉堂诸公及缙绅大夫士联句一帙，起自成化纪元乙酉，讫于己亥，凡十余年诗共二百五十八首。余缪进参政时，西厓、文明联句赠行三首亦在焉。……遂恳于文明，袖以归滇，欲锓梓嘉与同志者共。奈何尘鞅交驰，车不停辙。又五年丁未，余专视篆章，始克刊成。所惜者己亥讫于今又八年矣，联句之盛，不知积至几百首，新入社缙绅诸公又不知有几何人。……己亥以后诸作，倘西厓不吝录示，当续入梓以满望也。谨书以俟。时成化二十三年仲秋之吉，云南等处承宣布政使司左布政使文江周正识。"

② 见《玉堂联句》卷首，清道光十年刻清末重印《攸舆诗钞》本。

笔者于中国国家图书馆藏清道光十年刻清末重印《攸舆诗钞》中觅得此卷,明刊《怀麓堂稿》、清刊《怀麓堂集》各本及近年校点整理本《李东阳集》《李东阳续集》皆未收录。本次整理,即据《攸舆诗钞》本。

(六) 麓堂诗话一卷

此卷为李东阳谈诗论文的随笔,较集中地反映了其文学思想。正德初期,辽阳王铎于扬州首刻之。卷端识语曰:"是编乃今少师大学士西涯李先生公余随笔,藏之家笥,未尝出以示人,铎得而录焉。……用托之木,与《沧浪》并传。……辽阳王铎识"李东阳于正德元年始官少师,兼太子太师、吏部尚书、华盖殿大学士,正德七年致政;识语有"今少师大学士"语;王铎于正德四年任扬州知府[①];去正德年间未远的嘉靖本翻刻者陈大晓于嘉靖二十一年所撰跋谓"辽阳王公刻于维扬":虽然尚不能确切考知王铎刊刻《麓堂诗话》是在那一年,而判定其在正德初期这一时段当无异议。

嘉靖间,番禺陈大晓翻刻之。其跋曰:"《麓堂诗话》,实涯翁所著,辽阳王公刻于维扬。余家食时,手抄一帙,把玩久之……将载刻以传而未果。兹欲酬斯初志,适匠氏自坊间来,予同寅松溪叶子坡南、长洲陈子桀庭咸赞成之。乃相与正其讹舛,翻刻于缙庠之相观庭,为天下诗家公器焉。时嘉靖壬寅十一月既望,番禺后学负暄陈大晓景曙父跋。"[②]

王铎初刻本、陈大晓翻刻本已不可见,今存世较早者有《艺海汇函》明抄本、明末心远堂《古今诗话》刊本、清顺治间《说郛续》刊本(删节本)、《知不足斋丛书》本、《四库全书》诸抄本、《谈艺珠丛》本、《历代诗话续编》本等。清嘉庆间茶陵谭碗、谭中模等十二人于嘉庆八、九年间出资刊刻的《怀麓堂全集》(即二六书屋刊本),将此诗话编为"杂记"第十卷。

---

① 马云骎《李东阳〈麓堂诗话〉考论》,北京大学学报(哲学社会科学版)第42卷第6期,2005年11月。

② 见《知不足斋丛书》第三集本卷末,清乾隆四十年版。

梅纯编纂《艺海汇函》丛书,卷端自序署“正德二年岁次丁卯春二月朔旦”,知该丛书当完成于正德初期。该丛书卷五“说诗类”缮录有《麓堂诗话》,其卷端有王铎识语。该抄本以楷书精抄,内容完整,缮录极认真:须对明皇权表敬处,另行顶格抄录;发觉某字漏抄,即将该字补于该句或该行末,右边加一标号‘、’,并于漏字处右边加一类似仰卧的‘卜’号,表示须将下面的漏抄字移入此处;或直接在漏字之处的右边补入正字,并在该字下加一斜杠表示补入此字之意;发觉抄错的文字,即对该错字加圈,并于其右补写一正字;发觉衍字,即圈去。该抄本当是严格依照王铎正德初年刻本之行款而缮录的精抄本,又经清代名家杭世骏校过[1],“应更接近原貌”[2]。

清乾隆四十年,鲍廷博据倪建中抄本将《麓堂诗话》收入《知不足斋丛书》第三集中刊行。该本卷后附陈大晓跋文,所据抄本当抄自嘉靖陈大晓翻刻本。该丛书本对卷中多处“违碍”文字有删节,条目诠次与《艺海汇函》本亦略有不同。但该本屡经传抄、翻刻,影响广泛。

本次整理,以《艺海汇函》抄本为底本,参校《知不足斋从书》《明人诗话要籍汇编》《怀麓堂诗话校释》等刊本。

(七)补遗十一卷

随着古籍编目的完善,古籍资料的电子化、数字化,以及学界的不断发掘,在李东阳著述的辑佚方面有了较多收获。除了前面所述的《玉堂联句》82首联句诗外,笔者新辑得各体诗50余首,各体文60余篇。此次编集整理李氏诗文著述,其主体部分已采用正德本《怀麓堂稿》,因而此前从该稿中辑出而编入《李东阳续集》中的诗3首、文章48篇,不再作为佚文处理。

收入本《补遗》的各体诗130余首、各体文120余篇,其中含其他

---

① 《艺海汇函》丛书卷末署“堇浦杭大宗校于道古堂”。

② 陈广宏、侯荣川编《明人诗话要籍汇编》卷首《明人诗话要籍提要》,复旦大学出版社,2017年。

研究者辑得的诗歌10首、文章20篇。原收在《怀麓堂续稿·补遗》卷的6篇文章，为避卷目的重叠，移录至本《补遗》中。因篇目较多，略依《怀麓堂稿》之例，编为《诗补遗》二卷、《文补遗》九卷。

贰、其他曾结集成编或刊行者

李东阳自撰诗文著述，除前文所述各种外，尚有二十余种曾经独自成编者。这些独自成编的著述或已收入《怀麓堂稿》中，或已散佚。《怀麓堂稿》也有多种重要抄本，以及面貌改变较大的刻本。下面分别述之。

一、曾独自成编而已收入《怀麓堂稿》者

（一）南行稿一卷

此稿为李东阳诗文作品的第一次结集。成化八年，官翰林院编修的李东阳获假，陪同父亲李淳回祖籍湖南茶陵祭扫坟墓。途中所见所闻，发为文章，汇成此稿。其序曰："成化壬辰岁二月，予得告归茶陵，奉家君编修公以行。至则省祖州佐公及高处士府君之墓。既合族序，燕居十有八日，乃北返。以八月末入见于朝，盖七阅月而毕事。……其间流峙之殊形、飞跃开落之异情，耳目听接，兴况所寄，左触右激，发乎言而成声，……得百二十有六首、文五通。"

此稿后收入《怀麓堂稿》，附编于《诗稿》《文稿》之后。

（二）北上录一卷

成化十六年，李东阳与罗璟奉命赴南京主考应天府乡试，此行的诗文汇为此录。其序曰："予与洗马罗君明仲校文南都，既闻命，登舟兼程以往。……校阅既毕，始为一章，贻我同志。公卿大夫士在南都者，延访燕会，或登名山，历胜地，辄有诗。……留数日，辄还舟北上。过石头，沿大江，绝长淮。观吕梁百步之壮，溯天津潞河之深远，归眺太行，数千里萦抱不绝。于是尽得两京之形胜，神爽飞越，心胸开荡。烟云风雨之聚散，禽鱼草木之下上开落，衣冠人物、风土俗尚之殊异，

前朝旧迹之兴废不常者,不能不形诸言。……汇次之,得赋一、诗百有二、联句二、杂文三,为一卷。以皆使归录,故名曰《北上录》。"

此录后收入《怀麓堂稿》中,附编于《诗稿》《文稿》之后。

(三) 新旧唐书杂论一卷

此卷为李东阳阅读新旧《唐书》的心得之作,收入《怀麓堂稿》中,作为《文稿》卷之十七。此卷另有《借月山房汇抄》本等。

(四) 讲读录二卷

此录为李东阳在成化、弘治间任翰林讲读之职时所撰写的讲章和直解。其序曰:"东阳自宪宗朝入翰林,历编修、侍讲,十有余年。成化丙申,始入经筵侍班,兼撰讲章。……弘治壬子,始直日讲,兼经筵讲官。……谨汇次所撰讲章、直解若干首,为二卷。"

此录后收入《怀麓堂稿》中,附编于《诗后稿》《文后稿》之后。

(五) 哭子录一卷

李东阳的长子兆先于弘治间病死,友人多赋诗慰吊,李东阳借韵答之,悲歌当哭,后于正德间汇次成编。其引曰:"吾子兆先之丧,吾既忍痛为铭志,欲为诗哭之,无暇于所谓声律者。体斋先生以诗来吊,借韵答之。后诸大夫士交吾父子间者,继作不辍。每有所触,辄借其韵以泄予思,多至数十首。……偶检旧草,不欲遽弃,录之为一卷。……正德癸酉正月十九日,西涯翁抆泪书。"

此录后收入《怀麓堂稿》中,附编于《诗后稿》《文后稿》之后。

(六) 东祀录三卷

弘治六年,阙里孔庙焚于火,十七年重建而成,李东阳以内阁大臣奉命前往祭祀。此行的诗文汇为此录。其序曰:"弘治已未,宣圣庙灾,有诏重建,及今年甲子告成。上以为国家重典,用国学时祭之制,遣内阁臣往祭,而东阳实承敕以行。……自发轫至返棹,为日四十有七,得记辞各一、铭二、文四、奏疏五、诗二十有八,汇录之为卷。……昔省墓湖湘则有《南行稿》,校文南都则有《北上录》,故今名之曰《东祀录》云。"

此录有弘治刻本及正德元年王麟刻本。后收入《怀麓堂稿》中,附编于《诗后稿》《文后稿》之后。

(七) 集句录一卷

成化十三年春,李东阳病,友人劝其戒诗,李东阳便戏集古句成篇,与友人应答酬赠,后汇为此录。其引曰:“丁酉之春,予病在告,百念具废,而顾独好诗。故人爱我者戒勿复作。既乃闭户危坐,不能为怀,因戏集古句成篇,略代讽咏。有以旧逋见督者,间以应之。遇少得意,亦稍蔓引,不能止。……两月间得为篇若干,摭之筐中,亦不欲弃去,录之为一卷。”

此录后收入《怀麓堂稿》中,附编于《诗后稿》《文后稿》之后。

(八) 集句后录一卷

弘治十七年冬至十八年春,李东阳于病中复集古句一卷。其小引曰:“甲子之夏,予归自阙里,道触炎暑,及冬而病,凡三阅月。自度衰疾,三上疏乞休,不获。幽情郁思,欲托之吟讽而未能者,略录往年故事,集古句以自况。故旧问遗,亦藉为往复。仅得若干篇,而诸体略具。常检往年所录,久失去,比始得之。因再录后卷,并为帙以藏。”

此录后收入《怀麓堂稿》中,附编于《诗后稿》《文后稿》之后。

(九) 拟古乐府二卷

此为李东阳在弘治年间的拟古乐府诗作,《拟古乐府引》署“弘治甲子正月三日”。友人谢铎、潘辰为之评点,初刻于正德八年。后门人何孟春为之作音注,正德十三年顾佖刻本有谢铎、潘辰为之评、何孟春音注。后将此二卷连同谢、潘评语一同收入《怀麓堂稿》中,作为《诗稿》的首二卷。

明清以来,单行刻本极多,除上述两种外,今存有明魏椿刻本、李一鹏刻本、唐尧臣刻本,释株宏刻本、清康熙三十八年长寿刻本、乾隆间《四库全书》抄本、何泰吉刻本、民国二年刻本等等。海外有高丽刻本、日本安政戊午年(1858)联腋书院活字本,今亦存。

(十) 求退录三卷

此录为李东阳在内阁期间乞求辞职以及辞荫谢恩的章奏。其序曰:“弘治乙卯春,东阳辱先皇帝简入内阁,参预机务。自揣凉薄,弗克膺重任,具疏辞,不许,黾勉就职。辛酉春,属以疾告,三具疏乞休,继以灾异辞,以不职辞。前后十余上,皆不许。……当正德丙寅秋,与少师洛阳刘公、少傅余姚谢公并辞，亦不许。……旋值权奸窃柄，国是动摇。既不获退，则曲为匡救，十不能一二，累疾累辞。及《会典》《实录》次第告成，藩贼外平，逆臣内殄……中间疢疾时作，辄不得已而辞。……或浃月再陈，或期岁十上。……居闲无事，检阅旧章，汇录之，得若干篇，为三卷，总名曰《求退录》。而辞荫之章、谢恩之奏，亦以事附焉。”

此录后收入《怀麓堂稿》中，附编于《诗后稿》《文后稿》之后。

（十一）怀麓堂稿（？卷）[①]

此稿当是李氏入内阁之前诗文作品的结集，约成编于正德初年，不迟于正德五年正月。约相当于正德刻本《怀麓堂稿》中的《诗稿》二十卷、《文稿》三十卷，以及《南行稿》《北上录》两种杂记。未见有刻本问世。

二、曾独自成编而今未见存世者

（一）联句录五卷

“此其官翰林时与同年进士及同游士大夫联句之作。东阳自为序，而丹徒知县江夏王溥（字公济）刊行之。侍读学士莆田吴希贤复辑题名一通冠于前，凡六十有九人。”[②]

此五卷本《联句录》，《四库全书总目》著录，但与本文前面所述的周正成化刻本《联句录》显然不是同一种[③]，现未见有传本。

（二）同声集一卷同声后集一卷续同声集□卷

《同声集》为李东阳与挚友谢铎于成化间同在翰林时的唱和联句之卷。《同声后集》《同声续集》为弘治初年二人复聚于翰林后的唱和联句之卷。

“《同声集》一卷、《同声后集》一卷，明天台谢铎方石、长沙李东阳西

---

① 见拙文《怀麓堂稿探考》，《复旦学报》1996 年第 1 期。

② 见《四库全书总目》卷一九一集部四十四总集类存目一。

③ 见司马周撰《李东阳〈联句录〉版本考辨》，《南京师范大学文学院学报》，2010 年 12 月第 4 期。

涯著。成化辛丑莆田□音序□□长洲吴宽及李东阳自序,新安汪循跋。”①

友人陈音为作引曰:“天台谢方石、长沙李西涯二先生同时在翰林,为忘形交。方石尝集与西涯联句倡和诸诗,汇成巨卷,名曰《同声集》。”②

友人吴宽为作序曰:“馆阁日长,史事多暇。方石、西涯凡所会晤游赏,与夫感叹怀忆馈遗,悉发之诗。今见卷中者,西涯特录己作,而方石则有联句在焉,总五十首,号《后同声集》。盖往时二公并以家艰先后终制,以修实录之命,复聚于翰林相与倡和者,故以‘后’云。”③

钱谦益云:“二公同年同馆凡十余年,辑其联句唱和诗,题曰《同声集》。及李公当国,谢自田间再起,再唱酬,不异往日,又有《后集》《续集》若干卷。”④

明刊《怀麓堂稿》、清刊《怀麓堂集》各本均未收入此三集,今亦未见有单行本存世。

(三)三谟直解

此稿为李东阳任翰林讲读之职时所撰写的直解。《讲读录序》曰:“别有《三谟直解》,内阁所备,未经听览者,则不及录云。”

此直解未收入《怀麓堂稿》,今亦未见单行本存世。

(四)西涯远意录

此录为李东阳与友人萧显、李经、潘辰于成化间遗谢铎的联句诗及书。友人吴宽为作序曰:“西涯学士遗方石侍讲诗十三首、书六通,为一卷。而诗则与萧文明(名显)、李士常(名经)、潘时用(名辰)联句为多。总题曰《西涯远意录》者,盖其意倡于西涯,且出其笔也。”(《匏庵家藏集》卷四十一《西涯远意录序》)按,李经举成化十四年进士,卒于成化二十一年,而此间谢铎正谢病家居,因知是录为此时期之作。

此录未见有刻本,稿本今亦不存。

---

① 〔清〕吴焯著《绣谷亭薰习录》集部二著录,清同治八年本。

② 《愧斋文粹》卷三《同声集引》,明嘉靖二年刻本。

③ 《匏庵家藏集》卷四十一,明正德三年刻本。

④ 钱谦益《列朝诗集小传》丙集,上海古籍出版社,1983年。

（五）与陆钱简札一卷

此卷为李东阳写给友人陆钱的简札，陆爰所辑。“吾友静逸陆先生之卒，二十余年矣。其子中书舍人爰辑予尝所还往简札数十纸为卷。盖自筮仕以来，几五十年者皆在焉。……予之始观，不觉有宋景文欲焚少作之意。徐而思之，知其志不可咈。且自惧老耄之年，所得与所进无几，为不足校也。乃为之标首跋尾，怃然而归之[①]。”

此卷未见有刻本，稿本今亦不见存世。

（六）三世通家卷

此卷为李东阳与友人张敷华的往复书简，张鳌山辑。“予与介庵张先生同业翰林，契分甚厚。往复书简，或因事达情，或触物兴思，多出仓卒。数十年后，皆漫不复记，至有不能自识者。先生之闻孙监察御史鳌山辑而成卷，览之慨然。”[②]

此卷未见有刻本，稿本今亦不见存世。

（七）镜川先生诗集笺注

此注本为李东阳为翰林前辈杨守陈的诗所作的笺注。“镜川杨先生夙抱古学，以文名一世，而复深于诗。自入翰林，三十余年，积《晋庵》《东观》《桂坊》《金坡》诸稿若干卷，某得而观之。”[③]“蒙示文集数百篇，……屡屡若欲稍加笺注，如向来诗集例者。某之不肖，实所未能。”[④]

据所征文字，知李东阳曾为《镜川先生诗集》作过笺注。不知尚存世否。

三、《怀麓堂稿》的抄本、后刻本、校点整理本

（一）北京大学图书馆藏清抄本

此抄本是一种难得的精抄本，前文已述，此处从略。

---

① 《怀麓堂稿·文后稿》卷十四《书陆中书所藏卷后》，明正德十一年刻本。

② 《怀麓堂续稿·文续稿》卷十二《跋三世通家卷后》，明正德十二年刻本。

③ 《怀麓堂稿·文稿》卷八《镜川先生诗集序》，明正德十一年刻本。

④ 同上书，卷十四《答镜川先生书》。

(二)康熙二十年廖方达刻本及其他清刻本、抄本

康熙十九年,时任茶陵学正的廖方达获得上司支持,重刊李东阳诗文,于次年夏刻成,名《怀麓堂集》。这个刻本通常被称为康熙二十年廖方达刻本,亦有称蒋永修校订本、刘刊本者。

重而言之,此刻本实际上是《怀麓堂稿》的删削本。较之明正德刻本《怀麓堂稿》,其主要特点与缺陷有三:第一,重新编排,将《南行稿》《北上录》等七种杂记改编为《诗文续稿》十卷,凑为一百卷。第二,篇章的失落、失序,字句的讹错,时见集中。第三,任意删改篇章文句,如将《求退录》收录的五十九篇奏疏删去四十篇;将碑传志铭等文章中关于碑主传主的生卒年、妻子儿女等具有史料价值的文字多删去。详拙文《〈怀麓堂稿〉探考》。

康熙刻本作为《怀麓堂稿》在清代的早期刻本,对此后的一系列刻本、抄本产生了重要影响,其特点与缺陷也一同发挥着影响。就现存刻本来看,后来的刻本、抄本多由此本脱胎而出。从康熙四十八年至嘉庆八、九年间,各刻本、抄本或名之曰《怀麓堂集》,或名之曰《怀麓堂全集》,皆编次为一百卷。今知有康熙四十八年张臣德补修本、乾隆十一年补刻本、《四库全书》诸抄本、《摛藻堂四库全书荟要》抄本,嘉庆间仰斗斋刻本、二六书屋刻本、陇下学易堂刻本等。

二六书屋刻本"博仿刊本,并前人改定刊本,且前明官衙写本,细加校正,择其善者从之,稍异于旧本。"如将《诗稿》首二卷之《拟古乐府》,舍弃潘辰、谢铎批评本,采用何孟春音注本;将康熙本《诗文续稿》十卷重新分合,改为《杂记》十卷,将《麓堂诗话》编为"杂记"卷十。

(三)校点整理本

岳麓书社于 1983 至 1985 年间出版了点校本《李东阳集》三卷,该本以清嘉庆八年陇下学易堂刊本《怀麓堂全集》为底本点校而成,第一卷收《怀麓堂全集》中的全部诗歌,第二卷收《文前稿》及《杂记》中的《诗话》,第三卷收《文后稿》《杂记》中的其他散文,以及他人撰写的序、志、传、年谱等文字。

笔者于三十年前发现尚有《怀麓堂续稿》存世后,依据上海、北

京、南京等地图书馆所藏明正德十二年张汝立苏州刻本的几种残本整合而成《李东阳续集》，1997 年由岳麓书社出版。该续集收录《诗续稿》八卷、《文续稿》十二卷，佚诗 59 首，佚文 74 篇（其中 48 篇辑自正德本《怀麓堂稿》，6 篇移录自《文续稿 · 补遗》卷）。

2006 年 8 月，《湖湘文库》编纂出版工作启动。该文库编者将原校点本《李东阳集》三卷作为新《李东阳集》前三册，将《李东阳续集》作为第 4 册，粗略合并，纳入文库，于 2008 年出版。惜前三册仅作了"少许调整"，第 4 册也仅补入了《燕对录》，与李东阳诗文著作的原貌仍有较大距离。

（四）选本

明清以来，间有李东阳诗文的选本问世，如《盛明百家诗》本《李文正公集》二卷、《历朝二十五家诗》本《李东阳诗》二卷等等，因其所选诗文皆来自《怀麓堂稿》《怀麓堂集》，本文不讨论这些选本。

（作者：复旦大学古籍所研究员、博士生导师，
复旦大学中国古代文学研究中心兼职教授）

名师荐稿

浙东文派与明前期古文创作的价值导向

朱光明

荐　　语

本文旨在通过对具有鲜明地域色彩的明代前期浙东文派古文观念的考察，阐析该文派在古文领域所提出的核心主张及其内涵，并在此基础上，探讨这些观念对于明代前期古文创作走向所产生的影响。文章对宋濂、王祎、朱右、刘基、方孝孺、唐之淳、宋禧等多位浙东文士的相关著述作了较为深入的爬梳，首先集中围绕宋濂等诸士论及的“道”与“文”的关系问题展开讨论，认为这一问题涉及浙东文派文士对于文章书写功能的理解，也体现了其古文主张的一个重要方面。其次基于对宋濂等诸士古文观念的剖析，探讨它们对明代前期古文创作所发生的复古和用世的两大方面的影响。认为在复古方面，浙东文派诸士主张恢复古文功能和审美特质，汲取先秦、两汉及唐宋的古典资源；在用世方面，则主要体现在对于台阁之文的倡导。凡此，有助于深入了解明代前期浙东文派古文观念呈现的复杂样态，以及它们对当世和后世文坛所产生的不可忽略的影响。

——郑利华

浙东文派是明代重要的文学流派，宋濂、王祎、刘基等文士为全国文坛的领袖式人物，引领着古文创作的风潮。王文禄《文脉》卷一《文脉总论》云：

> 惟我大明，鼓舞神睿，赫濯声灵。刘郁离、宋潜溪、王华川、刘简迪，御阁门，侍内苑，同游赓和，又文之一大聚也。接一元之文脉，指人心之文原，美矣，至矣。①

王文禄谈到刘基、宋濂、王祎等同游唱和，为“文之一大聚”，称其文是“美矣，至矣”。在《文脉》卷三，王文禄对浙东文派众多成员的创作进行评点：

> 国初洪武间一格也。宋文宪《潜溪集》四十卷，至正初壮年拟古之作，汉魏六朝体俱备，入我朝老矣，笔力渐衰，词格过熟。刘文成《覆瓿集》诗赋豪逸，《郁离子》奇思哉，《送穷文》过昌黎也。王忠文《华川集》学苏欠俊，《文训》效七体，甚佳。子绅《继志斋集》亦可。方侯城《逊志斋集》绰有东坡之才，健逸过王，博不及宋。
>
> 胡仲申翰与宋潜溪同学于吴渊颖，同修《元史》，濂授学士，子璲中书，孙慎序班，何显也。翰就金华教，以故不显。后璲、慎戮，濂流茂州，至夔卒，何危也。《胡仲子集》：《衡运》《皇初》《井牧》《慎习》诸论，学际天人，惜不究用，冥鸿哉。元乱后田可井，举士可法周、汉，刘、宋典文衡、参帷幄，不言何也……苏平仲伯衡，颖滨之裔，《空同子瞽说》二十八首甚佳。朱伯贤右《白云集》题多拟古。是时浙东文献何盛哉！不能悉举，姑举概耳。②

王文禄论文谈及“国初洪武间一格”，所举的文士除刘夏为江西人外，其余均为浙东文派成员，可见浙东文派成员在古文创作上的影响力。黄宗羲在《明文案序下》正式提出明文正宗：

---

① 王文禄《文脉》卷一《文脉总论》，《四库全书存目丛书》集部第 417 册，济南：齐鲁书社，1997 年，第 103 页。

② 王文禄《文脉》卷三《文脉新论》，第 110—111 页。

> 有明文章正宗盖未尝一日而亡也。自宋、方以后,东里、春雨继之,一时庙堂之上,皆质有其文。[①]

在此,有明文章正宗未亡,宋濂、方孝孺功不可没,奠定一代文章走向,此一评价不可谓不高。

浙东文派不但是一个地域性的文学流派,更是牵涉到明代文章的书写情况。其古文观念具有何种面目,呈现哪些特色?尤其是与中央文坛的关系如何,以及对明前期古文创作具有哪些影响,均值得探讨的话题。本文拟从浙东文派古文观念的探讨入手,看其对明前期古文创作走向的影响。

一、宋濂等文士的体道与为文彰显着古文的价值序列及书写层次

道与文具有密切关系,道基本处于主导地位,文则位于从属地位。浙东文派成员多有难以忘怀的体道经历。乌斯道曾深情回忆体道的过程:"余少失怙,贫甚,夜就母绩之灯读古书。母怜良苦,令止。余不为苦,而讽诵不已,昼则诘难辩疑于儒宿,惟求进夫圣人之道焉"[②],"虽然圣人之道,非言莫载,是以有属辞比事之习,故尝考诸六经,其言质而备,其理坦而明,古者所习,燦然可见,后之人抽青对白,鼓浪腾波,是可与议于道耶"[③]。乌斯道忍受苦难,借着母亲夜间纺织的灯光读古书,却不以为苦,"惟求进夫圣人之道"。于此,可见浙东文派成员在文学创作上对道格外重视,同时在文与道的关系上具有较为明确的价值系统。

---

① 黄宗羲《明文案》之《明文案序》(下),《四库禁毁书丛刊补编》第44册据浙江图书馆藏清钞本影印,北京:北京出版社,2005年,第458页。

② 乌斯道《春草斋集》文集卷四《书自作诗文后与杨伯纯》,明崇祯二年萧基刻本,第18页。

③ 同上书,第18—19页。

宋濂为教授郑楷、刘刚等弟子而作的《文原》是此一时期具有代表性的文论，分上下两篇，较为集中地体现宋濂的文学思想。此文主要探讨三种不同价值的"文"，即"天地自然之文""圣贤之文"与"文人之文"。而"天地自然之文"是最高层次的"文"：

> 庖犧仰观俯察，画奇偶以象阴阳，变而通之，生生不穷，遂成天地自然之文。非惟至道含括无遗，而其制器尚象亦非文不能成……故凡有关民用及一切弥纶范围之具，悉囿乎文，非文之外别有其他也。[①]

"天地自然之文"不但包含"至道"，还可以"制器尚象"，"凡有关民用及一切弥纶范围之具"尽在其中。宋濂的上述认识继承其师黄溍的文学思想，即黄溍所说的"夫云汉昭回、日星宣朗、烟霞卷舒、风霆鼓荡者，天文之所以畅；山岳铺峙、江河流行、鸟兽蕃衍、草木茂荣者，地文之所以成"[②]。宋濂在此把"天文"和"地文"合而为一，称"天地自然之文"，并进一步把黄溍的文学观念具体化，并在"天衷民彝之叙，礼乐刑政之施"等功能上有所发挥。朱右《文统》在阐述文的时候，划分为"天文""地文"和"人文"三大类，前两类合在一起与宋濂所论的"天地自然之文"相通，即"文与三才并贯，三才而一之者，文也。日月星汉，天文也；川岳草木，地文也"[③]。

其次是"圣贤之文"：

> 然而事为既著，无以记载之则不能以行远，始托诸辞翰以昭其文。略举一二言之：禹敷土，随山刊木，奠高山大川，既成功矣，然后笔之为《禹贡》之文。周制，聘觐燕享馈食昏丧诸礼，其升降揖让之节，既行之矣，然后笔之为《仪礼》之文……昔游、夏以文学名，谓观其会通而酌其损益之宜而已，非专指乎辞翰之文

① 宋濂撰、黄灵庚编辑校点《宋濂全集》，北京：人民文学出版社，2014 年，第 2002 页。

② 王袆《王忠文公文集》卷十九《文训》，《北京图书馆古籍珍本丛刊》第 98 册据明嘉靖元年张齐刻本影印，北京：书目文献出版社，1998 年，第 336 页。

③ 朱右《白云稿》卷三《文统》，《续修四库全书》第 1326 册据北京图书馆藏明初刻本影印，上海：上海古籍出版社，2002 年，第 245 页。

> 也。呜呼！吾之所谓文者，天生之，地载之，圣人宣之，本建则其末治，体著则其用彰，斯所谓乘阴阳之大化，正三纲而齐六纪者也，亘宇宙之始终，类万物而周八极者也。①

“圣贤之文”主要是指禹、孔子、子游、子夏等圣贤所作之文，即夏商周三代之文。这样的文章是天生地载而圣人宣之，以文来使事行远。其价值是“正三纲”“齐六纪”，和宇宙相终始，不可谓不大。王袆关于“圣人之文”的看法与宋濂“圣贤之文”的观点一致，其《文训》云：

> 生（王袆）曰：“圣人之文，厥有六经。《易》以显阴阳，《诗》以道性情，《书》以纪政事之实，《春秋》以示赏罚之明，《礼》以谨节文之上下，《乐》以著气运之亏盈……所以建天衷，奠民极，立天下之大本，成天下之大法者，皆于是乎有征。……故圣人者，参天地以为文，而六经配天地以为名……斯其为文，不亦可以为载道之称也乎！”
>
> 太史公（黄溍）辗转而惊，喟然而叹曰：“尽之矣，其蔑有加矣。此固载道之称也乎！”②

王袆关于“圣人之文”的论述，仍是围绕圣贤所作的《易》《诗》《书》《春秋》《礼》《乐》六经而进行的。和宋濂相比，强化了“载道”的观念。

除了王袆以外，朱右《文统》所谈的“人文”与宋濂所论的“圣贤之文”比较接近：“民彝典章，人文也……羲轩之文，见诸图画。唐虞稽诸典谟，三代具诸《书》《诗》《春秋》，遭秦燔灭，其幸存者犹章章可睹，故《易》以阐象，其文奥；《书》道政事，其文雅；《诗》发性情，其文婉；《礼》辨等威，其文理；《春秋》断以义，其文严，然皆言近而指远……固千万世之常经不可尚已。”③与宋濂论述稍有不同，朱右进一步阐发六经各自的文章特点，而对“人文”的评价为“千万世之常

---

① 宋濂撰、黄灵庚编辑校点《宋濂全集》，第 2002—2003 页。

② 王袆《王忠文公文集》卷十九《文训》，第 339 页。

③ 朱右《白云稿》卷三《文统》，第 245 页。

经”,则与宋濂的“亘宇宙之始终”等一致。回到宋濂的《文原》上来,在宋濂看来,“圣贤之文”应当是后世儒士认真学习与揣摩的,这与其师黄溍的观点一脉相通。[①]

由关于“圣贤之文”的阐述,宋濂引出“辞翰之文”的说法。孔门四科中“文学”一科的代表子游、子夏,其文章不专指“辞翰之文”,包含更为深广的含义。此处的“辞翰之文”为浙东文派成员所常批评的“文人之文”,位于文的价值层次的最末端。宋濂云:

> 予窃怪世之为文者不为不多,骋新奇者,钩摘隐伏,变更庸常,甚至不可句读,且曰:“不诘曲聱牙,非古文也。”乐陈腐者,一假场屋委靡之文,纷揉庞杂,略不见端绪,且曰:“不浅易轻顺,非古文也。”予皆不知其何说。[②]

在宋濂看来,“为文者”众多,而“知文者”甚少,“文人之文”的问题在于作者不知何为古文,导致创作的文章,要么“诘屈聱牙”,要么“浅易轻顺”,使得文章日益衰颓,文风不振。可以看出,宋濂心中的最高文章典范正是“天地自然之文”,体现于文献的则是六经,即“圣贤之文”,再次则是“文人之文”。

由“圣贤之文”到“文人之文”体现出文章日渐退化的观念,文格代降。对此,宋濂的同门友王祎与其师黄溍的对话亦体现此一观念,王祎《文训》记载:

> 生(王祎)曰:“文之为物,贵适时好,粲然相接,合喜投乐。有如正始不完,文气遂偏,俗尚化迁,而排偶之习兴焉……又如大雅既远,诗歌日变,玉台西昆,其流也渐。支为词曲,争嫩竞艳。字分重轻,句协长短。浮声切响,清浊和间。羽振宫潜,商流徵泛。笙簧触手,锦绘迷盼。风月留连,莺花凌乱。振妙韵于

① 黄溍认为“天地之文不能以自私,诞赋于人,人则受之。故圣贤者出,以及环人畯士相继代作,莫不大肆于厥辞。盖自孔氏以来,兹道大阐……孰不欲争裂绮绣……高视万物之表,雄峙百代之下,卓然而有为。”参见王祎《王忠文公文集》卷十九《文训》,第336页。

② 宋濂撰、黄灵庚编辑校点《宋濂全集》,第2004页。

> 沈冥，托葩辞于清婉。性情因之以畅宣，光景因之而呈献。好会睽离，懽恢悲叹。莫不假是以托情，固无间于贵贱也。若是者，其为文何如？”
>
> 太史公（黄溍）曰：“古语变而四六，古声变而词曲，文之弊也甚矣。请置勿道，为言其他。”①

在此，与宋濂《文原》简略概括相比，王袆将“圣贤之文”到“文人之文”的历史细致地梳理出来，即古文变化为骈俪之文，由古朴质实变成繁缛绮丽，“古声”变化为玉台、西昆，甚至变为“词曲”，“争嫩竞艳”。黄溍的“文之弊也甚矣”已清楚地表明自己的态度。宋濂、王袆对黄溍的观点表示认同。

在此，我们不免有一个疑惑，无论是宋濂谈到的“文人之文”，还是王袆梳理的文章的发展流变历程，两人均认为近世的文章非真正的古文。不管“诘屈聱牙”，还是“浅易轻顺”，均非古文，那么什么样的文章才是古文？宋濂没有给出明确的答案，王袆在《文训》中则透露出相关信息：

> 生（王袆）曰：“文之古者，登诸金石。记志颂铭，具有成式。或钟鼎是勒，或琬琰是刻。或镌于丽牲悬綍之碑，或镵在封岳磨厓之壁。莫不炫耀崇勋，烜焯茂德，载丕丕之嘉猷，纪赫赫之休绩。然皆一笔之力，九鼎可扛；一字之价，千金是直尔。其宏奥之思，雅健之姿，瑰玮之辞，撦摭马班，凌厉蔡陈，蹂躏柳韩。玉采金声，焜焜煌煌，鎗鎗锵锵；衮章绣纹，炳炳焞焞，缤缤纭纭。诡然而蛟龙翔，蔚然而虎凤昂，翕然而律吕张。正音谐韺韹，变态类云霆，劲气排甲兵。沈冥以之而开褰，幽闲以之而著宣，逖远以之而绵延。然非儒林宗匠……称文章之大家者，孰当仁而不让。宜其媲美古昔……照四裔以无伦，垂千载而不朽。此其为文也，不几于古乎！”

---

① 王袆《王忠文公文集》卷十九《文训》，第337页。

> 太史公(黄溍)曰:“文至于是,谓之古,宜也。”[①]

在此,王祎认为能登于金石,如记、志、颂、铭这样的,“载丕丕之嘉猷,纪赫赫之休绩”,方可称为古文。这样的文章“一笔之力,九鼎可扛;一字之价,千金是直”,且有“宏奥之思,雅健之姿,瑰玮之辞”,足以“攟摭马班,凌厉蔡陈,蹂躏柳韩”,不但“玉采金声”,而且富于变化,“诡然而蛟龙翔,蔚然而虎凤昂”,雅正典则。能够写作如此文章的,非儒林宗匠、艺营宿将、世之道德楷模、位为国之仪望的作者莫属。古文的价值巨大,可以“媲美古昔,传信今后,照四裔以无伦,垂千载而不朽”。黄溍赞同王祎的观点。在某种意义上,这也是浙东文派对古文的一种共识。浙东文派所致力于复古的目标亦是恢复古文最初的审美性质与文化功能。这要从他们对“文人之文”的批评入手来看待。

由宋濂等人关于“文”的认识可知,“文”到了浙东文派所谓的近世“文人之文”已经出现问题,比较核心的问题是为文越来越偏离“道”。这便涉及浙东文派对文章功能的理解,也是其文学思想的一个重要方面。

二、明道与用世:浙东文派古文书写的终极追求与现实关怀

宋濂等人所谓的近世“文人之文”出现问题,集中体现在“明道”和“用世”两个方面的缺失或者不足,正所谓“文之弊也”。在宋濂看来,古文之弊是由“四瑕八冥九蠹”造成的。宋濂《文原》云:

> 大道堙微,文气日削,骛乎外而不攻其内,局乎小而不图其大,此无他,四瑕八冥九蠹有以累之也。何谓四瑕?《雅》《郑》不分之谓荒,本末不比之谓断,筋骸不束之谓缓,旨趣不超之谓

① 王祎《王忠文公文集》卷十九《文训》,第337—338页。

凡。是四者,贼文之形也。何谓八冥?讦者将以疾夫诚,揣者将以蚀夫圜,庸者将以混夫奇,瘠者将以胜夫腴,觕者将以乱夫精,碎者将以害夫完,陋者将以革夫博,眯者将以损夫明。是八者,伤文之膏髓也。何谓九蠹?滑其真,散其神,揉其氛,徇其私,灭其知,丽其蔽,违其天,昧其几,爽其贞。是九者,死文之心也。有一于此,则心受死而文丧矣。[①]

“四瑕”“八冥”“九蠹”是三类对古文危害最大的“敌人”,并且危害程度依次递增。“荒”“断”“缓”“凡”为“四瑕”,能够“贼文之形”,损害古文的架构、外在形体;“讦”“揣”“庸”“瘠”“觕”“碎”“陋”“眯”谓之“八冥”,足以“伤文之膏髓”,危害程度比“四瑕”厉害得多;“滑其真,散其神,揉其氛,徇其私,灭其知,丽其蔽,违其天,昧其几,爽其贞”为“九蠹”,可以“死文之心”,这九种中的任何一种均能使“文心”受死而导致“文丧”,危害级别最高。宋濂所总结的三类二十一种危害古文的情况,是浙东文派对古文之弊反思最为彻底的,一系列文论的阐发几乎都围绕上述弊端而展开。浙东文派绞尽脑汁想要解决古文之弊(将于本章第二节展开论述),正是为了恢复其心中古文应当具备的“明道”和“用世”基本特质和功能。

道是浙东文派心中的最高范畴。六经是道的直接载体,也是浙东文派极为推崇的典范作品,在浙东文士心中占有崇高的地位。文章书写的目的在宋濂等人看来便是明道。宋濂在《赠梁建中序》中强调为文“无非以明道为务”[②]。这种表述正体现文章作为承担明道的一种书写职能,即明道是文章书写的核心目的。“天地自然之文”难以捉摸,能见到的较高层次的便是“圣贤之文”,而“圣贤之文”直接呈现于六经。宋濂在《徐教授文集序》中明确谈到:

文辞所寄,不越乎竹素之间,而谓其能不朽者,盖天地之间有形则弊,文者,道之所寓也……是故天地未判,道在天地;天地

① 宋濂撰、黄灵庚编辑校点《宋濂全集》,第2004页。

② 同上书,第491页。

既分，道在圣贤；圣贤之殁，道在六经。[1]

宋濂认为有形之物易弊，文章能够不朽，是因为道寓于其中，道是无形的，因此，文章足以实现不朽，同时宋濂明确指出在圣贤殁后，道存在于六经之中。道所处的位置在某种意义上也是前述宋濂划分“文”为“天地自然之文”和“圣贤之文”的潜在理论依据。“道在六经”的观点非宋濂所独有，而是浙东文派成员普遍执持的一种看法。王祎在写给友人王伯昭的《文原》中谈到：

故文者，天地焉相为用者也。是何也？曰：道之所由托也。道与文不相离，妙而不可见之谓道，形而可见者之谓文。道非文，道无自而明；文非道，文不足以行也。是故文与道非二物也。道与天地并，文其有不同于天地者乎。载籍以来，六经之文至矣。凡其为文，皆所以载夫道也。[2]

在此，与宋濂相通，王祎谈到文章不朽是由于道之所托，并强调“文道合一”，两者不相离。“妙而不可见者”是道，“形而可见者”为文，是王祎对“道”与“文”所进行的简单内涵界定。同时强调道对文具有重要作用，文非道，则“不足以行也”，进而谈到六经之文皆是“载夫道也”。与宋濂相比，王祎把道在六经中的体现具体化，称《易》载阴阳变化、《书》载帝王政事、《书》载人之情性、草木鸟兽之名物等。[3]正因为道在六经，基于这一出发点，可以知晓宋濂等人明道主要是围绕六经来进行的，尤其是通过对六经的揣摩与体会来确立文章的表达重心。宋濂在《六经论》中进一步阐述如何体悟六经：

经既不明，心则不正，心既不正，则乡间安得有善俗，国家安得有善治乎？惟善学者，脱略传注，独抱遗经而体验之，一言一辞皆使与心相涵，始焉则戛乎其难入，中焉则浸渍而渐有所得，终焉则经与心一，不知心之为经、经之为心也……虽然经有显

① 宋濂撰、黄灵庚编辑校点《宋濂全集》，第633页。

② 王祎《王忠文公文集》卷二十《文原》，第353页。

③ 同上。

晦，心无古今，天下岂无豪杰之士以心感心于千载之上者哉？[①]

在此，宋濂认为经不明，导致心不正，心不正，则无乡闾无善俗、国家无善治，彰显出“明道”和“用世”的密切关系。文不明道，则无法移风易俗，更无法推动“善俗”和“善治”的出现。同时，宋濂提供了一种通往“道”的学习路径，即“脱略传注，独抱遗经而体验之，一言一辞皆使与心相涵”。他还举了自己学道过程的三次不同时期的体验：“始焉则戛乎其难入，中焉则浸渍而渐有所得，终焉则经与心一，不知心之为经、经之为心也”。

对于文以明道，宋濂虽然讲到“脱略传注，独抱遗经而体验之”，亦谈及相关感受，但具体如何“脱略传注”，怎样“独抱遗经而体验之”，这是一个复杂的问题，也就是涉及具体操作层面了。一般概括地讲，是写文章根柢于儒家经典（四书五经是其中最核心的），阐发自己所体会到的经典中所蕴涵的圣人之道。道是什么？文又是什么？搞清楚这些问题后，才能进一步探讨具体执行方面的问题。因此，探讨文以明道之前，我们有必要了解一下道与文的含义。道是无形的，难以说清辨明。宋濂尽可能地对二者加以阐述，以便文士了解与学习，其《徐教授文集序》云：

> 粲然载于道德仁义之言者，即道也；秩然见诸礼乐刑政之具者，即文也。[②]

在此，道是“粲然载于道德仁义之言者”，文是“秩然见诸礼乐刑政之具者”。此处对文的看法，与前述王祎《文训》对古文的理解是一致的。和前述王祎《文原》用“妙而不可见者”与“形而可见者”简单概括“道”和“文”的内涵相比，宋濂的阐述则比较具体和细致。

浙东文派成员大力倡导文以明道，除了道是天地之间的一种无形的存在、具有至高无上的地位外，还有一个更直接的原因，即近世道不明导致文弱。宋濂《苏平仲文集序》云：

---

① 宋濂撰、黄灵庚编辑校点《宋濂全集》，第1878—1879页。

② 同上书，第634页。

> 近世道漓气弱,文之不振已甚。乐恣肆者失之驳而不醇,好事拟者拘于局而不畅,合喙比声,不得稍自凌厉以震荡人之耳目。[①]

宋濂认为道漓气弱,文风不振,出现"乐恣肆者"所作之文"驳而不醇","好事拟者"则"拘于局而不畅",均是严重的问题。他在《朱葵山文集序》中进一步说明此一情况:

> 道允于中、事触于外而形乎言,不能不成文尔。故四经之文,垂百世而无谬,天下则而准之。自夫斯道不明,学者睹圣贤之文而悦其不朽,于是始摹仿其语言以为工,而文愈削矣。夫天之生此人也,则有是道也;有是道也,则有此文也。苟能明道而发乎文,则将孰御乎?而能者寡矣。斯后世之文,所以不逮古也。后世之文,加之以百言而不知其有余;损其十言,而不见其不足,以不本于道故尔,此非发于不能不言而强言之弊也。圣贤之经,其所不言也,益以片辞则多矣;其所言也,删其一言则略矣:以其不志于文,此文所以卒莫能过也。故志于文者,非能文者也,惟志于道者能之。[②]

道在其中、事触于外而形于言,自然而然会成文。道不明,学者徒慕圣贤之文不朽而模仿其语言,造成"文愈削矣"。在宋濂看来,道是自然存在的,天生此人则有是道,有是道则有此文。写作文章最理想的状态便是"明道而发乎文",只是能做到这样的人实在太少。这也是后世之文"不逮古"的原因。后世之文不本于道导致弊端丛生:"加之以百言而不知其有余","损其十言而不见其不足"。圣贤之经,则一字不可多、一字不可删,因为圣贤"不志于文"。"志于文者"非能文也,唯有"志于道者"方能做到"能文"。这是宋濂从"能文"的角度来谈明道的原因。唯有把明道作为终极追求,即"志于道",方可创作出理想的古文。

---

① 宋濂撰、黄灵庚编辑校点《宋濂全集》,第647—648页。

② 同上书,第659页。

明道与用世相辅相成,密不可分。圣贤的经典,皆是有关于政教的不刊之论。在某种程度上,倡导文以明道的同时已经包含对世教的强调。宋濂曾选有关于世教的文章八卷,编为《浦阳文艺录》,由王祎为之作序。王祎《浦阳文艺录叙》云:

> 浦阳于婺虽小邑,而山川清峻,名人间生。其文往往纬俗经邦,有关于世教。景濂总古今,得若干首,为内篇,而他邑之人,其文有为浦阳而作,足为其乡土之黼黻者,复得若干首,为外篇,通内外篇,为书八卷。曰《文艺录》者,合其文与人而称之也。嗟乎!景濂于此,不其有取于史家之遗意乎![①]

在此,王祎指出浦江虽小,而名人众多,其文"往往纬俗经邦,有关于世教",高度评价宋濂所选的这部文集有"史家之遗意"。宋濂《文说赠王生黼》云:

> 明道之谓文,立教之谓文,可以辅俗化民之谓文。斯文也,果谁之文也……然则何为而后可为文也?盖有方焉,圣贤不可见矣,圣贤之为人,其道德仁义之说存乎书……小则文一家,化一乡,大则文被乎四方,渐渍生民,贲及草木,使人人改德而易行,亲亲而尊尊,宣之于简册,著之于无穷,亦庶几明道而立教,辅俗而化民者乎。[②]

宋濂指出"明道""立教""可以辅俗化民"均为文。尤其是他强调文的作用可以"文一家""化一乡",甚至"被乎四方","使人人改德而易行,亲亲而尊尊",最终达到"修道而立教""辅俗而化民"。这正是宋濂文章书写的现实关怀之所在。宋濂、王祎等人的这种强调文章实用功能的观念助推了台阁体的兴起,到了方孝孺、王叔英那里得到了进一步发展,并对文坛风气转移起到积极的推动作用。

基于上述对宋濂等文士古文观念的探讨,可以大致窥探出该派

---

① 王祎《王忠文公文集》卷五《浦阳文艺录叙》,第 86 页。

② 宋濂撰、黄灵庚编辑校点《宋濂全集》,第 1961—1963 页。

对明前期古文创作的影响主要体现在复古和用世两大方面。

浙东文派在复古方面，则涉及恢复古文的功能和审美性质等方面内容，取法先秦两汉和唐宋的两大方面的思想资源。在具体实践层面，王祎提倡学习先秦西汉的古文，并有多达一卷的模拟之作，载于《王忠文公文集》卷十三。苏伯衡为此卷拟作所写的跋语折射出重要信息：

> 文章惟三代为古，春秋次之，战国次之，西汉又次之。然三代之文，若《易》《书》《诗》，可法而不可拟，拟之则犹荆楚之称王矣。可法而可拟者，其惟《左传》、长书《史记》乎。华川王先生悼斯文之形凋弊，闵士习之卑冗，以振起为己任，于是推其得于经术者，托之著述。自西汉上至春秋，凡拟其文，总若干首。其义宏，其辞雅，置诸左丘明、刘向、司马迁诸人篇籍中，盖无愧焉。昔子朱子读曾文定公所拟制诰，称其轶汉唐而逼典谟。世复有朱子，未有不以称文定者而称先生也。[①]

苏伯衡谈到古文的层次：三代最古，春秋、战国、西汉依次降低。三代之文，如《易》《书》《诗》，只能取法而不能模拟，否则就不成面目，“犹荆楚之称王”。既可取法又能模拟的是《左传》《史记》这样的古文。接着，苏伯衡谈到王祎“悼斯文之形凋弊”，忧虑卑冗的士习，于是以振衰起颓为己任。王祎“推其得于经术者”，“托之著述”，春秋至西汉时期的文章进行模拟，创作出《齐桓公请成于鲁》《张汤议肉刑》《司马相如解客难》等多篇文章。对于这些拟作，苏伯衡进行高度评价，称：“其义宏，其辞雅，置诸左丘明、刘向、司马迁诸人篇籍中，盖无愧焉。”同时，苏伯衡还以历史上朱熹对曾巩的评价来赞扬苏伯衡的成就，假如复有朱子，也会对其进行赞美的。由王祎拟春秋到西汉的古文以拯救古文之弊，牵连出一系列的问题，即为何选择先秦西汉，具体到古文书写的时候应该采用什么样的方法呢？这便涉及复古宗尚和为文作法的问题。

---

① 王祎《王忠文公文集》卷十三，第243—244页。

上述苏伯衡谈到“文章惟三代为古”，春秋、战国、西汉距离三代愈来愈远，其古文也愈发“不古”，体现出文格代降的古文观念。这与前述宋濂、王袆、朱右等人对“文”价值层次的认识是一致的，三代的文章是“圣贤之文”，集中体现于六经，苏伯衡对《易》《书》《诗》可法不可拟的论述也证实了这一点。先秦和秦汉的文章是距离明初最为遥远的古文，按照取法乎上的原则，首先被作为学习、宗尚的对象。朱右编选《秦汉文衡》学习秦汉古文，其《秦汉文衡序》云：

> 文莫古于六经，莫备于《史》《汉》。六经蔑以尚矣，《史》《汉》之文庸非后世之准衡也欤？予既辑《春秋》三传、《国语》为之类编，复取战国、先秦、西汉之文，摭其醇正者，萃于三卷，凡二十八篇，标曰《秦汉文衡》，将与同志共学之士正之，乃为之序曰：道有升降，气有盛衰，而文运亦为之高下，其来久矣。《史》《汉》之文，世既近古，雄深雅健，典实该洽，炳焉与三代同风，为可法也。马、班以后，体裁屡变，文气日靡，独唐韩子起八代之衰，运一返诸古，其他作者，往往与时上下，寥寥二千年间不为世尚所移者，亦几何人。若然《史》《汉》之文，诚后世之准衡也，况又采其醇正者乎。予尝窃观古人制作，一发乎情，情见乎辞，气与理会，文从字顺，各职其职，秦汉以上皆若此。后之作者，不浮则俚，不肤则啬，甚至事与理悖，辞与意违，竞相师师，悉趋世尚，求其可为文章家准衡，百无二三。吁！文章可谓难矣。学者诚能于是编熟读玩思，流动充足，心融理契，正如持衡以较物，低昂不爽，轻重适当，其或操觚命牍，考文选言，悉皆有以应之，不惑于世好，不堕于气习，文衡之枋又在我矣。语云：取法于上，仅得其中。学者取法有道，知所向方，则庶几乎可与论文矣。[①]

朱右此篇文章集中展现对文宗秦汉的探索，如其开篇所讲“文莫古于六经”肯定六经至高无上的地位，同时注意到《史记》《汉书》作为古文的价值，文“莫备于《史》《汉》”。如前述苏伯衡所论《易》《书》

---

① 朱右《白云稿》卷五《秦汉文衡序》，第272—273页。

《诗》是可法而不可拟的，在此，朱右认为六经是“蔑以尚矣”，这是从古文学习具体操作层面而言的。朱右强调六经无法作为文士学习古文的宗法对象，与苏伯衡的观念差异比较明显。既然六经不具有可操作性，那么时代稍微靠近六经的《史记》和《汉书》呢？朱右的回答是肯定的，认为二者可以作为“后世之准衡”。于是，他编选战国至西汉的醇正之文，成《秦汉文衡》一书，共三卷二十八篇。编纂此书的目的是学文，“与同志共学之士正之”。在朱右这里，道不是固定不变的，气也是如此，道有升降，气有盛衰，文运也有高下。他认为《史》《汉》之文“世既近古，雄深雅健，典实该洽，炳焉与三代同风”，故可作为师法对象。回顾古文发展史，朱右谈到司马迁、班固之后，体裁屡变，文气日靡，除了韩愈能文起八代之衰外，其他能做到“不为世尚所移者”实在寥寥无几。同时，朱右还谈到秦汉以上古文的特点：一发乎情，情见乎辞，气与理会，文从字顺，各职其职。这可以说是朱右心目中理想的古文。和方孝孺理想的古文要具备道明、气昌和辞达相比，朱右此处的“理”与方孝孺强调的“道”相通，“文从字顺”与“辞达”相通，有所不同的是，他在此突出了“情”的作用，即“一发乎情，情见乎辞”，是值得注意之处，也是二者的细微差别。在某种意义上，这种对“情”的重视，决定朱右把目光投向六经之后的文章，如秦汉文章和唐宋文章，并编选《唐宋六家文衡》。而方孝孺对“道”更为重视，在其文论中更多地凸显“道”的主导地位，甚至反复提倡要“以道为文”。而在现实写作中，“以道为文”怎样操作，恐怕也是一个棘手的问题。回到此文，接着，朱右谈到秦汉以后古文的特点：不浮则俚，不肤则啬，甚至事与理悖，辞与意违，竞相师师，悉趋世尚。这是朱右所批评的对象，在秦汉以后没有几位文章大家可以作为“文章家准衡”。朱右感慨文章之难，此处的“难”有“难学”“难作”，也有“难选”的含义。秦汉以后，文章可以为后世准绳的“百无二三”，说明古文“难学”，更“难作”，多数文章家“往往与时上下”。作为一位文士，选哪些文章，不选哪些，都是需要做出选择的，因此“难选”。《秦汉文衡》是朱右“既辑《春秋》三传、《国语》为之类编”之后，才开始着手编选的，集中体现着他的思考，选本中也蕴含着为文之道，因此，他希望此编能够为学者提供一个学习的范本,“学者诚能于是编熟读玩思,流动充足,心融理契,正如持衡以较物,低昂不爽,轻重适当,其或操觚命牍,考文选言,悉皆有以应之,不惑于世好,不堕于气习,文衡之枋又在我矣”。最后,朱右强调取法有道,不为世俗所迷惑,不为世尚所移,“知所向方”,这样或许才能与之“论文”。

与先秦两汉文章相比,唐宋古文距离浙东文派的时代更近,也是他们较为熟悉的。对唐宋文的探讨是此一时期浙东文派比较集中的地方。与《秦汉文衡》一样,朱右以文章选本的形式呈现为文宗尚的典范,其《新编六先生文集序》云:

> 文所以载道也。立言不本于道,其所谓文者妄焉耳。夫日星昭布、云霞绚丽,天文也;川岳流峙、草木华实,地文也;名物典章、礼乐教化,人文也。三才之道备,文莫大焉。惟六先生之文,备三才之道,适万汇之宜……千态万状,盖有不可殚论者矣。然载道之文莫大于六经,孔孟既没,遭秦虐焰,斯文或几乎坠矣……独韩文公上接孟氏之绪,而又翼之以柳子厚。至宋庆历且二百五十年,欧阳子出,始表章韩氏而继响之。若曾子固、王介甫及苏氏父子,皆一时师友渊源,切偲资益,其所成就,实有出于千百世之上,故唐称韩柳,宋称欧曾王苏,六先生之文断断乎足为世准绳而不可尚矣。予幼读之,未知也;壮而知之,未好也。年将五十,始知好之,未能乐而不厌也。迩以课子之余,取六先生所著全集遍阅而编辑之。妄意去取,僭逾莫逃,窃惟君子立言之际,接事措辞,操觚命牍,随物赋形,初不计大小精粗浅深也。世人景慕日至,片言只字罔敢逸遗,积集以传,靡暇致择,况乎篇帙浩繁,未能遍读,遗珠弃玉,或所不免,则卤莽之病生而妄作之患成矣。此予所以惓惓于编次而不释,将以俟后之君子。①

朱右谈到所编选的《六先生文集》十六卷,其中韩愈的三卷六十一篇、柳宗元的二卷四十三篇、欧阳修的二卷五十五篇(见于《五代史》者

---

① 朱右《白云稿》卷五《新编六先生文集序》,第268—269页。

不选)、曾巩的三卷六十四篇、王安石的三卷四十篇、三苏的三卷五十七篇。这篇序中,朱右再次表明自己文以载道的观念,并把“文”归纳为“天文”“地文”和“人文”,此种分类与他在《文统》中阐述的相同。能具备天、地、人三才之道的,“文莫大焉”。在朱右看来,此选本所选的韩、柳、欧、曾、王、三苏的文章是具备三才之道的,“适万汇之宜”,包含着丰富的内容。所选诸家的文章“或婉而章,或显而微,或闳而肆,或峻极而环奇,要约而严简,高旷深远,丰赡博洽,动静隐见,变化出没,炳炳焉,焕焕焉,千态万状”,其美妙之处难以尽论。同时,朱右再次强调载道之文莫大于六经,孔孟之后,斯文“或几乎坠矣”。对于汉代的贾谊、董仲舒、刘向,朱右批评他们“不用于世,徒载空言”。对于前述他在《秦汉文衡序》中评价极高的司马迁、班固等文士,虽肯定他们为“后学之宗”,但对他们“未免于戾道之议”不满。自此以至于唐,唐代韩愈“振起斯道而奋乎百世之下”,“上接孟氏之绪”,柳宗元则羽翼之,此二人可以入选;宋代则是欧、曾、王、三苏,“皆一时师友渊源,切偲资益,其所成就,实有出于千百世之上”。对于此书入选的八位文士,朱右有一个总的评价:“六先生之文断断乎足为世准绳而不可尚矣。”前述《秦汉文衡序》,朱右称《史》《汉》足为“后世之准衡”,而此文中则对司马迁、班固评价较低,称其文“未免于戾道之议”。宗秦汉和宗唐宋,这看似是矛盾的,实则不矛盾。这要从浙东文派的古文观念入手来认识朱右的说法。《秦汉文衡序》虽对秦汉以后的古文成就总体评价不高,但没有一概否定,而是称“求其可为文章家准衡,百无二三”,说明还是有一些文士的古文可以作为“文章家准衡”。朱右在此文的末尾也谈到自己对韩、柳等文士的古文接受的三个过程:“幼读之,未知也;壮而知之,未好也。年将五十,始知好之,未能乐而不厌也。”这说明朱右对唐宋文章的认识不断发生变化,他编选《六先生文集》作为古文宗法与习学的对象,自然不难理解。然而这还只是表面现象。更进一步来说,上述所选的文章蕴含着圣人的道。这也是朱右在此文一再强调载道的问题,正从一个侧面说明认真揣摩此编文选不但有助于古文写作,亦有助于体悟圣人之道。

无论是宗法先秦两汉,还是宗法唐宋,均是古文创作以何为学习对象的问题。宗法先秦两汉,揣摩相关文章,领会写作方法。对于师法唐宋者,亦是如此。在具体实践层面,确立学习对象是第一步,怎样写作古文则是文士最为关心的话题。宋濂《叶夷仲文集序》引用黄溍的教导来谈文章作法:

> 作文之法,以群经为本根,迁、固二史为波澜。本根不蕃,则无以造道之原;波澜不广,则无以尽事之变。①

以群经为本根,《史记》《汉书》为波澜,既兼顾明道,又呈现文章的变化。宋濂对此谨记于心,并日夜思考多年,“粗晓大旨”。然而宋濂的取法对象也包括韩、欧等文士,他在《文原》中还以列举学习对象的形式呈现学习古文写作的途径:

> 六籍之外,以孟子为宗,韩愈次之,欧阳修又次之。②

在此,除了作文本于六经之外,宋濂还强调要以孟子为宗,宋濂的这种看法,基本代表着浙东文派的态度,影响着明前期的文章写作走向。刘基以一个旁观者的身份,道出宋濂之文能融合柳贯、黄溍两位先生的长处,并谈到宋濂的文章作法,其《宋潜溪先生文集序》云:

> 上究六经之源,下究子史之奥,以至释老之书,莫不升其堂而入其室。其为文则主圣经而奴百氏,故理明辞腴,道得于中,故气充而出不竭。至其驰骋之余,时取老佛语以资嬉戏,则犹饫粱肉而茹苦荼、饮茗汁也。③

刘基先谈宋濂的学术,穷究经、子、史,包括释老之书,且达到“登堂入室”的水平,再论其文章作法是“主圣经而奴百氏”,因此宋濂之文“理明辞腴,道得于中,故气充而出不竭”。同时,指出宋濂还“时取老佛语以资嬉戏”,体现较为通达的文学观念。

对于宋濂等人所主张取法的六经,方孝孺则在写给王绅的信中

---

① 宋濂撰、黄灵庚编辑校点《宋濂全集》,第581页。

② 同上书,第2004页。

③ 宋濂《宋学士全集》之刘基《宋潜溪先生文集序》,清康熙四十八年刻本,第7b—8a页。

明确指出学习六经的具体部分,即“当求之于《易》之《大传》、《书》之《典》《谟》《训》《誓》、《诗》之三百篇、孔子之《春秋》、周之三礼”[1],同时还指出“秦汉贤士之所著”亦是可资取法的对象。相对于宋濂等人所讲的宽泛的“六经”,方孝孺具体到学六经的某些内容,则是越来越细致。方孝孺所列的上述六经部分的内容,除了开示学文之法,还有一个原因是论证“奇怪亦非古人所尚”,是针对文士学文“厌常喜怪”“背正嗜奇”而发,此类文士“用志既偏,卒之学为奇怪,终不可成,而为险涩艰陋之归矣”[2]。方孝孺不但有这种整体上的文章作法指导,还有具体涉及谋篇布局的论说,在文章作法上提出体裁、章程等概念用以指导为文:

> 盖文之法,有体裁,有章程,本乎理,行乎意,而导乎气。气以贯之,意以命之,理以主之,章程以核之,体裁以正之。体裁欲其完,不完则端大而末微,始龙而卒蚓,而不足以为文矣。章程欲其严,不严则前甲而后乙,左凿而右枘,而不足以为文矣。气欲其昌,不昌则破碎断裂,而不成章。意欲其贯,不贯则乖离错糅,而繁以乱。理欲其无疵,有疵则气沮词惭,虽工而于世无所裨。[3]

方孝孺提出的作文之法,非常具体,包括体裁、章程,既要行意,又要导气。“气以贯之,意以命之,理以主之,章程以核之,体裁以正之。”在这里,方孝孺试着用具体的作法来实现理想古文的书写,对体裁的要求是“完”,否则会“端大而末微”,前后篇幅不对称、不照应;对章程的要求是“严”,否则就会出现“前甲而后乙”,前后不一致;对“气”的要求是“昌”,如此方能连贯畅达,否则就会“破碎断裂,而不成章”;对“意”的要求是“贯”,前后贯通文意,不然就会出现“乖离错糅,而繁以乱”;对“理”的要求是“无疵”,要醇正,否则就会“气沮词

---

① 方孝孺《逊志斋集》卷十《答王仲缙》,《四部丛刊》影印明嘉靖王可大刊本,第 34b 页。
② 同上书,第 35b 页。
③ 同上书,第 36b—37a 页。

惭，虽工而于世无所裨”。与宋濂、刘基等文士所谈的古文作法相比，方孝孺提出的上述作法更为深入，也比较具体，具有现实层面的指导价值。相对于方孝孺而言，唐之淳和宋禧对文章作法的探讨方面又向前推进一步。唐之淳撰写的《文断》主要摘录前人对文章的相关论述而成，其中包含对韩愈、柳宗元、欧阳修等人的相关评论文字。宋禧撰写《文章绪论》一卷，用地理、弈棋等形象化的说法来谈古文作法，并以韩愈为例进行具体阐述：

> 韩文叙事之妙超绝古今。有前面叙了，又于后面叙他事处，只冷下一虚字，似乎闲慢，实是紧要，足以冲和前事。其说有未尽者，虽仍前不说，而于此一字推之，则其不说之说，却了然可知。此是他手段高处，使他人为之，不知用费多少言语。盖前面所序隐语，一句之中，其义不一。其正义则易为解说，其傍义、余义，错杂缠纠，在所不遗者，欲说则支离郑重，不说则实有所欠缺，此最难处置。是故于他叙事处与此有关涉者，只轻轻下一字，点缀牵引，而前面具义不一者，不费辞说而底蕴悉露。此见他一字之力，有万钧之重。[①]

宋禧对韩愈古文的叙事技巧高度赞扬，“妙绝古今”一词足见他对韩愈叙事之文的喜爱。宋禧注意到韩愈叙事之文善于用虚字，看似“闲慢”，“实是紧要”。其说有未尽者，虽然“仍前不说”，但是有此一虚字，则达到“不说之说”的效果。接着，宋禧进一步讲韩愈在文章前面所序的“隐语”，在一句之中，有多种含义，“正义”容易解说，“傍义”“余义”则是“错杂缠纠”，不好解说，解说则容易支离，不解说则有所欠缺，是最难处理的地方。而韩愈在叙事之处和此有关的地方，用一个虚字，则把上述困难解决了，正所谓“不费辞说而底蕴悉露”。这正是“韩文”的用字高妙之处。同时，宋禧以《殿中侍御史李君墓志铭》[②]为例进行分析。宋禧不但有对某个字的分析，而且有对韩愈古

① 陈广宏、龚宗杰编校《稀见明人文话二十种》，上海：上海古籍出版社，2016 年，第 7 页。
② 宋禧《文章绪论》中作《李虚中墓志铭》。

文篇法的分析：

> 韩子《送廖道士序》极宜熟玩，其文不满三百字，而局量弘大，气脉深长，至其精神会聚处，又极周密无阙漏。观此篇作法，正与地理家所说大地者类似。其起头一句气势甚大，自此以往，节节有起伏，有开合，有脱卸，有统摄。及其龙尽结穴，其出面之地无多子。考其发端，则来历甚远。中间不知多少转折变化，然后至此极处会结，更无走作。然此序末后，却有一二句转动打散，此又似地理所谓“余气”者是也。[①]

宋禧以《送廖道士序》为例阐论韩愈古文的作法，此文虽不满三百字，而篇法周密无阙漏。起句“气势甚大”，自此后，“节节有起伏，有开合，有脱卸，有统摄”，结穴也极佳，且中间有不少转折变化之处，最后有一两句“转动打散”，正所谓有“余气”。构思精巧，篇法严密，富有变化。

就复古方面的影响而言，王世贞《新刻增补艺苑卮言》卷四谈到：

> 李源出虞道园，秾于杨而法不如，简于宋而学不足，岂非天才固优，惮于结撰故耶。[②]

王世贞指出李东阳馆阁文章书写的渊源关系，并与宋濂之文相比体现出其文笔简练与学养不足的特点，为王世贞的古文书写提供某种可资借鉴的参考。钱基博先生在论述一代明文之际，明确指出“宋濂、刘基骅骝开道，以著何、李、王、李之先鞭”[③]。可知，在钱先生看来，宋濂等文士开前后七子文学复古运动的先声。而朱右标举的唐宋八大家，及其宗尚唐宋的观念则被明代的茅坤等人所继承，正如四库馆臣《唐宋八大家文钞提要》云：

> 世传唐宋八家之目，肇始于是集。考明初朱右已采录韩、

① 陈广宏、龚宗杰编校《稀见明人文话二十种》，第7页。

② 王世贞《新刻增补艺苑卮言》卷四，《续修四库全书》第1695册据上海图书馆藏明万历十七年武林樵云书舍刻本影印，上海：上海古籍出版社，2002年，第484页。

③ 钱基博《明代文学》之《自序》，台北：台湾商务印书馆，1999年，第1页。

> 柳、欧、曾、王、三苏作为八先生文集,坤盖有所本也。[①]

可以看出,浙东文派梳理的唐宋文统的影响力随着时间的推移而逐渐增强。

三、走向台阁:礼乐复兴与文化重建的选择路径

在古文的用世方面,浙东文派的突出贡献是提出台阁体的观念。台阁体的提出并非偶然,而是与该派深层的文学书写观念密切相关。关于文章之用,宋濂在《文说赠王生黼》中谈到文章有"明道""立教"和"辅俗化民"三项职能。方孝孺对此有所继承,其《答王秀才》云:

> 凡文之为用,明道、立政二端而已。道以淑斯民,政以养斯民。民非养不能群居以生,非教不能别于众物。故圣人者出,作为礼乐教化刑罚以治之,修其五伦六纪天衷人极以正之,而一寓之于文。[②]

在此,方孝孺把宋濂对文章之用的三项职能提炼为两项,即明道和立政,并指出"道以淑斯民,政以养斯民",最后回归到圣人以礼乐教化刑罚治民,修五伦六纪天衷人极来正民。除此之外,方孝孺谈到自己想要编一部《文统》,以关乎道德政教为标准,选录时间范围是从汉代至宋代,强化文章的实用功能。其编此书的目的是想要人人得见古人文章之正,"作仁义之气,摈浮华之习",最终"自进于圣人"[③]。这既体现方孝孺强烈的文章实用观念,亦体现出浓郁的理想主义色彩。

方孝孺想要以文章选本的形式使人人"自进于圣人"的想法,与

---

① 茅坤《唐宋八大家文钞》,《景印文渊阁四库全书》,第1383册,台湾商务印书馆,1986年,第12页。

② 方孝孺《逊志斋集》卷十一《答王秀才》,第29b页。

③ 同上书,第30b—31a页。

宋濂强调的“被乎四方”有相通之处。宋濂谈到文章辅俗化民功用发挥的最大范围是“被乎四方”，集中体现于《汪右丞诗集序》中，此文拈出台阁之文的观念：

> 昔人之论文者，曰有山林之文，有台阁之文。山林之文，其气枯以槁；台阁之文，其气丽以雄。岂惟天之降才尔殊也？亦以所居之地不同，故其发于言辞之或异耳……其见于山林者，无非风云月露之形，花木虫鱼之玩，山川原隰之胜而已。然其情也曲以畅，故其音也眇以幽。若夫处台阁则不然，览乎城观宫阙之壮，典章文物之懿，甲兵卒乘之雄，华夷会同之盛……无不厚也，无不硕也。故不发则已，发则其音淳庞而雍容，铿鍧而镗鞳。甚矣哉，所居之移人乎！①

此文从山林之文与台阁之文的差别入手，认为山林之文，“其气枯以槁”，而台阁之文则是“其气丽以雄”。两者的差别，主要是作者“所居之地不同”，故“发于言辞之或异”。接着，宋濂对山林之文和台阁之文的特征进行描述，称山林之文描写的是风云月露之形等较为狭窄的内容，其情“曲以畅”，其音“眇以幽”；而对台阁之文则是描述城观宫阙之壮等宏大的对象，能够廓心胸，踔厉志气，“无不厚也，无不硕也”。台阁之文，不发则已，一发则其音淳庞雍容，铿鍧镗鞳。宋濂褒台阁之文而贬山林之文，主要着眼于文章之用而发的。在宋濂之前，其师黄溍在《贡侍郎文集序》中已明确提出“山林草野之文”和“朝廷台阁之文”，对两种文体未作褒贬，平等看待其价值。② 与黄溍相比，宋濂在对两种文体的态度上非常鲜明。王祎对台阁之文也有专门的论述，其《卮辞》谈到：

> 朝廷之文闳而穆，郊庙之文肃而简，都邑之文丽而壮，学校

① 宋濂撰、黄灵庚编辑校点《宋濂全集》，第 459 页。

② 黄溍《金华黄先生文集》卷十九《贡侍郎文集序》，《续修四库全书》第 1323 册影印清景元钞本，上海：上海古籍出版社，2002 年，第 276—277 页。

> 之文博而辨，仙释之文奇而邃，山林之文逸而峻，丘隧之文婉而章。①

王袆此处论及的朝廷之文、郊庙之文、都邑之文均为前述宋濂台阁之文的范畴，同时王袆把台阁之文给予细化，并总结出上述三种台阁之文的特点分别为“闳而穆”“肃而简”“丽而壮”。而王袆所论山林之文的特点为“逸而峻”，用词并无贬低之意。对于台阁之文和山林之文，王袆继承其师黄溍的观念，不作褒贬，一视同仁。同样是黄溍的弟子，为何宋濂在此时要大力倡导台阁之文而贬抑山林之文呢？正如宋濂在区分山林之文和台阁之文所说的“所居之地不同”，此时已经是洪武三年四月二十一日，明王朝已经确立，并呈现蓬勃发展的景象，作为天下文坛领袖，宋濂主动承担鸣盛的任务。从深层次原因来看，这与宋濂心中文章之用的观念密切相关，即“被乎四方”。想要“被乎四方”，在更大范围辅俗化民，台阁之文是最佳的选择。宋濂借助为右丞相汪广洋的诗集作序，明确宣告自己的文章观念。

宋濂倡导台阁之文，张孟兼、吴沉、唐肃、谢肃、刘基、徐一夔、苏伯衡、刘刚、方孝孺、王叔英、郑棠、郑楷等众多文士响应，并影响到永宣时期的文学书写。宋濂在《张孟兼字辞并序》强调“方今大明御世，治具毕举，张君益昭其明德，发为人文，以黼黻王度，物有不资其成者乎”②。张孟兼响应宋濂所倡导的台阁之文，创作馆阁文章，鸣一代之盛，对此，宋濂给予肯定和表扬。吴沉为唐肃所作的画像赞，称唐肃“盖造物者使之鸣国家之盛，岂宜置之山水之厓邪?”③吴沉希望唐肃(乃至唐肃此类人)能够有机会积极发挥自己的才华，书写新兴明王朝的日新月异，使文以华国。唐肃受到宋濂称重，“有声缙绅间”④。其在朝

① 王袆《王忠文公文集》卷十九《卮辞》，第345页。

② 宋濂撰、黄灵庚编辑校点《宋濂全集》，第2045页。

③ 唐肃《丹崖集》附录《丹崖先生画像赞》，《续修四库全书》第1326册影印上海图书馆藏明本祁氏澹生堂钞本，上海：上海古籍出版社，2002年，第210页。

④ 唐肃《丹崖集》之《息耒稿序》，第159页。

之文,能够"黼黻皇猷,润色鸿业"[①]。洪武十一年,朱元璋从太学生中选拔四十二人,由博士教授其古学。谢肃的同乡车义初亦在此列。在其将赴京师之际,谢肃勉励其认真研习古文,选择雅正之文,敷扬一代之盛。谢肃期望车义初能"以六经之道充乎中,则文之发于外者,代言则浑灏,记事则谨严,被弦歌而中律吕,镌金石而成典则,列之六经作者之后而无愧"[②],于此,谢肃正是鼓励车义初积极创作台阁之文,报效朝廷。宋濂的友人叶兑作《皇明铙歌鼓吹曲》十二章,赞扬朱元璋"北征际沙漠,南伐穷番禺。东讨越扶桑,西略临崦嵫。四方皆顺序,重译同车书"[③],并称"欲知轫业功,听我铙歌诗。用之兴戎际,壮我军容威。传示万万古,慎勿忘厥初"[④]。平阳郑东、郑采积极创作台阁之文,洪武八年,宋濂为二人的文集《郑氏联璧集》作序,称"皆有台阁弘丽之观,而无山林枯槁之气"[⑤]。刘基《苏平仲文集序》云:

> 今我国家之兴,土宇之大,上轶汉唐与宋,而尽有元之幅员,夫何高文宏辞未之多见,良由混一之未远也……与之游,知其勤而敏,不自足其所已能,且年方将而未艾也,知其他日必以文名于盛代,耀于前而光于后也,故为之叙而举昔人之大概以期之。[⑥]

刘基谈到大明之兴,疆域辽阔,"上轶汉唐与宋",尽有元代的幅员,"高文宏辞"却不多见,主要是统一天下未久,鼓励苏伯衡创作台阁之文。

宋濂的友人徐一夔也是积极响应宋濂提倡的台阁之文,其《陶尚书文集序》云:

---

① 唐肃《丹崖集》之《息耒稿序》,第159页。

② 谢肃《密庵集》卷六《送车义初京师序》,《景印文渊阁四库全书》第1228册,台北:台湾商务印书馆1986年,第140页。

③ 叶兑《四梅轩集》之《皇明铙歌鼓吹曲》,清钞本,浙江图书馆藏。

④ 同上。

⑤ 宋濂撰、黄灵庚编辑校点《宋濂全集》,第545页。

⑥ 刘基《犁眉公集》卷二《苏平仲文集序》,明初刻本,中国国家图书馆藏,第7a—7b页。

> 国家之兴,必有魁人硕士乘维新之运,以雄辞巨笔出而敷张神藻,润饰洪业,铿乎有声,炳乎有光,耸世德于汉唐之上,使郡国闻之,知朝廷之大;四夷闻之,知中国之尊;后世闻之,知今日之盛,然后见文章之用为非末技也。[①]

徐一夔为浙东文派成员陶凯所作的此序中明确提出国家之兴必有"魁人硕士"润饰洪业,并从文章之用的角度谈台阁之文的书写可以使郡国知朝廷之大、使四夷知中国之尊、使后世知今日之盛,与宋濂所论的"被乎四方"相通。

值得一提的是宋濂的弟子,王绅、刘刚均以"铙歌鼓吹曲"的形式赞颂朱元璋。如第一章所述,在刘刚作品中,可以见到天子"圣德神功巍巍"以及"国家多士济济"。作为宋濂的弟子,方孝孺亦是主动认可宋濂台阁之文的观念,并编选《宋学士续文粹》,多选其台阁之文。方孝孺《与郭士渊论文》云:

> 自古国家之兴,功崇而绩伟,政举而教行。天恐其或失坠也,必生博特英达之士,执笔而书之。所望于将来者,非兄与公辅辈而谁乎?此非仆私于同郡而言,虽太史公亦深望焉。[②]

方孝孺谈到国家之兴,功崇绩伟,政举教行。上天会造就"博特英达之士"来书写一代文治。在他看来,郭士渊与林公辅是最适合写台阁之文的,这不是因为自己与二位是同郡而言,即使宋濂也对郭、林也寄予厚望。对于方孝孺的文章,归有光《归震川先生论文章体则》云:

> 凡学者作文,须要议论正大,有台阁气象方佳。如方逊志《释统》,举秦、晋、隋而并黜之,议论何等正大。场中有此等文字,主司自当刮目。[③]

---

① 徐一夔《始丰稿》卷五《陶尚书文集序》,《景印文渊阁四库全书》第1229册,台北:台湾商务印书馆,1986年,第209页。

② 方孝孺《逊志斋集》卷十一《与郭士渊论文》,第58a—58b页。

③ 归有光《归震川先生论文章体则》,《历代文话》第2册,上海:复旦大学出版社,2007年,第1718页。

归有光在此明确指出方孝孺的《释统》具有台阁气象，议论正大，是文士学习的典范。方孝孺之友王叔英对朝廷优待文士感触很深，并担任过仙居训导、德安教授、汉阳知县等职，其《送孙生序》云：

> 方今朝廷之待天下之士，岂有厚如生之为人学校弟子者乎？赐田禄以养之，择师傅以教之，而稍成则升于太学。盖丰其廪食使广其学，学成而授之以美官，可谓厚之至矣。待之厚则望之也亦厚，岂止于生之望于交朋而已乎？子行矣，朝廷之责。报吾子将有日矣，其尚思所以为报乎！①

朝廷为学校弟子赐田禄、择师傅，稍成又升其入太学进一步深造，丰其廪食，使其扩充学问，学成后，授予美官。从朝廷厚待学校弟子的角度，王叔英勉励郡学岁贡生孙景贤积极报效朝廷。

王叔英的弟子杨士奇是台阁体的重要代表人物，值得重视。对于二人的关系，多种文献均有所记载。郑晓《建文逊国臣记》卷五《王叔英》："正统中，杨士奇题其墓，曰：'呜呼！翰林修撰王原采之墓'，士奇本叔英荐起也。"②在此，郑晓指出杨士奇是王叔英所举荐而进入朝廷的。谢省《新刊静学王先生文集后序》亦有类似记载："若吾静学王先生，国朝仕至翰林修撰，西江杨文贞公，实先生之所举者。"③杨士奇为王叔英撰写的祭文《武英殿大学士少师谥文贞公门生杨士奇奠文》有更详细的记载：

> 维大明正统六年岁次辛酉八月朔十有六日己卯，门生庐陵杨士奇敬以清酌庶馐之仪致祭于故翰林修撰静学先生王公之灵，曰："呜呼！先生之学，圣贤是师；先生之行，纲常是持；先生之心，金石其贞；先生之志，霜雪其明。倏尔归泉，乘云翩翩。我怀先生，崇山长川。桐川之藏，既固且深。薄陈觞豆，神其来歆。

---

① 王叔英撰、楼波点校《王叔英集》，杭州：浙江大学出版社，2016 年，第 465 页。

② 郑晓《建文逊国臣记》卷五《王叔英》，明刻本，第 2b 页。

③ 李时渐辑《三台文献录》卷九《新刊静学王先生文集后序》，据明万历五年刻本影印，北京：书目文献出版社，1998 年，第 158 页。

尚飨!”①

在此文中,杨士奇明确以门生自居,并表达对其师王叔英的怀念。祭文撰写的时间是正统六年八月,此时距离靖难已经渐远,政治环境相对来说较为宽松,杨士奇得以凭吊自己的老师。对于两人相识的情况,陈纪称王叔英“一日出郊迎使,遇杨文贞公士奇于旅舍,索而见之,倾盖如故,即以王佐之才荐于朝”②。两人一起谈文论道,“倾盖如故”。靖难以后,王叔英的文学观念由杨士奇传承下去,影响着朝廷主流文风。

另外,解缙之父解开师从黄溍等人,而解缙本人亦师从苏伯衡,登朝后,“以所为文求正于平仲苏先生”③。于此可知,解缙与苏伯衡之间有关于文章观念方面的交流和探讨。钱基博先生更是敏锐地发现解缙的《白李善长冤》等文章,“俱明白剀切,有孝孺之风”④。解缙与浙东文派有密切关系,视其为浙东文派在永乐年间的传人在情理之中。台阁之文主要是颂圣美政,书写大明王朝的新气象。靖难之后,宋濂等人倡导的台阁之文主要由杨士奇、解缙、王景、黄淮等继续发扬光大,蔚为壮观,成为文坛的主流,影响着明前期百余年的文章书写,在某种意义上,可以说是基本实现宋濂倡导文章之用的“被乎四方”了。

(作者:复旦大学古籍所中国古代文学专业博士)

---

① 王叔英撰、金谔轩校《王静学先生文集》之杨士奇《武英殿大学士少师谥文贞公门生杨士奇奠文》,清钞本,浙江图书馆藏。

② 王叔英撰、金谔轩校《王静学先生文集》之陈纪《明翰林院修撰静学王先生事述》。

③ 解缙《文毅集》卷八《送刘孝章归庐陵序》,《景印文渊阁四库全书》第1236册,台北:台湾商务印书馆,1986年,第700页。

④ 钱基博:《中国文学史》,上海:东方出版中心,2008年,第687页。

上期目录

第五卷

名师荐稿

稿　约

章培恒先生与其师辈相继远行，而其道德学术彪炳学界，泽被远近。本刊意在筑一平台，后辈诸君愿藉此聚会交流，“如切如磋，如琢如磨”，道不远人，薪尽火传。期待着您精心结撰的鸿文！

本刊的主体为“切磋篇”，主要发表承继或赞赏师辈学术精神而富于创见的研究成果，当然也欢迎不同观点者惠赐大作。其前为“讲学篇”“风范篇”两个栏目：前者刊载章先生或其师辈撰写而未曾正式出版的教材，或据其课堂讲学整理而成的文稿；后者主要发表追述师友道德风范的传记类文章。

青年学子中多有学术新星，“名师荐稿”栏目欢迎其科研成果。祈盼为师者不吝识玉之能，惠予荐之是荷。

赐稿字数请勿多于20 000字，文责自负。文献征引，请使用页下注释方式，正文和页下均使用①、②、③、④……标示，每页重新编号。

本刊每年编集出版一卷，5月确定文章题目，7月底截止收稿，12月出版。

赐稿请勿一稿多投；请自留底稿；审稿周期为两个月，如未接到用稿通知，请再另行处理。

赐稿一经刊出，即薄致稿酬。

赐稿请掷如下信箱：qianzm@fudan.edu.cn 或 qianzhenm@163.com（并请附作者简介，注明通联方法）。

《薪火学刊》编辑部

图书在版编目(CIP)数据

薪火学刊. 第六卷/薪火学刊编辑部编. —上海: 复旦大学出版社, 2019. 12
ISBN 978-7-309-14748-3

Ⅰ. ①薪… Ⅱ. ①薪… Ⅲ. ①中国文学-古典文学研究-丛刊②古文献学-中国-丛刊
Ⅳ. ①I206. 2-55②G256. 1-55

中国版本图书馆 CIP 数据核字(2019)第 254738 号

刊名题字:据《鲁迅手稿全集》集字

薪火学刊. 第六卷
薪火学刊编辑部　编
责任编辑/杜怡顺

复旦大学出版社有限公司出版发行
上海市国权路 579 号　邮编: 200433
网址: fupnet@fudanpress.com　http://www.fudanpress.com
门市零售: 86-21-65642857　团体订购: 86-21-65118853
外埠邮购: 86-21-65109143
江苏凤凰数码印务有限公司

开本 890×1240　1/32　印张 9　字数 238 千
2019 年 12 月第 1 版第 1 次印刷

ISBN 978-7-309-14748-3/I · 1196
定价: 58.00 元

《镂刻在地车上的中国故事》一文插图

节日的地车

地车博物馆所藏旧五轩屋町地车樊哙破门雕刻

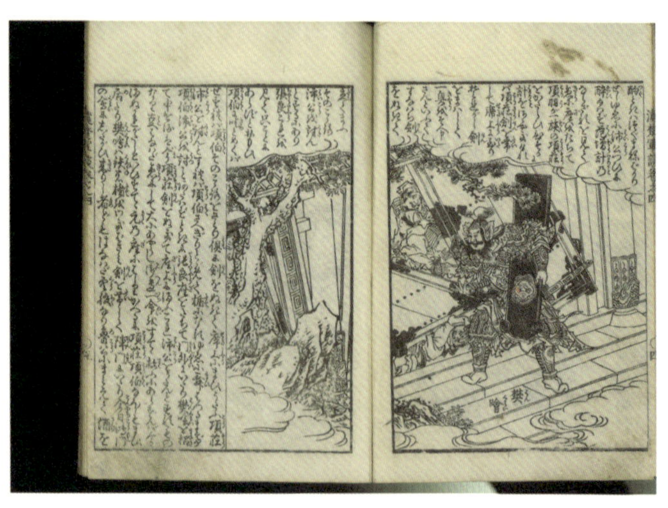

日本关西大学图书馆收藏《绘本楚汉军谈》

岬町大东豹子头林冲